ELLEN VAHR

MISS MARIE

atb aufbau taschenbuch

ELLEN VAHR hat in Kopenhagen Wirtschaftswissenschaften studiert, dann in den USA mehrere Ausbildungen für therapeutische Berufe absolviert, ehe sie nach Norwegen zurückkehrte.

Im Aufbau Taschenbuch erschien von ihr bisher: »Die Gabe«, ein historischer Roman über ihre Urgroßmutter, die in Kristiania – wie Oslo damals hieß – eine der ersten bekannten Heilerinnen und Kräuterfrauen war.

Gabriele Haefs übersetzt aus dem Norwegischen, Dänischen, Englischen, Niederländischen und Irischen, u. a. Werke von Jostein Gaarder, Håkan Nesser und Anne Holt. Für ihre Vermittlungstätigkeit für norwegische Literatur wurde sie mit dem Königlich Norwegischen St. Olavs-Orden ausgezeichnet. Sie lebt in Hamburg.

In Europa im Jahr 1916 wütet der Weltkrieg. Norwegen ist zwar neutral, aber leidet sehr unter der Kriegswirtschaft. Thea Marie Thoresen ist mit sechzehn die Älteste von sechs Geschwistern und hilft ihrem Vater in seiner Bäckerei. Ihr großer Traum ist es, später einmal die Bäckerei zu übernehmen – dass noch niemand von einer selbständigen Bäckermeisterin gehört hat, stört sie nicht. Doch die Not wird immer größer, viele Waren werden nun rationiert, auch Mehl, so dass der Vater kaum noch etwas backen kann. Als eine Einladung ihrer Tante eintrifft, zu ihr in die USA zu kommen, ist Thea Marie hin und her gerissen. Einerseits lockt das Abenteuer, andererseits ist sie in den Schneidergesellen Hans verliebt. Die Not im Land aber nimmt immer weiter zu. Ihr bleibt nichts anderes übrig, als Norwegen schweren Herzens zu verlassen.

ELLEN VAHR

MISS MARIE

Historischer Roman

Aus dem Norwegischen
von Gabriele Haefs

atb aufbau taschenbuch

Die Originalausgabe unter dem Titel
Miss Marie
erschien 2019 bei H. Aschehoug & Co. (W. Nygaard) AS, Oslo.

NORLA
NORWEGIAN LITERATURE ABROAD

Die Übersetzung wurde mit finanzieller Unterstützung von NORLA, Norwegian Literature Abroad, veröffentlicht.

FSC
www.fsc.org
MIX
Papier aus verantwortungsvollen Quellen
FSC® C083411

ISBN 978-3-7466-3746-4

Aufbau Taschenbuch ist eine Marke der
Aufbau Verlag GmbH & Co. KG

1. Auflage 2021

Umschlaggestaltung www.buerosued.de, München
unter Verwendung eines Bildes
von © Arcangel / Katya Evdokimova
Satz LVD GmbH, Berlin
Druck und Binden CPI books GmbH, Leck, Germany
Printed in Germany

www.aufbau-verlag.de

Für meine Großmutter Thea Marie

I lift my lamp beside the golden door!
THE NEW COLOSSUS, 1883, EMMA LAZARUS

New York, Februar 1916

Liebe Anna Marie,

mit großer Freude kann ich Dir erzählen, dass Hulda verlobt ist und am 3. März heiraten wird. Ihr Verlobter heißt John Peter Dowd und ist Polizist, geboren in Amerika, aus einer irischen Familie und katholisch, aber gebildet und mit guten Manieren.

Huldas Stelle bei einer wohlhabenden Familie auf deren Landsitz Idle Hour am Westufer von Long Island bei New York wird damit frei, und da musste ich an Thea denken. Ich habe mich bei der Wirtschafterin erkundigt, und sie bietet Thea Kost und Logis und einen festen Lohn. Aber Thea muss noch vor Beginn der Sommersaison anfangen, damit sie angelernt werden kann.

Ich lege Dollars und ein „prepaid ticket" bei, was bedeutet, dass die Überfahrt bereits bezahlt ist. Die Geldscheine muss Thea nach Amerika mit zurückbringen und bei ihrer Ankunft vorzeigen. Sie braucht eine ärztliche Gesundheitsbescheinigung und ein polizeiliches Leumundszeugnis. Aber sagt nichts über die beiden Todesfälle. Die Behörden in Amerika haben Angst vor jeder Form von Ansteckung.

Du kannst Dich darauf verlassen, dass ich mich um sie kümmern und ihr dabei helfen werde, sich in dem neuen Land zurechtzufinden.

Gott sei mit Euch!

Deine Dich liebende Schwester Augusta

PS. Der Lohn ist viel besser als das, womit sie zu Hause rechnen kann.

TEIL 1

I
Kristiania, März 1916

Die ersten weißen Morgenstrahlen wanderten an der Kellerwand in der Norderhovgate 18 hinunter und leuchteten den Tisch an, an dem Thea stand und Brotlaibe formte. Sie strich sich eine Haarsträhne von der Wange und beobachtete den Vater, der sich vorbeugte und die langen dünnen Backbretter in den glühendheißen Ofen schob. Mit einem raschen Ruck glitten die Brote vom Brett und lagen ordentlich nebeneinander auf den Steinplatten. Theas Vater war ein tüchtiger Bäcker, ja, vielleicht der tüchtigste in ganz Kristiania. Aber seit 1914 der Große Krieg ausgebrochen war, hatte sich so vieles verändert. Der Getreidemangel im Land setzte allem, was nicht unbedingt nötig war, ein Ende. Kuchen waren nicht mehr nötig, Brot wohl, denn wenn es Brot gab, mussten die Menschen nicht hungern.

Thea setzte eine neue Ladung zum Gehen an, jedes Brot auf sein Brett. Danach schob sie die Bretter in die hohen Eisengestelle, die mitten auf dem Steinboden standen, pinselte die Brote mit Wasser und schnitt mit einem scharfen Messer feine Schrägkerben hinein. Nach Amerika? Sie fuhr sich mit den Händen über die Schürze, es war unmöglich, nicht an den Brief zu denken, der am Vortag eingetroffen war.

»Augusta würde sich um sie kümmern.« Die Mutter hatte den Brief in den Händen gehalten. »Sie würde Arbeit und Lohn haben. In wenigen Wochen ist Astrid mit der Schule fertig. Wir können nicht zwei arbeitslose Mädchen hier in der Bäckerei beschäftigen.«

Astrid hatte geweint, und der Vater hatte die grünen Geldscheine aus dem Umschlag gezogen, hatte nacheinander Daumen und Zeigefinger angeleckt und die Dollars auf vier gleich große Haufen verteilt.

»Das sind vierzig Dollar«, kommentierte er laut, während er sich einige Mehlstreifen aus den schwarzen Haaren bürstete. »Deine Schwester hat vierzig Dollar. Warum gibt sie uns die nicht einfach?«

Die Mutter schwieg zuerst, dann sagte sie: »Das sind Augustas Ersparnisse. Die braucht sie selbst.«

»Aber wenn das bedeutet, dass Thea nicht nach Amerika muss?«

»Wir können nicht einfach das Geld meiner Schwester behalten, Martin.«

»Aber um Gottes willen, Anna, das würde unsere gesamten Schulden decken, und dann würden wir zurechtkommen. Kannst du ihr nicht schreiben und sagen, dass wir das Geld nur als Leihgabe nehmen, bis der Krieg zu Ende ist?«

»Augusta gibt Thea eine Chance«, sagte die Mutter entschieden. »Und wir haben wirklich Glück. Schon am nächsten Freitag geht ein Schiff.«

»Über den Atlantik reist man nur, wenn es sich wirklich nicht verhindern lässt.« Der Vater richtete sich auf. »Sie ist doch erst sechzehn.«

»Aber du weißt so gut wie ich, Martin, dass es so nicht mehr geht. Der Hausbesitzer hat uns ein halbes Jahr gegeben, um die Miete zu bezahlen, sonst verlieren wir die Bäckerei. Du sagst ja selbst, dass die Silos in Bjølsen so gut wie leer sind.«

»Das stimmt. Aber Gerüchte behaupten, dass die Mühle in Nedre Foss Mehl bekommen hat und dass die Preise bald wieder normal sein werden.«

»Wir können ja immer noch beten«, sagte die Mutter und goss ihm die letzten Tropfen Zichorienkaffee in die Tasse. »Denn diese Gerüchte höre ich schon seit Langem.«

So viele Verwandte der Mutter waren ausgewandert. Onkel und Tanten, Schwestern und Brüder, Vettern und Cousinen. In dem kleinen Dorf in Schweden, aus dem die Mutter stammte, gab es kaum Arbeit, und deshalb hatte nicht nur die Familie der Mutter Haus und Hof verlassen müssen. Die Glasfabrik Eda Glasbruk und Tiedemanns Tabaksfabrik hatten vielen Arbeit geboten, aber als die großen Eisenwerke in Eda stillgelegt wurden, eins nach dem anderen, führte das *Höfesterben,* wie die Mutter das nannte, dazu, dass die Menschen nach Amerika flohen. Sicher konnte sich die Mutter deshalb leichter mit dem Gedanken an diese Reise aussöhnen als der Vater, denn niemand aus seiner norwegischen Verwandtschaft, jedenfalls nicht, so viel er wusste oder zugeben mochte, war ausgewandert.

Ein schlaffer Mehlsack lag hinten beim Backtisch. Der war vor mehr als einer Woche von den Mühlengäulen aus Kampen gebracht worden. Thea schüttete missmutig die letzten Mehlreste in den Backtrog und streute ein wenig Mehl aus dem Trog auf die Tischplatte, wo sie den nächsten Teig kneten würde. Sie hatte sich immer darauf gefreut, dass die Bäckerei öffnete, aber seit der Mehlpreis dermaßen gestiegen war und es so schwer war, Mehl zu bekommen, fand sie, dass die Kundschaft wirklich nur noch klagte. Jede Woche fuhr der Vater zur Walzmühle von Bjølsen, um zu sehen, ob Getreide gekommen war, und immer sagte er bei seiner Rückkehr dasselbe: »Es hilft nichts, dass sie die Mühlsteine durch Metallwalzen ersetzt haben, solange sie kein Getreide zum Mahlen bekommen können.«

Ihre Mutter, die über der Buchführung saß, sagte, sie müssten die Preise für ihre Waren noch weiter hochsetzen, wie die Mühlen es den Bäckern gegenüber machten und die anderen Bäcker gegenüber ihrer Kundschaft. Aber der Vater brachte das einfach nicht über sich. Die Preise blieben unverändert, genauso, wie er am Tag vor dem Heiligen Abend dem Armenhaus Weihnachtsplätzchen schenkte, und er sagte, anderen gehe es noch viel schlechter als ihnen.

Was die Sache mit dem Armenhaus betraf, hatte Thea nie begriffen, wie er damit immer weitermachen konnte. Thea und Margit hatten die Weihnachtslieder *Stille Nacht* und *Schön ist's auf Erden* gesungen, und danach hatten sie Schmalzkringel, Pfeffernüsse und Muzemandeln aus ihren Körben verteilt, versehen mit aus einem abgelegten Kleid gefertigten Schleifen, und sie hatten gelacht und alle angelächelt, die Alten und die Jungen, die Frischgekämmten und die feierlich Gestimmten. Das war ihre Tradition gewesen, bis der Krieg gekommen war und Margit sie verlassen hatte.

Es dauerte nicht lange, die letzte Ladung vorzubereiten, denn der Rest an Mehl reichte nicht weit. Thea stellte die Brote zum Aufgehen weg, danach stieg sie mit schweren Schritten die fünf Stufen zum Laden an der Vorderseite des Hauses hoch. Vor dem Krieg hatte sie davon geträumt, den Laden durch den Raum nebenan zu erweitern, wo die Witwe Christoffersen mit ihren beiden erwachsenen Töchtern wohnte, zwei unverheirateten Strickerinnen. Es war nur gut, dass es nicht so weit gekommen war, jetzt, wo es kaum Waren gab.

Sie zog ihr Umschlagtuch vom Haken, schloss die Tür auf und trug das Schild hinaus auf die Straße. Dasselbe Schild, das sie seit zwei Jahren an jedem einzelnen Verkaufstag hinausgebracht hatte:

Aufgrund ausgebliebener Mehllieferungen wird heute nur Brot verkauft.

Für März war es ungewöhnlich kalt. Boden, Zweige und die schadhaften Hauswände waren weiß bereift. Thea lief wieder hinein und drehte den Schlüssel gerade in dem Moment um, als sie Pferdehufe und scheppernde Karrenräder hörte. Doch, sie hatte richtig vermutet. Im oberen Teil der Türöffnung, über dem Schild mit der Aufschrift »geschlossen«, sah sie den Milchmann. Der kam von der Kristiania Melkeforsyning in der Schweigaards gate und fuhr jeden zweiten Montag mit vollen Milcheimern an ihrem Haus vorbei, in Richtung Kampen-Schule. Und immer, wenn er die steile Straße hochkam, schlug er mit der Peitsche und riss am Zaumzeug des armen Zugpferdes. Thea konnte das kaum mit ansehen.

Sie trat von der Tür zurück, hängte ihr Tuch wieder an den Haken, nahm die beiden leeren Kästen, einen in jede Hand, und ging hinunter in den Keller.

Der Vater empfing sie mit einem tröstenden Lächeln und einem frischen Brotknust, den er in zwei Teile brach. Die braune Kruste lag warm in ihrer Hand. Sie roch daran, hielt sie sich dicht an die Nase, saugte den wunderbaren Duft ein. Dann schob sie das Brot in den Mund, schloss die Augen und kaute. Es war nicht nur der Geschmack. Nein, es war der schönste Augenblick des Tages. Etwas, das nur sie beide anging. Vor dem Krieg hatten sie den Knust mit Butter bestrichen, wenn sie ihn teilten, einem kleinen Klumpen salziger Meiereibutter, die in das warme Brot hineinschmolz.

Als sie die Augen wieder öffnete, sah sie, dass der Vater sie mit seinen großen braunen Augen forschend musterte.

»Was ist denn aus meinem Mädchen geworden?«, fragte er und legte den Kopf ein wenig schräg. »Aus der mit den vielen Träumen? Auch wenn du nach Amerika fährst, ist die

Bäckerei hier und wartet auf dich. Wenn der Krieg erst zu Ende ist, werde ich dich brauchen, denn dann musst du die besten Theakuchen und Kringel der ganzen Stadt backen. Die Leute werden hierher pilgern. Du kannst das Schaufenster dekorieren, wie du so gern möchtest, und eines Tages wird dein Name über der Tür stehen: *Theas Bäckerei.«*

Sie hörte sein leises Lachen. Aber als er geglaubt hatte, dass Thea schlief, hatte er zur Mutter doch etwas ganz anderes gesagt. »Es ist die Rede davon, dass die Behörden vom nächsten Jahr an Rationierung einführen werden«, hatte er geflüstert. »Ich weiß nicht, ob wir noch lange durchhalten können.« Sie spürte, wie sich ihr Magen zusammenzog. Außerdem würde es noch lange dauern, bis die Leute die Art von Kuchen verlangten, von denen Thea in Büchern gelesen und die sie in den Schaufenstern der feinen Konditoreien auf Karl Johan gesehen hatte.

Sie war flink und füllte die Kästen mit Brot. Sortieren war nicht mehr nötig, wiegen auch nicht, es gab jetzt nur eine Sorte. Dann trug sie die Kästen nach oben, einen nach dem anderen, und stellte sie ins Regal hinter dem Tisch, der eine Art Theke darstellte, ehe sie eilig ein Brot an sich riss und es unter dem Tisch versteckte.

Draußen stand bereits Kundschaft, schon bildete sich eine Schlange. Sie sah das aus dem Augenwinkel, während sie die Treppe hinauf und hinab lief. Da war Frau Hansen, die an die Fensterscheibe klopfte. Thea wusste sehr gut, wer Frau Hansen war, sie wohnte zwei Straßen weiter, ihre Kinder waren so armselig gekleidet, dass nur die Hälfte gleichzeitig zur Schule gehen konnte, da sie sich Schuhe und Jacken teilen mussten.

»Nur drei auf einmal.« Thea drehte das Schild zu »geöffnet« um. »Hier drinnen ist so wenig Platz.«

»Das ist zu teuer«, jammerte Frau Hansen, als sie den Laden betrat. »Ein Brot bitte. Das größte, das du hast.«

»Das ist nicht unsere Schuld«, sagte Thea. »Es liegt am Krieg.«

»Hier ist kein Krieg.« Frau Hansen suchte lange in ihrer Rocktasche nach einer Münze. »Das ist doch der pure Schwarzmarkt.«

Thea kniff den Mund zusammen und wickelte ein Stück von dem wenigen Papier, das sie hatten, um das Brot, ehe sie es in Frau Hansens Korb legte.

»Die Bauern und die Kaufleute verdienen sich an den hohen Preisen eine goldene Nase. Die halten Getreide zurück, um die Preise noch weiter hochzudrücken.« Die Stimme gehörte der Kundin neben Frau Hansen. Das blasse Gesicht über dem schwarzen Kleid hatte Thea auf der Straße schon oft gesehen. Es war eine Frau, die am Ende der Straße wohnte, sie kam jeden Nachmittag auf dem Weg zur Schule am Laden vorbei. Thea wusste, dass sie in der Schule putzte.

»Ach, die Bauern«, rief Frau Hansen verärgert. »Denen kann man ja überhaupt nicht mehr vertrauen!«

»Die armen Bauern«, sagte eine Kundin weiter hinten in der Schlange. »Denen dürfen Sie das nun wirklich nicht anlasten. Die mussten mehr Boden urbar machen und mehr Getreide anbauen, aber sie bekommen nicht einmal mehr die Hälfte des alten Preises dafür, und jetzt sitzen sie da mit hohen Schulden und wissen weder aus noch ein.«

»Ein Brot von gestern zum halben Preis, bitte.« Ein Junge, mit dem sie zur Schule gegangen war, stand plötzlich vor ihr. Er war einer von denen aus dem Jahrgang, die keine Arbeit gefunden hatten. Er trug noch dieselbe Jacke wie mit vierzehn, als sich ihre Wege getrennt hatten. Bei ihm zu Hause ging es oft hoch her, hatte sie gehört. Einmal hatten Gerüchte behauptet, der Vater habe die Mutter umgebracht, aber das war nur Gerede gewesen, denn sie lebte ja noch, kam ab und zu an der Bäckerei vorbei, war aber nie bei denen, die in der Schlange standen.

»Das haben wir leider nicht. Peder, so heißt du doch?«

Er schlug die Augen nieder, vermied es, ihr ins Gesicht zu blicken, und in diesem Moment kam der Vater nach oben, mit den beiden letzten Kästen voller duftender Brote, frisch aus dem Ofen, ein Duft, der jedes Nasenloch draußen füllen und die Menschen in der Schlange in den Wahnsinn treiben musste. Sie hätte dem Jungen am liebsten ein Brot unter die Jacke geschoben und gesagt: »Nimm ein frisch gebackenes, du kriegst es zum halben Preis.« Aber dann hätten alle anderen dasselbe verlangt, und es hätte Streit in der Schlange gegeben, und außerdem brauchten sie jeden einzelnen Schilling, den sie bekommen konnten. Ach, Tante Augustas grüne Geldscheine wären ihnen jetzt so eine große Hilfe gewesen!

»Das hat nicht mal für die Hälfte gereicht.« Thea ließ sich auf die unterste Treppenstufe sinken, als sie den Laden geschlossen hatten, und stützte das Kinn in die Hände. »Die mit dem meisten Geld versuchen es mit Bestechungen. Olsen von der Eisenbahn wollte mir einen Extraschein für das letzte Brot zustecken, aber ich habe es einem kleinen Mädchen gegeben, das zum Einkaufen geschickt worden war. Die Kleine hat geweint und wurde hin und her gestoßen. Beim nächsten Mal sage ich, dass man jeweils nur ein Brot kaufen darf. Aber wenn wir das nächste Mal Mehl bekommen, bin ich vielleicht nicht mehr hier.«

»Die Getreidespeicher voll und das Pulver trocken, hieß es in den alten Zeiten.« Der Vater griff zum Besen und fegte wütend den Boden. »Aber hundert Jahre nach den Napoleonischen Kriegen ist es wieder so. Wieder Krieg in anderen Ländern und leere Silos hier zu Hause. Wir haben nichts gelernt. Wir hätten unsere Speicher füllen müssen. Wir hätten uns sichern müssen. Begreifen müssen, dass sich die Geschichte wiederholt.«

Sie nahm ihm den Besen ab und seufzte, sie hörte das alles nicht zum ersten Mal. Aber es waren jetzt andere Zeiten, auch für ihn, denn der Vater hatte das Gefühl, seine Sache nicht mehr gut genug zu machen. »Die Leute in Kampen hungern, wenn es nicht genug Brot gibt«, sagte er immer wieder, wenn sie zwischen den beiden Backöfen standen. Und er war doch der Bäcker.

Er zog seine Jacke an und ging auf die Tür zu.

»Ich will nicht fahren«, sagte sie.

»Und ich will nicht, dass du fährst.« Er blieb in der Türöffnung stehen und versuchte ein Lächeln. »Aber wir haben nicht immer die Wahl, und jedenfalls, so tüchtig und pflichtbewusst, wie du bist, Thea, wird alles gutgehen.«

2

Sowie sie sicher war, dass der Vater aufwärts in Richtung Bjølsenfossen gegangen war, lief sie durch die verschneiten Straßen von Kampen hinunter nach Grünerløkka. Ein halbes Jahr Zeit hatte ihnen der Hausbesitzer gegeben, um ihre Schulden zu bezahlen. Aber ohne die Bäckerei hätten sie keine Einkünfte, und dann würden sie auch die Miete nicht bezahlen können, und was sollte dann aus ihnen werden? In einem halben Jahr würde wieder Winter sein. Wer würde in einem der ohnehin schon überfüllten Häuser von Kristiania eine achtköpfige Familie aufnehmen, eine Familie ohne Arbeit, die keine Miete bezahlen könnte?

»Bist du nicht die Tochter aus der Bäckerei?«

Das war der Schmied, der den Hang hochkam und einen halbtoten Gaul hinter sich herschleppte. Seine Schmiede lag nicht weit entfernt, und er kannte jedes Gesicht in Kampen. Thea nickte, presste den Arm fest um ihr Paket und machte einen Knicks.

»Was willst du für dein Brot?«

»Das ist nicht zu verkaufen«, sagte sie und lief weiter. Aber ihre Knöpfstiefel waren so eng und ihre Sohlen so abgewetzt, sie glitt aus, und plötzlich lag sie der Länge nach auf dem Boden und rang um Atem.

Einige Bengel auf der anderen Straßenseite zeigten auf sie und lachten. Sie richtete sich auf, wischte sich Schnee vom Kleid und eilte weiter. Wenn sie sich nur neue Sohlen leisten könnte, aber jeder Schilling, den sie jetzt übrig hatten, wurde in die Schatulle gelegt, die die Mutter ganz hinten im Küchenschrank versteckte. Vielleicht könnte sie ein Brot gegen Sohlen eintauschen – wieso war sie nicht auf diese Idee gekommen? Dem Schuster ging es sicher nicht besser als allen anderen in Kampen. Aber nicht dieses Brot, das war weder für den Schmied noch für den Schuster bestimmt, nein, heute nicht.

Sie überquerte die Straße.

Das Geländer war hart und kalt, eine an der Mauer befestigte Eisenstange, jede Steinstufe war vereist. Die Stufen waren hier nicht so gleichmäßig wie bei ihr zu Hause, die Treppe war weiter, und die Stufen waren breiter.

Sie richtete sich auf und zog mit der freien Hand den Rock zurecht. *Schneiderei* las sie auf einem Schild über der Tür. Der Schneider war mittags in der Regel unterwegs, nahm Maß oder lieferte Kleider bei den wichtigen Kunden an, denen, die auf der anderen Seite der Stadt wohnten. Sie begegnete ihm nur selten, wenn sie zu Besuch kam. Aber wenn der Meister zurückkehrte, während sie dort war, machte sie einen Knicks und gab vor, etwas gebracht oder abgeholt zu haben, und lief ganz schnell davon.

Wenn die Mutter keine Hilfe gebraucht hätte, als der Sonntagsanzug des Vaters umgenäht werden musste, hätte sie Hans niemals kennengelernt. Der Schneider hatte einen neuen Gesellen ins Haus bekommen, und der junge Mann hatte sie dermaßen angestarrt. Große blaue Augen unter einem blonden Schopf. Sie hatte sofort die Blicke gesenkt, aber als sie dann den Anzug abholen sollte und der Schneider nicht im Haus gewesen war, war Hans rot angelaufen und hatte dermaßen gestottert, dass sie begriffen hatte, dass er etwas sehr Wichtiges auf dem Herzen haben musste. Sie hatte ihm erlaubt, sie ein Stück ihres Heimwegs zu begleiten, und sie waren stumm nebeneinander hergegangen, und erst als sie sich trennten, hatte er seinen Spruch aufgesagt: Er wollte sie gern wiedersehen. Seit damals hatten sie sich so oft getroffen, wie sie nur konnten, wenn Arbeit und Pflichten es erlaubten. Sie waren spazieren gegangen, im kalten Winter und im warmen Sommer und dann wieder im kalten Winter, an Orten, wo sie sich ungesehen glaubten, wie Friedhöfe, versteckte Parkanlagen und überwucherte alte Gärten.

Er strahlte übers ganze Gesicht, als sie die Tür öffnete. Er saß im Schneidersitz auf dem Tisch und hielt ein Hemd in der Hand, steckte die Nadel aber rasch ins Garnröllchen, legte das Hemd weg und winkte sie zu sich. Thea ging zu ihm, setzte sich ebenfalls auf den Tisch und legte das Paket dort ab.

»Du zitterst.« Er zog sie an sich.

»Es ist so kalt«, sagte sie. »Aber hier drinnen ist es besser.« Sie wickelte den Bindfaden von ihrem Paket und öffnete das Papier. Das Brot duftete noch immer, heiß, salzig, frisch gebacken. »Probier mal!« Sie brach ein Stück ab und schob es ihm in den Mund. »Das ganze Brot ist für dich!«

»Oh!«, sagte Hans und verflocht seine Finger mit ihren, während er kaute. »Das schmeckt so gut! Ich habe seit Sonnenaufgang nichts mehr gegessen.«

Er blieb sitzen und musterte sie im gelben Licht der Arbeitslampe.

»Hast du die Sprache verloren?«, fragte sie lachend und zog ihm den Fingerhut vom Finger.

Er schüttelte den Kopf. »Wenn du hier bist, kann ich mich nicht konzentrieren.«

Alles war so leicht, wenn sie mit Hans zusammen war. Die Wärme des Zimmers, seine Hände, seine Augen ließen sie fast vergessen, was sie doch eigentlich hatte erzählen wollen.

Vorsichtig drehte sie den Fingerhut in der Hand hin und her, dann hielt sie ihn hoch und musterte die winzigen Vertiefungen in dem grauen Metall. »Der ist schön«, sagte sie. »Fast wie ein Schmuckstück.«

»Du bist schön«, flüsterte er und fuhr ihr mit den Fingern durch die Haare. »Keine hat so glänzende und volle Haare wie du.«

Sie merkte, dass sie errötete. Es war so einfach, sich hier in Träumen zu verlieren. Aber sie musste von dem Brief erzählen.

»Warte nur.« Er lächelte wieder. »Ich werde dir Dinge schenken, die viel schöner sind als dieser Fingerhut.«

Thea wandte sich ab. Sie konnte doch noch ein bisschen warten. Ihr Blick fiel auf den Tisch neben der Nähmaschine. Zwischen Tweed und Fries lag eine Rolle aus violettem Seidenstoff, in den kleine blaue Veilchen eingewebt waren. »Was für ein schöner Stoff! Ich wusste gar nicht, dass ihr Kleider für Damen näht!«

Sie ließ sich vom Tisch rutschen, und ihr Rock riss das Garnröllchen mit. Das kullerte über den Tisch und über den Rand und fiel auf den Boden. Sie wollte es schon auflesen, aber Hans war schneller, bückte sich und hob es für sie auf.

»Das tun wir auch nicht«, sagte er. »Aber eine der Kundinnen aus der Weststadt will damit einen Sessel bezogen haben. Es ist der teuerste Stoff, den der Meister je gekauft hat, feinster Seidensamt. Er musste ihn aus Paris kommen lassen. Er hat schreckliche Angst um diesen Stoff.«

Thea ließ die Finger darüber gleiten. »Die Frau hat aber ein Glück«, flüsterte sie.

»Nicht so ein Glück wie ich.« Hans lächelte und strich ihr mit dem weichen Stoff über die Wange. »Deine Haut sieht aus wie Honig, auch wenn es Winter ist.«

»Das hab ich von meinem Vater geerbt. Der sieht das ganze Jahr so aus.«

Hans legte ihr den Arm um die Taille, zog sie an sich und küsste sie sanft auf die Lippen. Immer wenn er das tat, durchfuhr sie ein Schauer, und ihr Herz klopfte schneller.

»Ich möchte gern mit dir meine Eltern besuchen«, sagte er. »Ja, wenn du willst.«

»Deine Eltern?« Sie schaute zu ihm hoch. »In Strømmen?«

»Ja.« Er richtete sich gerade auf, sah groß und erwachsen aus. »Ich bin so stolz auf dich, verstehst du, und da möchte ich dich vorzeigen.«

Es war Ernst, wenn ein Mädchen nach Hause zu den Eltern eingeladen wurde. Er hatte das noch nie vorgeschlagen, aber jetzt schlug er es vor, und wenn er es vorschlug, musste es ihm ernst sein. Ihre Wangen brannten.

»Ja«, sagte er noch einmal und sah sie fragend an. »Am nächsten Freitag nach der Arbeit. Was sagst du?«

»Ich muss es zuerst zu Hause erzählen.« Ihre Stimme zitterte.

»Tust du das denn?« Seine Augen wurden plötzlich blank und erwartungsvoll.

»Ja«, sagte sie laut. »Ja, das tue ich. Ich werde es ihnen heute Abend sagen.«

Er zog sie wieder an sich, umarmte sie ganz fest. Wenn sie nur so stehen bleiben könnten, würde sie das tun, denn sie hatte das Gefühl, dass in ihr ein straffes Seil immer mehr nachgab, je fester er sie an sich presste. Aber am nächsten Freitag wäre sie ja vielleicht nicht einmal mehr im Lande, und es kam ihr plötzlich wie eine Lüge vor, dass sein Arm um ihre Taille lag. Wie konnte sie ihm jetzt von dem Brief erzählen?

3

Auf dem Heimweg holte sie ihre Geschwister aus der Schule in Kampen ab. Kinder rannten mit eifrigen Gesichtern laut rufend aus dem Tor. Was für ein Lärm! Sie suchte mit Blicken, aber keins dieser Kinder war Astrid, Trygve oder Harald. Sie atmete Frostrauch aus und fröstelte. Die Kälte stahl sich durch Umschlagtuch und Kleid und weiter zu ihren Armen, auf denen sich eine wehe rote Gänsehaut bildete. Wo steckten die Kinder nur?

Sie öffnete das Tor und lief mit raschen Schritten über den Schulhof, und als sie gerade das Schulhaus betreten und nach den Geschwistern Ausschau halten wollte, ging die Tür auf, und alle drei kamen heraus.

»Ich warte schon eine Ewigkeit.« Thea machte eine resignierte Handbewegung.

»Das ist ungerecht«, sagte Trygve und zog sich die Mütze tief über die Ohren. »Ich war das nicht. Ich wollte den Streit doch nur beenden.«

»Das stimmt.« Astrid bibberte vor Kälte. »Und trotzdem musste er nachsitzen.«

»Zieh dein Tuch fester um dich zusammen, Astrid.« Thea half der Schwester dabei und band vorn einen dicken Knoten. »Du darfst nicht krank werden.«

Immer war irgendetwas los. Thea sah ein Kind nach dem anderen an. Astrid war dreizehn, aber bei ihr gab es kaum mehr als Gequengel nach einem Streit unter Freundinnen oder weil jemand sie aufgezogen hatte. Trygve war elf und Harald neun. Harald war von der ängstlichen Sorte und versteckte sich, wenn ihm etwas bedrohlich vorkam, während Trygve mit bloßen Fäusten in den Krieg zog.

»Er hatte Nasenbluten«, stammelte Harald und lief ganz dicht hinter Thea her.

»Trygve!« Thea blieb stehen und packte ihn an der Schulter. »Hast du dich geprügelt?«

»Nein«, sagte Trygve mit fester Stimme. »Nicht sehr.«

Aber als sie genau hinschaute, sah sie rote Striemen auf seinen Wangen, die zusammen mit Rotz und Tränen geronnen waren, und in dem groben Stoff gab es dunkle Flecken. Sie feuchtete ihren Finger mit Spucke an und säuberte seine Wangen. »Stillstehen, Trygve«, sagte sie und rieb seine Jacke mit Schnee ab. »Mutter darf das nicht sehen.«

Sie näherten sich dem Haus. Thea konnte Ruth schon aus der Ferne hinter dem Fenster sehen. Die kleine Schwester presste den Mund an die Scheibe und lachte. Thea winkte zu ihr hoch, und Ruth winkte eifrig zurück. Aber dann fuchtelte Ruth mit beiden Armen, geriet aus dem Gleichgewicht, kippte rückwärts und verschwand. Erst war ein Aufprall zu hören, danach Geheul und dann die Stimme der Mutter, die vor Entsetzen laut aufschrie. Jetzt würde Thea sicher für den Rest des Tages auf Ruth aufpassen müssen. Normalerweise hätte sie sich darüber geärgert, nun aber war sie nur froh darüber, dass sie die Kleinen um sich hatte, denn dann musste sie nicht an das denken, was ihr bevorstand.

»Sind die Flecken ganz weg?« Trygve zog ungeduldig an ihrem Kleid.

Thea nickte und sagte dasselbe wie schon so oft: »Das war das letzte Mal, Trygve.« Etwas schnürte sich in ihrem Bauch zusammen. Denn das war es vielleicht gerade, das letzte Mal, dass sie ihn ausschimpfte.

Aber Trygve merkte nichts, er stand schon bei der Kellertür. »Vater bäckt Brot«, rief er so laut, dass alle, die zu

Hause waren, die Fenster zum Hinterhof öffneten oder auf die Treppe traten, um zu sehen, was hier vor sich ging.

»Das riecht ja so gut«, stöhnte Harald.

»Dann gibt es heute Abend Brot.« Astrid tanzte zu Trygve hinüber.

Vom Hinterhof aus hatten sie Aussicht auf die Stadt. Thea richtete ihre Blicke auf den Hafen tief dort unten und seufzte. Dann hatte der Vater ja doch aus Bjølsen einen Sack Getreide mitgebracht und hatte ihn anschreiben lassen.

»Thea.« Die Mutter steckte den Kopf aus der Tür. »Du musst auf Sverre aufpassen. Ich bin kurz weg.«

Sie ging die ausgetretenen Stufen hoch, vom Hof zur Wohnung, trampelte sich den Schnee von den Stiefeln und ging hinein.

»Wie geht es Ruth?«

Ruth heulte los, als sie hörte, dass Thea nach ihr fragte, das Gesicht der kleinen Schwester war verrotzt, die Augen so geschwollen, dass sie fast zugeklebt waren.

»Jetzt geht es gut«, sagte die Mutter und reichte ihr Sverre.

Thea nahm ihn auf den Arm und küsste ihn auf den Kopf, und Sverre lächelte sein schönstes und strahlendstes zahnloses Lächeln. Der Kleine war gerade ein Jahr alt geworden und ließ ihr Herz schneller schlagen, genau wie dann, wenn sie mit Hans zusammen war.

»Kannst du ihnen Brei geben und dich ein bisschen um sie kümmern?«, fragte die Mutter und nickte zu Ruth hinüber.

Doch, das konnte sie, aber die Mutter sagte sonst immer, wohin sie ging. »Etwas erledigen«, hieß es nur, wenn sie zum Doktor wollte. Es konnte doch nicht noch ein Kind sein oder vielleicht doch? Die Geschwister stellten sich genau alle zwei Jahre ein, mit Ausnahme des Jahres, in dem Margit und Einar gestorben waren, und aus anderen Gründen zum Doktor zu gehen, konnte sich die Mutter nicht leisten.

Thea schaute ihr hinterher, als sie die Treppe hinunterging. Die Mutter trug unter dem Mantel ihr gutes Kleid, die Brosche am Kragen befestigt, die Stiefel blank geputzt. Aber sie hatten keinen Platz für noch ein Kleines. Jetzt nicht. Thea musste eine Möglichkeit finden zu helfen, aber so, dass sie die Familie nicht verlassen müsste. Die Mutter musste doch begreifen, dass sie sich hier genauso nützlich machen könnte wie in Amerika.

»Wohin gehst du?«

Aber die Mutter war bereits verschwunden.

Thea nahm Sverre auf den Schoß, und Ruth setzte sich dazu und schmiegte sich eng an sie. Thea streichelte die feinen Haare der Kleinen und dachte an den Besuch in Strømmen. Sie würde das dunkelblaue Kleid anziehen müssen, auch wenn es ein bisschen zu kurz war. Es passte gut zu ihren schwarzen Haaren. Das graue Alltagskleid war zu schlicht, und außerdem war es so fusselig und an manchen Stellen fadenscheinig. Aber wenn sie nach Strømmen fuhr … Sie konnte doch jetzt nicht nach Amerika reisen. Die Mutter brauchte sie hier, und dann könnten sie und Hans erst eine Weile verlobt sein, ehe sie auszog. Sie schloss die Augen. Vielleicht würde die Mutter ihr die Brosche leihen. Die Mutter musste ihr jedenfalls dabei helfen, die Haare zu flechten. Sie würde sicher begreifen, dass Thea gut aussehen wollte, wenn sie zum ersten Mal die Eltern ihres Liebsten besuchte, auch wenn sie dieses Wort niemals laut sagen würde. »Schneidergeselle Hans Pedersen, aus

Slette«, würde sie hinzufügen, »geboren in Hov in Land«, denn der Hofname klang so bodenständig, und Hans war bodenständig, alles, was sich ihr Vater gewiss für sie wünschte. Aber was, wenn der Vater darauf bestand, dass sie Hans zuerst zu Hause vorstellte? Warum hatte sie daran nicht schon gedacht?

Sie öffnete die Augen, atmete tief durch die Nase und stieß die Luft dann wieder aus. Ihr Vater würde sie sicher niemals mit einem wildfremden Mann nach Strømmen fahren lassen. Nicht einmal, wenn sie erklärte, dass der Mann ihr gar nicht fremd sei, denn für den Vater war er es eben doch. Vielleicht würde der Vater sogar verlangen, dass sie sich verlobten, ehe sie mit Hans zu seinen Eltern fuhr.

Sie versuchte, sich Hans hier im Haus vorzustellen. Sicher würde er den Kopf einziehen müssen, um nicht wie der Vater gegen den Türrahmen zu stoßen. Warum hatte sie ihn nie gefragt, wie seine Eltern wohnten? Sie kannte ihn doch schon ein ganzes Jahr. Hier bei ihnen gab es zwei Zimmer, die Küche und die gute Stube, dazu einen gemeinschaftlichen Abtritt im Hinterhof, einen großen Eimer, den die Nachtmänner im Winter, wenn es gefroren hatte, nicht leeren mochten. Sie ließ ihre Augen über die morsche Bank gleiten, auf der sie saß, über den Tisch, den der Vater aus einer alten, ramponierten Tür zurechtgehobelt hatte, und die vier harten Stühle auf der anderen Seite des Tisches, die sie schon hatten, solange Thea sich erinnern konnte. War das hier ein Ort für Hans? Sie versuchte, den Kloß im Hals hinunterzuschlucken, und richtete den Blick auf die Wäsche, die über ihr hing; sie durfte hier nicht den ganzen Tag untätig herumsitzen.

Ruth übernahm gern Sverre und drückte ihn ein wenig an sich, aber Sverre riss sich aus ihrem Zugriff los, beugte sich eifrig vor und ahmte Theas Bewegungen nach. Jedesmal, wenn sie die Arme hob und eine Wäscheklammer löste, nahm er seine Ärmchen hoch und lachte. Und Thea faltete die Wäsche zusammen und legte die Teile, die gestopft werden mussten, auf die Seite, während sie sein Lächeln erwiderte und sich darüber freute, dass er sie aus ihren Gedanken riss.

Die Wäscheklammern legte sie in ihre Schachtel im Küchenschrank. Im Regal darüber stand die Schatulle der Mutter. Thea stellte sich auf Zehenspitzen und nahm den Deckel herunter. Neben den wenigen von der Mutter zusammengesparten Schillingen lagen Tante Augustas Brief, das Bündel aus Dollarscheinen und der goldene Fahrschein. Ihr Gesicht wurde heiß. Eine Chance? Die Chance hatte wie ein Stein in ihrem Bauch auf der Lauer gelegen, seit der Brief gekommen war. Sie hatte jetzt eine Zukunft zusammen mit Hans, das musste die Mutter doch verstehen. Sie griff nach den zusammengefalteten Geldscheinen und hielt sie in der Hand. Sie rochen fremd, wie ein Gewürz, das sie nicht kannte.

»Mutter hat heute früh den großen Korb gepackt.« Ruth glitt mit Sverre auf dem Arm von der Bank. »Aber sie wollte nicht sagen, was darin war.«

Plötzlich fühlte Thea sich hilflos. Sie schaute hinüber zur guten Stube. Die Tür war immer verschlossen. Drinnen gab es einen runden Tisch mit einer Einlegeplatte und einer weißen Spitzendecke, dazu Stühle mit Kissen, alles Erbstücke vom Thonander-Hof in Eda. Im Eckschrank stand ein Kaffeeservice aus echtem Porzellan, das der Vater gleich nach der Hochzeit ersteigert hatte, als Hochzeitsgeschenk für die Mutter. Plötzlich wurde ihr eiskalt. Hier stimmte etwas nicht.

Sie ging hinüber, öffnete die Tür und schlich hinein, und ein eiskalter Luftzug schlug ihr entgegen. Sie war nur selten hier drinnen, und dort, zum Fenster gedreht, stand Margits leerer Stuhl.

Aus der Küche war Sverres schrilles Freudengeheul zu hören, und Thea wandte sich dem Eckschrank zu. Es war, wie sie befürchtet hatte. Das Fach für das Service, auf das die Mutter so stolz war, war leer. Das Geschenk des Vaters an die Mutter, mit dem sie an den großen Gedenktagen deckte, das auf der Versteigerung gekaufte Service mit dem blauen Muster, war verschwunden. Was würde die Mutter als Nächstes verkaufen? Die Möbel vom Thonander-Hof? Würde sie auch Brosche und Trauring versetzen? Die Mutter hatte recht, sie schafften es nicht mehr, und die Familie brauchte Thea für mehr als nur zum Kinderhüten.

4

Am nächsten Tag ging sie zur Konfektionsfabrik Herkules in der Thorvald Meyers gate, mit Mantel und Tasche der Mutter, die Brosche am Kragen und die dunklen Haare zu einem weichen Knoten hochgesteckt. Es hatte keinen Sinn, noch länger zu warten, sie musste die Sache selbst in Ordnung bringen, auf eigene Faust aktiv werden, nicht darauf waren, dass ihr das irgendwer abnahm. Denn nach Amerika wollte sie doch auf keinen Fall.

Herkules war Kristianias größte Spezialfabrik für feinere Herrenbekleidung, dort arbeiteten mehrere hundert Angestellte, hatte in der Zeitung gestanden. Sie blieb vor dem Tor stehen und richtete den Blick auf das an der Wand angebrachte Reklameschild: *Konfektion für den gutangezogenen Mann.* Hans nähte ebenfalls Männerkleidung, aber nicht auf diese Weise. Er wollte seine eigene Werkstatt, seinen eigenen Kundenkreis, persönlichen Kontakt zu den Kunden, wollte sie durch alle Phasen des Lebens begleiten. Thea gefiel diese Vorstellung, in der Bäckerei war es genauso. Der Sommer folgte dem Winter, ein Jahr dem anderen, und alles war in Bewegung, auch wenn das Leben auf der Stelle zu treten schien. In einem Jahr ging es um einen Festtagskuchen für eine Kindstaufe, im nächsten um Kringel für eine Konfirmation, eine Hochzeit, einen fünfzigsten Geburtstag oder eine Beerdigung. So war es gewesen, und so würde es wieder werden, wenn nur der Krieg zu Ende ging und das Getreide kam.

Ein Aufseher, der so hoch war wie ein Sprungturm, öffnete für sie die Tür, lächelte und führte sie in einen großen Nähsaal. Sie schlug die Augen nieder und schämte sich, weil sie so gestarrt hatte, aber als sie wieder aufschaute, sah sie Frauen dicht an dicht sitzen, in Reih und Glied, jede über ihre Nähmaschine gebeugt; auf den Tischen, überall in dem großen Saal, saßen Männer im Schneidersitz und nähten mit der Hand, und Thea vergaß den Aufseher und dachte, wenn sie hier Arbeit fände, würde Hans sie anlernen müssen, sie konnte ja nur Brot und Kuchen backen, ja, viel besser als die meisten anderen, aber nähen …

Ein älterer Herr erhob sich, sowie er sie erblickte, und kam mit fragendem Blick auf sie zu. Er trug eine dunkle Jacke und einen weißen, gestärkten Hemdenkragen mit einer Halsbinde, und das Gesicht über dem Kragen war rund und hellrot; einige dünne Haarsträhnen waren über den Schädel gekämmt.

»Thea Thoresen.« Sie machte einen Knicks. »Ich suche Arbeit.«

Der Direktor lächelte vielsagend und erklärte, er könne ja verstehen, dass sie hergekommen sei, hierher, wo es an den Arbeitsplätzen elektrisches Licht gab, eine elektrische Zuschneidemaschine aus Amerika und Spezialmaschinen für Knopflöcher und Säume, zum Reihen und zum Pikieren. Dann bot er ihr den Arm und führte sie zur größten Maschine im Saal.

»Sind Sie ausgelernt, Fräulein?«

»Nein, aber ich kann lernen.« Sie lächelte zaghaft.

»Wir brauchen vor allem Näherinnen.« Er legte den Arm um ihren Rücken. »Und jetzt zeige ich Ihnen die Hemdenabteilung.«

Er führte sie in einen anderen Saal, der längst nicht so hell erleuchtet war und wo junge Mädchen in ihrem eigenen Alter und viele sogar noch jüngere den Kopf über jeweils ein Hemd beugten. Sie blieb stehen und starrte diesen Anblick an; ihr Vater hatte lose Manschetten, Kragen und Hemdbrüste, aber kein vollständiges gutes Hemd.

»Das ist die Zukunft, das Alltagshemd, ein Kleidungsstück für jedermann.« Der Direktor nahm einem der jüngsten Mädchen ein Hemd ab und hielt es stolz für Thea hoch. »Ich kann Sie auf eine Warteliste setzen, vor Ihnen sind schon viele in der Schlange. Es ist überall dasselbe. Ich kann Ihnen leider nichts versprechen.«

Ihr traten Tränen in die Augen. Sie brauchte eine Hoffnung und nicht seinen unverschämten Blick oder seinen stinkenden Atem. Sie hatten den letzten Mehlsack aufgebraucht, die letzten Brote verkauft, und ehe sie losgegangen war, hatte sie vor die Ladentür das Schild gehängt: »Vorübergehend geschlossen.«

»Ja«, sagte er ungeduldig. »Wollen Sie also auf die Liste, Fräulein?«

Thea nickte und folgte ihm in ein kleines Büro, und sie bemerkte nicht den Blick des nächstsitzenden Mädchens, ehe die Tür geschlossen wurde. Als sie sich umdrehte, stand der Direktor dicht vor ihr, und ehe sie begriff, was hier vor sich ging, hatte er sich schon schwer an sie gedrückt. Ihr schauderte, und sie versuchte, sich loszureißen, aber er presste sich nur fester an sie, packte ihre Arme mit beiden Händen und drückte seine Lippen hart auf ihre.

Für einen Moment wurde ihr schwarz vor Augen, aber dann fasste sie sich, setzte sich mit aller Kraft zur Wehr, konnte sich schließlich aus seinem Zugriff lösen und ihn zurückstoßen. »Was soll das denn?«, stammelte sie.

»Nun stell dich nicht so an. Du hast doch gesagt, dass du auf die Warteliste willst.« Der Direktor befestigte seine Halsbinde, die sich im Eifer des Gefechts gelockert hatte.

»Warum soll ich ein ungelerntes Mädchen einstellen, wenn für mich nichts dabei herausspringt?«

Sie rannte durch die Straße. Die Schneiderei lag nicht weit von Herkules entfernt, und sie konnte nur daran denken, dass sie sich in Hans' schützende Arme flüchten wollte. Einmal musste sie anhalten, um zu Atem zu kommen, und sie blieb bei einem zerzausten, windgebeutelten Baum bei der Petruskirche stehen. Dann zog sie ein Taschentuch hervor und fuhr sich damit über den Mund, um das zu tilgen, was eben geschehen war. Sie musste Hans sehen, aber wenn sie so zu ihm kam, aufgetakelt und zurechtgemacht, könnte der Schneider sie für eine von den reichen Damen halten und versuchen, ihr etwas zu verkaufen. Sie zwang sich zum Weitergehen. Vorüberkommende nickten ihr zu. Jemand verbeugte sich. Zwei Herren tippten sich an den Hut. Sonst war das nicht so, wenn sie mit Mehlstaub auf dem Kleid vorübereilte. Sie biss die Zähne zusammen, stellte sich bei der Werkstatt auf und wartete. Endlich sah sie den Meister mit einer Stoffrolle unter dem Arm die Straße hinuntergehen.

Hans ließ seine Näharbeit sinken und starrte sie überrascht an. »Ich hätte nicht gedacht, dass du heute kommst«, sagte er und lief auf sie zu. »Du bist aber schön.«

»Ich bin nach Amerika eingeladen worden«, rutschte es aus ihr heraus. Es war unmöglich, den Wortstrom aufzuhalten: »Tante Augusta hat mir Arbeit besorgt, die Bäckerei ist in Gefahr, und die Arbeit wird sehr gut bezahlt.« So hatte sie es ihm nicht sagen wollen, sie hatte zuerst das mit Herkules erzählen und ihn dann um Rat fragen wollen, aber sie war nicht ganz sie selbst. Sie öffnete die Tasche, zog den Brief heraus und hielt ihn ihm hin.

Er las den Brief langsam, und dabei kam ab und zu ein Wort aus seinem Mund, als ob er nicht richtig verstünde, was dort stand. »Aber du willst mich doch wohl nicht verlassen, Thea?«, stammelte er und starrte weiterhin auf den Brief.

»Tante Augusta hat einen Fahrschein geschickt. Offenbar brauche ich mir nur irgendwelche Papiere zu besorgen.«

»Ich wusste nicht einmal, dass du eine Tante in Amerika hast.« Er wich zurück, stand nur da und starrte den großen, leeren Abstand zwischen ihnen an.

»Wir haben ein Mahnschreiben vom Hausbesitzer bekommen.« Thea schluckte. »Uns bleibt keine Zeit mehr. Ich muss Geld verdienen.«

»Aber es gibt doch noch andere Arbeit als in der Bäckerei.«

»Ich war eben bei Herkules und habe nach Arbeit gefragt. Der Direktor hat gesagt, sie brauchten Näherinnen, aber …« Sie starrte zu Boden, konnte den Anblick der Enttäuschung in seinen Augen nicht ertragen.

»Aber«, stotterte Hans. »Wenn sie Näherinnen brauchen, kann ich dir doch beibringen, was du wissen musst. Das lernst du schnell, Thea. Zusammen schaffen wir das.« Er sah kindlich froh aus, seine Augen schienen fast zu leuchten, als Thea den Blick hob und ihn wieder ansah.

»Nein, Hans, du verstehst das nicht.«

»Was verstehe ich nicht? Was ist passiert? Sag schon, Thea.« Zum ersten Mal klang Hans fast streng.

Thea schlug wieder die Augen nieder, sie spürte, wie ihre Wangen rot wurden, als sie erzählte, was im Büro des Direktors passiert war. Hans schwieg lange, als sie ihren Bericht beendet hatte. Er starrte vor sich hin, und Thea hatte das Gefühl, dass er an ihr vorbeischaute, als wäre sie gar nicht mehr da. Hatte sie ihn jetzt verloren? Erst nach langer Zeit brach er das Schweigen.

»Das hat er sicher nicht so gemeint.« Hans ging zum Nähtisch und machte sich an einer Garnrolle zu schaffen. »Er fand dich eben hübsch, und wenn dir das Arbeit verschaffen kann …« Er verstummte und schaute sich zu Thea um. »Er hat es vielleicht nicht böse gemeint … manchmal muss man einfach das Beste aus einer Sache machen.«

Thea überlegte. Sie war sicher weder die Erste noch die Letzte, der so etwas passierte. Ihr lief ein Schauer über den Rücken, und die Erinnerung daran, wie sich die Lippen des Direktors auf ihre gepresst hatten, erfüllte sie mit Scham. »Nein, nicht Herkules. Ich will da nicht arbeiten, wenn das so sein muss.«

»Es gibt noch andere Nähstuben.« Hans kam zurück und legte den Arm um sie.

»Aber anderswo kann es doch genauso sein.« Sie wich zurück, aber das hatte er wohl nicht bemerkt, denn gleich darauf sah er sie an und sagte begeistert: »Du kannst von zu Hause aus arbeiten.«

»Wie meinst du das?«

»Du kannst deine eigene Nähmaschine haben.« Er lief zu der schwarzen Nähmaschine, auf der in großen verschnörkelten Buchstaben SINGER stand, und legte die Hand darauf. »Ich kenne einen Kleiderhändler, der Stoff kauft, zuschneidet und die Stücke zu Näherinnen nach Hause bringen lässt. Ich kann mit ihm reden, wenn du willst.«

»Meine eigene Nähmaschine?« Sie wandte ihr Gesicht ab. »Wir haben doch nicht einmal Geld für Mehl.«

»Aber weiter oben am Fluss gibt es Spinnereien und Webereien.«

»Du meinst vielleicht, ich soll auch in der Streichholzfabrik arbeiten, oder ich soll mich von einem Direktor anfassen lassen, um Arbeit zu finden?« Sie steckte den Brief in die Handtasche.

»Ja«, sagte er laut. »Lieber das als Amerika.«

»Wie es mir geht, ist dir egal«, rief sie. »Ich bin dir überhaupt nicht wichtig.«

»Kein Mensch ist mir so wichtig wie du.«

»Dann würdest du mich verstehen.« Thea lief zur Tür und nahm dann auf der Treppe zwei Stufen auf einmal. Ihr Kopf drohte zu bersten. Hans war nicht besser als irgendein anderer. Und wenn es so war, dann konnte sie auch nach Amerika fahren.

5

Thea zog ihr Nachthemd hinter dem Vorhang an, den die Mutter aus einem alten Mehlsack genäht hatte, kroch zu Astrid ins Bett und starrte zur Decke hoch. Ihr ganzer Körper tat weh, ihr war heiß, und sie fühlte sich krank. Nicht Hans war schuld daran, dass der Brief gekommen war oder dass im Lande Teuerung und Lebensmittelmangel herrschten, so dass Dienstmädchen gekündigt wurde, statt neue einzustellen. Das hatte sie von Frau Iversen gehört, der Nachbarin von oben. Sie schob die Ärmel hoch, fuhr mit den Händen über die blauen Flecken. Nie im Leben würde sie zu Herkules zurückgehen. Es war durchaus möglich, dass Hans recht hatte und sie sich ein paar unerwünschte Aufmerksamkeiten gefallen lassen musste, aber etwas kam ihr daran einfach falsch vor. Nein, wenn *das* von Mädchen verlangt wurde, damit sie Arbeit bekamen, fuhr sie doch lieber nach Amerika. Sie fühlte sich so gespalten, als ob ein Teil von ihr nicht in Ordnung wäre, Dinge fühlte, die sie nicht fühlen dürfte. In winzigen Augenblicken, wenn sie an den Brief dachte, konnte sie eine unerklärliche Sehnsucht nach etwas verspüren, von dem sie nicht einmal wusste, was es war, und das gefiel ihr nicht. So war sie doch nicht? Sie war keine, die wegging, um ihr Glück zu machen, die einfach ein Bündel grüner Geldscheine einsteckte und verschwand wie Tante Hulda.

Thea konnte sich gut an Tante Hulda erinnern. Tante Hulda hatte an einem Herbsttag vor zehn Jahren ganz unerwartet an die Tür geklopft. Sie war damals sechzehn Jahre alt gewesen, wie Thea jetzt, und sie war ganz allein mit der

Bahn aus Charlottenberg gekommen, um von Kristiania aus das Amerikaboot zu nehmen. Sie lachte und aß alle Plätzchen auf, die auf den Tisch kamen, ihre Wangen waren rot, und die graugrünen Augen funkelten, sie schien auf der ganzen Welt nicht eine einzige Sorge zu haben. Sie war so gespannt auf die Reise, auf das viele Neue, auf die große Schwester, die sie auf der anderen Seite des Ozeans erwartete. Als Theas Vater fragte, ob Hulda denn keinen Koffer habe, wo sie eine so weite Reise antreten wollte, hatte sie gelacht und gesagt, sie habe nur das, was sie am Leib trug. Erst später kam heraus, dass sie auf dem Thonander-Hof aus einem Fenster gesprungen und durchgebrannt war.

Tante Augusta war vor sechzehn Jahren ausgewandert, und anders als Tante Hulda war sie zwischendurch in Schweden gewesen, nicht weniger als dreimal, was Theas Vater höchst ungewöhnlich fand, wenn man nun schon ausgewandert war. Aber obwohl Tante Augusta jedesmal bei ihnen vorbeigeschaut hatte, hatte sie keinen so großen Eindruck hinterlassen wie Tante Hulda. Tante Hulda lebte in Theas Erinnerung wie eine … ja, es war schwierig, das richtige Wort zu finden, aber wenn sie es erklären müsste, würde sie sagen, Tante Hulda sei eine, die … ja, die ihrem Herzen folgte. Aber Thea wusste, dass die Mutter Tante Augusta über die Maßen schätzte, vielleicht mehr als ihre anderen zehn Geschwister. »Aus ihr strahlt das Licht«, konnte die Mutter sagen. Der Vater sagte, Tante Augusta sei der frömmste Mensch, der ihm je begegnet sei. Thea wusste nie so genau, ob er das für etwas Gutes hielt oder nicht. Aber ihre Mutter fand es tröstlich, dass ihre Schwester beim Herrn so viel Stärke fand, dass sie dadurch genug Kraft hatte, sich um sie alle zu kümmern.

Thea richtete sich im Bett auf, zog Trygves Socken an, die zwischen den Betten lagen, lehnte sich mit dem Rücken an die Wand und schlang die Arme um die Beine. Die Bodenbretter wurden nicht mehr vom Backofen gewärmt. Die Fenster hatten Eisblumen, große, dicke, graue. Thea fröstelte, während ihre Augen über die Betten wanderten, die Eltern lagen dicht bei der Tür, mit Ruth zwischen sich, die Jungen hinten in der Ecke, und in der Mitte dazwischen schliefen Astrid und Thea. Dann schaute sie zu der Schublade hinüber, in der Sverre lag. Gurgelte es nicht in seiner Brust?

Vorsichtig berührte sie Astrids Zopf und merkte, wie ihr die Tränen kamen. Es ging ihnen nicht anders als den anderen Familien in Kampen. In Kampen gab es in den zugigen und feuchten Häusern Diphterie, Scharlach und Tuberkulose. Nein, Thea war keine Träumerin, keine Abenteurerin. Sie war die Älteste in der Geschwisterschar, diejenige, die dafür sorgen musste, dass es den anderen gutging. Außerdem stand ihre eigene Zukunft auf dem Spiel. Was sollte *sie* denn machen ohne die Bäckerei?

Am nächsten Morgen erwachte Thea mit demselben Gedanken, mit dem sie eingeschlafen war, aber nun war er anders, stärker und klarer; sie hatte eine Gelegenheit erhalten, und die würde sie nutzen. Die Morgensonne schien durch das Fenster und in die Küche, und ihr wurde es warm. Sie hatte nie daran gedacht, nach Amerika zu gehen, nie hatte so ein Gedanke sie auch nur gestreift. Aber jetzt musste sie sich eingestehen, dass sie ab und zu Tagträume von Amerika gehabt hatte. Tante Augusta hatte ihnen ab und zu kleine Geschenke geschickt, nützliche Dinge wie Wollstrümpfe, einen Pullover, eine Küchenschürze und kleine englische Kinderbücher, an denen Thea sich geübt hatte. Tante Hulda hatte Postkarten von breiten Straßen, hohen Häusern, einem Strand mit Liegestühlen und Badehäuschen, Damen in bunten Kleidern und wagenradgroßen Hüten geschickt. Und während Tante Augusta lange Briefe sandte und das gute Essen beschrieb, das sie ihre reichen Herrschaft kochte, und über die schwedische Kirche in Amerika, für die sie Geld abzweigte, oder über kleine Ausflüge, die die beiden Schwestern sonntags unternahmen, schrieb Tante Hulda immer nur einen Satz auf ihre Postkarten: *Hier war ich gestern.* Oder: *Ist das nicht fantastisch?*

Die Sonne strahlte den ganzen Tag lang. Schmelzwasser lief von den Dächern und tropfte von den Bäumen, aber als es Abend wurde, legte sich ein schwerer grauer Nebel über den Boden, und die Luft wurde feucht und kalt. Thea wusste nicht, wann Hans Feierabend machte, wann er in das Zimmer ging, das er für die Werktage gemietet hatte und das einige Straßen weiter unten lag. Aber es dauerte so lange, und mit jeder Minute wuchs ihre Angst, ihn verpasst zu haben.

Eine von zwei Pferden gezogene Kutsche näherte sich; Matsch spritzte hoch, als sie vorüberfuhr. Thea schob die Hände unter ihr Tuch. Dann spürte sie seinen Blick. Hans stand auf der anderen Straßenseite, zögerte einen Moment, dann jedoch überquerte er die Straße und kam geradewegs auf sie zu.

Sie lief ihm entgegen, wollte sagen, dass es ihr leidtat, dass sie bereut hatte, dass es doch nicht so gemeint gewesen war …

»Hast du heute keinen Mantel an?«, fragte er leise. Seine Augen sahen plötzlich so ernst aus.

Sie schlug die Augen nieder. »Den hatte ich von meiner Mutter geliehen.«

Ihre Füße gingen ganz von selbst hinter die Kirche, sie waren daran gewöhnt, stille Orte zu suchen. Hans trat gegen kleine Steine und Eisklumpen, und Thea fuhr mit der Hand über jeden einzelnen kahlen Zweig.

Dann standen sie eine Weile da, am Ende des Friedhofes, wo das Tor auf die Straße auf der anderen Seite führte, ehe sie kehrtmachten und zurückgingen, zum dritten Mal, bei jeder Runde langsamer. Theas Strümpfe waren längst durchnässt, ihre Finger steif und gefroren.

»Der Schneider will mir eine Nähmaschine verkaufen.« Hans blieb vor einem Grabstein stehen, der sich nach hinten neigte. Seine Stimme klang eifrig. »Er würde mir dann Lohn abziehen, jeden Monat einen festen Betrag. Du kannst die Maschine nächste Woche haben.«

Thea starrte zu Boden. Warum fiel sie ihm nicht um den Hals und dankte ihm? War sie doch wie Tante Hulda? »Frierst du nicht«, fragte sie und hob den Kopf wieder. »Du bist doch nur in Weste und Hemdsärmeln.«

Er versuchte, ihren Blick einzufangen. »Du hast dich entschieden«, sagte er.

»Aber ich komme zurück.« Sie griff nach seinem Arm.

»Weißt du, wie weit es nach Amerika ist?«, fragte er, ohne eine Antwort abzuwarten. »Weißt du, dass Schiffe von deutschen Unterseebooten torpediert werden?«

»Nur so kann die Bäckerei gerettet werden, Hans. Kost und Logis und fester Lohn. Alles, was ich verdiene, werde ich nach Hause schicken.«

»Nicht alle kommen zurück …« Seine Stimme klang plötzlich gepresst und fremd. »Hast du nicht von der *Lusitania* gehört? Die ist torpediert worden, obwohl sie nur ein Passagierdampfer war.«

»Aber *ich* komme zurück«, sagte Thea noch einmal.

Er brachte sie nach Hause. Die Abende waren jetzt heller, die Menschen erwarteten den Frühling. Thea hoffte, dass neue Getreidelieferungen gekommen waren, so viele, dass sie besonders früh aufstehen müssten, dass der Ofen niemals ausgehen würde, dass alle in Kampen Brot bekämen, dass sie nicht wegfahren müsste. Plötzlich dachte sie, sie hätte das auf eine andere Weise sagen müssen, es konnte doch klingen, als ob er ihr nichts bedeutete, aber das stimmte ja nicht, kein Mensch auf der Welt bedeutete ihr mehr als er.

»Willst du auf mich warten?« Sie blieb stehen, versuchte zu lächeln. »Ich kann zu Weihnachten wieder zu Hause sein.«

Er schaute zu Boden, fuhr sich mit den Händen durch die Haare. »Die, die hinfahren, kommen nicht zurück«, sagte er leise und schüttelte dabei langsam den Kopf. »Drüben gibt es mehr, was verlockt, als hier. Warte nur ab.«

»Nein!« Sie packte seine Hand. Sie würde doch nur ein halbes Jahr bei Tante Augustas Herrschaft arbeiten, dann würde sie zurückkommen. Selbst wenn eine leise Stimme in ihr etwas anderes sagte: Dass sie jetzt nicht wissen könnte, was die Zukunft bringen würde, und obwohl diese Stimme ihr Angst machte.

Ohne zu überlegen, zog sie ihn in eine enge Gasse, zwischen kleine Holzhäuser, von denen sie wusste, weil Trygve und Harald hier immer Verstecken spielten. Dort weinte sie, ohne es zu verbergen, und sie brachte alles Schlimme, das sie mit sich herumschleppte, zum Zittern. Sie lehnte sich an ihn, stahl sich unter seine Jacke, wo es warm und gut und sicher war. Bald barst das, was gezittert hatte, und sie weinte, während Hans sie wieder und wieder küsste. Sie konnten beide nicht mit Weinen aufhören. Es war dieser Abschied, vor dem sie sich am meisten gefürchtet hatte, aber sie hätte niemals geglaubt, dass es ein Abschied für immer sein könnte.

6

Am nächsten Morgen nahm die Mutter ihr gutes Kleid und die Brosche und Thea das dunkelblaue Kleid. Die Mutter hatte sich Zeit genommen, um Thea die Haare zu flechten, und Thea hatte ihre Stiefel glänzend blank geputzt. Die Mutter schien so stolz auf sie zu sein, und da musste Thea doch glauben, dass sie sich richtig entschieden hatte. Doch als sie das Haus verließen, drohten ihre Beine bei jeder Treppenstufe, unter ihr nachzugeben.

Zuerst gingen sie zur Polizeiwache von Grønland. Dort wurde für Thea ein Attest ausgestellt, das bezeugte, dass ihr Lebenswandel einwandfrei und dass sie nicht vorbestraft war. Dann wurde das Attest unterschrieben und gestempelt von einem jungen Polizisten, der ihr zuzwinkerte und sagte, Thea sei schön und mutig. Sie errötete unter seinem Blick und lief eilig hinter der Mutter her hinaus auf die Straße.

Sie gingen weiter in Richtung Innenstadt. Thea war noch nie bei einem Arzt gewesen, das konnten sie sich nicht leisten, und es war auch nicht nötig gewesen, denn in Kampen gab es viele, die sich mit allerlei Hausmitteln auskannten.

Die Praxis lag in einer Seitenstraße des Egertorg. Thea war nur selten unten in der Stadtmitte. Sie blieb stehen und schaute die Karl Johan hinunter. Auf der Prachtstraße wimmelte es von Menschen, es war ganz anders als im ruhigen Kampen. Eine braune Straßenbahn schepperte vorüber, dann blieb sie quietschend stehen. Zwei Damen stiegen aus und gingen lachend und Arm in Arm über die Straße. Thea blieb stehen und schaute den beiden hinterher. Sie trugen helle Kleider, elegante bestickte Jäckchen und breite Hüte.

Der Arzt war der Mutter von einer Nachbarin empfohlen worden, die gemeint hatte, er verlange nicht allzuviel. Das Sprechzimmer war klein und kalt und voller Tabaksrauch, von den grauen Mauern blätterte der Verputz. Der Arzt war ein älterer Mann mit tiefen Furchen auf der Stirn und großen, bohrenden Augen. Er sagte nicht viel, zeigte nur mit einem teerbraunen Finger hinter seinem dunklen Schreibtisch hervor auf Thea. Die Mutter erklärte, Thea müsse das Kleid ausziehen, um untersucht zu werden, und als sie sich weigerte, sagte die Mutter, es sei ganz normal, bei einem Doktor ein paar Kleidungsstücke abzulegen, und um nach Amerika zu gelangen, sei es unbedingt nötig.

Aber es war nicht normal für Thea, im Unterrock vor einem fremden Mann zu stehen, selbst wenn er tausendmal Doktor war. Sie zog die Schultern zusammen und hielt die Luft an, während er sie abhorchte, ihr in die Augen und in den Hals schaute. Am Ende fuhr er mit der Hand über ihre beiden Waden.

»Fühlen Sie sich krank, wo Sie so zittern, Fräulein?«

Thea kniff die Lippen zusammen und schüttelte den Kopf.

»Krankheiten in der Familie?«

Sie schauderte und starrte zu Boden.

»Todesfälle?«

»Nein«, sagte die Mutter und trat einen Schritt vor. »Keine Krankheiten in der Familie.«

Thea kleidete sich an, während die Mutter einige Münzen aus der Tasche zog und vor dem Arzt hinlegte. Aber obwohl die Mutter ruhig wirkte, konnte Thea daran sehen, wie sie den Nacken beugte, dass sie sich sehr anstrengen musste, als ob sie nur durch pure Willenskraft aufrechterhalten würde. Tante Augusta hatte gesagt, sie dürften nichts sagen. Sie war doch so fromm, hielt Lügen für eine Sünde, und war es nicht dasselbe wie zu lügen, wenn man etwas verheimlichte?

Abends wurde an die Tür geklopft. Oft kam eine Nachbarin, um etwas zu leihen, ein Tässchen Zichorie, Mehl für einen Kuchen, wenn es einen feierlichen Anlass gab, aber da es bei Theas Familie auch kein Mehl mehr gab, hatten sie damit aufgehört. Stattdessen konnte es sich um ein wenig grüne Seife fürs Treppenputzen handeln oder etwas anderes, das gerade fehlte. Oft kamen sie auch einfach, um ein Schwätzchen zu halten. Es konnte auch eine Nachbarin aus der Straße sein, die sich von ihr verabschieden wollte. Theas Reisepläne hatten sich bereits herumgesprochen. Die meisten aus dem Haus hatten schon vorbeigeschaut und ihr alles Gute gewünscht, und die Dollarscheine hatten kostbarer als Gold gewirkt, wenn die Mutter sie vorgezeigt hatte. Die Witwe Christoffersen von unten nahm sie in die Hände und roch daran.

Die Mutter stand auf. Alle sahen ihr schweigend hinterher, als sie zur Tür ging. Thea brachte es eigentlich gar nicht über sich, mit jemandem zu reden. Tagsüber hatte sie sich fast die ganze Zeit zusammengenommen, um den kleinen Geschwistern keine Angst zu machen, zwischendurch hatte sie es jedoch nicht geschafft, und sie hatte so sehr geweint, dass ihr Gesicht geschwollen und rot war. Nun setzte sie sich gerade, es war eine Stimme, die sie kannte, aber es konnte doch nicht …

»Ja, kommen Sie rein«, sagte die Mutter.

»Danke«, sagte Hans und zog unter dem Türrahmen den Kopf ein, genau wie Thea sich das vorgestellt hatte.

Thea sprang auf. Hans hatte noch nie so gut ausgesehen. Die blonden Haare waren offenbar frisch gekämmt, sie lagen weich am Kopf an, er trug ein Hemd, seine Sonntagsjacke und eine frisch gebügelte Hose. Thea konnte nicht begreifen, dass sie noch vor kurzer Zeit hier gesessen und sich vor seinem Besuch gefürchtet hatte, dass es bei ihr zu Hause nicht fein genug sein könnte. Jetzt kam ihr das ganz und gar unwichtig vor.

Sie stand auf und trat neben ihm. »Das ist der Schneidergeselle Hans Pedersen aus Slette«, sagte sie. »Geboren in Hov in Land.« Sie sagte es genauso, wie sie das vorgehabt hatte, mit Stolz.

»Das ist dein Freund«, so brach Trygve das Schweigen. »Der ist aber groß.«

»Willkommen.« Der Vater erhob sich und reichte Hans feierlich die Hand.

»Setzen Sie sich«, sagt die Mutter. »Schade, dass wir heute kein Brot haben.«

»Ich habe einen Kuchen gebacken«, sagte der Vater leise. »Ich wollte euch überraschen. Heute ist ein Sack Mehl aus Bjølsen gekommen. Aber ich begreife das nicht, ich dachte, wir ständen auf der Schwarzen Liste.«

Die Mutter starrte die Tischplatte an, während der Vater in den Keller lief, sie schaute erst wieder auf, als die Tür zufiel und ein Weizenkranz mitten auf dem Tisch stand.

»Zuckerguss!«, rief Trygve und stupste Harald an.

Thea schaute verstohlen zu Hans hinüber, während der Vater den Kuchen in acht gleich große Stücke teilte. Hans wirkte so sicher, so gelassen, so erwachsen. Ihre Eltern sahen es sicher ebenfalls. Sie hätte gern erzählt, dass sie zu seinen Eltern nach Strømmen eingeladen war.

»Für jeden ein Stück«, sagte der Vater. »Und keine Raufereien. Das Endstück ist für Sverre.« Er verbeugte sich vor Hans und forderte ihn auf, sich das erste Stück zu nehmen. »Ja, bitte sehr.«

»Danke«, sagte Hans und verbeugte sich so tief, dass ihm die Haare in die Stirn fielen.

Alle Geschwister griffen zu, und Thea und die Mutter nahmen sich als Letzte.

»Ob es in diesem Jahr wohl noch Frühling wird«, sagte die Mutter und ließ ihr Stück unberührt auf ihrem Teller liegen.

»Ja, der Winter war jetzt lange genug.« Hans wischte sich mit der Hand die Krümel aus dem Mundwinkel.

Thea sprang auf, schob die feuchten Unterhemden über dem Herd zur Seite und griff zum Kaffeekessel. Hans schien immer schon da gewesen zu sein, zu ihnen zu gehören. Zu ihr. Aber jetzt war es zu spät, um nach Strømmen zu fahren, zu spät, um die Nähmaschine des Schneiders anzunehmen. Trotzdem konnte aus ihr und Hans noch immer ein Paar werden, wenn sie es erst geschafft hätte, der Familie durch den schrecklichen Krieg zu helfen. Wenn der Friede kam …

Ruth setzte sich dicht neben Hans und steckte den Daumen in den Mund. Thea ließ sie sitzen und schenkte ihm Kaffee ein.

»Wenn ihr etwas geflickt oder umgenäht haben müsst, kann ich mich gern nützlich machen.« Hans lächelte. »Ja, einer von den Jungs soll es mir einfach bringen. Es wird auch nichts kosten.«

»Danke«, sagte die Mutter.

»Eigentlich bin ich gekommen, um dir das hier zu geben.« Hans räusperte sich und zog ein in graues Papier gewickeltes Päckchen aus der Jackentasche.

Seine Hand berührte ihre, als er es ihr gab.

»Was ist das?«, fragte Trygve und sah sie aus großen grauen Augen an.

»Pst!«, sagte Astrid.

»Soll ich das jetzt aufmachen?«, flüsterte Thea.

»Auf dem Boot«, sagte er leise.

Plötzlich sprang sie auf, rannte in die gute Stube, nahm das Foto von der Wand und reichte es ihm. Sie saß auf einer Felskuppe hinter dem Thonander-Hof in einem Korbsessel, ihre Haare fielen lang, lockig und schwarz über ihr Kleid, und sie war jung und fröhlich, und es war noch kein Unglück über die Familie hereingebrochen. Er durfte sie nicht vergessen, er musste sich genau so an sie erinnern, wie sie auf dem Bild aussah.

7

Trygve und Harald saßen schon auf der Bank bereit und hatten Ruth zwischen sich genommen. Keiner der Jungen war in der Schule, alle wollten Thea begleiten, auch wenn keiner wollte, dass sie wegfuhr. Die Mutter hatte versprochen, ihnen für die Schule eine Entschuldigung zu schreiben. Es war nicht das erste Mal, dass Geschwister jemanden aus der Familie zum Schiff begleiteten.

»Sverre darf nicht nach draußen«, entschied die Mutter und hob ihn aus der Schublade. »Er hat die ganze Nacht so schrecklich gehustet. Du musst zu Hause auf ihn aufpassen, Astrid.«

»Aber ich will Thea auch hinbringen.« Astrids Stimme zitterte ein bisschen.

Thea legte den Arm um sie. »Ich bin ja bald wieder da.«

Astrid schaute zu ihr hoch. »Ich habe das Gefühl, dass ich dich nie wiedersehen werde.«

»Das ist nicht so wie mit Margit«, sagte Thea mit unsicherer Stimme. »*Ich* komme zurück, darauf kannst du dich verlassen.«

»Warum hast du nie erzählt, dass du einen Freund hast?« Astrid verbarg ihr Gesicht in Sverres Schopf.

»Aber Astrid«, sagte die Mutter.

»Das war so schwer«, flüsterte Thea.

»Du hättest es Margit erzählt.« Astrid fing wieder an zu weinen, verstummte aber, als der Vater aus dem Keller nach oben kam.

Thea sah ihn an, und wortlos, ohne irgendjemanden anzusehen, band der Vater seine Bäckerschürze ab, nahm seine dicke Jacke und zog sich die Schirmmütze tief über die Ohren. Er hob den Koffer hoch, den *Amerikakoffer,* dieses Wort, das sie alle nicht über die Lippen brachten, und stellte sich an die Ausgangstür.

»Meine Kleine«, sagte er. »Du begibst dich auf eine weite Reise, in eine ganz neue und fremde Welt, aber du wirst Dinge erleben, von denen wir anderen nur träumen können.« Dann schob er die freie Hand in die Jackentasche, suchte ein wenig herum und zog ein englisches Wörterbuch hervor. »Das kann dir unterwegs vielleicht helfen.«

Astrid weinte wieder los. Thea zog sie an sich und küsste sie auf die nasse Wange. Danach küsste sie Sverre auf den Kopf und sog den süßen Duft seiner Haare in sich auf. Doch als die Mutter die Tür öffnete, begriff Thea plötzlich, dass sie nun ihr Heim zum letzten Mal für lange Zeit verlassen würde, und das tat in ihrer Brust so schrecklich weh, dass sie nicht sicher war, ob sie es überstehen würde.

Der Duft nach frisch gebackenem Brot hing über dem Hinterhof, sie nahm ihn sofort wahr, sowie sie die Treppe betrat. Der Vater hatte gebacken und den Verkauf übernommen, denn von den anderen fühlte sich an diesem Morgen niemand dazu in der Lage. Er hatte die ganze Nacht gebacken, mit dem Mehl aus dem Sack, den die Mutter für das Porzellan erhalten hatte; Thea hatte ja gesehen, dass der Platz neben der Mutter leer gewesen war. Der Rücken des Vaters war krummer als sonst, die Faust war um den Koffergriff geballt. Der Koffer gehörte dem Vater, vor seiner Heirat war er weit herumgekommen. Einmal hatte sie jemanden in Eda sagen hören, er habe »Taterblut« in den Adern, man könne das sofort am Blick, den dunklen Haaren, der Rastlosigkeit im Blut sehen. Aber egal, was die Leute sagten, jetzt war er der Bäcker Martin Thoresen in

Kampen. Ihr Vater, der ihr ein Wörterbuch gekauft hatte, für das Geld, das die Brote eingebacht hatten, damit sie im neuen Land zurechtkommen könnte.

Die Mutter ging neben ihm. Sie trug ihr gutes Kleid, hatte aber ein Tuch um die Schultern gelegt, denn sie hatte Thea ihren Mantel gegeben. »Auf dem Meer kann es kalt werden«, hatte sie gesagt. Dabei kannte die Mutter das Meer gar nicht, sie war doch kaum an anderen Orten gewesen als Eda und Kristiania. Plötzlich, während das Kleid der Mutter schwer und düster vor ihr hin und her schwang, ging es Thea auf, dass die Mutter ebenfalls nach Amerika gegangen wäre, genau wie ihre Schwestern, wenn sie den Vater nicht kennengelernt hätte. Die Mutter war bestimmt auch einmal, vor langer Zeit, über die öden, verfrorenen und gottverlassenen Waldwege in Eda gelaufen und hatte von einem anderen Leben geträumt, so wie Tante Augusta und Tante Hulda und alle anderen aus der Familie, die ihren Koffer gepackt hatten und aufgebrochen waren. Sicher hatte auch sie all das vor sich gesehen, worüber die Tanten und Onkel nach Hause schrieben, so groß und prächtig, dass Angst und Sorge dagegen ohnmächtig waren.

Die Sonne durchbrach die graue Wolkendecke und schien über der Kirche von Kampen. Wenn nicht der Koffer gewesen wäre, hätte man sie für einen kleinen Leichenzug halten können. Thea hatte das Gefühl, dass etwas zu Ende gekommen war und sie einem endgültigen Abschied entgegengingen. Sie schluckte und schaute wieder nach vorn. Harald und Ruth hatten Trygve zwischen sich und hielten ihn an der Hand, er war mindestens zwei Köpfe größer als die beiden und weinte, seit sie den Hinterhof verlassen hatten. Es war unerträglich, das zu hören. Er sah viel älter aus als alle anderen Kinder in seinem Alter, da er so groß und kräftig war, und deshalb erwartete sie immer, dass er sich erwachsen und vernünftig benahm, aber er war doch nur ein kleiner Junge.

Sie schloss die Hand ganz fest um den Griff ihrer Tasche. Die enthielt wichtige Dinge: die Reiseunterlagen, die Dollars, das Wörterbuch vom Vater und das Päckchen von Hans. Die Mutter hatte gesagt, ohne Handtasche könne sie nicht nach Amerika reisen. Aber die Mutter würde ihre Tasche zurückbekommen. Nein, sie würde nicht die alte Tasche bekommen, sondern eine ganz neue. Die schönste Handtasche von ganz Amerika.

Das Gedränge vor dem Schiff hatte Ruth zu große Angst gemacht, und deshalb hatten sie mitten in der Menschenmenge einen allzu kurzen Abschied nehmen müssen. Offenbar waren Hunderte von Menschen zusammengeströmt, um das Schiff und die Menschen zu sehen, die damit losfuhren.

Ein Polizist mit breitem Backenbart hielt sie an, als sie soeben die Laufplanke betreten wollte, streckte die Hand aus und wollte ihren Vertrag und ihre Ausweispapiere sehen. Er wirkte streng und gebieterisch in seiner schwarzen Uniform. Als sie ihm den Vertrag reichte, sah sie seine Verärgerung, weil sie den nicht für ihn auseinandergefaltet hatte, und sie dachte an den jungen Polizisten, der ihr gegenüber so freundlich gewesen war.

»Du kannst an Bord gehen.« Der Polizist versetzte ihr einen Stoß.

Sie setzte den Stiefel auf die Laufplanke und machte zwei Schritte, aber sie hatte das Gefühl, dass gar nicht sie hier ging. Es war zwar sie, aber dann auch wieder nicht. Auf jeden Fall kam es ihr falsch vor. Die unübersichtliche

Menschenmenge schob sie vor sich her, immer fester, bis sie an Bord war.

Sie blieb an Deck stehen und schaute sich um, ohne irgendetwas wahrzunehmen, und dabei zitterte sie und presste die Tasche an sich. Es war Freitagnachmittag, und bald würde Hans zum Zug nach Strømmen gehen. Thea öffnete den Mund und schnappte nach Luft, sie hatte das Gefühl, den festen Boden unter den Füßen zu verlieren, doch dann spürte sie plötzlich eine sanfte Berührung am Arm. Neben ihr stand eine Frau, die wohl ungefähr so alt war wie die Mutter, sie trug ein weißes Kleid mit einem roten Kreuz auf dem Ärmel.

»Kann ich dir helfen?« Die Schwester lächelte Thea freundlich an.

Thea zog mit zitternder Hand ihren Fahrschein hervor.

»Dritte Klasse«, sagt die Schwester und zeigte auf eine Tür. »So tief unten, wie es nur geht.«

Thea folgte dem Strom aus schwarz gekleideten Frauen nach unten, Stockwerk um Stockwerk. Ein dumpfes Geräusch hallte bei jeder Stufe, auf die sie ihre Stiefel setzte, in den Wänden wider, bis sie ganz unten war. Ein enger Gang lag vor ihr. Und noch einer. Und ein dritter. An den Türen standen Zahlen. Sie suchte sich ihren Weg und öffnete am Ende die Tür zu ihrem Raum, der wohl ihre Kabine sein musste; auf der Tür stand dieselbe Zahl wie auf dem Fahrschein.

Ein langer schmaler Raum ohne Fenster, keine Öffnung in der Wand. Ihr brach auf der Stirn der Schweiß aus, als sie hineinging. Zwei Etagenbetten aus Stahl mit Rahmen davor, ein brauner Schrank mit einer Waschschüssel zwischen den Betten, ein kleines Regalfach mit einem brüchigen Stück Seife mit schwarzen Rissen, Haken mit zwei

Handtüchern. Sie hörte Schritte auf der Treppe und den Aufprall von Koffern, die getragen und geschleppt wurden. Eine Frau, die rief. Ein Kind, das weinte. Eine Jungenstimme, die nach den Männerkabinen fragte. Sie schob ihren Koffer unter das eine Bett, setzte sich auf die harte Unterlage und blieb dort bewegungslos sitzen, mit dem Päckchen auf den Knien.

Langsam öffnete sie die Schnur, die um das Päckchen gebunden war. Ihre Hände zitterten, als sie das Papier auseinanderfaltete. Vor ihr lag ein Seidentuch, handgenäht aus einem violetten Stoff, in den kleine blaue Veilchen eingewebt waren. Er musste an sie gedacht haben, gewollt haben, dass sie an ihn dachte, während sie voneinander getrennt waren. Sie schluchzte auf und wischte sich mit der Hand die Wange ab. Nach ihrer Rückkehr würde sie Hans heiraten und ihn niemals wieder verlassen.

Die riesigen Schiffssirenen tuteten laut und energisch und rissen sie aus ihren Gedanken. Jetzt verließen sie den Hafen. Die Frauen, alte und junge, strömten aus den Kabinen und zurück zur Treppe, wo sie energisch ihre Röcke rafften, um nicht auf den Saum zu treten, während sie nach oben stiegen.

Thea fand eine kleine Lücke an der Reling, und dann stand sie da zwischen allen anderen Reisenden aus ihrer Klasse. Sie schaute zum Land hinüber, suchte zwischen den großen leeren Kornsilos am Kai, wo sie wusste, dass ihre Familie Zuflucht gesucht hatte. Der Wind riss an ihren Haaren. Sie hob die Hand und winkte, konnte ihre Angehörigen aber nicht von allen anderen unterscheiden, und als das Schiff dann schneller fuhr, wurde das große graue Menschenmeer unterhalb der Festung Akershus immer kleiner.

8

Die »Frederik VIII« war ein großes schwarzes Schiff mit zwei riesigen Schornsteinen. Sie gehörte der Skandinavischen Amerikalinie und kam aus Kopenhagen. Die Mutter hatte aus dem Passagebüro einen Informationszettel mitgebracht. Das Schiff konnte in der dritten Klasse achthunderteinundachtzig Passagiere aufnehmen, zweihundertneunundfünfzig in der zweiten und einhunderteinundzwanzig in der ersten. Die Mannschaft bestand aus zweihundertfünfundvierzig Seeleuten. Die Überfahrt konnte zwölf bis vierzehn Tage dauern, das hing von Wetter- und Windverhältnissen ab.

Thea dachte daran, was Hans gesagt hatte. Vor weniger als einem Jahr war die Lusitania vor der irischen Südküste von den Deutschen torpediert und versenkt worden. Die Deutschen hatten gedacht, das Schiff sei mit Munition beladen. Die Lusitania war von New York nach Liverpool unterwegs gewesen, mit fast zweitausend Menschen an Bord. Nicht viele von ihnen hatten überlebt. Thea umklammerte die Reling. Es war doch möglich, dass die Deutschen auch auf diesem Schiff Munition vermuteten.

Der Kristianiafjord schien kein Ende zu nehmen. Thea richtete den Blick auf große und kleine Inseln, über die das Wasser schlug, auf Hänge mit verschneiten Bäumen, auf teerbraune Häuser und kleine Boote, die am Ufer vor sich hin dümpelten. Schnee hing in der Luft, hier draußen auf dem Wasser war es kälter als vorhin an Land, aber sie konnte den Gedanken, wieder nach unten zu gehen, nicht ertragen. Erst als die Sonne unterging und ihre Haut in der Kälte wehtat, ließ sie die Reling los und suchte mit langsamen Schritten nach warmen Rohren und Leitungen.

Sie blieb auf einer Taurolle sitzen, rieb ihre Hände aneinander und sah dabei zwei Damen zu, die über Deck wandelten. Die Kleider der beiden flatterten nach hinten, Haarsträhnen rissen sich von Haarnadeln und Kämmen los und wehten in alle Richtungen, die Handtaschen schwangen hin und her, und ihre Gesichter wirkten ausdruckslos.

»Festung Oscarsborg.« Ein älterer Mann in einem fusseligen Friesmantel und einer Mütze mit Ohrenklappen blieb vor Thea stehen und zeigte auf eine Insel mitten im Fjord. »Wenn du heute noch essen willst, junge Dame, dann rate ich dir, das jetzt zu tun, ehe wir den Leuchtturm von Færder erreichen und der Fjord sich öffnet.«

Thea dankte, folgte seinem Rat allerdings nicht. Der Wind war wie Eis an ihren Wangen, und das Deck leerte sich zusehends, aber sie blieb sitzen, sie und einige andere, bis sich die Landschaft öffnete und es fast nur noch Meer und Himmel gab.

Das Schiff wirkte vollbeladen, so dicht bewohnt wie die Häuser von Kampen, mit Ausnahme von Theas Kabine, wo nur sie war. Würde sie auf dieser ganzen langen Reise allein sein?

Sie setzte sich auf das eine Bett, wickelte sich in die graue Wolldecke und fröstelte. Dann band sie ihr Halstuch ab. Die Finger glitten langsam über die Säume. Die Stiche waren klein und gerade, fast unsichtbar, aber dort, ganz unten, an dem einen Saum, war etwas, das sie beim Auspacken nicht bemerkt hatte. Ihr Name stand dort mit Kreuzstichen geschrieben. *Thea.* Sie hielt sich das Tuch ans Gesicht, bohrte die Nase hinein, versuchte, seinen Geruch wahrzunehmen.

Plötzlich wurde ihr schlecht. Es brach über sie herein, wie damals, als sie vom Schlachter in Vålerenga altes Fleisch bekommen hatten. Rasch zog sie den Eimer unter dem Bett hervor und erbrach sich. Sie wischte sich mit dem Ärmel den Schleim von der Wange und schluchzte auf. Das Halstuch hatte einige Flecken abbekommen.

Es wurde Abend; das Schiff ging vor Kristiansand vor Anker.

»Das Schiff ist zu groß, um in den Hafen einzufahren«, hörte sie neben sich jemanden sagen.

Sie beugte sich über die Reling und sah den kleinen Dampfer, der sich mit den neuen Passagieren näherte, und plötzlich wurde sie erfüllt von einem Gefühl der Demut. In Kristiania waren viele unbegleitete Frauen an Bord gegangen. Viele hatten so selbstständig gewirkt, ja, fast weltgewohnt, auch wenn sie nicht so genau wusste, was dieses Wort bedeutete. Aber unten in dem Dampfer, der sich am Schiff jetzt längs legte, sah sie Familien mit großen Kinderscharen, sie sah alte Leute, sie sah in graue Decken gewickelte Säuglinge. Diese Menschen waren auch anders gekleidet. Ärmlicher. Das waren keine Stadtleute wie sie, mit Mantel und Handtasche. Das hier mussten Bauern aus dem Binnenland ein, Leute, von denen sie bisher nur gehört hatte, solche, die nur kargen Boden hatten.

Die Laufplanke wurde zwischen den Booten ausgelegt, und den Passagieren wurde der Reihe nach an Bord geholfen. Am Ende wurden Ladung und Gepäck befördert. Thea ging näher heran und sah zu, wie die Neuankömmlinge von den Schiffsoffizieren kontrolliert wurden. Hier schienen sie bei jedem neuen Fahrgast länger zu brauchen als in Kristiania.

Als alle überprüft worden waren, wurden zwei halbwüchsige Jungen und eine alte Frau zurückgeschickt, in den kleinen Dampfer, während verzweifelte Stimmen hinter ihnen herriefen. Ein Kind schrie laut und wollte zu ihnen laufen, wurde aber festgehalten. Thea wandte sich eilig ab und weinte lautlos.

Vor dem Speisesaal der dritten Klasse hatte sich eine Schlange gebildet. Thea musste auf dem Gang warten. Als sie eingelassen wurde, staunte sie darüber, wie groß der Raum war. Reihen von langen Tischen und Bänken an den Seiten und runde, am Boden befestigte Stühle in der Mitte. Überall saßen dicht an dicht Menschen und aßen. Thea ging an den Reihen auf und ab und fand schließlich zwischen zwei Frauen einen leeren Platz.

Auf den Tischen gab es Decken und weiße Teller, und sie merkte plötzlich, wie hungrig sie war. Das Abendessen bestand aus Gemüsesuppe mit Fleischstücken und Brot. Auf dem Informationszettel hatte gestanden, dass es jeden Tag drei warme Mahlzeiten geben würde. Trygve und Harald waren vor Neid außer sich gewesen, als sie ihnen das vorgelesen hatte, und Trygve hatte sofort beschlossen, auch über das Meer zu fahren, wenn er erst groß wäre.

Bald war ihr heiß, und sie war satt und wurde sehr müde; zu ihrer Überraschung merkte sie, dass sie Sehnsucht nach ihrer Koje hatte.

Sie wollte gerade gehen, als ein junger Mann mit mageren bleichen Wangen, der ihr genau gegenübersaß, aufstand und dem Offizier, der am Ende der Tischreihe stand, zurief: »Wie wird das Wetter während der Überfahrt?«

Sie verstand die Antwort des Offiziers nicht, da Tassen und Teller so heftig klirrten, es war lautes Stimmgewirr, es wurde geräuspert und gehustet, und hier und da weinte ein Kind.

»Was ist mit dem Fahrwasser um die Britischen Inseln?« Ein Mann, einige Stühle weiter am selben Tisch, war ebenfalls aufgestanden, er war groß wie Hans, aber sein Gesicht war braungebrannt und berichtete von Wetter und Wind, und sein Kinn war bedeckt von einem kräftigen rötlichen Bart. »Alle wissen«, fügte er hinzu und zupfte sich an dem roten Bart, »dass die Gewässer bei England zur Kriegszone gehören und dass auch neutrale Schiffe von deutschen U-Booten angegriffen werden können.«

»Wir bringen euch schon heil nach drüben«, rief der Offizier. »Das Schiff wird während der ganzen Überfahrt verdunkelt.«

Mehrere Passagiere meldeten sich zu Wort, und bald waren die meisten im Saal aufgesprungen, erregt und schweißnass. Thea erhob sich ebenfalls. Jemand rief die Namen von Handelsschiffen und Passagierschiffen, die von deutschen U-Booten versenkt worden waren, während andere über Frachtboote und Fischkutter schrien, die ihrer Meinung nach ganz bestimmt untergegangen waren, während noch andere weinten und Reeder und Spekulanten verfluchten.

»Ruhe!« Der Offizier klatschte in die Hände. »Das Schiff hat einen Notrufsender, und die Rettungsausrüstung ist in vorschriftsmäßigem Zustand.«

»Aber was ist mit der Trondheimsford?« Das war wieder der junge Mann, derjenige, der sich zuerst nach den Wetteraussichten erkundigt hatte. »Die kam aus New York und wurde auf dem Weg nach Bergen torpediert, und sie hatte Passagiere und Frachtgüter an Bord.«

Der Offizier winkte Verstärkung herbei, zwei weitere Uniformierte, die bei der Tür gestanden hatten.

»Alle von der Trondheimsfjord wurden gerettet«, sagte einer von ihnen eilig. Er war groß und kräftig, seine Stimme hallte durch den Saal. »Und wir haben ebenso viele und gute Rettungsboote.«

»Das hilft nichts, wenn etwas passiert …« Das war Theas Sitznachbarin, ihre Stimme klang schrill. »Hier sind viele ältere Leute und Kinder.«

»Ruhe im Speisesaal!« Der andere Uniformierte versuchte, seine Stimme tiefer klingen zu lassen. »Nach der Mahlzeit bitten wir alle, sich in ihre Kabinen zu begeben. Niemand darf nachts das Deck betreten. Das ist ein Befehl.«

Als Thea zurück in ihre Kabine kam, blieb sie unsicher in der Türöffnung stehen. Auf der Koje ihr gegenüber saßen eine Frau und ein kleines Mädchen, auf der anderen eine junge Frau in ihrem Alter.

»Thea Thoresen«, sagte sie und machte einen Knicks. »Ich bin in Kristiania an Bord gekommen.«

»Du bist also die geheimnisvolle Mitreisende«, sagte die junge Frau und spitzte beim Reden die Lippen. »Wir dachten schon, du wärst wieder an Land gegangen.« Dann warf sie plötzlich den Kopf in den Nacken und lachte. »Amanda Storm, in Kristiansand zugestiegen.«

Thea zog die Tür hinter sich zu und dachte, Amanda müsse mindestens zwanzig sein. Sie sah erfahren aus, auf eine Weise, die Thea nicht richtig erklären konnte, selbstsicher, als ob sie schon viele Male über den Atlantik hin und zurück gereist wäre. Wie die andere in Kristiansand an Bord gekommen sein wollte, begriff sie nicht, denn Amanda unterschied sich in jeglicher Hinsicht von den anderen Passagieren. Sie sah aus wie unterwegs auf ein Fest, nicht wie auf der Flucht vor Not und Elend. Sie hatte üppige blonde Haare, tiefblaue Augen und ein herzförmiges Gesicht, aber nicht einmal das war das Auffälligste; Amanda Storms Kleid war tief ausgeschnitten und hellrot.

»Ich heiße Åse Linnerud«, sagte die Frau. »Und das ist meine Tochter Elise.«

Thea machte einen Knicks und lächelte dem Mädchen zu, das sich an die Mutter schmiegte und die Finger in ihr gelbes Kleid bohrte. Thea konnte sich gut an sie erinnern, an sie und die Mutter und an die alte Frau, die zurückgeschickt worden war. Die Kleine hatte wohl geweint, ehe Thea gekommen war, denn ihre Augen waren rot und wund und erinnerten sie an Ruth.

»Wir kommen von einem Hof am Bjørnafjord, im Süden von Bergen.« Frau Linnerud setzte sich anders, sie sah verschwitzt und unwohl aus in ihrem hochgeschlossenen Kleid. Erst jetzt bemerkte Thea, wie mager ihre Wangen waren und dass ihr unten im Mund Zähne fehlten. »Wir wollen nach Nord-Dakota«, fügte sie hinzu.

»Ja, ist es nicht unglaublich«, rief Amanda, ehe Thea etwas sagen konnte. »Genau dahin will ich auch, obwohl wir weder verwandt noch bekannt sind. Die Welt ist eben klein. Meine Schwester arbeitet dort. Sie hat einen Posten als Dienstmädchen. Allein in einem Haus. Aber sie fühlt sich da so einsam, und da hat sie gefragt, ob ich kommen dürfte. Ja, warum nicht? Ich kann mein Glück doch auch mal probieren.«

»Mein Mann ist vor einigen Jahren nach drüben gegangen, hat sich Land besorgt und eine Farm gegründet.« Frau Linnerud bedachte ihre Tochter mit einem warmen Blick. »In Amerika gibt es Möglichkeiten.«

»Was für eine Vorstellung, eine eigene Farm in der Prärie«, seufzte Amanda. »Wie romantisch.«

»Ich habe einen Dienst bei einer wohlhabenden Familie.« Thea setzte sich neben Amanda. »In der Nähe von New York.«

»Ach, du hast ja keine Ahnung, was du für ein Glück hast.« Amanda sah sie mit träumerischem Blick an. »New York, meine Güte.«

»Etwas außerhalb«, betonte Thea. »Das ist ein Landsitz.«

»Amerika ist das Land der Träume«, sagte Amanda. »Da gibt es Dinge, von denen wir zu Hause nicht einmal gehört haben.«

»Meine Familie braucht Geld«, sagte Thea. »Deshalb fahre ich nach drüben.«

»Pah«, sagte Amanda und lachte laut. »Das glaube ich nicht eine Sekunde lang.« Dann beugte sie sich vor, riss die blauen Augen auf und fuhr mit der Hand über Theas Tuch. »So was Schönes wie dein Tuch habe ich noch nie gesehen.«

»Danke«, sagte Thea und spürte, wie ihr Kinn zu zittern begann. »Das ist von … meinem Verlobten.«

»Du verlässt einen, der dir solche Geschenke macht?«

Thea schüttelte den Kopf. »Ich fahre zurück«, flüsterte sie und wünschte, sie hätte das Tuch in ihrer Tasche verstaut.

»Schau mal.« Amanda beugte sich vor und zog eine Broschüre aus ihrem Koffer. »Die haben sie gemacht, um Passagiere aus der ersten Klasse anzulocken. Das ist Luxus.« Sie seufzte wieder. »Ja, wir zwei müssen morgen in den Damensalon gehen. Der ist sicher nicht so toll wie der oben in der ersten, aber wir werden uns schon amüsieren.«

Thea nickte, hatte aber gar keine Lust, sich zu amüsieren.

»Ist das deine Koje?« Amanda hielt sich eine Hand vor den Mund und gähnte.

Wieder nickte Thea und sah die fadenscheinigen Strümpfe, als Amanda die Treppe zur oberen Koje hochstieg. Es war nicht so gemeint gewesen, dass Thea bestimmen wollte; aber sie war zuerst hier gewesen und hatte deshalb das untere Bett genommen. Aber Amanda schien es nicht das Geringste auszumachen, oben zu schlafen. Kaum hatte sie sich das hellrote Kleid über den Kopf gezogen und sich hingelegt, klopfte sie mit der Hand den Takt des Motorendröhnens und sagte verträumt: »Stell dir vor, jetzt wird da oben in den großen Salons getanzt.«

Elise kletterte in die Koje über der ihrer Mutter, und Thea legte sich in die unter Amanda. Thea lag wach und lauschte dem Anker, der gegen die Schiffsseite schlug, erleichtert darüber, dass sie nicht mehr allein war. Dann fiel ihr das Wörterbuch ein, das der Vater ihr gegeben hatte, und sie begann darin zu blättern.

Kurz vor dem Einschlafen drehte Thea sich zu Frau Linnerud um und lächelte sie an. In diesem Moment jedoch hustete Frau Linnerud und setzte sich auf. Ihr Gesicht hatte die Farbe verloren und glänzte vor Schweiß; sie zog ein Taschentuch aus dem Ärmel, fuhr sich damit über den Mund und steckte es zurück, aber sie war nicht schnell genug gewesen.

Thea rollte sich zusammen und drehte ihr Gesicht zur Wand. Dann kniff sie die Augen zu. Doch es war unmöglich, das Bild der kleinen roten Tropfen zu verdrängen, die sie schon so oft gesehen hatte und die niemals etwas Gutes verhießen.

9

Erst am späten Nachmittag des dritten Tages schlug das Wetter um. Thea und Amanda hatten einige Stunden im Damensalon gesessen und wollten nun an Deck gehen, ehe es zu windig wurde, denn dann wurden die Ausgänge verschlossen. Der Salon war wunderbar warm gewesen. Die Knöpfstiefel ruhten auf einem grünen Teppich. Die Sessel waren weich, bezogen mit einem braunen Samtstoff, der Hans bestimmt gefallen hätte. Das Licht der prachtvollen Lampen an den Wänden schien auf dunkle Mahagonitische. Wer bezahlen konnte, konnte sich im Salon eine Mahlzeit oder ein Getränk servieren lassen, aber weder Thea noch Amanda hatten das getan. Sie gingen Arm in Arm die Treppe hinunter, stützten sich aufeinander, während das Boot schaukelte und sich von einer Seite auf die andere legte, und Amanda kicherte laut, wenn sie aneinandergepresst wurden.

Amanda hatte vorgelesen, für alle, die das hören wollten, aus einer Zeitung, die im Salon lag, von dem Tag, an dem das Schiff Kristiania verlassen hatte. Es ging um die Schlacht von Verdun. Zu Hause bei Thea wurden keine Zeitungen gekauft. Ab und zu bekamen sie eine, wenn der Vater das Glück hatte, von einem Kunden eine leihen zu können. Aber in Kampen machten Nachrichten trotzdem ziemlich schnell die Runde. Als Thea von der großen Unruhe an den Börsen gehört hatte und die Getreidepreise in die Höhe geschossen waren, hatte der Vater die Ersparnisse hervorgeholt, als sie also noch Ersparnisse gehabt hatten, und hatte eine Zeitung gekauft. Wenn es um den Krieg ging, sprach die Kundschaft in der Bäckerei über viele Einzelheiten, und alle fanden es gut und richtig, dass Norwegen neutral war, denn bei diesem Gemetzel würde es ohnehin keine Sieger geben. Von Hans hatte sie gehört, dass sich eine Linie durch ganz Nordfrankreich zog, von der Nordsee im Westen bis zur Schweiz im Osten, wo Millionen von Soldaten gegeneinander kämpften. Deutsche auf der einen Seite und Engländer und Franzosen auf der anderen. Aber Amanda hatte über den Granathagel vorgelesen, über Soldaten, die in den Schützengräben lebendig begraben wurden.

Thea schob mit aller Kraft die Tür zum Deck auf. Es war fast unmöglich, sie in dem kräftigen Gegenwind zu öffnen.

»Storm ist mein Name.« Amanda lachte einige Frauen an, die gerade in den Salon wollten. »Das heißt Sturm, und Sturm ist kein bisschen gefährlich.«

Sie fanden gleich bei der Tür eine Stelle unter einem Vordach, denn aufs offene Deck konnten sie nicht hinaus. Das Wasser schlug über die Reling, und sie mussten sich festhalten, um aufrecht stehen zu können.

Amanda begann sofort ein Gespräch mit zwei Männern, die Tabak kauten und davon überzeugt waren, dass sie sich der englischen Küste näherten.

»Das Schiff ist langsamer geworden«, sagte der eine und spuckte einen großen schwarzen Klumpen in die Luft, der sofort zurückgeworfen wurde und über seine graue Jacke floss.

»Die warten nur auf die Dunkelheit«, sagte Amanda. »Nachts ist es nicht so gefährlich.«

Amanda wirkte so viel unbesorgter als Thea. Wo Thea Fragen hatte, hatte Amanda Antworten. Amanda lachte, wenn Thea am liebsten geweint hätte. Vielleicht lag es daran, dass Amanda sich so freute. Alles, was auf der anderen Seite des Ozeans auf sie wartete, war einfach so wunderbar, dass auf der Reise dorthin nichts passieren konnte. Für Thea jedoch war es umgekehrt, für sie war es zu Hause am besten, und je weiter sie sich von ihrer Heimat entfernte, umso mehr sehnte sie sich zurück.

Der Wind heulte und riss an Tauwerk und Trossen. Thea wandte den Kopf von den beiden Männern und entdeckte plötzlich Frau Linnerud. Die saß, den Arm um Elise gelegt, auf einem Kasten mit Schwimmwesten.

Thea versuchte, den beiden zuzuwinken, aber als sie keinen Kontakt bekam, packte sie Amandas Arm. Zusammen kämpften sie sich durch den Wind, bis sie die anderen erreicht hatten.

»Ich fühle mich nicht ganz wohl«, sagte Frau Linnerud, nachdem sie sie entdeckt hatte. »Könnt ihr ein bisschen auf Elise aufpassen?«

Beim Abendessen war es still. Es gab einen Eintopf mit winzigen Speckstücken und Kartoffeln, und der Essensgeruch vermischte sich mit dem von Schweiß. Im Speisesaal herrschte ein noch größeres Gedränge als am ersten Abend, und Thea dachte, bei den einhunderteinundzwanzig Fahrgästen in der ersten Klasse müsse das doch ganz anders sein, denn die hatten ebenso viel Platz wie die achthunderteinundachtzig hier unten, oder achthundertachtzig, wenn sie Frau Linnerud abrechnete.

Im Speisesaal waren jetzt weitere Offiziere postiert. Das gefiel Thea nicht. Sie fand, dass die Männer unruhig wirkten, als sie an den Tischreihen vorbeigingen. Das Schiff schlingerte. Viele Passagiere waren bleich, nur wenige aßen etwas. Sie spähte zu Amanda hinüber, aber deren Wangen waren so rot wie vorhin im eisigen Wind an Deck. Thea legte ihre Gabel hin. Das hier war kräftigere Kost, als es jemals zu Hause gegeben hatte, aber sie brachte nicht viel hinunter, und Amanda auch nicht, die plötzlich alle Farbe verlor. Nur Elise verschlang gierig alles, was auf ihrem Teller lag.

Als sie in die Kabine zurückkehrten, war Frau Linnerud eingeschlafen. Sie hatte die Decke weggetreten, und ihr Gesicht zur Wand gedreht, so dass sich ihr magerer Rücken unter dem Nachthemd scharf abzeichnete. Amanda zog ihr Kleid aus und half Elise beim Ausziehen, während Thea nicht einmal den Gedanken ertragen konnte, sich ihres über den Kopf zu streifen. Sie legte sich hin und hielt sich am Bettrahmen fest. Ein Stiefel wurde zwischen den Betten hin und her geworfen. Thea versuchte, sich mit dem Gedanken an die zu Hause zu beruhigen, daran, dass ihre Reise doch ihren Sinn hatte. Aber jetzt konnte sie sich an diesem Gedanken nicht mehr festhalten, denn bald würden sie die englische Küste erreicht haben, wo deutsche U-Boote Schiffe torpedierten. Sie stand aus der Koje auf und lief zur Tür.

»Wohin willst du?« Amanda schaute über den Rand ihrer Koje.

»Ich brauche Luft.«

»Das ist verboten. Das haben die Wachen gesagt.«

»Aber ich muss …«

»Die Türen werden nachts abgeschlossen, Thea. Du kannst nicht raus.«

Thea taumelte zurück und kroch auf der harten Unterlage wieder in sich zusammen, sie würgte und lauschte dem Hämmern der Motoren, das sich mit Elises Wimmern vermischte.

»Wenn wir nach New York kommen, fahren wir zusammen weiter mit dem Zug nach Nord-Dakota.« Amanda winkte Elise zu, von Oberkoje zu Oberkoje. »Wird das nicht lustig?«

Elise schwieg, doch dann waren aus ihrer Koje plötzlich erstickte Würgegeräusche zu hören.

Amanda sprang aus ihrem Bett und jagte die Leiter zu dem anderen hoch. »Aber, aber, Elise«, tröstete sie. »Das wird gleich besser.« Dann ließ sie die verschmutzte Bettdecke auf den Boden fallen.

Thea griff nach dem Wörterbuch, das sie unter ihrem Kopfkissen versteckt hatte. Fieberhaft wiederholte sie dieselben Vokabeln, wieder und wieder, um nicht an alles denken zu müssen, was hier bald passieren könnte.

Sie war offenbar eingeschlafen. Thea drehte ihr Gesicht zur Seite und sah Amanda, die auf den Knien lag und sich erbrach, und auf jedes Würgen folgte ein Jammerlaut. Der Gestank war nicht zu ertragen. Wenn sie nicht bald Luft bekämen, würden sie ersticken. Thea hatte den Geschmack der Speckstücke im Mund. Dann konnte sie es nicht mehr zurückhalten, beugte sich über die Bettkante, zog den Eimer hervor und entleerte sich.

Barfuß und nur im Unterrock packte sie die Henkel von Amandas Eimer und ihrem eigenen und taumelte hinaus auf den engen Gang. Die Luft war heiß. Schweiß und Erbrochenes mischten sich in den Gestank aus dem Waschraum. Sie erbrach sich. Das Schiff schaukelte und schlingerte. Die Eimer knallten gegen die Wand. Thea schämte sich jetzt nicht mehr, weil sie seekrank wurde, sie war schließlich nicht die Einzige.

Vor dem Waschraum hatte sich eine Schlange gebildet.

Ein kleines Mädchen mit langen Zöpfen stand vor ihr, heulte auf, sank in die Knie und erbrach sich. Dann kam ein heftiges Dröhnen, und es wurde ganz still.

»Wir sinken«, rief eine Frau und schlug die Hände vors Gesicht.

»Sind die Motoren ausgestellt worden?« Thea hörte, wie sich ihre Stimme unter die der anderen mischte.

»Wir sind torpediert worden!« Eine Frau tauchte, nur in Unterwäsche, aus einem anstoßenden Gang auf und schrie.

Thea rannte mit den leeren Eimern zurück in ihre Kabine, doch kaum hatte sie die Tür geöffnet, warf sich Elise in ihre Arme.

»Mutter ist krank«, weinte sie. »Schau doch nur!«

»Das ist sicher dasselbe wie bei uns allen.« Thea ließ die Eimer fallen und stöhnte.

»Nein«, sagte Elise und zeigt auf den Eimer vor dem Bett ihrer Mutter. »Da ist Blut.«

Thea beugte sich vor, erbrach sich abermals und wischte sich mit dem Handrücken das Kinn ab.

»Sie war schon krank, ehe wir losgefahren sind.« Elise rieb sich die Augen. »Aber das sollte niemand wissen.«

»War sie beim Doktor?« Thea hielt sich an der oberen Koje fest.

»Sie sagt, da, wo wir hinfahren, gibt es bessere Doktoren.« Elise schmiegte sich an sie.

»Du musst runterkommen und uns helfen.« Thea schüttelte Amanda. »Frau Linnerud ist krank.«

»Mir ist so schlecht«, jammerte Amanda.

»Frau Linnerud blutet.« Thea riss an Amandas Hemd. »Du musst!«

Widerwillig kletterte Amanda die Leiter hinunter und strich sich die blonden Haare aus den Augen. Dann richtete sie sich auf, griff nach dem Handtuch am Haken und wischte sich den Schweiß aus dem Nacken. »Es gibt einen Arzt an Bord«, sagte sie und würgte. »Frau Linnerud braucht Hilfe.«

»Nein.« Elise sprang aus ihrem Bett und trat zwischen die beiden. »Dann wird sie wieder nach Hause geschickt, genau wie meine Oma.«

»Sie muss jedenfalls etwas trinken.« Amanda zog die Stiefel an, knöpfte sie zu und streifte ihr hellrotes Kleid über. »Ich gehe in den Waschraum und hole Wasser.«

Thea blieb bei Frau Linnerud sitzen, öffnete deren Kleid, wischte ihr den Schweiß von der Brust und dachte, dass in Amerika sicher ein besseres Leben auf sie wartete als das, welches sie verlassen hatte. Elise saß daneben und beobachtete jede einzelne Bewegung. Wasser würde es erst am nächsten Morgen geben, wenn die Mannschaft zum Saubermachen herunterkam. Gut, dass Amanda welches geholt hatte. Thea lehnte den Kopf an die Leiter und schloss die Augen. Kein Geräusch war mehr zu hören, und sie ließ sich von dem Schiff in den Schlaf wiegen.

Jemand schüttelte sie. Thea öffnete die Augen und wusste für einen Augenblick nicht, wo sie war. Sie rieb sich das Gesicht. Amanda stand vor ihr, sie sah ernst aus, und neben ihr stand die Krankenschwester. Auf dem Gang draußen erblickte Thea zwei Offiziere und eine Trage.

Thea sprang aus dem Bett, ihr Puls hämmerte. Hatte Amanda Frau Linnerud verraten? Thea wollte schon protestieren, aber plötzlich war ein lauter Knall zu hören, und das Schiff wurde nach vorn geschleudert. Elise klammerte sich an sie, und Thea griff nach der Stahlstange. Das tat auch die Schwester. Dann dröhnten die Motoren wieder los, und das Schiff richtete sich auf. Sofort war die Schwester zur Stelle und half Frau Linnerud aus dem Bett und auf die Trage, und die Offiziere brachten sie weg.

Elise schrie und wollte hinterherlaufen, aber Amanda hielt sie fest.

»Wie konntest du das Frau Linnerud antun?«, schrie Thea Amanda wütend an.

»Wir konnten nicht riskieren, angesteckt zu werden.« Amanda hielt ihrem Blick stand. »Du hast ja keine Ahnung, wie streng die bei der Einwanderungskontrolle sind. Ich will jedenfalls nicht zurückgeschickt werden.«

IO

Dann folgten einige ruhige Tage. Die Sonne schien, die See war ruhig, und Thea, Amanda und Elise verbrachten viele Stunden an Deck. Die Menschen standen und saßen dort fast aufeinander. Irgendwo erklang eine Mundharmonika, und Elise lief vor den beiden anderen her auf dieses Geräusch zu. Einige Jungen sangen und klatschten den Takt. Ein paar Mädchen warfen mit Holzringen nach einem Stöckchen. Vier Männer saßen mit einem Kartenspiel in einem Rettungsboot, sie waren so eifrig, dass das Boot heftig hin und her schaukelte, wann immer einer ausspielte. Amanda lachte so sehr, dass sie sich Tränen abwischen musste. Wie konnte sie so lachen und sich amüsieren, nach dem, was sie Frau Linnerud angetan hatte? Das machte Thea noch immer zu schaffen, und sie merkte, dass ihr erster Eindruck von Amanda sich allmählich änderte. Dachte die nicht daran, was aus Frau Linnerud werden sollte, und nicht zuletzt an Elise?

Ein Stück weiter entfernt war jetzt eine Geige zu hören und riss Thea aus ihren Gedanken. Bald tanzten zwei Paare über das Deck.

»Kommt«, sagte Amanda und lief los. »Vielleicht können wir auch tanzen.«

Sie liefen weiter, aber plötzlich hatte Thea das Gefühl, dass jemand sie ansah. Sie blieb stehen und schaute auf. Auf dem oberen Deck standen zwei Damen. Sie trugen dicke Mäntel und hatten große Pelzhüte auf dem Kopf und Muffs an den Händen.

»Ach, achte nicht auf die«, schnaubte Amanda und zog sie weiter. »Wenn das Schiff sinkt, geht es denen auch nicht besser als uns.«

»Willst du wirklich für immer in Amerika bleiben?« Thea schaute zu Amanda hinüber, während sie weiter über das Deck liefen.

»Sicher doch. Da, wo ich herkomme, gibt es nicht viele reiche Männer.« Amanda sagte das, ohne rot zu werden. »Was ist mit dir?«

»Ich will wieder nach Hause.«

»Ach, sei du dir da nicht so sicher, so hübsch, wie du bist.« Amanda kicherte und warf den Kopf in den Nacken, als ein Schiffsoffizier vorüberging. »Merkst du nicht, wie die Offiziere dir nachschauen?«

Thea wandte sich ab. Das war ihr nun wirklich nicht aufgefallen. Wer hier angestarrt wurde, war Amanda; die blonden Haare, die wieder üppig um ihren Kopf wogten, und ihr Busen, der voll und groß unter dem hellroten Kleid prangte. Zum ersten Mal kam Thea der Gedanke, dass vielleicht wirklich eines Tages eine wie Amanda bei der Schneiderei vorbeischauen und dass Hans vielleicht eine finden würde, die nicht wegfuhr und die ihm besser gefiel als Thea.

Unvermittelt blieb sie stehen. Elise war verschwunden. Sie drehte sich um, konnte die Kleine nirgendwo sehen. Sie rannte, dicht gefolgt von Amanda, über das Deck, rief Elises Namen, wieder und wieder.

»Da ist sie!« Amanda packte Theas Arm und zeigte vor sich hin.

»Wo?«

»Da!«

Thea beugte sich vor und schnappte nach Luft. Elise war zu den Mädchen zurückgerannt, die mit Holzringen nach einem Stöckchen warfen. Sie spielte nun mit. Thea wollte zu Elise laufen und sie festhalten, aber dann spürte sie Amandas Arm um ihrer Taille, und sie gingen zu einer Bank, wo sie das Spiel im Auge behalten konnten.

»Du hattest ja solche Angst!« Amanda legte die Hand auf Theas. »Ich passe auf sie auf, das verspreche ich dir.«

»Ich finde es schrecklich, wenn jemand einfach so verschwindet«, schluchzte Thea. »Vor einigen Jahren war plötzlich mein Bruder verschwunden. Nach stundenlangem verzweifeltem Suchen fanden wir ihn oben im Wald, eine Kreuzotter hatte ihn gebissen. Er war erst vier Jahre alt.« Sie schaute auf ihre Knie. »Nur wenige Monate später ist meine Schwester an Tuberkulose gestorben.«

»Das darfst du niemandem verraten«, flüsterte Amanda und beugte sich weit zu ihr herüber. »Das ist dasselbe bei Frau Linnerud. Die Krankenschwester hat gesagt, dass sie auf Ellis Island in Quarantäne muss. Ich habe Elises Papiere. Ich nehme sie mit.«

»Aber Elise will doch sicher bei ihrer Mutter bleiben.« Thea wurde nervös bei dem Gedanken, dass Frau Linnerud in Quarantäne musste, was immer das bedeuten mochte.

»Das darf sie nicht«, sagte Amanda und schüttelte energisch den Kopf. »Dann kann sie sich doch anstecken.«

»Du hättest nichts sagen dürfen.« Wieder fing Thea an zu weinen. »Du hättest sie zu ihrem Mann fahren lassen müssen.«

»Das ist nicht ihr Mann«, flüsterte Amanda. »Das ist ihr Dienstherr. Der Hofbesitzer eben.«

Thea starrte Amanda verständnislos an. »Aber sie hat gesagt, dass er auf sie wartet«, flüsterte sie. »Dass er vorausgefahren ist, Land gekauft hat, eine Farm gegründet …«

Amanda sah sie an. »Du hast wohl noch eine Menge über das Leben zu lernen, Kleine.«

Thea schlug die Augen nieder. »Aber er will sie doch sicher heiraten und Elise an Kindes statt annehmen?«

»Elise ist sein Kind, deshalb fahren sie doch hin.«

»Aber woher weißt du das alles?« Wieder starrte sie Amanda unsicher an.

»Das hat mir die Krankenschwester erzählt, als sie mir die Papiere gegeben hat.« Amanda runzelte die Stirn; ihr weiches Gesicht sah plötzlich müde und alt aus. »Du musst begreifen, dass Frau Linnerud nicht weiter als bis Ellis Island kommen wird, falls sie es überhaupt bis dahin schafft.«

Thea schaute hinaus auf die schäumenden Wellen, und in ihr verkrampfte sich alles. »Aber ich verstehe das trotzdem nicht«, flüsterte sie. »Er ist doch der Vater.«

»Er hat eine Frau«, sagte Amanda wegwerfend. »Und viele Kinder. Er weiß nicht, dass sie kommen. Acht Jahre lang hat Frau Linnerud mit der Schande gelebt, nicht einen Öre hat er ihr geschickt. Sie hat auf den Höfen am Bjørnafjord gearbeitet, hat versucht, sich und ihre alte Mutter und ihre Tochter zu ernähren. Es ist seltsam, dass sie Elise nicht weggegeben hat. Das hätte ihr das Leben viel leichter gemacht.« Amanda schob die Hand unter ihr Kleid, zog einen Brief heraus, und plötzlich öffnete sich ihr Gesicht zu einem Lächeln. »Frau Linnerud hat an ihn geschrieben«, sagte sie. »Ich soll den Brief zusammen mit Elise abliefern.«

Zwei Damen spazierten vorüber und starrten Amandas Kleid an, als ob sie ihren Augen nicht trauten, aber Amanda schien das nicht zu interessieren. »Im vorigen Jahr sind neue Gesetze erlassen worden«, sagte sie und hob den Kopf. »Und die gelten seit diesem Jahr. Frau Linnerud hat geschrieben, dass sie das als Fügung des Schicksals betrachtet, dass es gerade dann passiert ist, als sie krank wurde.«

Amanda nickte mehrmals, während sie auf den Brief zeigte. »Elise hat ein Recht auf ein Erbteil und auf seinen Namen. Das sagt das Gesetz.«

Elise kam lachend auf sie zugelaufen. Amanda ergriff die kleine Hand des Kindes. Dann schlug das Lachen plötzlich in Weinen um, und Elise kletterte auf Amandas Schoß und rief dabei nach ihrer Mutter.

»In dem Krankenhaus auf Ellis Island wird sie wieder gesund gemacht, das kannst du dir doch denken«, flüsterte Amanda in Elises Haare. »Und du und ich fahren solange nach Nord-Dakota. Du kannst das Tuch haben, das ich in meinem Koffer versteckt habe. Es ist pflaumenblau und hat eine Bommel. Denk nur, wie fein du damit sein wirst.«

Das Weinen verstummte. Elise zog die Nase hoch. Dann legte sie Amanda den Kopf in den Schoß, und Amanda sang sie in den Schlaf. Wie sie dasaßen, hätten Leute, die sie nicht kannten, die beiden für Mutter und Tochter gehalten.

Thea fand keine Ruhe. Sie musste immer wieder in einer Mischung aus Verzweiflung und Verwunderung daran denken, was Amanda gesagt hatte. Sie dachte an die Dienstmagd Åse Linnerud, die mit Verantwortung und Schande sitzengeblieben war, als der Hofbesitzer, der Vater ihres Kindes, sich nach Amerika abgesetzt hatte. Sie dachte an die Lüge, die Frau Linnerud ihrer Tochter erzählt hatte, über den Vater, der auf der anderen Seite des Ozeans auf sie wartete, der Vater, der sie niemals aufnehmen würde, egal, wie viele neue Gesetze in der alten Heimat auch erlassen würden. Sie dachte an die unehelichen Kinder zu Hause in Kampen, die geschlagen und verspottet wurden und als weniger wert galten als die anderen Armeleutekinder, und an deren Mütter, über die getuschelt wurde. Wie viele andere Kinder mussten wohl dasselbe Schicksal erleiden wie Frau Linnerud? Sie hatte sich das noch nie überlegt, es noch nie aus nächster Nähe gesehen, das Leben war einfach immer so gewesen, und zum ersten Mal begriff sie wirklich das Schicksal der Frauen, die zurückgelassen wurden, und nicht zuletzt das der Kinder, die zwischen alle Stühle fielen. Zum ersten Mal, seit sie an Bord des Schiffes gegangen war, war sie nicht traurig, sondern wütend.

11

»Land in Sicht!« Eine Jungenstimme brüllte draußen auf dem Gang und donnerte an alle Türen.

Amanda jagte mit dem Hintern zuerst die Leiter hinunter, zog in der Eile den Stiefel an den falschen Fuß und hinkte über den Boden, während sie ihn wieder auszog, und brachte Elise zum Lachen.

»Komm, Amanda.« Elise lief zur Tür und riss sie auf. »Komm, Thea.«

Draußen auf dem Gang hörte Thea einen Wächter rufen, dass alle langsam gehen müssten, sonst würden sie sich auf dem Weg nach oben gegenseitig tottrampeln. Sie zog die Bettdecke höher über ihr Gesicht.

Amanda legte Elise ein Tuch um, schlang es ihr um den Hals und nahm ihre Hand. Aber als sie gehen wollten, drehte Amanda sich um und beugte sich in Theas Koje vor.

»Wenn du an Land kommst, musst du dich von deiner allerbesten Seite zeigen.« Amanda beugte sich noch weiter über sie. »Du musst daran denken, dass wir mit Frau Linnerud in einer Kabine waren. Die Behörden untersuchen alle auf Krankheiten. Und uns besonders. Du willst ja wohl nicht wieder nach Hause geschickt werden?«

Thea wandte sich ab. »Ich wünschte nur, Frau Linnerud könnte das erleben.«

»Eines Tages wirst du begreifen, dass du zuerst dich selbst retten musst, ehe du andere retten kannst«, sagte Amanda. »Und an dem Tag wirst du endlich frei sein.«

Die Kabinentür stand offen und schlug hin und her. Thea stützte sich auf die Ellbogen und schaute an ihrem

Kleid nach unten. Es war steif von Salzwasser und Resten von Erbrochenem. Es war für die meisten eine Überraschung gewesen, dass wieder Wind aufgekommen war. Vorsichtig stellte sie die Füße auf den Boden und merkte, dass die See noch immer ein wenig unruhig war.

Die Wasserkanne war leer, aber Amanda hatte in der Waschschüssel noch ein paar Tropfen hinterlassen. Thea feuchtete ein Handtuch an und schrubbte sich Gesicht, Arme und Brust, rieb, bis ihre Haut rot und warm war. Langsam beugte sie sich zum Spiegel vor. Die sonst immer lockigen schwarzen Haare fielen glatt auf ihre Schultern, ihre Augen waren düster, ihr Gesicht war bleich und mager, die Haut darunter dünn und blau. Sie fuhr sich mit einem Finger über ihre rissigen Lippen. Dann nahm sie ein Paar saubere Strümpfe und das dunkelblaue Kleid aus dem Koffer und zog sich an.

Die Nacht war klar und still. Am Himmel leuchteten die Sterne.

»Thea.« Elise sprang von dem Kasten mit Schwimmwesten, kam auf sie zugerannt und zog sie mit sich zurück zu Amanda.

»Das Land der Träume«, rief ein Mann, der neben ihnen stand, und schwenkte seine Mütze.

Die Menschen um sie herum klatschten in die Hände, laut und lang. Dann jedoch senkte sich abrupt Stille über das Deck, und alle starrten dasselbe an, das sich irgendwo dort draußen in der Dunkelheit befand. Die Stimmung war fast andächtig, wie in einer Kirche. Thea beugte sich vor, so weit über die Reling, wie das überhaupt nur möglich war. Endlich sah sie es auch. Immer wieder löste sich eine göttliche Gestalt aus der Dunkelheit, sie trug eine Krone auf dem Kopf und hob eine Fackel zum Himmel. Thea spürte ein Zittern im Leib, als ob das Licht der Fackel in sie hineinschiene, sie stark und voller Hoffnung machte, sie klatschte in die Hände und jubelte zusammen mit den anderen, und zum ersten Mal war sie sich sicher, dass sie in Amerika das schaffen würde, was sie sich vorgenommen hatte.

Als es am Himmel heller wurde, ging die Frederik VIII am Kai der Skandinavischen Amerikalinie in Hoboken, New Jersey, vor Anker, nach dreizehn Tagen auf See.

Thea und Amanda standen mit Elise zwischen sich auf dem vollgepackten Leichter, der die Passagiere aus der dritten Klasse zur Einwanderungskontrolle nach Ellis Island brachte. Die Reisenden aus der ersten und zweiten Klasse waren auf dem Schiff kurz überprüft worden und konnten danach direkt an Land gehen. Thea schaute hinter ihnen her, wie sie mit selbstverständlichster Miene über die Laufplanke in die neue Welt schritten. Die Damen trugen nun flaumleichte Sommerkleider, die Pelzhüte waren breitkrempigen Stoffhüten gewichen. Ihr Lachen perlte, während sie von Herren in glatten Anzügen und mit frisch gekämmten Frisuren begleitet wurden. Thea musste an die Broschüre über die erste Klasse denken, die Amanda ihr gezeigt hatte: die großen Kabinen, die Suiten mit Matratzen, Daunenkissen und eigenen Badezimmern, die großen Salons auf dem obersten Deck mit Polstermöbeln und tiefen Teppichen. »Luxus« hatte Amanda das genannt. Thea wusste nichts von einem Leben im Luxus und ging davon aus, dass es bei Amanda nicht anders war, aber Amanda besaß einen Vorteil, sie hatte die seltene Gabe, sich genau dahin träumen zu können, wohin sie wollte.

»Ungerecht«, sagte Amanda und warf den Kopf in den Nacken. Sie sah wohl dasselbe wie Thea. »Die werden nicht auf Krankheiten und Irrsinn überprüft. Das werden nur wir.«

Immer wenn jemand nieste oder hustete, hielt sich Amanda beschützend die Hand vor Mund und Nase. Dann drehte sie sich zu Elise um, die sich die Augen rieb. »Nein, nein«, sagte sie streng und zog der Kleinen die Hand weg. »Deine Augen dürfen nicht rot werden. Augenkrankheiten sind das Schlimmste.«

Die Sonne schien durch den Morgendunst und wärmte sie. Thea kostete die salzige Luft, die sich über ihre Lippen gelegt hatte, lauschte dem Lärm der Boote in ihrer Nähe, dem Geschrei der Möwen und dem Wasser, das gegen die Seiten des Leichters schwappte.

Um Elise das Gedränge zu ersparen, waren sie ganz zuletzt an Bord gegangen, aber jetzt hatte sich das Boot gedreht, deshalb standen sie als Erste am Ausgang. Amanda und Thea lächelten stolz über ihren klugen Zug und zwinkerten einander zu, so sahen sie als Erste die grünen Bäume und die Rasenflächen, die die großen Steinhäuser auf der Ellis genannten Insel umrahmten.

Thea sah Elise an, die so vertrauensvoll zwischen ihnen stand, und dann weiter zu Amandas roten Lippen und Wangen.

»Thea«, sagte Amanda, und ihre blauen Augen wurden ernst. »Du solltest dein Halstuch umlegen. Du willst doch nicht, dass sie glauben, du wärst krank?«

»Nein«, sagte Thea unsicher.

»Mach es so wie ich.« Amanda fuhr mit der Hand über ihr pflaumenblaues Tuch. »Kneif dir in die Wangen, beiß dir in die Lippen, und zieh das Feinste an, was du hast.«

Thea tat, wie ihr geheißen. Nicht nur Amanda hatte darüber gesprochen, wie streng die Kontrollen waren. Langsam öffnete sie die Tasche und zog vorsichtig das Tuch heraus. Sie hatte fast vergessen, wie schön es war.

»Schau mal«, sagte sie zu Elise. »Da steht *Thea.«*

»Damit die Leute wissen, wer du bist?«

»Ja, und damit ich an den denke, der das Tuch für mich genäht hat.« Thea lachte.

Sie wollte sich das Tuch gerade um den Hals binden, als der Leichter mit einem heftigen Ruck zum Stillstand kam und sich auf die Seite legte. Zuerst wurde Amanda gegen die Kante geschleudert, dann Elise. Die Kleine hing an der Reling und schrie und versuchte krampfhaft sich festzuhalten. Wenn sich der Leichter nicht bald wieder aufrichtete, würde Elise unter dem Gitter durchgleiten und im Wasser verschwinden. Thea griff mit beiden Händen nach ihr und hielt sie fest.

Ein plötzlicher Windstoß fasste das Tuch und wirbelte es in die Luft.

Thea versuchte verzweifelt, es zu erreichen. »Nein«, rief sie. »Nein!«

In diesem Moment wurde die Sperre gehoben, und die Fahrgäste strömten an Land. Thea sah das Tuch, das zwischen schwarz gekleideten Frauen und Männern, alten und jungen, Koffern, Reisetruhen und in graue Decken gewickelten Kleidern verschwand. Sie fasste nach Elises Hand, und zusammen liefen sie vom Leichter, und in dem Moment, in dem Thea den ersten Schritt auf amerikanischen Boden machte, sah sie das Tuch in den Hudson River fallen, unterwegs zu dem endlosen Ozean, über den sie gekommen war.

TEIL 2

12

New York, 13. April 1916

Sie fuhren mit der Straßenbahn vom Battery Park zum Grand Central Terminal, und Tante Augusta bemerkte, dass Thea mit offenem Mund dasaß, was sich für ein anständiges Mädchen nicht gehörte. Thea presste die Lippen aufeinander. Tante Augusta hatte sehr lange auf die Fähre von Ellis Island gewartet. Thea hatte mehrere Stunden in der Immigrationshalle Schlange gestanden. Nicht nur die Reisenden von ihrem eigenen Schiff sollten überprüft werden, es waren Schiffe aus vielen Ländern eingelaufen. Einige der Passagiere von den anderen Schiffen wirkten viel elender als die, mit denen Thea gekommen war, und sie dachte, Ellis Island sei ein weiteres Meer, ein endloses graues Menschenmeer aus Hoffnung und Verzweiflung. Ein uniformierter Arzt hatte sie streng beiseitegenommen, hatte mit einem Haken ihre Augenlider gehoben und sie untersucht. Als er fertig war, hatte Thea Amanda und Elise aus den Augen verloren.

Die Geräusche um sie herum waren scharf. Sirenen tuteten. Pferdehufe klapperten. Die Leute liefen in den breiten Straßen hin und her, vor Pferdewagen und Automobilen, und die Straßenbahn wackelte dermaßen, dass Thea schon wieder spürte, wie sich die Seekrankheit in ihr ausbreitete.

»In der Stadt wimmelt es nur so von Spaniern, Italienern und Polen.« Tante Augusta schaute aus dem Fenster und seufzte. »Die Schiffe, die nach Ellis Island kommen, sind voll davon. Das war nicht so, als ich hergekommen bin, das kannst du mir glauben, da füllten Skandinavier und Engländer die Straßen und ab und zu Niederländer.«

An einer Straßenecke entdeckte Thea Arbeiter, die an schwindelnd hohen Leitern und Gerüsten hochkletterten, und dahinter ragte etwas unvorstellbar Großes gen Himmel. Sie versuchte, daran hochzuschauen, wurde aber von der grellen Sonne geblendet.

»Das ist das Woolworth-Gebäude. Der höchste Wolkenkratzer der Welt. Siebenundfünfzig Etagen.« Tante Augustas Stimme war sanft geworden. »Hattet ihr schwere See?«

Thea nickte.

»Warst du seekrank?«

»Ein bisschen.«

Tante Augusta war, abgesehen von der runden Brille, genauso wie in ihrer Erinnerung, energisch, aber doch mild und freundlich. Und wenn Thea sich das genau überlegte, hatte die Mutter sie schon richtig beschrieben, Licht strahlte von ihr aus. Nein, es wäre nicht richtig, sich zu beklagen. Tante Augusta hatte ihr den Fahrschein und die Dollars geschickt. Ein Kontrolleur hatte die Scheine gezählt und den Betrag notiert. Vierzig Dollar. Genau. Außerdem hatte sich Tante Augusta schön gemacht. Thea schaute zu ihr hinüber, vielleicht hatte sie sich auch ein bisschen gefreut. Auf dem Kopf trug sie einen marineblauen Samthut, unter dem kleine gelbe Korkenzieherlocken sich wie ein Glorienschein an ihre Wangen schmiegten. In Kampen hatte keine Frau einen Samthut. Und auch keine Korkenzieherlocken.

Plötzlich griff Thea sich an ihren bloßen Hals. Das Tuch, das Hans ihr geschenkt hatte, würde sie niemals zurückerhalten. Außerdem hatte sie sich von Amanda und Elise nicht richtig verabschieden können. Die beiden würden eine neue Reise ins Unbekannte antreten, Thea hatte immerhin eine Tante, die auf sie wartete.

Einige Haltestellen weiter stiegen sie aus. Thea sog den fremden Stadtgeruch in sich ein, eine Mischung aus Maschinenöl, Essensgeruch und schwerem Schornsteinrauch, und Tante Augusta steuerte mit dem Koffer in der Hand ein Bahnhofsgebäude an. Thea lief hinterher. Tante Augustas schwarzer Rock schwang wie im Tanz hin und her, wenn sie den Fuß auf den Boden setzte. Hier musste Tante Augusta als junges Mädchen gegangen sein, wie jetzt sie selbst, in dem großen unbekannten Land. Tante Augusta war sechsunddreißig, wenn Thea das richtig in Erinnerung hatte, mit zwanzig war sie in Amerika angekommen. War sie damals schon so selbstsicher gewesen?

In der Bahnhofshalle wimmelte es von Menschen, die in alle Richtungen auseinandereilten. Irgendwo ertönte ein scharfer Pfiff, gefolgt von dem schnarrenden Geräusch eines Lautsprechers und lautem Quietschen und Dröhnen eines Zuges, der an einem Bahnsteig, den Thea nicht sehen konnte, ein- oder ausfuhr. Sie blieb mitten in einem Menschenstrom stehen, fühlte sich plötzlich verloren und verwirrt, wie ein Kind, das die Mutter aus den Augen verloren hatte.

Ein Mann stieß sie im Vorbeilaufen an. »*I am sorry, Miss*«, sagte er und hob den Hut.

Greller Sonnenschein fiel durch die ovalen Fenster und erinnerte sie an die Fenster in der Immigrationshalle. Aber hier war die Decke nicht weiß und abgeblättert, sondern blau gestrichen und gefüllt mit Sternen, so, wie die Sterne in der vergangenen Nacht über dem Schiff geleuchtet hatten. Es war so still in der Nacht, dachte Thea, so friedlich. Alle diese so unterschiedlichen Fahrgäste, Männer wie Frauen, Reiche wie Arme, die, die zurückbleiben mussten wie Frau Linnerud, und die hoffnungsvollen wie Amanda, alle unterwegs über dasselbe Meer, versammelt unter demselben Himmel, auf dem Weg zu ein und demselben Ziel. Sie hatte das Gefühl gehabt, dass eine Last von ihr genommen wurde, dass sie in dem Moment, in dem sie an Land ging, eine andere sein würde, und dass ihr nichts Schlimmes mehr geschehen könnte. Aber jetzt kam es ihr nicht mehr so vor. In diesem gewaltigen Gewimmel von Menschen, Fahrzeugen und ohrenbetäubenden Geräuschen, wo sie laufen musste, um Tante Augusta nicht aus den Augen zu verlieren, und wo sie angerempelt wurde, wenn sie das Pech hatte, jemandem im Weg zu sein, kam sie sich einsam und preisgegeben vor, als ob nichts sie noch beschützte.

»Thea?« Tante Augusta legte ihr die Hand auf die Schulter.

»Sie haben mir einen neuen Namen gegeben«, flüsterte Thea. »Der Beamte auf Ellis Island hat gesagt, dass ich hier in Amerika einfach nur Marie heiße.«

Thea, Amanda und Elise waren über einen Kiesweg zu dem großen Gebäude mit der rotbraunen Fassade gegangen, während amerikanische Einwanderungsbeamte sie anbrüllten und vorwärts stießen. An jede Brust, auch an ihre, wurde ein Zettel mit Namen, Geburtsdatum und einer Registriernummer geheftet. Sowie Thea das Gebäude betreten hatte, wurde ihr Koffer geöffnet und durchsucht, und danach musste sie die Treppe zu der großen Halle hochgehen. Dort standen die Menschen dicht an dicht. Weinen. Lachen. Geschrei. Unendliche Gespräche in unverständlichen Sprachen. Die Sonne brannte durch die großen Fenster, und ihr lief der Schweiß über das Gesicht. Es roch so unangenehm wie auf dem Schiff; davon wurde ihr schlecht.

Sie schaute zu der amerikanischen Flagge hoch, die hoch oben an der Wand hing; das war die neue und fremde Welt, von der ihr Vater gesprochen hatte, ein Ort, an dem Menschen aus aller Herren Länder zusammenströmten und eins wurden.

Ein Labyrinth aus Metallschienen sorgte für Ordnung in den Warteschlangen. Männer auf der einen Seite, Frauen und Kinder auf der anderen. Stundenlang hatten sie auf harten Holzbänken gesessen und gewartet. Dann war sie endlich zur letzten Kontrolle gelangt. Hinter langen Schreibtischen saßen neue Beamte. Jetzt war sie dankbar für die englischen Bücher, die Tante Augusta ihr geschickt hatte, und für das Wörterbuch des Vaters, denn sie verstand, was der Beamte sie fragte, und die Fragen verlangten keine langen Antworten, was die Sache einfach machte. Doch als der Beamte ihre Papiere stempeln wollte, schrieb er *Miss Marie Thoresen*. Sie schüttelte den Kopf. Sie hieß doch Thea. Sie zeigte auf den Namenszettel auf ihrer Brust. Sie hatte den Namen Marie nie benutzt, er gefiel ihr auch nicht. Es war einfach ein Name, den die Mädchen in der Familie erbten, von einer Generation zur anderen, eine endlose Reihe von Thonander-Frauen mit demselben Namen. »Thea«, sagte sie mit Tränen in den Augen. »Thea Thoresen.« Aber der Beamte winkte sie nur weiter, wie eine störende Fliege.

Tante Augusta ging vor ihr her durch einen Strom von Menschen, zu einer Bank an der einen Seitenwand, wo Marmorsäulen bis zur Decke aufragten; Ranken aus Eicheln und Blättern waren in die Säulen eingemeißelt. Es war so schön, dass Thea für einen Moment alles andere vergaß.

»Du bist jetzt also Marie?« Tante Augusta sorgte dafür, dass ihr Rock keine Falten unter ihr warf, ehe sie sich setzte.

»Das hat er auf meine Papiere geschrieben.« Sie schluckte. »Miss Marie Thoresen.«

»Du bist nicht die Erste, der das passiert.« Tante Augusta streichelte ihre Hand. Ihre Hände waren grob und kräftig, richtige Arbeitspranken. Hatte das Leben in Amerika sie so gemacht? »Viele wünschen sich einen neuen Namen, wenn sie herkommen«, sagte die Tante. »Sie wollen das alte Leben vergessen und einen neuen Anfang machen.«

Wieder schüttelte Thea den Kopf. Sie wollte das Alte nicht vergessen. Nicht deshalb war sie gekommen, sondern, weil sie das Alte zurückhaben wollte. In diesem Moment kam ihr ein Gedanke: Hatte der Beamte auf Ellis Island recht gehabt, hatte er etwas begriffen, das ihr noch nicht aufgegangen war? Hier in Amerika gab es keine Thea. Thea war zu Hause im Keller in Kampen und setzte Brotteig an, während sie von den gestohlenen Augenblicken mit Hans träumte. Ja, so war es: *Thea* wollte nicht weg, *Thea* war pflichtbewusst und genügsam, *Marie* dagegen war nach Amerika gereist. *Marie* war abenteuerlustig und draufgängerisch, fühlte sich von etwas angezogen und verlockt, das sie sich noch nicht einmal vorstellen konnte. Es war ein unbekanntes Gefühl, dass sie zwei Menschen zugleich war, an zwei Orten zugleich, und sie fragte sich, wie sie das alles auf einmal sein konnte.

»Da ist unser Zug.« Tante Augusta richtete sich auf und lauschte einer Lautsprecherstimme. »Ich habe für uns Fahrscheine für die erste Klasse gekauft.«

Erste Klasse? Konnte Tante Augusta sich das leisten? Das erinnerte Thea an das Geld, das Tante Augusta ihr geschickt hatte, und sie öffnete ihre Tasche, um sich davon zu überzeugen, dass die Dollars noch immer vorhanden waren. Es kam ihr falsch vor, ungerecht, dass sie sich zusammen mit Tante Augusta in die erste Klasse setzen sollte, mit einem dicken Bündel aus Geldscheinen in der Handtasche, während ihre Eltern und Geschwister zu Hause Not litten. Sie wollte etwas sagen, aber sie holte Luft und hielt dann den Atem an. Ihre Mutter hätte darum bitten sollen, das Geld zu leihen, hätte ihrer Schwester erklären müssen, in welch schwieriger Lage die Bäckerei sich befand.

Ein Pfiff weckte sie, und im ersten Moment konnte sie sich nicht erinnern, wo sie war. Durch eine Wolke aus Rauch und Dampf sah sie einen jungen Mann in Polizeiuniform. Er stand vor dem Zugfenster und winkte ihnen zu.

Die Abteiltür wurde geöffnet, und Tante Augusta nahm Theas Koffer und ging hinaus. Thea wollte hinterherlaufen, aber es war so tief bis zum Bahnsteig, und der Boden schwankte unter ihren Füßen.

Der junge Mann trat eilig vor und hielt ihr die Hand hin.

»Das ist Huldas Mann«, erklärte Tante Augusta.

»John Dowd.« Er nahm seine Dienstmütze ab und verbeugte sich, als Thea vor ihm stand. Er hatte kurze dunkle Haare, braune Augen und ein von kleinen Sommersprossen übersätes Gesicht, das sich zu einem strahlenden Lächeln öffnete.

»Thea Thoresen.« Sie machte einen Knicks und zugleich fiel ihr ein, dass das nicht mehr ihr Name war. Aber hier spielte das sicher keine Rolle. Wenn er mit Tante Hulda verheiratet war, war er ja ihr Onkel. Darüber musste sie fast lachen. Tante Hulda hätte niemals einen irischen Polizisten geheiratet, wenn sie in Eda geblieben wäre. Dort wimmelte es nicht gerade von Menschen aus fremden Ländern.

Der Schaffner blies in seine Trillerpfeife, und der Zug fuhr aus dem Bahnhof. Thea las auf einem Schild *Glen Street Station*, als der Zug verschwunden war. John nahm ihren Koffer und trug ihn aus dem Bahnhof, und Tante Augusta und Thea gingen hinterher. Ihr schwankte noch immer der Boden unter den Füßen, aber jetzt war sie hier, in Amerika, und es war Frühling, und plötzlich prickelte alles in ihr. Sie musterte die Landschaft aus zusammengekniffenen Augen. Die Sonne stand tief über grünen Wiesen, und sie nahm an, dass Nachmittag war. Plötzlich verspürte sie einen Kloß im Hals. Wo mochten Amanda und Elise jetzt sein? Saßen sie im Zug nach Nord-Dakota, wo sie auf langen harten Holzbänken in einem vollgestopften Wagen dritter Klasse ausharren mussten? Elise, erwartungsvoll, mit Amandas pflaumenblauem Tuch um die Schultern, und Amanda, hoffnungsvoll, mit hellrotem Kleid und dunkelroten Wangen?

Würde der Vater dem fremden kleinen Mädchen die Tür öffnen, oder war jetzt Amanda ihre Beschützerin und Stütze? Amanda, die nichts anderes besaß als ein hellrotes Kleid und eine Handvoll golden schimmernder Träume? Bei dem Gedanken daran, wie Frau Linnerud verraten worden war, stieg in Thea ein plötzlicher Zorn auf. Nicht, dass sie irgendetwas daran ändern konnte, aber wenn sie doch wenigstens Amanda die Adresse ihrer neuen Dienstherrschaft gegeben hätte! Nun würde sie die beiden niemals wiedersehen.

Eine Hupe ertönte. Thea sprang auf den Bürgersteig, als eine Mischung aus Kutsche und Automobil in einer Staubwolke vorüberfuhr.

»Ein T-Ford«, erklärte Tante Augusta. »Früher haben sie mir besser gefallen, als sie bunt waren, das muss ich zugeben. Aber jetzt werden sie am Fließband gebaut, wo alle ihren festen Platz und feste Aufgaben haben, und deshalb sind die Automobile schwarz.«

Thea wischte sich mit der Hand Staub vom Kleid und sagte, sie habe noch nie von einem Fließband gehört.

»Das haben sie von den Schlachthöfen in Chicago gelernt«, wieder seufzte Tante Augusta. »Heute muss alles so schnell gehen.«

Eine breite Straße öffnete sich. Menschen und Pferdewagen, Geschäfte und Wohnhäuser und große grüne Laubbäume, die ihren Schatten über die Straße warfen.

»*Glen Street.*« John drehte sich zu ihr um, und wieder lächelte er. *»Hulda is waiting for you.«*

Thea hatte in ihrem ganzen Leben noch nicht so viele unterschiedliche Geschäfte gesehen; in der Glen Street gab es offenbar alles, was man brauchte: Konfektion, Blumen, eine Buchhandlung, sogar eine kleine Pension. Thea sah Frauen, die einen Schlachter- oder Schusterladen verließen, mit einem oder mehreren Kindern, die um sie herumsprangen. Sie sah Männer in Anzügen vor einem Tabakladen sitzen, und während sie vorüberging, sah sie nur die weißen Wolken, die aus ihren Pfeifen quollen und hinter den riesigen Zeitungen aufstiegen.

Sie hatte die halbe Straße hinter sich gebracht, als sie plötzlich stehen blieb. Aus einem Haus schwebte der Duft von Zucker und Zimt und frischen Backwaren. Sie drehte sich um. Gleich vor ihr befand sich ein Schaufenster, wie zu Hause in Kristiania in den feinen Konditoreien. Plötzlich und ohne Vorwarnung verschwand alles andere, Autos, Pferdewagen, Menschen, und es wurde ganz still. Es gab nur noch sie und die vielen Regale voller weißer Spitzendeckchen, voller Zuckerguss und Glasur, große weiße Sahnetorten und geflochtene Körbe voller Zimtkringel. Sie beugte sich vor, dicht an das Glas heran. Das hier war die Bäckerei ihrer Träume. Ein richtiger Tresen mit Sahnebonbons und dem Duft von heißer Schokolade, wenn jemand die Tür öffnete. Eines Tages würde die Bäckerei in Kampen so aussehen, und *sie* würde backen und hinter dem Tresen stehen.

13

Ganz am Ende der Straße, Wand an Wand mit einem Barbiersalon, lag ein graublaues Haus mit einem kleinen Vorgarten, einem Grasflecken mit einem Baum, dessen Namen sie nicht kannte. In Kampen hatte niemand einen Vorgarten, es gab nur Hinterhöfe mit stinkenden Abtritten, Ställen und, wenn man Glück hatte, einem Brunnen. In einem so großen Haus wie diesem wohnten sicher sechs Familien. Thea fing an, die Fenster zu zählen, aber in diesem Moment ging die Tür auf, und eine erwachsene Frau, bei der es sich um Tante Hulda handeln musste, kam herausgelaufen und nahm sie in die Arme.

Es tat gut, dort zu stehen. Tante Huldas Haut war weich und duftete nach Flieder, aber plötzlich spürte Thea etwas Nasses in ihrer Halsgrube. Weinte die Tante?

»Du darfst sie nicht erdrücken.« Tante Augusta legte der Schwester den Arm um die Schultern. »Außerdem gehst du wohl besser ins Haus.«

Sofort ließ Tante Hulda Thea los. Sie hatte ihre Tränen schon unbemerkt weggewischt, aber etwas anderes hatte sie bei der herzlichen Umarmung nicht verbergen können. Tante Huldas Bauch war groß und rund.

»Komm rein.« Tante Hulda nahm sie am Arm. »Du musst doch umkommen vor Hunger.«

Zusammen gingen sie auf das graublaue Haus zu. Tante Hulda lachte und plauderte, während sie Thea durch einen kleinen Windfang in die Küche führte.

Thea blieb stehen und schaute sich um. Alles dort drinnen kam ihr so fremd und zugleich so vertraut vor. Die Sonne, die durch das Fenster schien, der Hinterhof hinter der Tür mit dem Fliegendraht, der runde Esstisch, auf den Tante Augusta Teller stellte. Das hier sah eher aus wie die gute Stube als wie die Küche zu Hause, jedenfalls so, wie es früher gewesen war, vor Kriegsausbruch. In letzter Zeit war die gute Stube nur kalt und leblos gewesen.

Auch Tante Huldas Mann war in der Küche. Er hatte die Uniform abgelegt und lief in Hemdsärmeln umher. Etwas an ihm wirkte vertrauenerweckend und solide und erinnerte sie an Hans. Er ging zu Tante Hulda, lächelte sie mit schiefstehenden Zähnen an, strich ihr mit den Händen über den Bauch und zog sie an sich. Sie wirkten so froh und so erwartungsvoll angesichts dessen, was bevorstand. Thea verspürte einen Stich in der Brust, als sie an Hans dachte und sich fragte, ob sie das eines Tages auch zusammen erleben würden.

Tante Augusta räusperte sich, und Thea wurde aus ihren Gedanken gerissen. John ließ seine Frau los, ging zu Tante Augusta und rückte ihr den Stuhl zurecht. Die Mutter war so gespannt gewesen, als sie in Tante Augustas Brief über John gelesen hatte, dass er ein guter Mann war, aber in dem Brief hatte nichts davon gestanden, dass Tante Hulda ein Kind erwartete. Tante Hulda war aber jetzt eine erwachsene und verheiratete Frau. Also wusste sie schon, was sie tat. Die Mutter war erst zwanzig gewesen, als Thea auf die Welt gekommen war, und als Thea die Monate zwischen Hochzeit und Geburt gezählt hatte, war die Rechnung nicht so richtig aufgegangen.

Thea schnupperte in der Luft – eine Mischung aus Zucker und Zimt, aber es roch auch nach verbrannter Butter und gebratenen Äpfeln. Tante Hulda schaute zu ihr herüber, lachte und zeigte auf den Herd:

»Das ist eine amerikanische Applepie«, sagte sie. »Und dazu gibt es *whipped cream.«*

»Whipped cream«, wiederholte Thea fragend. »Das klingt wie Crème.«

»Das bedeutet Schlagsahne«, sagte Hulda lächelnd und strich sich über den Bauch.

»Ja, und am besten bringen wir dir die Sprache ganz schnell bei«, sagte Tante Augusta. »Mrs. Bloom ist streng, und sie *erwartet,* dass alle Englisch können.«

Thea raffte ihren Rock zusammen. Sie hatte keine Angst, dass sie es nicht schaffen würde, Englisch zu lernen. Obwohl es in Kampen keine Mittelschule gab, wo Englisch und Latein unterrichtet wurden, hatte sie sich doch einiges selbst beigebracht. Ihr Lehrer in Kampen hatte gesagt, sie habe ein gutes Gehör, und denen mit einem guten Gehör falle es leicht, andere Sprachen zu lernen.

Mitten auf dem Tisch stand ein Topf, aus dem heißer Dampf aufstieg, und in einer Schüssel daneben lagen lange gelbe Kolben. Thea legte den Kopf schräg, starrte die Kolben an und vergaß darüber das Englischlernen. An den Kolben saßen Reihen mit Kernen. Konnte man die wohl essen? Doch, sie hatte Hunger. Gewaltigen Hunger. Solchen Hunger, dass ihr der Magen knurrte.

Tante Hulda band die Schürze ab und setzte sich. John faltete die Hände und senkte den Kopf, und jetzt sah Thea einen roten Schimmer in den braunen Haaren. Sie faltete ebenfalls die Hände und versuchte, sich auf das zu konzentrieren, was John sagte, aber wenn das hier Englisch war, würde sie das niemals lernen.

»Amen«, sagte Tante Hulda und errötete. »Das ist ein irisches Gebet, John ist doch Katholik.«

»Amen«, sagte Thea. Sie wollte ihre gefalteten Hände

schon wieder öffnen, aber dann wurde sie auf Tante Augusta aufmerksam. Die hielt ihre zitternden gefalteten Hände noch immer über dem Tisch. Etwas geschah mit ihr, das Thea nicht sehen konnte, nur spüren, fast wie einen überraschenden Wetterumschlag, einen kalten Zug in der Luft. Dann begann Tante Augusta ein schwedisches Tischgebet.

»… in Jesu Namen. Amen.«

Tante Hulda war plötzlich verstummt. Es war, als wäre das Glück, das Thea eben noch gesehen hatte, aus ihrem Körper geströmt, wie Mehl durch ein Sieb. »Danken wir nicht demselben Vater im Himmel«, fragte sie ängstlich, »egal, ob wir Protestanten sind oder Katholiken?«

Tante Augusta nickte, ja, so sei das, und Tante Hulda füllte Theas Teller, ohne ihre Schwester eines Blicks zu würdigen.

Geflügel, Soße, glasierte Kartoffeln. Thea konnte sich nicht erinnern, jemals so etwas gegessen zu haben. Oder vielleicht einmal auf dem Thonander-Hof. Ihre Großmutter war eine so tüchtige Köchin gewesen, nur hatten sie so wenig zu essen gehabt.

Am Tisch wurde Englisch gesprochen. Ab und zu traute sich Thea, die anderen anzusehen. Tante Augustas Gesicht war hell und offen, fast fromm, wie beim Vorsänger in der Kirche von Kampen, und ihr Mund war zu einem Lächeln verzogen. Tante Augusta hatte gesagt, die Wirtschafterin auf Idle Hours sei streng, aber wenn sie den ganzen Tag mit Tante Augusta zusammen war, brauchte Thea doch wohl keine Angst zu haben. Tante Hulda war zum Glück wieder fröhlich. Sie lachte, und Tante Augusta lächelte, und John lachte immer dann, wenn Tante Hulda lachte. Dann fragte er Thea etwas, und ehe sie eine Antwort zusammenbringen konnte, hatten schon beide Tanten für sie übersetzt und geantwortet. Plötzlich hörte Thea Lärm von oben, eine Frau rief, und ein Kind schrie; etwas ging krachend zu Boden.

Tante Hulda sprang auf, holte hinter der Tür mit dem Fliegengitter einen Eimer hervor und schlug dreimal energisch gegen die Decke, während Tante Augusta sich bekreuzigte. Thea kannte solchen Krach schon aus Kampen, einmal hatte ein Nachbar bei einem Streit mit der Faust die Fensterscheibe zerschlagen, aber sie hatte das hier nicht erwartet, nicht in dieser Küche, wo es Essen im Überfluss gab und die Sonne von einem Hinterhof hereinschien, wo es mehr Sommer war als Winter und wo die Vögel munter trillerten.

»Wie viele Familien wohnen in diesem Haus?« Thea strich mit einem Finger über den gelben Kolben auf ihrem Teller.

»Mit uns zwei«, antwortete Tante Hulda. »Eine russische Familie, Mrs. Potemkin und ihre Kinder, wohnt in der Wohnung über uns. Die machen schrecklichen Krach. Manchmal kommt sie runter und hilft mir im Haus. Wir bezahlen sie natürlich. Aber wir ziehen bald um.« Sie setzte sich gerade und schaute verträumt vor sich hin. »Nach Oyster Bay. Da können wir ein Haus nur für uns selbst mieten, mit fließend Wasser und Strom. Wir haben es uns schon mehrere Male angesehen. Nicht wahr, John?«

»Solltest du nicht zuerst an andere Dinge denken?« Tante Augusta strich mit langsamen Bewegungen die Tischdecke glatt.

Tante Huldas Lächeln erstarrte, und wieder wandte sie ihren Blick von der Schwester ab. »Du hast Ähnlichkeit mit deinem Vater, das sehe ich jetzt.« Sie streichelte Theas Kopf.

»Die dichten schwarzen Haare. Die goldene Haut. In unserer Familie ist niemand so schön. Oder, Augusta?«

Tante Augusta räumte den Tisch ab, ohne zu antworten, und Thea hoffte, Tante Huldas Frage habe sie nicht verletzt. Sie wollte nicht, dass Tante Augusta aufhörte zu lächeln, außerdem irrte Tante Hulda sich, denn Thea hatte zwar Haar und Hautfarbe von ihrem Vater geerbt, aber ansonsten kam sie mehr auf die Mutter als die anderen in der Kinderschar zu Hause. Thea und die Mutter hatten das gleiche Lachen, die gleichen grünen Augen mit den braunen Sprenkeln, die gleiche Art, sich zu bewegen, *wieselflink,* wie der Vater immer sagte. Sie hatte sich immer für eine echte Thonander gehalten. Die Wahrheit war wohl eher, dass die Tanten wenig Ähnlichkeit mit der Mutter hatten, das ging Thea jetzt auf, als sie die beiden nach so vielen Jahren wiedersah. Tante Hulda war größer und kräftiger gebaut, Tante Augusta hatte rundere, weichere Formen. Die Mutter ähnelte wohl von den beiden Tanten eher Tante Hulda, sie hatte die gleichen glatten, dunkelblonden Haare und die gleichen forschenden Augen wie ihre Schwester, als ob sie sich die ganze Zeit über irgendetwas den Kopf zerbrächen.

»Komm, Thea«, Tante Hulda öffnete die Tür zum Wohnzimmer. »Wir trinken den Kaffee hier drinnen.«

Hatten sie das alles nur für sich? Das Wohnzimmer war fast so groß wie die ganze Wohnung in Kampen. Thea sah ein graues Sofa mit zwei bestickten Zierkissen in unbekannten und schönen Mustern, einen Tisch mit einem Häkeldeckchen und einen Sessel, der auf einem roten Teppich am Fenster stand und vom Licht von draußen überflutet wurde. In einer Ecke stand eine große Pflanze auf einem Piedestall wie in den feinsten Wohnstuben zu Hause. Thea ließ ihren Blick weiterwandern. An der Längswand hingen zwei gerahmte Fotografien und ein Stück weiter ein kleiner Schrank. Ihre Mutter hätte es nicht fassen können, wenn sie das alles gesehen hätte, und sie hätte sich ungeheuer für Tante Hulda gefreut.

»Ihr habt aber viel Platz hier«, flüsterte Thea.

»Ach, so viel nun auch wieder nicht.« Tante Hulda lachte.

Thea ging zu den Fotografien. Die eine war das Hochzeitsfoto. Tante Hulda in einem wunderschönen weißen Brautkleid, das von oben bis unten mit Rüschen besetzt war und dessen Rock von Volants umgeben wurde. John stand in seiner Polizistenuniform neben ihr stramm, und mit ihren ernsten Mienen ähnelten sie den Brautpaaren, von denen Thea zu Hause Bilder gesehen hatte. Der Brautstrauß war groß und schön, und wenn sie sich das überlegte, dann war der zu Hause auch oft so, übertrieben teuer, wie die Mutter immer sagte, aber Thea hatte sich noch nie überlegt, dass es so sein könnte, um den Blick von etwas anderem abzulenken. Die andere Fotografie zeigte den Thonander-Hof. Thea trat näher und war plötzlich traurig. Ein kleiner Hof ganz oben auf einem öden Hügelkamm in Värmland. Etwas von dem roten Stall war zu sehen, dahinter der grüne Wald, davor der gelbe Acker. Der Thonander-Hof war wie ein alter Baum, bei dem alle Äste abgehackt worden waren, einige lagen in der Erde, andere waren weggegangen, und auch sie war ein Teil dieses Baumes.

»Das ist aus Irland.« Tante Hulda nahm Tassen und Untertassen aus dem Hängeschrank. »Johns Großeltern haben sie mitgebracht, als sie 1870 herübergekommen sind. In Irland gab es immer wieder Missernten und Hungersnöte, genau wie zu Hause. Seine Eltern sind beide als Kinder aus

Irland gekommen.« Sie stellte die Tassen vorsichtig auf den Tisch. »Die haben wir zur Hochzeit bekommen. Seine Mutter hat gesagt, die seien alt, die hätten seinen Urgroßeltern gehört, und wir müssten dieses Service ehren, denn die Urgroßeltern hatten ein hartes Leben.«

»Das ist schön«, sagte Thea.

»Mir gefallen neue Sachen besser.« Tante Hulda hielt sich einen Finger vor den Mund. »Das darfst du John nicht sagen. Er ist so stolz auf den alten Schrank. Aber jetzt setz dich auf das Sofa, Thea.«

Thea gehorchte, sie setzte sich auf das graue Sofa und beobachtete Tante Hulda, wie sie den Tisch deckte. Das Sofa war jedoch so wunderbar weich, dass ihr die Augen zufielen. Aus der Küche hörte sie, wie Tante Augusta spülte und wie John eine muntere Melodie pfiff, und bald schwebte sie: Sie war eine Wattewolke am Himmel, sie trieb über Land und Meer, und plötzlich war sie zu Hause, und dort waren der Vater, der pfiff, und die Mutter, die den Tisch deckte, und Astrid, die an der Waschbütte stand und spülte, und in ihrem Dämmerschlaf, aus weiter Ferne, hörte sie Stimmen, die hin und her glitten wie Wellen an der Seite eines Schiffes.

»Sie ist eingeschlafen, das arme Kind. Ich hatte solche Angst um sie. Großer Gott, Augusta, da draußen ist doch Krieg.«

»Sprich Gottes Namen nicht auf diese Weise aus.«

»Hier in meinem eigenen Haus spreche ich Gottes Namen so aus, wie ich das will.«

»Das ist trotzdem nicht respektvoll.«

»Es war nicht richtig, sie jetzt kommen zu lassen.«

»Die Frederik VIII ist ein sicheres Schiff, ein neutrales Schiff.«

»Aber ich lese auch Zeitungen. Jeden Tag werden Schiffe torpediert.«

»Wir haben alle von der Lusitania gehört, Schwester.«

»Über die Lusitania ist so viel geschrieben worden, weil so viele reiche Amerikaner an Bord waren. Sogar ein Vanderbilt ist ertrunken. Es ist ein U-Bootkrieg, Augusta. Dauernd gehen Schiffe unter.«

»Du musst wach bleiben, Liebes.« Jemand stand vor ihr und streichelte behutsam ihre Wange. Es war Tante Augustas raue Hand. Thea versuchte, sie anzusehen, aber die Tante war nur eine in grauen Nebel eingehüllte Gestalt.

»Das sind die vielen Belastungen. Sie kann sich nicht mehr wach halten. Du weißt das doch sicher noch. Du hast mehrere Tage geschlafen, als du zurückgekommen bist, und ich musste die ganze Arbeit allein schaffen, bis du dich erholt hattest.«

»Das war etwas anderes, Hulda. Damals haben wir nicht in einem Herrschaftshaus gearbeitet, sondern in einer einfachen Küche. Mrs. Bloom erwartet sie auf Idle Hour. Und da wird Thea immerhin *deinen* Platz übernehmen. Vergiss das nicht.«

Thea zog die Decke noch weiter hoch. Hatte Tante Hulda sie zugedeckt, ohne dass sie das bemerkt hatte? Sie nahm den Duft von frisch aufgebrühtem Kaffee wahr und hörte klirrende Tassen. Sie war halb im Schlaf, halb wach, halb zu Hause. In Kampen war Sommer. Trygve hatte im Garten des Schusters süße Äpfel gepflückt, und Harald hatte die gelbbraune Katze auf dem Arm. Sie drehte sich auf die Seite und zog die Füße an sich.

»Wir müssen um zehn Uhr dort sein, danach werden die Tore verschlossen.« Das war Tante Augusta. »Wir müssen sie wecken.«

»Das bring ich nicht übers Herz. Sie kann hier bleiben und auf dem Sofa übernachten. John kann sie morgen nach Oakdale bringen.«

»Dann bringst du mich wieder in Verlegenheit.«

»Wieder?«

Nach und nach hörte Thea die Stimmen nur noch als leises Summen, und sie konnte die eine nicht mehr von der anderen unterscheiden.

14

Am nächsten Morgen wurde Thea von einem lauten Dröhnen geweckt. Sie stellte die Füße auf den Teppich und hob die Arme. Dann ging sie ans Fenster, schob den Vorhang zur Seite und sah draußen John. Er saß in seiner Unform auf einem Motorrad. Sie hatte noch nie mit eigenen Augen ein Motorrad gesehen, nur auf einem Zeitungsfoto. Es machte einen schrecklichen Lärm. Zwei Männer kamen näher, der eine legte die Hände um den Mund und sagte etwas zu John. Dann lachten alle drei laut.

»Guten Morgen, Thea.«

Tante Hulda kam mit einem Tablett in den Händen aus der Küche und lächelte sie an. Warme Brötchen. Butter, Käse, Marmelade. Eine Tasse Tee. Tante Hulda war offenbar mit der Sonne aufgestanden, aber Thea hatte nichts gehört. Sobald sie sich an dem neuen Ort eingelebt hätte, würde sie an die Mutter nach Hause schreiben und erzählen, wie sie von Tante Hulda verwöhnt worden war, die ihr frisches Gebäck zum Frühstück serviert hatte, und dass der Vater auch Brötchen backen sollte und dass alles wieder in Ordnung wäre.

Nach dem Frühstück ging sie hinaus auf den Hinterhof. Etwas war jedenfalls genau wie zu Hause: der Abtritt im Schuppen. Sie atmete die milde Luft ein. Zu Hause war der Boden noch mit Schneematsch bedeckt. Hier wuchsen Gras und Margeriten, und hinten beim Schuppen standen orangefarbene Blumen mit langen dünnen Stielen. Sie ging hinüber und roch an einer. Dass zwischen den harten Blättern eine so zarte Blüte sitzen konnte, weich wie Seide, wie das Tuch, das Hans ihr geschenkt hatte. Sie wischte sich eine Träne aus dem Augenwinkel.

»Die Blumen heißen Mohn«, sagte Tante Hulda, die unbemerkt hinter sie getreten war. »Auf Englisch *Poppies.«* Sie lehnte sich an den Türrahmen und ließ Thea nicht aus den Augen.

»*Poppies«*, wiederholte Thea und fuhr mit dem Finger über den behaarten Stiel.

»Ich bin so froh, dass du endlich hier bist. Ja, du musst bald zu Besuch kommen. Das musst du mir versprechen.«

Tante Augusta hatte gesagt, dass sie jeden Monat einen freien Abend und einen freien Tag haben würde. Das bekamen die Dienstmädchen zu Hause auch, aber der Lohn hier war doppelt so hoch, das war das Wichtigste. Aber Tante Hulda zu verlassen kam ihr plötzlich vor, wie noch einmal von zu Hause wegzumüssen, und jetzt stand Tante Hulda da und strich sich über den Bauch, genau wie ihre Mutter, wenn sie ein Kind erwartete.

»Wann ist es so weit?«, fragte Thea leise.

»In drei Monaten, glaube ich.« Tante Huldas Augen waren plötzlich traurig. »Du musst mir versprechen, zu Hause noch nichts von dem Kind zu erzählen.«

Thea schüttelte den Kopf. Tante Hulda hakte sich bei ihr ein und ging mit ihr hinaus auf die Straße.

»Soll ich da drinsitzen?« Thea wich zurück. Ein kleiner Wagen war an dem Motorrad befestigt, auf dem John saß und wartete.

»Du wirst begeistert sein. Ich bin schon oft damit gefahren, ehe …« Tante Hulda schaute auf ihren Bauch hinunter. »John gehört hier in der Stadt zur Motorradpolizei«, fügte sie hinzu. Es war nicht schwer zu erkennen, dass sie stolz war. Sie ähnelte Theas Mutter, wenn jemand das Gebäck im Laden lobte. Sie rümpfte die Nase ganz leicht und sah ein bisschen schelmisch aus.

John lächelte Thea an, während er ihren Koffer mit einem Strick hinten auf dem Wagen befestigte. Dann reichte er ihr die Hand und führte sie hin. Thea stieg mit der Tasche in der Hand hinein und zog die Beine an, um genug Platz zu haben. Trygve und Harald hätten sich geprügelt, um mit diesem Beiwagen fahren zu dürfen. Thea hätte gern darauf verzichtet, aber sie wusste, dass Tante Augusta sie an diesem Ort erwartete, der Idle Hour hieß, wo sie jetzt arbeiten sollte und wo die Wirtschafterin streng war. Der Motor dröhnte auf. Sie klammerte sich am Rand des Wagens fest und sagte sich, in einem Beiwagen zu sitzen, könne unmöglich schlimmer sein als die Fahrt über das Meer.

John hupte zweimal und nickte allen zu, die ihnen entgegenkamen. Sie fuhren vorbei an den Häusern, Läden und Konditoreien, die Thea am Vortag gesehen hatte. Ganz am Ende der Straße lag ein Postamt.

Der Wind packte ihre Haare, der Knoten in ihrem Nacken löste sich, und ihre schwarze Mähne umflatterte ihr Gesicht. John lachte sie an, es prickelte in ihrem Bauch, und sie lachte zurück, sie konnte verstehen, warum Tante Hulda ihn gern hatte.

Sie fuhren vorüber an wogenden gelben Äckern und flachen grünen Wiesen, und hinter den Wiesen ahnte sie Höfe und große Viehgehege. Die Häuser hier sahen anders aus als zu Hause. Größer. Schöner. Sauber und weiß. Zu Hause hatten nicht viele ein weißes Haus. Jedenfalls nicht auf der Seite der Stadt, wo sie wohnte.

Bald erreichten sie ein Dorf, wo kleine Kinder vor etwas spielten, das Thea für ein Schulhaus hielt. Zu Hause musste nun Astrid ihre Aufgaben übernehmen. Die Kleinen von der Schule abholen, für die Mutter Erledigungen machen, im Laden stehen und sich die vielen Klagen anhören.

Die Landschaft änderte sich, wurde offener und karger, und die Wege waren zuerst aus Lehm und dann aus Kies. Es rumpelte und rüttelte wie der Ziehkarren des Stadtboten, als John eine Abkürzung durch den Acker nahm, und Thea wurde im Wagen hin und her geschleudert. Es war weiter, als sie gedacht hatte, aber was wusste sie schon über die Entfernungen in Amerika.

Sie erreichten eine weitere Stadt mit breiten Straßen und Häusern auf beiden Seiten, und Thea zählte mindestens fünf Autos. Sie glaubte schon, am Ziel zu sein, aber plötzlich bog John von der Straße ab und hielt bei einem Höhenzug.

Thea beugte sich vor und wischte sich Erdkrümel aus dem Gesicht, die offenbar von den Rädern aufgewirbelt worden waren. Dann schaute sie nach vorn. Vor ihr lagen die endlosen blauen Ebenen, die sie von ihrer Heimat trennten. Sie richtete sich auf und kam auf die Knie. Wie viele träumten wohl von einem besseren Leben drüben? Wie viele fürchteten sich, so, wie sie es getan hatte?

Gleich unter ihnen gab es einen Fluss, der sich durch die grüne Landschaft wand. Auf dem anderen Ufer gab es einen Streifen Land, der das Meer aussperrte.

»*The Connetquot River*«, sagte John und lächelte sein warmes Lächeln.

Es musste an seinen Zähnen liegen. Sie hatte sich das noch nie überlegt, dass etwas, das nicht gerade war, schöner sein konnte als etwas Gerades. Thea nickte, um zu zeigen, dass sie verstanden hatte. Der Fluss lag blank und still unter ihnen. Er hieß Connetquot.

»*Fire Island.*« John zeigte auf den Landstreifen.

»*Fire Island*«, wiederholte Thea.

»*Atlantic Ocean.*« Er zeigte auf das Meer dahinter.

»*Atlantic Ocean.*« Wenn sie doch nur ihr Tuch nicht verloren hätte.

»*Idle Hour.*« John legte ihr die Hand auf die Schulter und zeigte auf das Waldgebiet am Flussufer.

»*Idle Hour*«, flüsterte sie.

Bald darauf kamen sie an einem Bahnhofsgebäude vorbei. Thea las OAKDALE. Das stand in großen Buchstaben an der braungeteerten Wand. Unkraut und Gras und etwas, das aussah wie große Disteln, wuchsen am Gleisbett. Hinter dem Bahnhof bog John auf einen Waldweg ab. Dieser Ort wirkte abgelegener als alle anderen, die sie unterwegs gesehen hatten. Vielleicht hatte sich John verfahren, aber sie brachte es nicht richtig über sich, an ihm zu zweifeln.

Die Sonne stand hoch am Himmel. Die heißen Strahlen leuchteten zwischen hellgrünen Blättern und auf dem braunen Erdboden. Es roch nach Wald und Erde, wie an einem warmen Sommertag. Auf einer Lichtung ästen drei Rehe. Sie sahen so friedlich aus, aber plötzlich hoben sie die Köpfe und rannten los, verschwanden mit raschen, geschmeidigen Sprüngen im Wald. Thea blieb sitzen und schaute ihnen hinterher, sie drehte sich erst um, als John angehalten hatte.

Vor ihnen ragte ein schmiedeeisernes Tor auf, es war fast doppelt so hoch wie sie, oben gab es scharfe Zacken, und auf jeder Seite waren kräftige Granitpfosten zu sehen. John stieg nun vom Motorrad und band ihren Koffer los. Hier sollte sie aussteigen?

Thea kletterte aus dem Wagen und machte einige unsichere Schritte, versuchte, das Gleichgewicht zurückzugewinnen, aber unter ihr wogte alles, und sie griff nach dem Rand des Beiwagens. Erst als sie wieder aufschaute, entdeckte sie das Haus am Waldrand. Zwischen großen grünen Bäumen lag ein rotes Steingebäude. Sie blieb stehen und musterte es. Im obersten Stock gab es Fachwerk, das Dach fiel sanft ab, und die Fenster hatten kleine Sprossen, und gleich vor dem Haus sah sie einen Brunnen, der mit eisernem Schnörkelwerk verziert war. Thea atmete erleichtert auf. Über dem Brunnen hing an einem Seil ein Eimer bereit. Sie freute sich so auf Tante Augustas Küche. Sie hatte solchen Durst, dass ihre Kehle brannte. Als Erstes wollte sie um ein Glas Wasser aus dem Brunnen bitten, der versiegte hier in Amerika sicher nicht so schnell wie der zu Hause in Eda.

Thea lief zur Tür, aber unmittelbar, ehe sie dort ankam, nahm John sanft ihren Arm und zeigte auf das Tor, auf die dicke Kette um die mittleren Stangen und das große schwarze Hängeschloss. Dann schaute sie auf, und ihr Herz hämmerte los. Zwischen den Torstangen und dem blauen Himmel waren drei Buchstaben in Eisen geschmiedet: WKV.

»William Kissam Vanderbilt«, sagte John, und Thea kam seine Stimme fast ehrfürchtig vor.

Die Tür im roten Haus wurde geöffnet; ein Mann kam heraus. Er war groß und hielt sich gerade und trug eine Uniform wie John. John rief ihm etwas zu. Thea begriff, dass es sich um einen Befehl handeln musste, denn sofort zog der Mann seinen Uniformrock gerade, ging zum Tor, drehte einen Schlüssel in dem großen Schloss und nahm die Kette herunter. In diesem Moment ging ihr auf, was dieser Mann war; er war wie der Zöllner an der schwedischen Grenze. Ihr Urgroßvater, Johan Thonander, war Zöllner gewesen, ein echter *Gränsridare,* ein Grenzritter, wie es auf Schwedisch hieß. Vor langer Zeit hatte er in zackiger Uniform die Grenze zwischen Norwegen und Schweden bewacht. Jetzt lag dort ein kleines rotes Haus, genau auf der Grenze zwischen Magnor und Eda, und wenn jemand aus Norwegen nach Schweden wollte, kam ein Mann in Uniform heraus und öffnete das Tor ins Land. Ein Schild mit der Aufschrift *Eda Tullstation* hing über dem Tor, das aus zwei überkreuzten Brettern bestand, die an einem Bretterzaun angebracht waren.

Thea schaute sich zum Pförtnerhaus um. Das kleine rote Haus an der Grenze lag mitten in einem Wald, wie hier, und der Thonander-Hof lag auf der anderen Seite, auf der schwedischen Seite, ungefähr zwei Stunden zu Fuß von der Grenze entfernt.

Thea schaute zu John hinüber. Sie wollte nicht, dass er wegfuhr, aber sie wusste auch nicht, wie sie ihn dazu bringen könnte, sie noch weiter zu begleiten. Sie konnte ja nicht gut seine Hand nehmen und ihn mit sich ziehen, denn er war zwar ihr Onkel, aber sie war kein Kind mehr.

John lächelte und zeigte auf die Haare, die über ihr Kleid wogten. Sie flocht rasch einen Zopf und steckte ihn zu einem Knoten zusammen.

Dann richtete John seine Hand wieder auf sie

Sie fasste das als Signal auf und hob ihren Koffer hoch, und als sie durch das Tor ging, hatte sie das Gefühl, etwas so klar zu sehen wie nie zuvor: Das hier war ein Land, das sie allein betreten musste.

15

Das Tor fiel hinter ihr zu. Vor ihr lag eine lange Allee mit Buchen auf beiden Seiten. Ranken aus dunkelgrünem Efeu schlangen sich um die kräftigen Stämme, und hinter den Bäumen zogen sich gepflegte Rasenflächen dahin, so weit das Auge reichte.

Thea schloss die Hand ganz fest um den Koffergriff und schaute zum Fluss hinunter. Es musste der sein, den sie vorhin vom Hügelkamm aus gesehen hatte, der Fluss, der Connetquot hieß. Von oben hatte er so schmal gewirkt, aber hier kam er ihr so breit vor wie ein stilles grünes Meer. Am Flussufer standen weiße Marmorstatuen, groß wie Menschen. Sie holte tief Luft. Wo war sie hier eigentlich gelandet? Sie ging mit vorsichtigen Schritten durch die Allee. Ein Gefühl, ganz allein zu sein, erfüllte sie und wurde mit jedem Schritt stärker. Wo Hans jetzt wohl war? Ob er an sie dachte? Ob er sie in Gedanken vor sich sah?

Plötzlich öffnete sich ihr Mund, aber es kam nur ein Aufkeuchen heraus. Sie stellte den Koffer hin und fuhr sich mit den Händen über das Kleid. Weit vor ihr lag eine Burg oder eine Festung, oder war es vielleicht ein Schloss? Die Mauern waren rot wie die Gebäude auf Ellis Island, die Verzierungen um die Fenster grau. Aber es wirkte verlassen. Sie hörte nichts, außer einigen großen Vögeln, die über den Fluss flogen und dabei laute schrille Schreie ausstießen. Sie hob den Koffer und ging weiter. Wenn das hier ein Landgut war, musste der Besitzer mehr als wohlhabend sein, wie Tante Augusta es in ihren Briefen berichtet hatte. Abgesehen von der Witwe, die in Kampen eine Pension betrieb, galten Leute als wohlhabend, die es sich leisten konnten, Restaurants und Lichtspielhäuser aufzusuchen und mit der Straßenbahn zu fahren. Alle, die etwas mehr hatten als sie selbst, und seit der Krieg ausgebrochen war, waren das wohl die allermeisten. Nichts von dem, was sie hinter diesen Toren sah, erinnerte Thea an das Leben, das sie von zu Hause her kannte. Plötzlich verspürte sie eine heftige Sehnsucht nach ihren Geschwistern, nach ihren Eltern, nach allem zu Hause, was sie verlassen hatte. Wie sollte eine Bäckerstochter sich hier zurechtfinden?

Eine gewölbte Eingangspartie mit Säulen umkränzte eine breite Steintreppe, die zu einer dunklen Tür hochführte. Die Türklinke war groß und schwarz. Thea klopfte vorsichtig an. Wartete. Klopfte noch einmal. Fester diesmal. Wartete wieder. Und als sie schon wieder gehen wollte, glitt die Tür auf.

Vor ihr stand ein älterer Mann mit glattgekämmten grauen Haaren. Der Ausdruck in den blaugrauen Augen war starr und schwer zu deuten. Seine Jacke war lang und schwarz, und unter der Jacke sah sie einen weißen Kragen und eine Weste. Die Hose war gestreift und frisch gebügelt. Das musste der Herr des Hauses sein, dachte sie. Aber warum sagte er nichts?

Er führte sie in eine große Halle und gab ihr durch eine Handbewegung zu verstehen, dass sie stehenbleiben sollte. Dann war er verschwunden. Thea schaute sich um. Die Wände waren dekoriert mit Gemälden in dicken Goldrahmen. Sie richtete sich auf und packte ihren Koffer fester. Ob der Mann jetzt wohl Tante Augusta holte?

Mitten in der Halle befand sich eine dunkle, blank polierte Treppe. Ein Lichtstrahl fiel durch ein Bogenfenster auf halber Höhe und blendete sie. Sie musste dabei an das weiße Morgenlicht denken, das zu Hause durch das

Kellerfenster fiel, aber das Licht hier hatte alle Farben des Regenbogens. Dieselben Buchstaben wie am Tor, WKV, waren ins Glas eingegossen. Zu Hause hatte niemand seine Initialen im Fenster. Vielleicht König Haakon, am Tor zum Schlosspark, aber nicht in den Fenstern. Nicht so wie hier.

Vogelgezwitscher ließ sie in eine andere Richtung schauen. Eine Glastür stand offen. Draußen sah sie einen Garten mit Rosensträuchern und mitten im Garten einen runden Marmorspringbrunnen. Plötzlich dachte sie, sie könnte sich durch die offene Tür schleichen, durch den Garten laufen und in dem Wald verschwinden, aus dem sie gekommen war, um sich dann den Weg zurück zu Tante Hulda und John zu suchen. Sie wusste den Namen der Stadt, Glen Cove, und sie hatte Dollars in der Tasche. Aber dann musste sie an das Tor mit dem großen Hängeschloss denken, an den Mann in Uniform, der es bewachte, und an das hohe Gitter, welches das Anwesen einzäunte. Sie fuhr sich mit der freien Hand über die Stirn. Ihr Kleid war viel zu warm, und jetzt juckte es entsetzlich auf der Brust.

Plötzlich knallte eine Tür. Thea trat einen Schritt zurück, ihr Arm zitterte wie eine Bogensehne. Bald würde ihr nichts anderes übrigbleiben, als ihren Koffer abzustellen, wenn der nicht wie ein abgewetzter Mühlstein zu Boden fallen sollte. Wieder tauchte der Mann vor ihr auf. Er ging aber einfach an ihr vorbei, als ob sie gar nicht zugegen wäre, ging weiter und öffnete die Tür.

Einige leichte Schritte ließen sie herumfahren. Ein junges Mädchen betrat die Halle. Thea versuchte, sie nicht anzustarren, konnte die Augen aber nicht von ihr losreißen. Ihr Kleid war ein bisschen zu kurz, wie ihr eigenes, es reichte über die Knöchel, die Stiefel waren abgenutzt, das Leder grau, und in der Hand hielt sie einen mit einem Riemen zusammengehaltenen Koffer. Die junge Frau trat vor Thea, und sie schauten einander mit grünen Augen an, aber auch wenn vieles ähnlich war, war eins doch anders: Die Haare dieses Mädchens waren so rot, wie die von Thea schwarz waren.

Der Mann nickte ihnen beiden zu, deutete eine Verbeugung an und war abermals verschwunden. Er war sicher ein Diener, da er kam und ging, Türen öffnete, aber nichts sagte. Und wenn es so war, dann hatte Thea nun zum ersten Mal einen echten Diener gesehen.

Der Koffer des anderen Mädchens knallte auf den Boden, dass es von den Wänden widerhallte. Thea schaute vorsichtig zu ihr hinüber. Den Koffer einfach so abzustellen? Sie zögerte einen Moment, dann folgte sie diesem Beispiel. Danach standen sie nebeneinander und warteten. Theas Hand brannte und prickelte. Wo war Tante Augusta?

Das andere Mädchen drehte sich zu ihr um und sagte etwas auf Englisch, was sie nicht verstand. Thea merkte, dass sie rot wurde, aber der anderen schien das egal zu sein, und Thea fühlte sich gerettet, als sie Schritte auf der Treppe hörte. Endlich kommt Tante Augusta, dachte sie, aber als sie aufschaute, war es wieder der Mann. Er stieg die blank polierte Treppe hinunter, und neben ihm ging eine Dame. Wie war er nach dort oben gelangt? Er war bestimmt nicht die Treppe hochgegangen. In diesem Haus war alles so geheimnisvoll, erschreckend, beängstigend und fremd. Jetzt durften ihre Beine nicht unter ihr nachgeben. Konnten diese Menschen doch Herr und Herrin des Hauses sein?

Die Dame trat vor Thea und das andere Mädchen hin. Sie war vielleicht so alt wie Theas Mutter, zwischen fünfunddreißig und vierzig. Die dunklen Haare mit den dünnen grauen Strähnen waren zu einem straffen Knoten nach hinten gesteckt, was ihr Gesicht streng aussehen ließ. Ihre Augen waren grau und forschend. Ihr Blick wanderte zwischen der Rothaarigen und Thea hin und her, und bei diesem Anblick schien sich ihr Mund zusammenzuziehen. Thea senkte den Kopf, an der Taille der Frau hing ein Schlüsselbund, verborgen in den schwarzen Falten. Das musste die Wirtschafterin sein, Mrs. Bloom, die so streng war.

Mrs. Bloom ging im Kreis um die beiden Mädchen herum und tauchte auf der linken Seite wieder auf. Thea schauderte abermals und gab sich Mühe, um nicht zu offen zu starren. Mrs. Bloom hatte eine Narbe, die groß und rot war und sich vom Haaransatz bis unter den Wangenknochen zog.

»Miss Aislynn O'Hara.« Das andere Mädchen trat einen Schritt vor. Sie hatte vielleicht nicht dasselbe gesehen wie Thea.

»Miss Marie Thoresen.« Sie wagte nicht, einen anderen Namen zu nennen als den, den der Beamte auf Ellis Island genannt hatte, den, der auf dem Papier stand, das er gestempelt hatte und das das Einzige war, das sie vorweisen konnte.

Mrs. Bloom musterte sie. »Miss Thea Thoresen?« Mrs. Bloom hatte ihren Namen sicher von Tante Augusta erfahren.

»Miss Marie Thoresen«, wiederholte sie und hob den Kopf. »Die Nichte von Mrs. Thonander.«

Wortlos machte Mrs. Bloom kehrt und ging mit schnellen, energischen Schritten auf den schweren dunklen Brokatvorhang hinten in der Halle zu.

Die Rothaarige lief hinterher. Thea folgte ihrem Beispiel, folgte dem Klirren der aneinanderschlagenden Schlüssel.

Der Boden schwankte unter ihren Füßen, und für einen Moment war ihr wieder so schlecht wie auf dem Schiff. Sie blieb stehen, biss die Zähne zusammen und holte die anderen dann ein.

Hinter dem Vorhang versteckte sich ein langer grauer Gang, und ganz am Ende führte eine Tür in ein Treppenhaus. Dort gab es sicher eine Hintertreppe, wie in den feinen Häusern in Kristiania, eine schmale Treppe mit grauen Wänden und abgenutzten Stufen, auf denen Füße zahllose Male hinauf und herunter gelaufen waren.

Mrs. Bloom ging nach oben. Das andere Mädchen eilte hinterher, sie war offenbar gut zu Fuß. Auch Thea war bekannt dafür, dass sie gut zu Fuß war, aber ihre Hand war so schweißnass, dass ihr der Koffergriff zu entgleiten drohte. Rasch wechselte sie die Hand, fasste aber nicht gut genug zu, und der Koffer knallte auf die Treppe und kullerte nach unten.

»Haben wir also einen Tollpatsch nach Idle Hour bekommen?«, schnaubte Mrs. Bloom, ohne sich umzusehen und ohne abzuwarten oder ihr Tempo zu verlangsamen.

Das andere Mädchen starrte Thea mit großen Augen an und gab ihr ein Zeichen, ganz schnell ihren Koffer aufzulesen. Thea lief zum nächsttieferen Treppenabsatz. Ihr Gesicht brannte, und sie biss die Zähne zusammen. Das Schloss war aufgesprungen, und das schmutzige Kleid war herausgefallen. Sie stopfte es eilig wieder hinein und hoffte, die anderen hätten den ekelerregenden Geruch nicht bemerkt. Dann schnallte sie den Riemen fest und lief hinter den anderen her.

Mrs. Bloom öffnete die Tür am oberen Ende der Treppe und führte sie in einen dunklen Gang. Ihre Absätze klapperten unter dem weiten Kleid. Sie befanden sich nun auf dem Dachboden. Thea sah das an den Dachbalken, und sie unterdrückte ein Niesen. Es war ein süßlicher Geruch, der in der Nase kitzelte, wie Honig oder Harz, und sie wusste, dass sie diesen Geruch schon einmal wahrgenommen hatte, wenn auch nicht, wo.

Mrs. Bloom schlug die Hacken zusammen und betrat einen weiteren Gang, der in eine andere Richtung führte. Der Gang kam Thea fast ebenso eng und verwirrend vor wie die Gänge auf dem Schiff. Sie musste sich konzentrieren, um Schritt zu halten mit dieser Frau, die schneller zu Fuß war, als sie aussah. Jählings und ohne Vorwarnung blieb Mrs. Bloom vor einer Tür stehen, nahm einen Schlüssel aus ihrem Bund und schloss auf.

Abgesehen vom Fenster hatte die Mansardenkammer große Ähnlichkeit mit der Kabine auf dem Schiff. Zwei Betten und eine Kommode in der Mitte, dazu eine Waschschüssel und ein Stuhl. Zum Glück ließ das Fenster Licht und Luft herein, das war anders als in der Kabine. Thea warf einen raschen Blick auf die grünen Rasenflächen und den Wald dort draußen, aus dem sie gekommen war. Seit der Brief eingetroffen war, waren vier Wochen und ein Tag vergangen, und nun war sie hier, und in knapp fünf Monaten würde der Hausbesitzer sein Geld haben wollen, aber jetzt würde sie es schaffen, Monat für Monat würde sie ihren Lohn nach Hause schicken.

Das andere Mädchen entschied sich für die Seite, auf der sich auch Spiegel und Waschschüssel befanden, und Thea nahm die andere. Dann schob jede den Koffer unter ihr Bett, genau gleichzeitig, und Thea dachte deshalb, dass die andere gewiss auch vor nicht allzu langer Zeit mit einem Schiff gekommen sein müsse.

Mrs. Bloom kniff die Augen zusammen, stellte sich so

hin, dass nur ihre rechte Seite zu sehen war, und sie fragte nun nach den Papieren der beiden. Das andere Mädchen gab eine lange Antwort und legte den Kopf dabei ein wenig schräg, obwohl sie offenbar ein Papier vorweisen konnte. Dann wandte sich Mrs. Bloom Thea mit einem dermaßen scharfen Blick zu, dass diese am liebsten im Erdboden versunken wäre. Tante Augusta hatte gesagt, Mrs. Bloom erwarte, dass alle Englisch könnten. Thea verstand, was gesagt wurde, das Antworten war dagegen viel schwieriger. Ihre Schläfen taten weh, ein stechender, drückender Schmerz. Das Einzige, was sie wusste, war, dass Tante Augusta sich für sie eingesetzt hatte und dass sie Tante Huldas Platz übernehmen würde, weil Tante Hulda geheiratet und Tante Augusta damit in Verlegenheit gebracht hatte. Sie riss sich zusammen, öffnete ihre Tasche und zog die Einreiseerlaubnis hervor, die sie auf Ellis Island erhalten hatte.

Mrs. Bloom nahm das Papier entgegen und nickte kurz. Dann drehte sie sich um, ging zur Tür und zog sie energisch hinter sich zu, so energisch, dass sich etwas hob und hinter ihnen flatterte: zwei blaukarierte Kleider mit dazugehörigen Schürzen.

Sowie sie allein waren, fing das andere Mädchen an zu lachen. Sie lachte und wirbelte zwischen den Betten hin und her, zog die Schubladen in der Kommode auf, lag im Bett Probe, saß auf dem Stuhl Probe, blieb dort sitzen und starrte Thea mit offenem Mund an.

Thea ließ sich aufs Bett sinken. Die grünen Augen leuchteten ihr entgegen und erinnerten sie an die Augen von Haralds gelbbrauner Katze, wie sie nachts aussahen. Sie war in eine unbekannte Welt gekommen, zu Menschen, die sie nicht kannte, die Dinge von ihr verlangten, die sie nicht verstand. Nein, sie gehörte nicht hierher, und wenn sie sich auch noch so energisch Miss Marie nannte. Sie schlug die Hände vors Gesicht und wiegte sich hin und her, bis sie eine behutsame Berührung an ihren Handgelenken spürte.

»Aislynn.« Das andere Mädchen zog ihr die Hände vom Gesicht und starrte ihr in die Augen. »Aislynn«, sagte sie noch einmal und zeigte auf sich selbst.

Thea wischte sich die Augen mit einem Zipfel ihres Kleides. Aislynn war ein schöner Name. Thea sah ihr hinterher, als sie zum Bett zurückging, während sie sich bückte, den Koffer hervorzog und aufs Bett stellte.

Thea folgte ihrem Beispiel, bückte sich und zog ihren Koffer hervor. Dann lösten sie die beiden Riemen und klappten im selben Moment die Deckel hoch, und dabei mussten sie einander ansehen und lachen.

Aislynn nahm ein verschossenes Kleid hervor, das an den Manschetten mit mehreren Stichen genäht war. Sie hielt es stolz vor sich hin. Dann zog sie die oberste Kommodenschublade auf, faltete das Kleid ordentlich zusammen und legte es mit einem Paar brauner Strümpfe hinein. War das alles, was Aislynn von zu Hause mitgebracht hatte? Kein Geld in einer Tasche? Kein Buch? Nicht einmal eine warme Strickjacke? Sie selbst hatte drei Kleider, das schmutzige, das gewaschen werden musste, das dunkelblaue, das sie gerade trug, und ein Sommerkleid mit Spitzenkragen. Dazu hatte sie eine graue Strickjacke, den Mantel, die abgelaufenen Knöpfstiefel und ein Paar Sommerschuhe. Sie schluchzte laut auf. Glaubte ihre Mutter, dass sie niemals zurückkehren würde, dass sie für immer gegangen war, wie Tante Hulda und Tante Augusta? Hatte sie ihr deshalb so viele Kleidungsstücke mitgegeben?

Aislynn räusperte sich und wickelte ein Kreuz aus einem Stück grauen Wollstoff. Dann küsste sie es, ehe sie sich aufrichtete, zu Thea ging und es ihr vorsichtig in die Hände legte.

Thea musterte Jesus, der am Kreuz hing. Zu Hause küsste niemand ein Kruzifix. Zu Hause hatten sie nur ein schlichtes Holzkreuz ohne Jesus.

»Ireland«, sagte Aislynn und zeigte auf sich. *»Catholic.«*

»Norway«, sagte Thea und tat es ihr nach. *»Protestant.«*

Aislynn schien mit dieser Antwort zufrieden zu sein, sie legte das Kreuz auf die Kommode, dann ging sie zu den Kleidern, die hinter der Tür hingen, und schmiegte ihr Gesicht hinein. *»Gingham«,* sagte sie mit sanfter Stimme. Danach streifte sie mit raschen Bewegungen ihr Kleid ab und zog das neue über wie eine neue Haut. Die Uniform hing lose um den mageren Leib, die langen schmalen Arme und die knochigen Schultern. Ihre Haare hatten sich bei den heftigen Bewegungen gelöst, und dicke rote Locken fielen ihr über Rücken und Brust. Aislynn fuhr mit den Fingern hindurch, genau wie Thea das immer machte, dann band sie ihre Mähne zu einem Knoten. Thea folgte wieder ihrem Beispiel, und bald sahen sie gleich aus, in karierten Kleidern.

16

Thea ließ die Finger über das geschwungene Geländer laufen, und als sie das kalte Holz unter den Fingerspitzen spürte, musste sie an damals denken, als Margit und sie gleich aussehende Kleider bekommen hatten, die die Mutter für sie genäht hatte. Mit ihren großkarierten Kleidern mit den weißen Spitzenkragen hätten sie vor Stolz platzen mögen, sie hatten einander an den Händen gehalten und waren zusammen die Treppe hinuntergelaufen, um sich dem Vater zu zeigen.

»*Basement*«, sagte Aislynn und öffnete die Tür.

Thea lächelte sie an. Es war deutlich, dass die junge Irin ihr helfen wollte.

Plötzlich kam ihr der unverkennbare Duft von frisch gebackenem Brot entgegen, der angebrannte Geruch von braunen Krusten. Thea musste die Augen schließen und versuchen, die Herkunft des Duftes zu erahnen. Sie ging dem Geruch entgegen, aber Aislynn war schneller und fand den Weg zur Küche, als ob sie schon ihr Leben lang dort gearbeitet hätte. Thea meinte, dass sie hier bereits wie zu Hause wirkte, und es war ein schönes Gefühl, dass sie gerade mit Aislynn das Zimmer teilen würde, solange sie auf Idle Hour arbeitete.

Thea raffte ihren karierten Rock und lief hinterher.

»Tante Augusta!« Sie wäre der Tante gern um den Hals gefallen.

»Marie …«

Tante Augusta stand an einem großen schwarzen Eisenofen. Sie sah anders aus. Ein Tuch hielt ihr die gelben Korkenzieherlocken aus dem Gesicht, und sie trug ein kleingeblümtes Kleid und eine weiße Spitzenschürze, die Bauch und Brust bedeckte. Thea war plötzlich verwirrt, der neue Name wirkte im Mund der Tante unnatürlich. Zugleich klang es schön, wie sie es aussprach: *Mariiii* … wie ein Seufzer der Erleichterung oder ein sanfter Windhauch. Aus irgendeinem Grund kam es ihr nicht falsch vor, es war besser, hier Marie zu sein, denn Marie würde sich dem vielen Neuen anpassen können. Marie war stark. Inzwischen konnte Thea stillgelegt werden, vielleicht sogar bis zu ihrer Rückkehr nach Norwegen.

»Gefällt dir dein Zimmer?« Tante Augusta fuhr sich mit den Händen über die Schürze.

»Ja, das ist sehr hell und schön«, antwortete Thea und merkte, wie gut es tat, wieder mit der Tante zu sprechen.

»Alle Dienstboten wohnen dort oben. Ein Flügel für die Frauen, einer für die Männer.« Tante Augustas Lächeln verschwand, ihr Blick wurde plötzlich streng. »Mrs. Bloom schließt nachts die Tür zwischen den beiden Abteilungen ab. Besuche sind streng verboten.«

Thea schlug die Augen nieder, als sie merkte, dass ihre Wangen rot wurden, doch dann blickte sie rasch wieder hoch, um Ausschau nach Aislynn zu halten. Aber Aislynn war schon weitergelaufen, neugierig tänzelte sie von Regal zu Regal, öffnete jeden Schrank und jede Schublade.

»Mrs. Bloom wohnt ebenfalls oben.« Tante Augusta rührte mit energischen Bewegungen in einem Kochtopf. »Aber Mr. Lovegrove lebt in einem der Häuser auf dem Grundstück, zusammen mit seiner Frau und seiner Tochter.«

»Wer ist Mr. Lovegrove?«

»Das ist Mr. Vanderbilts langjähriger Butler.«

»Was ist ein Butler?«

»Das ist der, der über alle Diener zu bestimmen hat.« Tante Augusta schlug den Kochlöffel am Topf aus und legte ihn auf die Anrichte.

»Ich glaube, der hat uns die Tür aufgemacht.« Thea lächelte. »Auf den ersten Blick habe ich ihn für den Herrn des Hauses gehalten.«

»Mr. und Mrs. Vanderbilt werden erst in einigen Wochen aus ihrem Schloss in Frankreich erwartet. Das ganze Haus muss für die Sommersaison instandgesetzt werden. Es gibt genug zu tun.« Tante Augusta nahm die Brille ab und putzte sie mit ihrer Schürze. »Du bist hier bei der reichsten Familie Amerikas, meine Liebe.«

Thea brach unter ihrem Kopftuch der Schweiß aus. Warum hatte die Tante das in ihrem Brief nicht erwähnt? Wo sie doch aus einer Familie kam, die kein Brot mehr auf dem Tisch hatte. Sie schaute zu den Kästen voller Lebensmittel hinüber, die auf dem Tisch standen. Diese beiden Leben waren so weit voneinander entfernt, wie das überhaupt nur möglich war.

»Ja, hier werden wir beide viele gute Jahre miteinander verbringen.« Tante Augusta zog gehäkelte Topflappen hervor und hob den Topf vom Herd. »Du hast Glück. Es gibt viele Mädchen, die gern herkommen würden. Alle wollen für die Familie Vanderbilt arbeiten. Ein Zeugnis von hier öffnet Türen, und der Lohn ist ausgesprochen gut.« Sie strahlte Thea an, während sie den Topf wieder hochhob und die Küche verließ. »Und jetzt gibt es Essen in der *Servants' Hall.*«

Thea blieb am Herd stehen. In ihr wuchs eine Unruhe, bei der sich ihre Brust zusammenschnürte. Glaubte Tante Augusta, dass Thea in Amerika bleiben würde, dass sie viele Jahre lang auf Idle Hour arbeiten würde? Thea fragte sich, ob die Mutter an ihre Schwester geschrieben und sie gebeten hatte, Arbeit für sie zu finden, damit Thea auf der anderen Seite des Atlantiks ein neues Leben anfangen könnte. Hatte die Mutter das schon die ganze Zeit so geplant?

»Ich will einen Teil meines Lohns nach Hause schicken.« Thea lief aus der Küche und folgte Tante Augusta durch den Gang. »Und dann werde ich …«

»Der Lohn ist ausgesprochen gut«, sagte Tante Augusta noch einmal und lächelte stolz. »Die Dienstmädchen bekommen ihren zweimal im Jahr ausbezahlt. Den Lohn für die Wintersaison am letzten Tag im April, und den für die Sommersaison am letzten Tag im Oktober.«

»Aber das ist zu spät …«, rief Thea und verstummte dann jählings. Sie merkte, dass sie zitterte und dass ihr der kalte Schweiß ausbrach. »Das ist zu spät«, sagte sie noch einmal. »Viel zu spät.«

»Zu spät wofür denn, Marie?« Tante Augusta blieb stehen und sah sie mit ihren großen blauen Augen an. »Du bekommst doch Kost und Logis. Mrs. Bloom will sichergehen, dass gute Arbeit geleistet wird, ehe der Lohn ausbezahlt werden kann. Bisher hat sich noch niemand beklagt.«

Der Aufenthaltsraum für das Personal war ein großer Saal mit dunklen Eichenmöbeln, einem langen und einem runden Tisch, eleganteren Möbeln als in den meisten Häusern, und hinten im Raum loderten rote Flammen in einem offenen Kamin. Tante Augusta wies stolz auf ein Gemälde an der Wand; es zeigte ein Pferd, einen Reiter in roter Jacke mit Goldknöpfen und mehrere Hunde, die neben ihm umhersprangen. Aber Thea konnte nur an den Lohn denken, der erst am letzten Tag im Oktober ausgezahlt werden würde.

»Komm, dann stell ich dir die anderen Küchenmädchen vor.« Tante Augusta winkte vier jungen Mädchen, alle in den gleichen karierten Kleidern wie Aislynn und Thea. »Mary und Emma sind aus England«, erklärte sie. »Liz kommt aus Schottland und Fleure aus Belgien.«

Die Mädchen kicherten und knicksten eine nach der anderen. Thea musste sich zusammenreißen, um sie begrüßen zu können. Sie wischte sich den Schweiß von der Stirn. Mary war mollig, hatte milchweiße Haut und lachte die ganze Zeit. Emma war zierlich, hatte Sommersprossen im ganzen Gesicht und wirkte schüchtern wie ein Schulmädchen, während Fleure tiefblaue Augen hatte, dunkelbraune Haare und am Kinn, mitten im Grübchen, ein Muttermal, das sie ganz besonders apart aussehen ließ.

Liz begrüßte Thea als Letzte. Sie war einen Kopf größer als die anderen Mädchen und sah aus, als ob sie aus dem karierten Kleid schon herausgewachsen wäre. Sie lächelte Thea freundlich an und hielt ihren Blick fest. Thea versuchte, das Lächeln zu erwidern, aber sie konnte kein einziges Wort herausbringen.

Aislynn kam sofort mit den anderen ins Gespräch, gestikulierte eifrig und lachte. Thea schaute verzweifelt zu Tante Augusta hinüber. Sie musste sie noch einmal nach der Sache mit dem Lohn fragen. Es konnte doch nicht stimmen, und wenn es stimmte, dann musste man daran etwas ändern können. Aber als sie sich Tante Augusta gerade nähern wollte, war vom Gang her ein heftiger Lärm zu hören, und Thea blieb stehen.

»Das sind nur die Diener, die zum Essen kommen«, erklärte Tante Augusta. »Und es werden noch mehr, wenn die Gäste da sind. Ich sorge dafür, dass sie ihr Essen kriegen. Morgens, mittags und abends.«

Als Thea sich umdrehte, saß Aislynn zwischen Mary und Emma an dem runden Tisch, der, wie Tante Augusta erklärte, für Küchen- und Stubenmädchen reserviert war. Die Stubenmädchen erhoben sich eine nach der anderen und nannten ihren Namen: Rose, Grace, Clara, Violet. Sie sahen so elegant aus in ihren schwarzen Kleidern mit den weißen Kragen vor der rötlichen Haut und dazu den weißen Schürzen, so dass die karierten Kleider geradezu armselig wirkten. Die Stubenmädchen schienen für ihre Arbeit handverlesen worden zu sein, gewissermaßen wie damals, wenn Thea die schönsten Blumen auf der Wiese pflückte und mit nach Hause nahm.

Neben Rose war ein Platz frei. Rose gab Thea die Hand, lächelte, so dass sich in ihren Wangen zwei tiefe Lachgrübchen zeigten, und sagte, sie stamme aus Wales und sei erst seit einem Monat hier.

»Ich bin heute gekommen«, stammelte Thea. »Ich komme aus Norwegen.«

»Du kannst dich freuen«, sagte Rose und strich sich eine blonde Locke aus der Stirn. »Das ist der beste Dienst, den ich je hatte.«

Thea drehte sich um. Aislynn lachte über etwas, das Mary gesagt hatte, und warf den Kopf in den Nacken, und für einen Moment hatte Thea das Gefühl, Amanda zu sehen. Dieser Überfluss an Freude, der von Amanda ausgeströmt war und alle in ihrer Nähe angesteckt hatte, war der gleiche, den Thea jetzt von dieser rothaarigen Irin ausströmen sah. Thea schluckte und starrte in ihren Schoß. Sie war nicht wie Aislynn oder Amanda. Sie war keine Träumerin, keine Person, deren Licht auf andere übersprang. Sie war auch nicht hergekommen, um sich ein neues Leben aufzubauen, sondern in der Hoffnung, die Reste von dem retten zu können, was ihr Zuhause war. Das Beste wäre sicher, direkt mit Mrs. Bloom über den Lohn zu sprechen, vielleicht war die Wirtschafterin ja nicht so streng, wie sie aussah.

»Heute gibt es Fleischeintopf mit Bohnen.« Tante Augusta stellte den Kochtopf auf den runden Tisch.

Gab es in Amerika jeden Tag Fleisch? Thea dachte an die Gerüchte, die sie auf dem Schiff gehört hatte, dass Amerika ein Land war, in dem Milch und Honig flossen. Vor nur *zwei Wochen* hatten Trygve und Harald sie angefleht, ihnen ein Stück von ihrem Brot abzugeben. Zwei Wochen, die zwei Welten trennten. Jetzt hatten sie das ganze Stück Brot, und die Mutter hatte einen Mund weniger, den sie sattmachen musste.

Eine Stille hatte sich über den Raum gesenkt, über den langen Tisch mit den dunkelgekleideten Lakaien und über den runden Tisch, an dem die Dienstmädchen saßen. Tante Augusta sprach auf Englisch ein Tischgebet und schaute dabei mit gefalteten Händen und leuchtenden Augen in die Runde. Thea konnte jedoch keine Ruhe finden. Wie sollte sie Tante Augusta sagen, dass sie nicht auf Dauer gekommen war, dass sie nicht mehrere Jahre zusammen auf Idle Hour verbringen würden, sondern dass sie so bald wie möglich wieder nach Hause wollte?

17

Die Morgenluft war feucht. Neu. Frisch. Ein Dunstschleier lag über dem Rasen, bis hinüber zum Waldrand. Aislynn saß bereits angezogen auf dem Bett. Sie hatte das Kreuz von der Kommode genommen und hielt es in den Händen. Dann hob sie es an den Mund und küsste es. Der Arbeitstag der Küchenmädchen begann um halb sechs. Es war nicht schwer, so früh aufzustehen, Thea tat das schon, solange sie sich erinnern konnte. Brot musste gebacken werden, ehe die Menschen aufstanden. Aber jetzt würde sie ganz andere Arbeitsaufgaben lernen, und sie wollte schnell lernen und alles gründlich und gut machen.

Mrs. Bloom erwartete sie unten im Aufenthaltsraum. Thea dachte, sie sollten jetzt sicher in ihre Aufgaben eingeführt werden, sie würde erst nach dem Lohn fragen, wenn Mrs. Bloom alles erklärt hätte. Aber plötzlich fiel ihr Blick auf etwas, das Mrs. Bloom in der Hand hielt, es war eine große Schere, so eine wie die, mit der Hans die Stoffrollen zerschnitt. Thea wich zurück, aber Mrs. Bloom zog zwei Stühle hervor, zeigte darauf und sagte etwas auf Englisch, das Thea zuerst nicht verstand, obwohl sie es eigentlich durchaus erfasst hatte, sie konnte nur nicht begreifen, dass es stimmen sollte. Sie ballte zwei harte Fäuste und schaute zu Aislynn hinüber. Aber die junge Irin wirkte ruhig und zog eine Haarnadel nach der anderen aus ihrem Knoten.

Thea hob die Hand und zog zögernd die erste Nadel heraus, während ihr Blick durch den Raum irrte, wie auf der Suche nach einem Zufluchtsort. Die Wirtschafterin war gemein, das war sie. Thea hatte unter den Geschwistern die kräftigste Mähne, und während sie langsam weitere Nadeln herauszog, dachte sie daran, wie Margit ihr jeden Abend die Haare gebürstet hatte, während sie einander Geheimnisse zuflüsterten. *Marie ist stark,* sagte sie in Gedanken, während sie mit den Tränen kämpfte. *Marie ist stark.* Dann versuchte sie, sich an die Frisuren der anderen Küchenmädchen zu erinnern. Sie hatten alle Kopftücher getragen. Thea hatte nicht weiter darüber nachgedacht. Aber jetzt wusste sie es wieder: Unter den Kopftüchern hatten nur wenige dünne Haarreste hervorgelugt. Sie biss die Zähne zusammen, sie hörte Schneidegeräusche, es waren Aislynns Haare, die zu Boden fielen. Thea versuchte, zu ihr hinüberzublicken, aber Aislynn verzog keine Miene. Oder vielleicht doch?

Bald war der Boden um Aislynns Stuhl von Haaren bedeckt. Sie lagen dort wie Blätter im Herbst, rot und orange. Und dann näherte Mrs. Blooms Hand sich Thea. Thea wollte aufspringen, schreien, nach Tante Augusta rufen. Sie zog die letzte Haarnadel heraus. Dann schloss sie die Augen und spürte die Hand von Hans, der ihre Haare streichelte. Jedesmal, wenn sie an ihrem Ohr das scharfe Geräusch der Schere hörte, sah sie seine Augen, die sie anlächelten. Plötzlich durchfuhr sie ein Schmerz, aber Hans war die ganze Zeit da, hob sie hoch, hielt sie fest, wiegte sie, bohrte sein Gesicht in ihre Haare und flüsterte: »Keine hat so schöne Haare wie du.« Würden ihre Haare bis Weihnachten wohl nachwachsen?

»Daran gewöhnst du dich.« Tante Augusta stellte eine dampfende Tasse Tee vor sie hin. »Mrs. Bloom will, dass die Dienstmädchen anständig aussehen.«

»Mrs. Bloom ist gemein«, schluchzte Thea und schob die Tasse weg. »Gemein.«

»Gott sieht nicht auf die Haare, Marie. Er sieht nur auf das Herz.« Tante Augusta zog ihren Stuhl an Theas heran, aber die war nicht zu trösten. Mrs. Bloom hätte sie genauso gut nackt ausziehen können. Tante Augusta versteht das nicht, dachte Thea. Die hatte sicher keinen Liebsten, der zu Hause auf sie wartete. Und Mrs. Bloom – konnte die wohl überhaupt in ihrem Leben je einen Liebsten gehabt haben?

»Wo ist Aislynn?«

»Mrs. Bloom zeigt ihr den Küchenherd. Der muss jeden Morgen von innen und außen geschrubbt werden, und wenn das fertig ist, geht ihr nach oben.«

»Nach oben?«

»Ihr zwei seid verantwortlich für Bibliothek und Goldsaal.«

Tante Augusta konnte nicht meinen, dass sie nach oben sollte, so, wie sie aussah. Sie umklammerte den Stuhlsitz mit den Händen.

»Jedes Küchenmädchen ist für einen Raum verantwortlich. Emma hat das Speisezimmer. Liz den Rauchsalon, Fleure das Wohnzimmer und Mary die Halle.«

»Aber was machen wir da?«

»Ihr entfernt die Asche aus dem Kamin und reinigt die Marmoreinfassung, wischt überall Staub und schrubbt den Boden. Alles muss glänzend sauber sein, wenn Mr. und Mrs. Vanderbilt und die Gäste kommen.« Tante Augusta hob die Tasse. »Ich habe mit Honig gesüßt.«

»Aber die sind nicht hier?«, fragte Thea und stellte die Tasse wieder hin.

»Genau«, sagte Tante Augusta. »Alles muss eingespielt sein, bis sie eintreffen. Ganz Idle Hour muss wie ein Uhrwerk laufen. Das ist Mr. Lovegroves Gesetz. In dem Moment, in dem Mr. und Mrs. Vanderbilt zum Frühstück herunterkommen, gehen die Stubenmädchen hoch in den ersten Stock. Sie entfernen die Asche aus dem Kamin in jedem Schlafzimmer, das in der Nacht benutzt worden ist, sie reinigen die Marmoreinfassung, wischen Staub und leeren das Nachtgeschirr. Dann schütteln sie die Betten aus, streichen die Laken glatt und machen die Betten. Nach dem Frühstück gehen die Stubenmädchen zurück, wischen Staub und räumen in den Zimmern im Erdgeschoss auf, die benutzt worden sind, und dasselbe geschieht nach dem Mittagessen und noch einmal abends.«

Das war ja genau wie am Fließband: die schwarzlackierten Autos und die Schlachter in Chicago. Fester Platz und feste Aufgaben, ohne Pause. Alles, was Tante Augusta nicht leiden konnte. Hatte sie das vergessen?

Aislynn kam in den Aufenthaltsraum und ließ sich auf den Stuhl neben Thea sinken. Vielleicht hatte auch sie zu Hause einen Liebsten, der sie mit ihren langen roten Haaren so schön fand. Vielleicht war er Schreiner, Schuster oder Bauernknecht, einer, der seine Hände hineingeschoben hatte und die Haare gestreichelt hatte, während er Aislynn küsste. Vielleicht fühlte sie sich ebenfalls ausgezogen, gerupft wie ein toter Vogel. Ihre Hände waren jedenfalls von Ruß bedeckt

Tante Augusta zeigte auf die vielen Klingeln, die hinter dem langen Tisch an der Wand befestigt waren, und trug ihnen auf, genau darauf zu achten. Sie sagte dasselbe, zuerst auf Schwedisch und dann auf Englisch.

»Wenn geläutet wird, müsst ihr euch vergewissern, in welchem Zimmer Bedienung gewünscht wird. Wenn es euer Zimmer ist, müsst ihr einige Minuten warten, ehe ihr nach oben geht, damit Mr. und Mrs. Vanderbilt und die Gäste es verlassen haben, denn ihr dürft, Gott behüte, niemals gesehen werden!« Sie beugte sich vor. »Ja, wenn ihr das Pech habt, nicht rechtzeitig verschwinden zu können, gibt es immer Möglichkeiten, euch zu verstecken: hinter Vorhängen oder Wandschirmen, oder kehrt im Notfall das Gesicht zur Wand.«

Warum mussten sie unsichtbar sein? Die Dienstmädchen zu Hause mussten sich nicht verbergen, aber so, wie sie jetzt aussah, wollte Thea ohnehin nicht bemerkt werden. Sie schaute auf einige schwarze Haarsträhnen hinunter, die noch immer auf dem Boden lagen, und hätte am liebsten geschrien.

»Ist euch klar, was eure Aufgaben sind?« Tante Augusta wartete die Antwort nicht ab. »Mrs. Bloom verlangt mehr als normale Grobarbeit. Ihr geht es um das Ausgesuchte, um ganz besondere, nicht alltägliche Eigenschaften.«

Besondere Eigenschaften? Das Einzige, was Thea gut konnte, war backen.

Nachdem Tante Augusta ihnen Eimer, Besen und lange Staubwedel mit schwarzen und roten Federn gegeben hatte, liefen sie mit raschen, kurzen Schritten die Treppen in den ersten Stock hoch. »Vergesst nicht, hinter den Türen und in den Ecken sauberzumachen.« Tante Augustas Stimme hallte hinter ihnen. »Ja, ihr wisst, an solchen Stellen sammelt sich Staub. Mrs. Bloom wird das überprüfen.«

Bibliothek und Goldsaal lagen nebeneinander. Thea stand mit dem Besen in der einen und dem Eimer in der anderen Hand mitten im Goldsaal, dem Salon, das hatte Tante Augusta erklärt, in dem sie sich die Damen nach dem Essen versammelten, während Aislynn umherlief und liebevoll mit den Händen über alles strich, was sie sah. Das hier war der Salon der ersten Klasse, von dem Amanda geträumt hatte. Würde sie finden, das sei *Luxus* und *ungerecht?* Was würde sie über die vergoldeten Möbel sagen und über die mit Goldbrokat bezogenen Sessel? Was über die Samtportieren mit den goldenen Stickereien und den geflochtenen Goldschnüren, welche die Portieren zusammenhielten? Würde sie mit der Hand über die mehrarmigen Goldleuchter fahren, die auf allen Tischen standen? Gab es in Nord-Dakota Vasen und Gefäße aus Gold? Thea schaute zu den Ornamenten unter der Decke und zu denen an den Wänden hoch. Alles war aus lauterem Gold. Was würde Amanda zu ihren Haaren sagen?

Sie versuchte, Aislynn ein Zeichen zu geben, damit sie anfangen konnten, aber nach einer Weile gab sie es auf, ihre Aufmerksamkeit erregen zu wollen. Stattdessen legte sie sich auf die Knie und fegte die Asche in den Eimer. Bei jeder dieser Bewegungen griff sie sich mit der Hand in den Nacken, es kam ihr vor wie eine Wunde, von der sie die Finger nicht lassen konnte. Anständig? Wohl eher sollten die Küchenmädchen noch unsichtbarer gemacht werden.

Als sie fertig war, hatte sie Angst, dass Aislynn keinen Finger rühren und ihr die ganze Arbeit überlassen würde, im Goldsaal und in der Bibliothek, und das würde sie nie im Leben schaffen, ehe Mr. und Mrs. Vanderbilt und die Gäste nach unten kämen, wenn sie auf Idle Hour eingetroffen wären.

»Aislynn.« Thea winkte ihr zu.

Aislynn schien es nichts auszumachen, dass Thea sie antrieb. Als Aislynn dann erst angefangen hatte, war klar, dass sie an harte Arbeit gewöhnt war, vielleicht sehr viel mehr als Thea, und dass diese Arbeit ihr nicht das Geringste ausmachte. Aislynn summte vor sich hin, ob sie nun Staub wischte, schrubbte oder polierte, und sie schien dabei auch nicht müde zu werden. Das einzige Mal, dass Aislynn mit Summen aufhörte, war, wenn sie sich einem neuen Ziel näherten. Dann unterbrach sich Aislynn, sah Thea an und sagte Wörter wie *Fireplace. Mantelpiece. Paintings. Oriental rugs. China. Flowers. Marble. Gold.*

Sie gingen weiter in die Bibliothek. Dort blieben sie stehen, kicherten, schlugen die Hände vor den Mund und sahen einander an. Die Bibliothek war ebenso groß wie der Goldsaal. Alle Wände, bis auf die, wo sich der Kamin befand, waren bedeckt von Bücherregalen voller dunkler Lederbände mit in Gold eingestanzten Titeln. Thea hatte noch nie so viele Bücher auf einmal gesehen, und Aislynn ging es offenbar genauso. Über den Bücherregalen sahen sie Schnitzwerk in der rotbraunen Wandtäfelung bis zur Decke, das offenbar Kunst und Wissenschaft darstellen sollte. Ein Schreibtisch stand schräg vor der einen Wand, vor der anderen gab es ein geschwungenes Samtsofa. Schwere Ledersessel verteilten sich im Raum um einen runden Tisch mit Pfingstrosen, Rosen und Chrysanthemen, alle in tiefen Rottönen. Theas Großmutter hatte Pfingstrosen im Garten gehabt, und wenn die Blütenblätter herunterfielen, legte sie sie in eine Schüssel voller Wasser, um sie noch länger bewundern zu können. Auch diese Blätter waren rot, tiefrot wie Blut, doch daran hatte Thea damals nicht gedacht.

Der einzige Vorteil, den Thea an der Bibliothek sehen konnte, war, dass der Kamin dunkel und niedrig war, dass er keine Verzierungen hatte und viel kleiner war als der im Goldsaal. Im Goldsaal thronte der Kamin vor der ganzen

Wand, mit Bogenschützen und Engeln aus kreideweißem Marmor, und sie mussten eine Trittleiter benutzen, um sie zu erreichen. Dennoch wollte Aislynn den Goldsaal übernehmen, und als sie ihren Thron bestieg und anfing, Bogenschützen und Engel zu säubern, griff Thea zum Staubwedel und machte sich an die Bücher.

An den ersten Tagen erschien Thea das alles als furchtbare Plackerei, als unüberwindliche Aufgabe. Aber als die Tage vergingen, gefiel es ihr dort immer besser, es herrschten eine eigene Stille und Ruhe, und sie fing an, die Buchrücken zu lesen, während sie umherwanderte. Bald dachte sie, dass jedes Buch eine eigene Geschichte war, eine Geschichte über Leben und Schicksale von Menschen. Unter ihrem Staubwedel gab es Trauer und Verzweiflung, aber auch Liebe und Leidenschaft, Hoffnung und Träume. Einige Male jedoch wurde sie traurig, unterbrach ihre Arbeit und dachte an Hans, und dann sah sie seine Züge ganz deutlich vor sich: die liebevollen blauen Augen, das warme Lächeln, die Freude in seinem Gesicht, als er zu ihrer Familie in Kampen gekommen war und sie begriffen hatte, dass er sie, Thea, haben wollte.

Am fünften Tag sah Thea Hans nicht mehr so deutlich vor sich, und das machte ihr Angst. Unsicher stieg sie von der Leiter und ging zum Schreibtisch, wo Briefpapier neben einer Schreibfeder und einem Tintenfass lag. Sie schaute sich um, horchte auf das Summen im Goldsaal, und als sie hörte, dass alles so war, wie es sein sollte, setzte sie sich vorsichtig auf die Stuhlkante und tunkte die Feder ins Tintenfass. Erst als sie Mrs. Bloom mit ihren klirrenden Schlüsseln auf der Treppe hörte, konnte sie aufhören und sich von den Buchstaben auf dem Briefbogen losreißen.

Sowie sie ihre Arbeiten beendet hatten, liefen Thea und Aislynn in den Keller, um für das Frühstück der Bediensteten um sieben den Tisch zu decken. Sie wurden allmählich zu einem Teil von Mr. Lovegroves perfektem Uhrwerk. Nach dem Frühstück spülten sie und säuberten die Messer mit Schmirgelpapier. Die ganze Zeit behielten sie die Klingeln im Blick, ob irgendwo oben ihre Dienste verlangt würden, auch wenn die Herrschaft noch nicht auf Idle Hour eingetroffen war, auch wenn sie hinter niemandem herräumen mussten, auch wenn niemand nach ihnen läutete, außer Mrs. Bloom, um sich davon zu überzeugen, dass sie das Klingelsystem verstanden hatten und nicht faulenzten. Sie mussten Kartoffeln schälen und Gemüse zerschneiden, sie mussten in der Speisekammer aufräumen und in der Küche Boden und Wände schrubben. Neben dem ewigen Abwasch musste alles Kupfergeschirr, das in dem langen Winter nicht benutzt worden war, geputzt werden, und Thea scheuerte die großen Kochtöpfe mit Stahlwolle, bis ihre Finger wund und rissig waren.

Bei Aislynn war es jeden Tag dasselbe. Sie warf die Schürze ab, sowie der Abwasch erledigt war, und lief in den Aufenthaltsraum, um mit Mary oder Emma, Liz oder Fleure, oder wer immer gerade dort war, zu reden, ehe sie um zehn Uhr oben waren. Sie schien sich nicht im Geringsten zu schämen, sich ohne Kopfbedeckung zu zeigen.

»Wir sollen weniger hübsch sein und die Lakaien nicht ablenken«, sagte Mary und schaute Aislynns Haare an. »Und das macht mich so wütend. Ich sehe gern gut aus.«

»Das soll zeigen, dass wir ganz unten auf der Rangleiter stehen«, sagte Fleure und verdrehte die tiefblauen Augen. »Mrs. Bloom könnte auch mal einen Haarschnitt vertragen.«

Thea hatte noch nicht alle Regeln begriffen, aber sie begriff immerhin, dass es unter den Bediensteten eine Rangordnung gab und dass ein Unterschied bestand zwischen denen, die oben waren, und denen unten; denen, die elegante Uniformen trugen, und denen, die unsichtbar zu sein hatten, und dass es wichtig war, die Sichtbaren respektvoll zu behandeln. Sie hatte die Namen einiger Lakaien gelernt: William, Arthur, Harry, Ross, Benjamin, Charles. Allesamt Engländer. Hier gab es offenbar Unterschiede zwischen allem. Zwischen Reich und Arm. Den Geschlechtern. Dem Alter. Hier in diesem Land, wo es Freiheit und Möglichkeiten für alle geben sollte. Thea war jedenfalls eine der Unsichtbaren. Nein, unter den Küchenmädchen konnte einfach niemand stehen. Vielleicht abgesehen von den Mädchen in der Waschküche, denn die wurden überhaupt nicht mitgezählt.

Plötzlich verspürte Thea, wie dieselbe Leere und Hoffnungslosigkeit wie nach Margits Tod sich bei ihr einstellten, das Gefühl, niemals wieder glücklich werden zu können. Sie wandte sich ab, mochte nicht hören, wie die anderen plauderten und klatschten, lachten und lärmten, in einer Sprache, die sie nicht verstand, aber sie brachte es auch nicht über sich, hinauf in die Mansarde zu gehen und sich allein hinzulegen. Die Vorstellung jedoch, dass sie in Tränen ausbrechen könnte und dass Aislynn oder eines der anderen Mädchen versuchen würde, sie zu trösten, war noch schlimmer, denn sie würde nichts erklären und die anderen würden ihr auch nicht helfen können. Es gab nur einen Ort, wo sie jetzt Ruhe finden würde.

Die Küche war leer, nur die Abendlampe brannte, und dort oben, im Regal über dem Herd, stand der glasierte weiße Krug mit der Aufschrift *Flour*. Der Mehlkrug. Thea hatte schon gesehen, wie Tante Augusta den beim Kochen verwendet hatte. Sie stellte sich auf Zehenspitzen und hob ihn vorsichtig herunter, fuhr behutsam mit einem Finger über die feinen Goldstreifen. Das war etwas anderes als die groben Jutesäcke aus Bjølsen. Sie kannte sich aus mit Mehlkrügen. Im Konfirmationsunterricht hatte sie von dem Propheten Elias gehört, der im Dorf Sarepta bei einer Witwe wohnte, einer Witwe, deren Mehltopf und Ölkrug niemals leer wurden. Vorsichtig nahm sie den Deckel herunter und schob die Hand in den Krug, ließ das Mehl durch ihre Finger rinnen, so weich, so fein, wie die Seidenkissen im Goldsaal. Und sie musste an einen Weihnachtstag kurz vor dem Krieg denken, als sie und der Vater einen Kuchen gebacken und mit Rosinen, Korinthen und Zitronat gefüllt hatten. Der Vater hatte im Backofen eingeheizt; eine wunderbare Wärme hatte sich in dem eiskalten Keller ausgebreitet, zusammen mit dem Duft der Gewürze. Thea hatte gedacht, kein Mädchen in Kampen habe solches Glück wie sie.

»Marie?« Tante Augusta legte ihr die Hand auf den Arm.

»Ich wollte nur …« Rasch stellte sie den Mehlkrug wieder ins Regal. »Ich wollte gerade nach oben gehen und da …«

»Stimmt irgendwas nicht?«

»Ich dachte nur …« Sie trat einen vorsichtigen Schritt vor. »Glaubst du, ich könnte Mrs. Bloom um einen Vorschuss auf meinen Lohn bitten?«

»Hier auf Idle Hour muss man alles geben.« Tante Augusta lächelte. »Wer sich an die Regeln hält und nicht mehr verlangt, wird belohnt werden.«

»Aber …«

»Brauchst du Geld?«

Sie nickte. »Für die zu Hause«, flüsterte sie.

»Das Geld für das Briefporto kannst du natürlich leihen. Komm mit! Ja, du hast doch die Dollars wohl wieder mitgebracht?«

Tante Augusta schloss die Tür zur Mansarde auf und ging vor Thea hinein. Vielleicht teilte sie ihre Kammer mit niemandem, weil sie Köchin oder weil sie die Älteste war, sie wurde jedenfalls mit Mrs. angeredet, obwohl sie niemals verheiratet gewesen war.

Ein silberner Mondschein füllte den Raum, legte sich über das Bett und die Kommode und den Nachttisch mit der aufgeschlagenen Bibel und über Tante Augusta, die plötzlich aussah, wie in dieses Licht gehüllt.

Thea öffnete die Tasche und zog die Geldscheine heraus. Wenn Tante Augusta nur wüsste, wie sehr die Familie zu Hause das Geld brauchte. Aber die Dollars gehörten Tante Augusta, die Mutter hatte gesagt, ihre Schwester benötige sie selbst, natürlich musste Tante Augusta sie zurückbekommen. Die Behörden überprüften, ob die Einwanderer Geld genug für die erste Zeit in Amerika hatten, und Tante Augusta war großzügig gewesen und hatte ihr das Geld geliehen. Theas Hand zitterte, als sie der Tante die Geldscheine hinhielt.

»Ich wusste ja, dass ich mich auf dich verlassen kann.« Tante Augusta nahm das Geld, zählte es durch und reichte Thea zwei Dollar für das Porto, dann ging sie zur Kommode, zog eine Schatulle heraus, schob die Hand unter den bestickten Läufer, der die Kommode bedeckte, und fischte einen Schlüssel hervor. »Alles, was ich hinterlasse, geht an die Kirche«, sagte sie, während sie das Geld in der Schatulle einschloss. »Ja, es ist wichtig, genügsam zu leben.«

Das Geld sollte an die Kirche gehen? Der Gedanke brannte in Theas Kopf. Warum hatte sie es nicht einfach der Familie überlassen? Sie ging zur Tür, lächelte und bedankte sich, während sie mit der Verzweiflung rang. War ihre Familie denn nicht mehr wert als irgendeine Kirche?

18

Nachts fuhr Thea mit klopfendem Herzen aus dem Schlaf hoch. In kalten Schweiß gebadet, setzte sie sich im Bett auf. Sie hatte das violette Halstuch gesehen, es lag um den Hals einer anderen. Die Nacht hier war so schwarz. Es gab nur schwaches Mondlicht. Und all diese fremden Geräusche, der laute Gesang der Grillen, das Geheul aus dem Wald, der Wind, der an den Fensterhaken rüttelte. Sie schaute zur Seite. Aislynn schien tief zu schlafen, sie atmete ruhig und regelmäßig, nichts schien sie zu berühren.

Thea schlang sich die Arme um den Leib. Sie könnte sich nach unten schleichen, nur für kurze Zeit, sich Zutaten aus der Speisekammer holen und einige einfache Plätzchen backen. Rasch schlug sie sich diese Idee aus dem Kopf, legte sich wieder hin und starrte zur Decke hoch. Ihr ganzes Leben war sie ein Bäckermädchen gewesen. Sie kannte nichts anderes. Wenn sie nicht in der Bäckerei stand, fragte die Kundschaft nach ihr, aber niemand kam auf die Idee, dass sie auch buk; alle glaubten, Bäcker wären immer Männer, die Frauen könnten nur im Laden stehen. Doch eines Tages würde sie den Betrieb des Vaters übernehmen. Dann würden alle sehen, wer hier das Gebäck herstellte. Sie setzte sich wieder auf und stellte vorsichtig die Füße auf den kalten Boden, dann zog sie langsam das karierte Kleid an.

Der Dachboden war dunkel und still. Sie tastete sich zur Treppe vor und unterdrückte ein Niesen. Dann suchte sie sich den Weg über die Treppenstufen nach unten, dicht an der Wand, wo die Stufen am wenigsten knackten, und öffnete die Tür zum Keller.

Sie zitterte am ganzen Leib, als sie weiter zur Küche schlich. Sie war eine Seiltänzerin, sie war eine Einbrecherin, sie war eine Bäckerstochter.

Der Mehlkrug stand genau dort, wo sie ihn hingestellt hatte. Sie stellte sich auf Zehenspitzen, griff nach dem Krug und drückte ihn an sich. Der kostbarste Schatz des Hauses war nun in ihrem Besitz. Sie hätte ihn gegen keinen der Ziergegenstände oben eingetauscht, weder die aus dem Goldsaal noch die aus der Bibliothek. Neben dem Mehlkrug standen Zucker und Backpulver, und in der Kühlkammer neben der Küche gab es Eier und Butter. Nein, zu Hause brauchten sie sich keine Sorgen zu machen. Getreide würde ins Land kommen, die Mahlwalzen in Nedre Foss würden wieder singen, und die Mühlengäule würden Säcke voller Mehl nach Kampen ziehen. Sie suchte mit eifrigen Händen in dem einen Kasten und fand eine Zitrone, eine fremde Frucht, die der Vater nur einmal bekommen hatte. Sie wusste es noch, als wäre es gestern gewesen. Der Vater war zum Hafen gegangen, um Fisch zu kaufen. Dann hatte er gesehen, dass ein Boot aus dem Süden vor Anker gegangen war. Ein Boot, das Apfelsinen und Zitronen geladen hatte. Er hatte teuer für die Zitrone bezahlt, aber die hatte die Kuchen magisch werden lassen.

Holzlöffel und Quirl standen beim Herd bereit. Hier gab es alles, was eine Bäckerin benötigte. Die amerikanischen Messbecher, auf denen *cup* stand, ließ sie stehen, sie begriff sie ja doch nicht, außerdem war sie daran gewöhnt, nach Augenmaß vorzugehen. Sie rührte den Teig mit sicheren Bewegungen, und bald verwandelten sich Butter und Zucker zwischen ihren Händen in etwas Weißes und Weiches. Sie summte wie Amanda. Sie summte wie Aislynn. Sie summte wie Thea.

Die Eier waren groß und schön und von dunkler Färbung, an einem klebte ein Federchen. Sie hielt es sich an die Wange, ehe sie es über der Schüssel aufschlug und Eigelb und Dotter über den Teig auslaufen ließ. Der Teig war jetzt weich und geschmeidig. Sie nahm noch ein Ei, rührte wieder um, sog den süßen Duft in sich ein. Dann steckte sie den kleinen Finger in den Teig und kostete. Sie schmatzte. Seufzte. Verlor sich in Duft und Geschmack, und für kurze Zeit war sie nicht mehr allein in einem fremden Land.

Der Teig wurde am besten, wenn er gehen durfte, also stellte sie ihn in die Kühlkammer und erledigte inzwischen den Abwasch. Nur einmal hob sie den Kopf und horchte. Sie war ganz sicher, dass etwas geknirscht hatte. In Kampen hatte es Ratten gegeben, große fette Ratten, die Löcher in die Wände nagten und die mit Arsen vergiftet wurden. Aber das hier war nicht das Geräusch eiliger Nagerfüße, es waren energische Schritte. Vielleicht war es der Nachtwächter, der seine Runde drehte, oder vielleicht Mrs. Bloom, die Fallen aufstellte, vielleicht noch jemand anderes, in einem solchen Haus konnte es doch spuken. Sie wischte sich die Hände an der Schürze ab und schlich sich zurück in die Kühlkammer.

Schon bald war der Teig fest und fein geworden. Eine Kühlkammer war dafür noch besser als ein Verschlag in einem Hinterhof, jedenfalls um diese Jahreszeit. Thea rollte den Teig auf dem Küchentisch aus und formte lange feine Rollen. Dann holte sie zwei Backbleche aus dem Ofen, legte die Rollen darauf und pinselte sie gewissenhaft, während es in ihr pochte und pulsierte, als ob etwas Verborgenes und Vergessenes plötzlich wieder zum Leben erweckt worden wäre.

In dem kleinen Krug neben dem Backpulver wurde Streuzucker aufbewahrt. »Der Anblick gefällt dir sicher«, hatte Tante Augusta eines Morgens gesagt. »Wo dein Vater doch Bäcker ist.« Thea traute sich. Wenn der Mehlkrug auf Idle Hour niemals leer wurde, konnten sie sich sicher auch noch mehr Streuzucker besorgen, dachte sie und streute die weißen Perlen auf die Rollen. Dann beugte sie sich vor und ließ Mehl unten in den Backofen und auf die Seiten rieseln. Wenn das Mehl leicht goldbraun getönt war, war der Backofen bereit.

Sie zog das erste Blech heraus, als das Gebäck gerade gelb und golden geworden war. Der vertraute Duft von Teegebäck oder *Theagebäck,* wie ihr Vater das nannte, schlug ihr entgegen. Sie nahm ein Messer und schnitt die Rollen in passende Stücke, jedes mit einer scharfen Schrägkante, und steckte einen Rest in den Mund. Die weißen Perlen waren auf dem Teig zerschmolzen und hineingezogen. Der Vater sagte immer, er habe seinen besten Kuchen noch nicht gebacken. Das hier aber war das Beste, das *sie* je gebacken hatte.

Sie wollte gerade die letzte Rolle zerschneiden, als sie am Boden einen kalten Luftzug verspürte. Sie schaute sich eilig um. War das die Hintertür? Sie sah niemanden, hörte aber Geräusche, und nun wurden die Geräusche zu lauten Schritten. Sie packte die Kuchendose, rannte auf den Gang hinaus und schlüpfte in die Besenkammer. Sie rang um Atem, musste aber unbedingt durch den Türspalt lugen. Es waren zwei der Lakaien, es waren Charles und Ross. Die schwankten durch den Gang, hatten die Arme umeinander gelegt und sangen. Nun betraten sie die Küche, und ein harscher Geruch hing im Gang hinter ihnen in der Luft.

»Aislynn!« Thea schüttelte ihre Zimmergenossin.

Aislynn fuhr im Bett hoch. »Hab ich verschlafen?«

Thea legte einen Finger an den Mund und hielt ihr die Kuchendose hin.

»Aber es ist ja mitten in der Nacht.« Aislynn gähnte und nahm die Dose. »Es ist schwarz draußen.«

»Charles und Ross haben sich etwas aus der Speisekammer geholt«, stammelte Thea. »Was, wenn Mrs. Bloom das erfährt?«

»Pah«, schnaubte Aislynn. »Niemand sagt etwas über die Lakaien. Es wäre schlimmer, wenn jemand dich gesehen hätte.«

»Wieso denn?« Zähneklappernd kroch Thea unter die Decke.

Aislynn beugte sich vor und zündete die Kerze auf der Kommode an, und für einen Moment schienen ihre roten Haare aufzulodern. »Weil du Dienstmädchen bist natürlich«, sagte sie und öffnete die Kuchendose.

»Das ist ungerecht«, sagte Thea.

Aislynn nahm sich ein Plätzchen und betrachtete es ausgiebig, ehe sie hineinbiss. »Die sind lecker«, sagte sie und schmatzte. »Sehr lecker.« Sie schob den Rest in den Mund. »Hast *du* die gemacht?«

Thea zog sich die Decke ans Kinn und nickte. »Mein Vater ist Bäcker«, sagte sie. »Er hat mich angelernt.«

Aislynn steckte wieder die Hand in die Dose und warf Thea ein Plätzchen zu. »Iss du auch was.«

Sie setzten sich mit dem Rücken zur Wand und wickelten sich in ihre Decken. Bei Aislynn fühlte sie sich geborgen. Auf die war Verlass. Sie war eine, der es egal war, wenn Thea nicht fehlerfrei sprach. Aislynn schien trotzdem immer den Zusammenhang zu verstehen.

»Ich habe zu Hause einen Freund, der auf mich wartet«, sagte Thea und hielt ihr Plätzchen in der Hand. »Ich muss Geld verdienen, dann kann ich zurückfahren. Es ist nicht richtig, dass wir ein halbes Jahr auf unseren Lohn warten müssen …«

Plötzlich drehte sich Aislynn zu ihr um. Etwas hatte sich in der grünen Iris um die Pupillen geändert. »Es ist wichtig, dass wir beide hier bleiben dürfen«, sagte sie. »Ich kann weder kochen noch backen, ich tauge nur zur Grobarbeit. Und du …« Sie zeigte auf Thea. »Du kannst noch längst nicht gut genug Englisch für Mrs. Blooms Maßstäbe. Wenn wir uns nicht bessern, Marie, sind wir beide weg, ehe der Winter kommt. Das weiß ich von Mary. Sie suchen sich die Besten aus und setzen den Rest vor die Tür.«

Weg von Idle Hour? Wenn sie vor die Tür gesetzt würde, würde sie kein Geld nach Hause schicken können, und wenn Aislynn vor die Tür gesetzt würde, würde Thea ihre einzige Freundin hier verlieren. Es stimmte, dass Aislynn für die Grobarbeit geeignet war. Und es stimmte auch, was sie gesagt hatte, die anderen Küchenmädchen besaßen noch weitere Fähigkeiten. Mary und Emma konnten stopfen und nähen, und sie mussten abends Servietten und Tischdecken flicken. Fleure hatte schon in der Küche gearbeitet, ehe sie nach Amerika gekommen war, und war eine tüchtige Köchin, und Liz konnte Servietten zu Schwänen falten; auf sie würden sie also nicht verzichten wollen.

»Wir müssen uns gegenseitig helfen«, flüsterte Aislynn und rückte noch näher an Thea heran.

»Ja«, flüsterte Thea zurück.

»Ich bring dir Englisch bei, und du gibst mir Backunterricht.« Aislynn zeigte zuerst auf sich und dann auf Thea.

»Dann können wir bessere Arbeit bekommen, werden weiter oben im Haus eingesetzt, werden richtige Hausangestellte wie die Stubenmädchen, bekommen schöne Uniformen, werden noch besser bezahlt, können eines Tages vielleicht sogar Zofen werden …«

Es war völlig in Ordnung, dass sie Aislynn Backunterricht geben sollte. Aislynn sprach jeden Tag mit ihr Englisch. Thea nickte als Antwort. Dann umarmten sie einander, wie um die Abmachung zu besiegeln.

Es dämmerte bereits. Aislynn lief in die Küche, um den Backofen zu scheuern, und Thea stellte die Kuchendose auf den Backtisch und holte eifrig die Geräte aus der Besenkammer, während sie herzhaft gähnte. Die Bürste jagte über das Eisen. Thea hörte es bis ans Ende des Ganges. Obwohl Aislynns Arme dünn waren, waren ihre Hände stark wie die eines Mannes. Tante Augusta würde es sicher für eine gute Idee halten, dass Thea Aislynn Backunterricht gab; schließlich hatte Tante Augusta gesagt, dass Mrs. Bloom mehr verlangte als einfache Hausarbeit.

Als sie zurückkam, hörte sie in der Küche Stimmen. War Tante Augusta schon nach unten gekommen? Sie schlich sich zur Tür, hatte plötzlich ein scheußliches Gefühl, ohne zu begreifen, weshalb. Sie blieb draußen stehen und schaute hinein. Aislynn hatte die Kuchendose geöffnet.

»Ich bin früh aufgestanden und habe gebacken, ehe ich mich an den Backofen gemacht habe, Mrs. Thonander«, sagte sie, während der Ruß von der Bürste über ihre Arme lief. »Backen war zu Hause in Irland meine Spezialität. Das habe ich in der Schule gelernt.«

Tante Augusta nahm ein Plätzchen und kostete. »Die sind gut«, sagte sie zufrieden. »Geradezu perfekt.«

Thea trat einige Schritte zurück. Warum sagte Aislynn nicht die Wahrheit? Warum behauptete sie, die Plätzchen selbst gebacken zu haben? Hatte Thea sich hier ausnutzen lassen? Nein, das musste ein Irrtum sein. Sie würden sich doch gegenseitig helfen.

19

In der Pause ging Thea zu Tante Augustas Zimmer. Tante Augusta sah so friedlich aus im Schlaf. Die gelben Haare rahmten das bleiche Gesicht ein. Auch Tante Augusta bekam die Sonne nicht oft zu sehen. Ein Kissen lag unter ihren Beinen. Ihre Knöchel waren geschwollen, so, wie manchmal bei Theas Mutter ganz kurz vor einer Geburt. Sicher, weil Tante Augusta so viel stand, den ganzen Tag an derselben Stelle. Obwohl es so viel besser war, in einem großen Haushalt zu arbeiten, wie Tante Augusta das nannte, als in einem kleinen, war es eben doch harte Arbeit. Eines Tages, als Thea an ihrem Zimmer vorbeigegangen war, hatte sie drinnen Weinen gehört. Auch Tante Augusta würde wohl ihre Lieben vermissen.

Thea schlich sich am Bett vorbei. Die Bibel lag auf dem Nachttisch, neben Wasserglas und Brille. Eine Postkarte war zwischen die Seiten geschoben. Sie hatte plötzlich Lust, die Heilige Schrift aufzuschlagen und nachzusehen, wer die Postkarte geschrieben hatte, aber sie riss sich zusammen und lief zum Fenster.

Dort, wo sie und Aislynn grünen Rasen und Wald sahen, sah Tante Augusta zwischen den hohen Pappeln den Tennisplatz und unterhalb der Veranda das Schwimmbecken. Tante Augusta konnte sogar bis zum Anleger blicken, wo kleine Boote friedlich vor sich hin dümpelten und auf die Herrschaft und ihre Gäste warteten. Thea legte die Stirn an das kühle Glas, sie hätte so gern die Wahrheit über die Plätzchen gesagt, aber dann würde sie Aislynn vielleicht Schwierigkeiten machen.

Plötzlich richtete sie sich auf und lauschte. Fuhr da nicht

ein Wagen über den Kies? Ein kreischendes Geräusch von rostigen Speichen? Sie öffnete das Fenster und schaute nach unten. Der Postbote brachte jede Woche einmal Briefe und Pakete vom *Great River Post Office* in Islip. Aber noch hatte Thea nichts von Hans gehört.

»Marie?« Tante Augustas Lider flatterten. »Bist du das?«

»Es tut mir leid, dass ich dich geweckt habe, aber …«

»Was ist los?« Tante Augusta lehnte sich so schwer an den Bettpfosten, dass das Bett in seinen Fugen ächzte.

»Ich möchte so gern Tante Hulda besuchen. Heute ist doch mein freier Nachmittag.«

»Ich dachte, du wolltest bis Sonntag warten.« Tante Augusta räusperte sich. »Dann können wir zusammen fahren.«

»Ich habe einen Brief geschrieben.« Thea trat vor das Bett. »Den wollte ich vom Postamt in der Glen Street aus schicken.«

»Aber du kannst ihn doch dem Boten mitgeben.« Tante Augusta setzte die Füße auf den Boden und versuchte, sie in die Schuhe zu pressen. »Hast du an deine Mutter geschrieben?«

Thea schlug die Augen nieder und schluckte, der Brief an Hans lag in ihrer Tasche.

»Du darfst nicht den Mut verlieren, wenn du eine Zeitlang nichts von zu Hause hörst.« Tante Augusta zog einen Schuhlöffel aus der Nachttischschublade, schob ihn hinter ihre Hacke und atmete schwer, als der erste Schuh angezogen wurde. »Es dauert oft einen Monat, bis die Post ankommt, und jetzt können es auch zwei oder drei sein, wegen des Krieges.«

»Drei Monate?« Thea griff sich entsetzt an den Kopf.

»Stimmt was nicht? Du hast doch wohl kein Heimweh?«

»Ich bin froh, dass ich Aislynn habe«, sagte Thea, und ihre Stimme brach beinahe, »aber ich möchte doch wissen, wie es denen zu Hause geht. Ob Vater neues Mehl bekommen hat. Ob Sverre schon laufen kann. Ob der Rhabarber hinter dem Schuppen jetzt wächst.«

»Nach ein paar Monaten wird das besser, du wirst schon sehen.« Der andere Schuh wurde stöhnend angezogen. »Und das hier ist ein guter Posten.« Tante Augusta richtete sich auf. »Es ist wie eine große Familie, voller Leben. Du solltest nur wissen, wie einsam es ist, ganz allein in einem Haus zu arbeiten.«

»Darf ich fahren?« Thea sprach lauter, als sie vorgehabt hatte.

»Natürlich darfst du fahren, aber lass dir von meiner Schwester ja keine Grillen in den Kopf setzen, mit all ihren Träumen.«

»Nein, Tante Augusta«, antwortete Thea, obwohl sie nicht begriff, was Tante Augusta meinte.

»Und, Marie.« Tante Augusta sah sie flehend an. »Lass dich ja nicht von Hulda zur Messe mit nach St. Patrick nehmen. Ihr ist es zuzutrauen, dass sie dich zu allem Möglichen überredet. Ja, du musst dafür sorgen, dass sie im Haus bleibt. Du hast doch wohl gesehen, wie es um sie steht?«

Thea richtete sich auf, ging zur Tür und blieb mit der Hand auf der Klinke stehen. Es war nicht schwer zu begreifen, dass das Kind schon vor der Hochzeit empfangen worden war. Es war bestimmt eine furchtbare Sünde für eine so fromme Frau wie Tante Augusta, in eine solche Lage zu geraten. Aber das Kind würde doch ehelich geboren werden. Für Gott war das gut genug, soviel sie wusste, und wenn es für Gott gut genug war, musste Tante Augusta ja wohl auch zufrieden sein. Thea drehte sich langsam um und merkte, dass sie zitterte. Gewiss hätte Tante Augusta auch Frau Linnerud verurteilt.

»Du hast doch sicher nichts über Hulda nach Hause geschrieben?«

Thea schüttelte den Kopf.

»Bist du sicher, dass du nicht bis zu deinem nächsten freien Sonntag warten willst?« Tante Augusta hob die Bibel und drückte sie gegen die Brust ihres gemusterten Kleides. »In Jamaica musst du umsteigen.«

»Ich habe Tante Hulda versprochen, dass ich bald zu Besuch komme«, sagte Thea und merkte, dass sie jetzt unbedingt loswollte.

»Na gut«, seufzte Tante Augusta. »Wenn es so eilt, dann nimm den linken Eingang. Es ist nur ein kurzer Weg durch den Wald. Aber du musst rechtzeitig vor zehn wieder hier sein. Danach werden die Tore geschlossen. Mrs. Bloom duldet weder Zuspätkommen noch Ungehorsam.«

Thea ließ die Klinke los und wischte sich das Kleid am Rock ab. »Was macht Mrs. Bloom, wenn sie entdeckt … ja, wenn jemand ungehorsam war?«

»Daran brauchst du nicht zu denken.« Tante Augusta legte die Bibel zurück auf den Nachttisch und strich vorsichtig mit der Hand darüber. »Mrs. Bloom ist wirklich sehr zufrieden mit dir.«

Hatte Mrs. Bloom sie denn bemerkt? Thea ging einige Schritte zurück und blieb mitten im Zimmer stehen. »Meinst du, Mrs. Bloom würde mir vielleicht doch einen Vorschuss geben?«

Tante Augusta antwortete nicht. Sie ging zur Kommode, zog den Schlüssel unter dem Läufer hervor und öffnete die oberste Schublade. »Natürlich leihe ich dir auch das Geld für die Zugfahrkarte«, sagte sie und lächelte versöhnlich. »Daran hättest du mich doch gleich erinnern können, Marie.«

20

Tante Hulda öffnete die Tür in dem blaugrauen Haus. Das Kleid spannte dermaßen über ihrem Bauch, dass die Knöpfe es fast nicht mehr zusammenhalten konnten. »Nein, kommst du allein, Thea?« Sie lachte, nahm Theas Arm und zog sie mit bis ins Wohnzimmer, ehe Thea antworten konnte.

Auf dem Tisch stand eine einsame weiße Tasse mit gelbem Rand, zwei zerlesene Zeitschriften lagen auf dem Sofa, daneben eine Strickerei – eine dunkelblaue Jacke mit weißen Schneekristallen. Thea hob die Strickerei hoch und bewunderte das Muster; die Jacke war zu groß für ein Baby und zu klein für John. Sie wollte fragen, wer die Jacke bekommen sollte, aber dann konnte sie sich nicht mehr beherrschen.

»Ich habe nichts von zu Hause gehört«, brach es aus ihr heraus, als sie aufs Sofa sank. »Ich hätte niemals herkommen dürfen.«

»Mit der Bäckerei geht es so schlecht.« Tante Hulda setzte sich neben sie. »Anna schreibt in jedem Brief, wie sie sich abmühen, um über die Runden zu kommen.«

»Ach, Tante Hulda, ich schäme mich so, denn ich wollte das auch ... Es wäre doch möglich, dass ich meiner Familie zu Hause helfen könnte, dass ich nicht nach Amerika hätte reisen müssen, aber ab und zu hatte ich so ein Gefühl, ich wäre ... ich wäre wie ...«

»Du wärst wie ich?«

»Ich wäre wie du.« Thea brach in Tränen aus.

Tante Hulda griff in ihre Schürzentasche und reichte Thea ihr Taschentuch.

Thea wischte sich die Augen und entdeckte die Buchstaben HFT, die mit kleinen, regelmäßigen Stichen gestickt worden waren. Sie fuhr mit einem Finger über jeden Buchstaben: *Hulda Frederika Thonander.* Warum war Tante Hulda hier in Amerika nicht einfach Frederika, wenn sie zu Hause in Schweden Hulda gewesen war? Wie konnte sie an beiden Orten Hulda sein, in zwei verschiedenen Welten?

»Aber hier habe ich das Gefühl, dass ich nicht begreife, wer ich bin oder was ich mache. Auf Idle Hours heiße ich Marie«, schluchzte sie.

»Bei mir wirst du immer Thea sein. Liebes, das wird alles besser.«

»Wirklich?«

»Gewiss doch, Thea Marie.« Tante Hulda lächelte, nahm ihre Hand und zog sie mit sich in die Küche.

»Ich habe einen Kuchen gebacken.« Tante Hulda reckte sich nach dem Kaffeekessel, der in einem Regalfach über dem Herd stand. Die Sonne blinzelte durch den Fliegendraht in der Tür und malte ein Muster auf Huldas Rücken, fast wie die Schneekristalle im Muster der Jacke. »Ich habe es einfach heute Morgen beim Aufwachen gespürt, dass wir etwas richtig Gutes brauchen würden.«

»Ich helfe dir.« Thea streckte die Hand aus, und als sie nach dem Kaffeekessel griff, rutschte ihr das Kopftuch herunter.

»Was haben die denn mit dir gemacht?« Tante Hulda schlug die Hand vor den Mund und keuchte auf.

Thea schlug die Augen nieder. »Die Wirtschafterin hat mir am ersten Tag die Haare abgeschnitten.«

»Das ist doch unmöglich. So was habe ich noch nie gehört. Und ich war schon an vielen Stellen in Dienst.«

»Ich traue mich nicht, das irgendwem zu zeigen.« Hier bei Tante Hulda hatte sie offenbar arg am Wasser gebaut.

»Ach, du bist noch immer so hübsch wie vorher, Thea.

Ja, jetzt, wo ich genauer hinschaue, siehst du fast aus wie ein *Filmstar*. Die lassen sich jetzt auch die Haare schneiden. Das ist *modern!«* Tante Hulda besaß eine eigene Fähigkeit, alles auf den Kopf zu stellen, das Beste daraus zu machen. Genau wie Thea und Amanda. Hulda setzte sich auf einen Küchenstuhl und legte die Hände um ihren Bauch. »Bestimmt findest du hier bald einen Freund«, stöhnte sie. »So hübsch, wie du bist.«

»Nein, nein.« Jetzt lachte Thea wieder. »Das würde Tante Augusta sicher nicht gefallen.«

»Da hast du wohl recht.« Auch Tante Hulda lachte.

»Außerdem«, Thea verstummte für einen Moment, »habe ich zu Hause einen Freund.« Es war wie eine Erleichterung, das Tante Hulda zu erzählen. »Er heißt Hans.« Sie ging zur Tür und lehnte sich an den Türrahmen. »Er ist das Beste, was mir je passiert ist. Bei ihm fühle ich mich … wertvoll.« Sie schluckte. »Ich habe ihm einen Brief geschrieben, aber ich habe noch nichts von ihm gehört. Nicht einen einzigen Brief habe ich bekommen. Ich habe Angst, dass er mich vergessen hat.«

Tante Hulda schnaubte. »Ich verwette den alten Schrank im Wohnzimmer und den Inhalt noch dazu, dass er sich von früh bis spät abmüht, dass er jeden einzelnen Schilling spart, den er zurücklegen kann, um dir zu beweisen, dass er gut genug für dich ist, während er sich den Kopf darüber zerbricht, wie es dir wohl geht und ob du an ihn denkst. Komm! Wir decken im Wohnzimmer.«

»Zu Hause essen wir immer am Küchentisch.«

»Das haben wir auch getan, aber nicht hier in Amerika.«

Thea nahm das gute Service aus dem irischen Schrank, während Tante Hulda den Kuchen auf den Tisch stellte.

Eine *Pecanpai,* wie sie sagte. Das ganze Zimmer duftete nach Sirup und Vanille.

»Du musst es doch gut haben in Amerika, solange du hier bist.« Tante Hulda goss Kaffee in die Tassen, dann setzte sie sich gerade und presste die Hand in den Rücken. »Es kann schließlich passieren, dass es dir hier gefällt.« Plötzlich funkelten ihre Augen. »Ja, Hans könnte doch nachkommen.« Dann lachte sie und machte es sich auf dem Sofa gemütlich, mit einem Zierkissen im Rücken. »Ja, und ihr könntet hier wohnen, in einem Haus in der Glen Street, so wie wir. Wäre das nicht schön? Oder wir suchen uns ein Haus, das wir zusammen mieten können, in Oyster Bay. Unsere Kinder könnten zusammen aufwachsen. Dann hätten sie Verwandte in der Nachbarschaft. Vettern und Cousinen. Und Vettern und Cousinen zweiten Grades. Tanten und Onkel. Nein, jetzt denke ich wohl vor allem an mich.« Sie lachte. »Bei dir wird nach und nach alles besser, Thea, und natürlich fährst du wieder nach Hause, wenn du das dann immer noch willst, wenn die Zeit gekommen ist.«

Thea setzte sich neben Tante Hulda auf das Sofa und fühlte sich schon viel weniger bedrückt als bei ihrem Eintreffen hier. Tante Augusta hatte schon recht damit, dass Tante Hulda eine Träumerin war.

»So eine *Pai* hattet ihr doch sicher nicht zu Hause auf dem Thonander-Hof?« Thea beugte sich vor und bewunderte das schöne Muster, die goldbraunen Nüsse; bestimmt hatte Tante Hulda sehr lange dafür gebraucht.

»Nein, da hatten wir kaum genug für die Grütze.« Tante Hulda schnitt zwei große Stücke ab und legte jedes auf eine Untertasse. »Du weißt doch wohl, dass auch ich in feinen Häusern gedient habe? Das hat nicht nur Tante Augusta getan, auch wenn es bei ihr so wirkt. Zuerst waren wir Dienstmädchen und haben an verschiedenen Orten gearbeitet. Dann wurden wir Köchinnen in reichen Häusern in Brooklyn. Aber natürlich nicht in so einem wie ihr jetzt. Wir waren da die einzigen Bediensteten. Manchmal vielleicht noch ein weiteres Mädchen. Es gab viel zu tun. Harte Tage. Ich habe zehn Jahre bei hochnäsigen reichen Leuten gedient. Und das war lange genug.«

»Weißt du, wie reich die sind?« Thea biss in ihren Kuchen und seufzte. Sie hatte noch nie eine Pecannuss gegessen und nicht gewusst, dass es auf der Welt solche Wunder gab. Diese Nüsse erinnerten sie an die Walnüsse, die sie zu Hause zu Weihnachten bekamen, aber diese hier waren runder, fülliger im Geschmack und viel süßer.

»Alle kennen die Familie Vanderbilt. Die haben mit der Eisenbahn ein Vermögen gemacht. Sie sind wie zu Hause die Königsfamilie. Du brauchst nur die Klatschzeitungen zu lesen. Fast jeden Tag wird über die Kinder geschrieben, Harold, William und Consuelo.« Tante Hulda hob die Hand an den Mund, um ihr Lachen zu verbergen. »Na ja, die sind ja eigentlich keine Kinder mehr. Harold besitzt die größten Yachten im Land. William die schnellsten Autos und der Vater, Mr. Vanderbilt, die besten Rennpferde. Jeder hat seine große Leidenschaft, und das Geld fließt nur so dahin. Ja, die bezahlen dich doch gut?«

Wenn Tante Hulda das mit dem Haareschneiden noch nicht gehört hatte, dann wusste sie sicher auch nichts davon, dass erst im Nachhinein bezahlt wurde; das war gewiss auch eine von Mrs. Blooms eigenen Regeln. Sie wollte schon antworten, dass ihr Lohn erst in einem halben Jahr ausbezahlt werden würde, aber Tante Hulda wartete ihre Antwort nicht ab.

»Du hättest mal sehen sollen, was sie alles über Consuelo und die lieblose Ehe mit dem Herzog von Marlborough geschrieben haben.« Sie beugte sich mit glühenden Wangen zu Thea vor. »Sie lebt in England, kommt im Sommer aber oft herüber nach Amerika. Der Herzog ist nie dabei. Seit der Hochzeit hat er keinen Fuß mehr auf amerikanischen Boden gesetzt. Er ist offenbar ein schrecklicher Kerl. Ja, es ist so schlimm, dass sie weggezogen ist aus dem großen Palast, in dem sie gewohnt haben. Sie sind jetzt wohl getrennt. In den Klatschzeitungen steht, dass sie in London einen eigenen Palast hat, Sunderland House in der Curzon Street. Mr. Vanderbilt hat den für sie bauen lassen. Vielleicht siehst du sie eines Tages. Dann musst du mir unbedingt alles erzählen.«

»Ich werde rein gar nichts sehen, Tante Hulda. Ich bin unsichtbar.«

»Pah«, sagte Tante Hulda. »Die Unsichtbaren sehen am meisten. Iss jetzt!«

»So eine *Pai* müsste mein Vater mal probieren!« Das sagte sie, ehe sie fertig gekaut hatte.

»Möchtest du noch ein Stück?«

»Ja, bitte.«

Thea trank einen Schluck Kaffee. Hier bei Tante Hulda kam sie sich erwachsen vor. Nicht, dass sie zu Hause keinen Kaffee getrunken hätte, alle Geschwister tranken Kaffee, sogar der kleine Harald, aber zu solchen Gesprächen hatte sie keinen Zugang. In Kampen wurde ohnehin nicht über diese Dinge gesprochen, egal, wie alt jemand war. Klatsch gab es dann, wenn eine, die sie kannten oder die sie zu kennen glaubten, ein uneheliches Kind bekam, oder wenn jemand zu viel trank oder sich sonst daneben benahm. Und das kam ziemlich oft vor.

»Schau mal.« Tante Hulda zog eine alte Zeitung aus einem Korb neben dem Sofa und breitete sie auf dem Wohnzimmertisch aus. Dann strich sie die brüchigen, vergilbten Seiten glatt. »Das ist von Consuelos Hochzeit in der St. Thomaskirche.« Sie legte den Kopf schräg. »Hast du schon mal so eine unglückliche Braut gesehen? Du siehst es an ihrer ganzen Haltung, sie würde am liebsten weglaufen. Und das schöne Kleid, für so eine traurige Hochzeit. Sieh dir die schmale Taille an, sie kann ja kaum atmen. Sieh dir die gewaltigen Rüschen an und die schönen Orangenblüten, es muss doch Hunderte von Stunden gedauert haben, die zu sticken. Sieh dir das enge Perlenhalsband an, das sie zu erwürgen droht.« Tante Hulda legte ihr noch ein Stück Kuchen auf den Teller. »Ja, sie war in einen anderen verliebt, musst du wissen.«

Das waren andere Geschichten als die, die Tante Augusta erzählte. Bei der Trauung Tränen unter dem Schleier? In einen anderen verliebt? Nein, nie im Leben würde Thea einen anderen heiraten als Hans. Einen besseren Mann als ihn gab es nicht.

»Ich hoffe, du bleibst, bis John nach Hause kommt.« Tante Huldas Augen wurden plötzlich groß und traurig.

»Die sind da sehr streng«, sagte Thea. »Ich muss vor zehn wieder da sein.«

»Aber ein bisschen kannst du doch noch bleiben?« Tante Hulda sank in sich zusammen. »Ich habe so viel an dich gedacht, es war so mutig von dir, nach Amerika zu kommen. Auch wenn ich es nicht richtig von Augusta fand, dich kommen zu lassen, jetzt, mitten in diesem schrecklichen Krieg. Ich habe während der Überfahrt an jedem einzelnen Tag für dich gebetet.«

»Wirklich?«

»Augusta hat kein Monopol auf Gott, weißt du.« Tante Hulda lächelte müde, legte die Arme um eine Stuhllehne und zog sich hoch. »Gleich wird es regnen«, sagte sie. »Wir müssen die Wäsche reinholen.«

Thea folgte Tante Hulda in den Hinterhof. Leises Donnergrollen war zu hören.

»Ich muss noch ins Postamt, ehe die schließen«, sagte sie. »Hans muss doch wissen, dass er mir fehlt.«

»Das ist ganz am Ende der Straße.« Tante Hulda reckte sich und zog die Wäscheklammern von einem Laken. »Glen Street Nummer einundfünfzig.«

Thea nahm rasch die übrige Wäsche von der Leine und trug den Korb in die Küche.

»Kannst du etwas für mich tun?« Tante Huldas Augen waren blank. Sie sah jetzt anders aus, aber Thea konnte nicht richtig sagen, was sich verändert hatte.

Thea nickte.

»Kannst du fragen, ob ein Brief für mich gekommen ist? *A letter for Mrs. Dowd?*«

Wieder nickte Thea.

»Wenn ein Brief da ist, musst du zurückkommen. Ja, oder komm auf jeden Fall zurück. Versprichst du mir das?«

»Das verspreche ich.«

»Und, Thea?« Tante Hulda rang um Atem. »Kein Wort an Augusta.«

»Sie weiß es doch.« Thea sah sie unsicher an, die ängstlichen Augen und die roten Flecken im Gesicht. »Ich habe ihr gesagt, dass ich einen Brief nach Hause schicken will. Aber ich habe nichts über …«

»Das nicht«, flüsterte Tante Hulda. »Der Brief an mich.«

21

Das Postamt unterschied sich von allen anderen Häusern in der Straße. Es war ein dreistöckiges Gebäude, dessen Erdgeschoss aus roten Steinen gebaut war, die beiden oberen Etagen jedoch aus braunem Holz mit großen Fenstersprossen. Es erinnerte Thea an die Pförtnerhäuser auf Idle Hour, das im Westen und das im Osten, der gleiche Stil, die gleiche Farbe.

Sie wollte gerade die Treppe hochgehen, als plötzlich eine blonde junge Frau neben sie trat und sie aus großen fragenden Augen anstarrte. Zuerst hielt Thea die andere für eine Bettlerin, denn ihr Kleid war fadenscheinig und schleifte über den Boden, und sie hatte sich ein graues gestricktes Tuch um die Schultern gebunden wie eine Marktfrau. In Kristiania gab es viele von ihrer Sorte, Bettlerinnen und Stadtstreicherinnen, auch wenn es streng verboten war und mit Zuchthaus und Zwangsarbeit bestraft wurde.

Auf der Tasche der Frau war in großen Buchstaben etwas geschrieben. Thea lugte vorsichtig hinüber und murmelte: »Votes for women.« Dann lächelte sie und nickte, um zu zeigen, dass sie begriffen hatte. Sie hatte in der Schule von Gina Krog und Fredrikke Qvam gehört und von Anna Rogstad, der ersten Frau im norwegischen Parlament. Diese Frauen hatten Vereine gegründet und Frauen zum Kampf für das Stimmrecht zusammengebracht. Thea hatte diese Vorstellung gefallen. Warum sollten Frauen nicht abstimmen dürfen? Wussten Männer etwas, was Frauen nicht wussten? Sie glaubte das nicht. Vielleicht im Gegenteil, zu Hause war jedenfalls ihre Mutter für die Buchführung zuständig.

»Wie heißt du?« Die Frau lächelte, sie war wohl einige Jahre älter als Thea, vielleicht so alt wie Tante Hulda.

»Marie Thoresen«, sagte Thea und machte einen Knicks. »Ich arbeite auf Idle Hour.«

»Ja, in *dem* Haus wirst du sicher gut behandelt?«

»Ja, aber die Dienstmädchen bekommen ihren Lohn erst nach einem halben Jahr«, sagte sie und begriff nicht, warum sie das einer Fremden erzählte, aber sie hatte den Eindruck, dass die Frau aufmerksam und ehrlich interessiert zuhörte. »Und manchmal braucht man doch vorher schon Geld.«

»Dann musst du zu unseren Treffen kommen.« Die Frau zog eine Einladung aus der Tasche. »Ich glaube, die würden dir gefallen.«

Thea dankte, nahm die Einladung entgegen und lief die Treppe hinauf.

Als sie die Tür öffnete, bimmelte eine Glocke. Fremde Gesichter fuhren herum und starrten sie an. Sie war froh darüber, dass sie ihr Kopftuch trug. Vielleicht würde sie sich eines Tages einen Hut leisten können wie die Damen, die sonntags auf Karl Johan flanierten. Das war *modern.* Das Wort modern gefiel ihr; mit ihrem Kopftuch war sie nicht modern, das stand fest. Hier im Postamt waren die Damen elegant zurechtgemacht, mit aufgesteckten Haaren, Korkenzieherlocken. Hier gab es keine Küchenmädchen. Hier waren sie eher wie Amanda. Amanda hätte mit den anderen geredet, aber Thea blieb stehen, stumm und unsicher, ehe sie sich endlich zusammenraffte, sich hinten an der Warteschlange anstellte und darauf wartete, dass sie an die Reihe kam.

Das Postamt war ein viereckiger Raum mit Bänken an zwei Seiten. Alle, die etwas aufgeben oder nach einem Brief fragen wollten, unterhielten sich mit der Frau hinter dem Schalter. Sie lachten und erzählten lange Geschichten, während die Frau in den Regalen hinter ihr suchte, zwischen Paketen und Briefen. Einige sprachen mit lauter Stimme, so dass jeder hören konnte, was gesagt wurde, während andere leise waren, so dass alle anderen Gespräche im Raum verstummten und alle lauschten. Es wirkte eher wie ein Versammlungsraum als wie ein Postamt, und Thea dachte, dass das Treffen, zu dem die Frau draußen sie eingeladen hatte, sicher anders vor sich gehen würde.

Als sie endlich an die Reihe kam, schob sich die Frau hinter dem Schalter die Brille die Nase hoch, starrte sie neugierig an, zeigte einige gelbe Zähne und fragte, ob sie aus Schweden komme.

Es war ganz still im Raum.

»Norwegen«, sagte Thea leise. Sie zog den Brief an Hans hervor und bezahlte das Porto mit dem Geld, das Tante Augusta ihr geliehen hatte. Dann richtete sie sich auf und fragte: *»A letter for Mrs. Dowd?«*

Die Frau hinter dem Schalter schüttelte den Kopf.

Thea blieb draußen auf der Treppe stehen. Es regnete; kalte Regentropfen kitzelten sie im Nacken. Sie schaute zum Bahnhof hinüber, der Zug konnte jeden Augenblick einlaufen, aber sie hatte ja Tante Hulda versprochen, auf jeden Fall noch einmal zurückzukommen. Sie lief die Treppe hinunter und machte sich auf den Weg zu dem blaugrauen Haus. Ein Hund kam aus einer Seitenstraße, bellte und lief neben ihr her. Tante Hulda hatte gesagt, Thea dürfe Tante Augusta nichts von dem Brief verraten. Aber ein Brief, der nicht gekommen war, brauchte wohl nicht geheimgehalten zu werden. So gern sie Tante Hulda auch hatte, das hier war Wahnsinn.

Plötzlich fuhr sie zusammen und blieb stehen. Jemand hatte ihren Namen gerufen. Sie drehte sich um. Die Frau, mit der sie vor dem Postamt gesprochen hatte, winkte ihr von der anderen Straßenseite her zu. Dann lief sie über die Straße, und ihre Tasche schlug dabei immer wieder gegen ihren Rock.

»Komm, komm doch einfach mit!«, rief sie. »Wir treffen uns gleich da hinten. Du siehst aus, als ob du ein paar neue Freundinnen brauchen könntest. Ich heiße übrigens Alma.«

Alma hakte sich bei ihr ein. Thea wollte schon protestieren, aber nun kam eine Gruppe von Männern aus einem Wirtshaus und ging geradewegs auf sie zu. Alma ließ Theas Arm los, zog eine Broschüre aus der Tasche, hielt sie den Männern hin und sagte mit lauter, deutlicher Stimme: »*Votes for women.*«

Thea schlug die Augen nieder, aber dann blickte sie verwirrt wieder auf, und ihr Gesicht brannte.

»Macht, dass ihr zu Mann und Kindern nach Hause kommt … Frauen sind noch nicht reif fürs Stimmrecht …« Die Männer kamen immer näher und riefen mit lauten, tiefen Stimmen: »Bleibt bei euren Nähkränzchen … Ihr gehört ins Gefängnis, wegen öffentlichen Ärgernisses … Eine Schande für Amerika, das seid ihr …«

Alma und Thea rannten in die nächstbeste Seitenstraße und blieben erst vor einem alten, baufälligen Haus am Straßenende stehen. Eine Tür wurde geöffnet, und gleich darauf stand Thea in einem Raum voller Frauen.

»Wir halten unsere Treffen immer hier drinnen ab«, keuchte Alma und bahnte sich den Weg zu einer Bank, wobei sie Thea mit sich zog.

Was hatte sie da gerade erlebt? Thea stützte sich an der Wand ab, während sie sich setzte. Ihr war schwindlig. Sie schaute Alma fragend an.

»Die meinen, wir taugen nur zum Kochen, Putzen und Kinderhüten«, Alma war wieder zu Atem gekommen. »Weil wir Frauen sind, zählen wir nicht mit, sondern werden behandelt wie Verbrecher, Idioten und Verrückte.«

»Aber was machen wir hier?«, stammelte Thea und schaute sich verwirrt um. Es sah aus wie eine Werkstatt. An einem Tisch saßen Frauen und schnitten Plakate zurecht, andere standen an einer Maschine und druckten Flugblätter wie das, das sie vorhin erhalten hatte, der Rest saß still auf den Bänken und schien auf etwas zu warten.

»Wir bereiten eine große Parade in New York vor …«, sagte Alma. »Die größte bisher! Wir werden mit Plakaten über die Fifth Avenue gehen, mit der Unterschrift jeder Frau, die wir auftreiben können, und wir hören erst auf, wenn alle Frauen hier im Land das Stimmrecht haben. So arbeiten wir. Wir marschieren, organisieren Paraden und Demonstrationen. Alles friedlich, natürlich.«

Thea dachte, dass das, was eben auf der Straße passiert war, nicht eben friedlich ausgesehen hatte.

Plötzlich ging die Tür auf, und vielleicht ein Dutzend Frauen kam herein. Thea schloss die Hände um die Bank und starrte. Wer waren alle diese Frauen? Woher kamen sie? Die Luft war stickig und warm, im Raum herrschte ein ziemliches Stimmengewirr, für noch einen Menschen könnte hier unmöglich Platz sein.

»Jetzt musst du aufpassen.« Alma versetzte Thea einen Rippenstoß.

Eine Frau kam aus dem Nachbarzimmer. Sie trug ein dunkles Kleid und eine Art weißer Uniformhaube, und von ihren Schultern hing ein knöchellanger grauer Mantel. Mit energischen Schritten trat sie hinter ein Rednerpult ganz hinten im Raum und schaute sich mit ernster Miene in der

Versammlung um, als ob sie jede einzelne Anwesende genau musterte. Gleich darauf wurde es so still, dass Thea nicht wagte, auch nur den Kopf zu bewegen, aus Angst, dabei ein Geräusch zu verursachen. Sie hatte noch nie etwas Ähnliches gesehen.

»Das ist Rosalie Jones«, flüsterte Alma. »Aber sie wird nur General Jones genannt, und das mit gutem Grund. Sie hat viele große Demonstrationen organisiert, und die in New York soll jetzt entscheidend werden. Deshalb ist sie heute hierher nach Long Island gekommen.«

»We, the people of the United States …«

Thea reckte sich und lauschte, versuchte, zu verstehen, was da gesagt wurde.

»Es wird niemals vollständige Gleichberechtigung geben, solange Frauen nicht mitwirken können, wenn Gesetze gemacht und wenn Gesetzgeber ernannt werden …« Die Stimme der Frau war im ganzen Raum zu hören. »Aber bei diesem Kampf geht es nicht nur um das Stimmrecht, sondern um die grundlegenden Rechte überhaupt. Meinungsfreiheit. Juristische und ökonomische Freiheit. Das Recht auf Sicherheit und Schutz vor Ausbeutung … Es ist Schluss damit, dass wir beleidigt und verspottet werden dürfen, nur weil wir Frauen sind.«

Die Rede wurde durch lauten Applaus und wütende Zurufe unterbrochen. Die vielen Zuhörerinnen hatten sicher jedes Wort verstanden. Thea wischte sich den Schweiß aus dem Nacken. Es kam ihr seltsam vor, dass hier noch immer um das Stimmrecht gekämpft werden musste, hier in Amerika, dem Traumziel so vieler Menschen. In Norwegen gab es das Stimmrecht für Frauen schon seit drei Jahren, wenn auch nur für norwegische Staatsbürgerinnen, die älter als fünfundzwanzig waren, aber so war es auch für die Männer.

Sie ließ ihren Blick über die anwesenden Frauen wandern. Es gab Frauen in jedem Alter, die meisten waren jedoch so jung wie Thea. Ihre Gesichter waren gerötet, ihre Augen loderten, als ob sie bereit wären, hinauszugehen und zu kämpfen. Und in diesem Moment spürte Thea, dass sie ebenfalls kämpfen würde, dass es nicht richtig war, dass die hart arbeitenden Dienstmädchen auf Idle Hour viel weniger verdienten als die Lakaien, dass ihnen die Haare geschoren wurden und dass sie unsichtbar sein mussten und ihren Lohn erst erhielten, wenn sie bewiesen hatten, dass sie dessen würdig waren.

Sie blieb sitzen, bis Rosalie Jones ihre Rede beendet hatte, und wollte sich bei Alma bedanken, weil die sie mitgebracht hatte, um dann so schnell wie möglich zu Tante Hulda zurückzukehren. Aber als Rosalie Jones das Rednerpult verließ, trat eine weitere Frau vor. Hocherhobenen Hauptes und selbstsicher schritt sie ans Rednerpult. Ihr Kleid war schwarz und schlicht und hatte einen weißen Kragen und kleine Knöpfe auf der Brust, ihre dunklen Haare waren mit einer Spange hochgesteckt. Thea beugte sich vor, diese Frau war anders als die anderen Frauen hier, der Unterschied war nicht greifbar, doch konnte Thea die Augen nicht von ihr abwenden.

»Frauen haben heute keine Rechte.« Die Stimme am Rednerpult war entschieden und doch sanft. »In den Fabriken arbeiten sie längere Schichten als Männer, zu Hause haben sie große Kinderscharen, aber sie werden schlechter bezahlt als irgendein Mann … Frauen sind ihren Arbeitgebern unterstellt. Wenn sie heiraten, stehen sie unter der Herrschaft des Ehemannes. Ihre eigene Wohnung kann ihnen nicht gehören, und bei einer Scheidung haben sie kein Recht auf die Kinder. Die Frauen müssen sich Gehör verschaffen!«

Alma zog Thea zu sich. »Wenn du willst, dass Frauen in Amerika ebenso stimmen dürfen wie Männer«, flüsterte sie, suchte mit der Hand in ihrer Tasche und zog einen Stift hervor, »dann schreibst du deinen Namen auf ein Plakat.«

Thea nahm den Stift. Sie fühlte sich mutig. Die Reden hatten sie in Wut gebracht, ebenso wie die Gemeinheiten der Männer auf der Straße. Ruhig stellte sie sich an der Schlange an, und als sie an die Reihe kam, beugte sie sich vor und schrieb ihren Namen auf das weiße Plakat, das vor ihr lag.

22

Auf Idle Hour gab es einen Glockenturm, den Thea noch nie gesehen hatte, nur gehört, spätabends, wenn sie im Bett lagen. Einige Male hatte sie die Augen geschlossen und sich vorgestellt, die Glocken der Kirche von Kampen zu hören. Aber das half nichts. Egal, wie große Mühe sie sich gab, der Klang war ein anderer. An diesem Abend läutete die Glocke in dem Augenblick, in dem sie das Tor am linken Eingang erreichte. Sie rannte durch den Spalt, den der Torwächter für sie offen hielt.

»Eine Minute später und das Tor wäre verschlossen gewesen«, rief er hinter ihr her.

Sie verstand jedes Wort, das sollte er nicht bezweifeln.

Die Dunkelheit hatte ihr immer schon Angst gemacht, jedenfalls der Gang durch den finsteren Wald. Nicht, dass es auf Kampen noch sehr viel Wald gegeben hätte, denn der war abgeholzt worden, Baum um Baum, um Platz für immer weitere Häuser zu machen, aber in Eda gab es fast nichts anderes.

Im Unterholz um sie herum rauschte es, und sie hatte das Gefühl, dass jemand ihr in den Nacken blies. Sie lief auf den schmalen Weg. Obwohl das hier der kürzeste Weg vom Bahnhof war, musste sie zugeben, dass ihr der östliche Eingang mit der breiten Allee besser gefiel. Dann verließ sie den Weg mit hämmerndem Puls und rannte so schnell über den Rasen, dass ihre Stiefel im Boden versanken. Am nächsten Morgen würde sie Tante Augusta erzählen, die Fahrt sei problemlos verlaufen und Tante Hulda gehe es gut. Aber dass sie in Glen Cove den Zug verpasst und dann über eine Stunde bei strömendem Regen in Jamaica gewartet hatte, würde sie nicht sagen, denn dann würde die Tante sie nie wieder auf eigene Faust losziehen lassen.

Endlich hatte sie die Hintertür erreicht. Sie hatte schon Blutgeschmack im Mund. Sie packte die Türklinke und hielt sich daran fest, während sie um Atem rang, dann rüttelte sie an der Klinke. Die Tür war abgeschlossen. Am Ende sank Thea auf die Treppe und legte den Kopf auf die Hände.

Ein Windstoß riss an ihrem Rock, und erst jetzt merkte sie, dass es wieder regnete. Fröstelnd stand sie auf und lief in Richtung Haupteingang. Die Türen für die feinen Leute wurden auf Idle Hour doch wohl nicht abgeschlossen? Aber am Haupteingang könnte sie von Mr. Lovegrove oder von einem der Lakaien entdeckt werden. Dann fiel ihr der italienische Garten auf der Rückseite des Hauses ein; sie könnte sich am Marmorspringbrunnen und den Rosensträuchern vorbeischleichen und versuchen, von dort aus ungesehen in die große Halle zu gelangen.

Gleich in ihrer Nähe erscholl ein gewaltiger Donnerschlag. Thea rannte an der Längswand entlang und bog um die Hausecke. Dann war die gesamte Rückseite in Licht gebadet. Ein Säulengang aus Stein und Glas zog sich um den ganzen Garten herum, es war unmöglich, hindurchzukommen. Idle Hour war eine uneinnehmbare Festung. Thea war wütend. Warum hatte sie sich überreden lassen, mit Alma zu gehen? Abermals dröhnte der Donner. Sie zog den Kopf ein und drückte sich weiter am Säulengang entlang, während sie ihre Tasche auf ihre Brust presste. Ihr Kopftuch klebte ihr am Kopf, und in ihren Stiefeln gurgelte das Regenwasser.

Am Ende des Säulenganges sah sie eine gebogene Glaswand. Sie wischte Wasser von der Glasscheibe und hielt ihr Gesicht daran, doch sie konnte nur grüne Pflanzen sehen.

Das musste der Palmengarten sein, den Tante Augusta erwähnt hatte, wo die berühmten Orchideen wuchsen. Als ob sie wüsste, was eine Orchidee war.

Plötzlich richtete Thea sich auf. Drinnen bewegte sich etwas. Ein Schatten glitt an der Wand entlang. Sie legte abermals ihr Gesicht an die Fensterscheibe. Zwischen den grünen Pflanzen ahnte sie plötzlich ein kariertes Kleid. Ein Küchenmädchen mit einem Tablett? Sie wischte wieder das Glas ab, um besser sehen zu können. Klopfte. Dann jedoch war der Schatten verschwunden.

Sie ging weiter. Lief an der anderen Längsseite entlang. Das Kleid klebte ihr an den Oberschenkeln. Und dort oben, am Ende, lag ihr Zimmer, unerreichbar und dunkel. Aislynn konnte doch unmöglich noch im Keller sein, aber sie konnte sich auch nicht einfach schlafen gelegt haben. Fragte sie sich nicht, wo Thea war? Thea bückte sich rasch und hob vor der Mauer einen kleinen Stein auf. Aislynn war von Tante Augusta so sehr für das Teegebäck gelobt worden, da schuldete sie Thea ja wohl einen Gegendienst. Der Stein schnitt ihr in die Hand. Sie hob den Arm. Zögerte. Warf.

Glas klirrte.

Sie wollte schreien, aber das Geräusch wurde von einer Hand erstickt, die sich über ihren Mund legte. Ein plötzlicher Donnerhall, und wieder zerriss ein Blitz den Himmel. Im grellen Licht sah sie goldene Knöpfe, Schirmmütze, Uniform. Sie versuchte, sich loszureißen, aber der Fremde hielt sie fest, und als er seinen Zugriff lockerte, fiel sie zu Boden.

Der Fremde trug sie auf seinen Armen. Sie versuchte, ihm durch Zeichen klarzumachen, dass er sie absetzen sollte, aber jedesmal, wenn sie sich bewegte oder ein Geräusch hören ließ, hielt er sie nur noch fester. Was wollte er von ihr?

Am Ende des Säulengangs drehte er und ging hinüber in den anderen Flügel. Wenn er sie zum Haupteingang brachte, um sie dort wie irgendeine Jagdbeute abzuliefern, hatte sie keine Kraft mehr, um sich zu wehren.

Sie schaute sich um. Sie standen vor der Hintertür, und der Fremde hatte sie losgelassen. Sie lehnte sich gegen die Wand, während er in seiner Hosentasche suchte. Sie merkte, dass sie fror, sie war durchnässt und bibberte. Ein Dienstmädchen war niemals frei, auch wenn der Fremde sie losgelassen hatte. Sie hatte doch vorhin erst gehört, dass es den Frauen in Amerika an den grundlegenden Rechten fehlte. Sie waren Eigentum ihres Arbeitgebers oder ihres Ehemannes. Sie versuchte, sich zu bewegen, aber der Mann griff wieder zu und hielt sie fest. Seine Augen waren braun und stark. Sie musterten Thea. Dann wischte er ihr mit den Fingern einige Regentropfen aus dem Gesicht, und seine Wärme traf sie, als ob sie sich am Backofen verbrannt hätte.

»Ich habe meine Tante in Glen Cove besucht«, flüsterte sie. »Die erwartet ein Kind. Ich musste noch ins Postamt, und dann … habe ich den Zug verpasst.«

Sie verstand kein Wort von seiner Antwort, abgesehen von »trouble«. Aber er hielt einen Schlüssel in der Hand, und damit öffnete er die Tür und ließ Thea ins Haus.

23

Aislynn trat vor Theas Bett von einem Fuß auf den anderen. »Sie sind da«, sagte sie aufgeregt. »Sie sind gestern gekommen, als du weg warst. Mitten in der Pause. Mrs. Bloom fand es ganz schön schwer, alle vom Dachboden runterzuholen. Die meisten schliefen gerade. Aber ich war unten in der Küche.«

Thea setzte sich auf und schaute zum Fenster hinüber. Im scharfen Morgenlicht war der Sprung deutlich zu sehen. Lange dünne Strahlen verzweigten sich im Glas wie Spinngewebe.

»Mr. und Mrs. Vanderbilt?«, fragte sie und merkte, dass ihr auf der einen Seite etwas wehtat. Sie war offenbar bei ihrem Sturz hart aufgeschlagen.

»Wer sonst?« Aislynns Gesicht war jetzt fast so rot wie ihre Haare. »Sie sind geradewegs vom Schiff gekommen. Hast du den dunkelroten Cadillac nicht gesehen?«

Die Glocke. Sie hatte bei Tante Augusta die Glocke gehört. Sie war zum westlichen Eingang gelaufen, während der Wagen zur Allee im Osten gefahren war. Sie hatte gespürt, dass etwas anders war, hatte sich eingebildet, ein fremdes Geräusch zu hören, aber sie hatte ja unbedingt den Zug erreichen wollen.

»Nein, das hast du natürlich nicht.« Aislynn nahm ihr die Antwort aus dem Mund. »Wir mussten uns vor dem Haupteingang aufstellen. Mr. Lovegrove und Mrs. Bloom ganz vorn. Dann alle Bediensteten in Reih und Glied, erst die von oben und dann die von unten.« Sie beschrieb mit den Armen lange Bahnen. »Danach die Gärtner und die Mädchen aus der Wäscherei und der Rest.«

Wenn Tante Augusta gewusst hätte, dass die Herrschaft kommen würde, hätte sie Thea niemals wegfahren lassen, obwohl sie doch ihren freien Nachmittag hatte. Aber was, wenn Mrs. Bloom nach ihr gefragt hatte?

»Mr. Vanderbilt trug eine lange schwarze Jacke und auf dem Kopf einen Zylinder und Mrs. Vanderbilt ein gelbes Chiffonkleid, weiße Seidenhandschuhe und einen großen Hut mit einer hellen Straußenfeder. Aber sie waren ziemlich alt. Ich hatte sie für viel jünger gehalten.«

Thea versuchte, Aislynn ein Zeichen zu geben, damit sie langsamer sprach, aber das war unmöglich. Sie war daran gewöhnt, dass Aislynn sehr schnell und sehr lange redete und dass sie nur einen kleinen Teil verstand, aber jetzt war ihre Freundin zu einem Quirl geworden, an dem mit aller Kraft gedreht wurde.

»Die hatten noch andere bei sich«, erzählte sie weiter. »Gäste, die mit ihnen zusammen aus Frankreich gekommen sind. Mindestens fünfzehn Personen.« Dann lachte sie, ging zum Spiegel und strich sich einige rote Strähnen aus der Stirn. »Das musst du doch gemerkt haben, als du gekommen bist, wie sehr sich ganz Idle Hour verändert hat.« Aislynn hob zwei Finger und lachte. »Die sind zwei Wochen zu früh gekommen.«

»Ich habe einen Stein geworfen.« Thea zeigte auf das Fenster und merkte, dass ihr Kopf zum Bersten wehtat.

Aislynn lief hinüber und fuhr mit einem Finger über das Spinngewebe aus Rissen. »Wo warst du eigentlich?«

»Ich habe Tante Hulda besucht. In Glen Cove.«

»Aber warum hast du den Stein geworfen?«

»Weil ich zu spät zurückgekommen bin.« Thea stand auf und zog sich das Kleid über den Kopf. »Ich brauchte deine Hilfe.«

Aislynn sah sie mit ernster Miene an. »Wenn jemand fragt, dann sagen wir, das war schon so, als wir eingezogen sind.«

»Aber jemand weiß das, Aislynn.«

»Wer denn?«

»Ein Polizist.«

»Hier?« Aislynn schüttelte den Kopf. »Das war sicher nur der Nachtwächter.«

»Nein, das war kein Nachtwächter. Er trug genau die gleiche Uniform wie der Mann von Tante Hulda. Er hat irgendwas von Ärger gesagt.«

Aislynn verdrehte die grünen Augen. »Mrs. Thonander wollte, dass ich einen Hefekranz backe. Sie wollte ihn den frisch angekommenen Kammerdienern servieren. Ich hatte ja gedacht, das wäre leichter, aber der fiel in sich zusammen und war angebrannt, also erzähl mir nichts von Ärger.«

»Ich muss das Mrs. Bloom sagen.« Thea nickte zum Fenster hinüber.

»Willst du rausfliegen?« Aislynn stemmte die Hände in die Seiten. »Mrs. Bloom hat schon Emma verwarnt. Die ist gestern zu spät nach oben gekommen. Emma weinte und sagte, sie habe nur die Speisekammer fertig aufgeräumt und die Zeit vergessen, und dann kam Mrs. Thonander auf den Gang hinaus, im Nachthemd und mit einer Kerze in der Hand, und sagte, das stimme und dass sie das Emma aufgetragen habe.« Sie zuckte mit den Schultern. »Eins steht fest: Vor Mrs. Bloom muss man sich hüten.«

Thea schlug die Augen nieder. »Ich darf jetzt diesen Posten nicht verlieren«, flüsterte sie.

Aislynn kam zu ihr und legte ihr den Arm um die Taille. »Wir zwei helfen uns doch gegenseitig, hast du das vergessen?«

»Aber der Polizist …«

»Denk jetzt nicht daran, Marie. Komm!«

Bald darauf waren sie mit ihrer üblichen Morgenarbeit beschäftigt. Sie wischten Staub und fegten und pflückten die toten Blätter von den Blumenarrangements, die jetzt doppelt so viele und doppelt so groß waren. Aislynn hatte die Wahrheit gesagt, Idle Hour war verändert. Alles, was seit Wochen geputzt, gewischt und poliert worden war, schien zum Leben erwacht zu sein, und bald würden Mr. und Mrs. Vanderbilt und ihre Gäste die blank gebohnerte Treppe herunterkommen und die Salons füllen.

»*Anna Karenina*«, flüsterte Thea. »*The House of Mirth.*« Der Staubwedel flog über die Bücher. »*The Scarlet Letter.*« Ein fremder Zigarrengeruch hing in der Bibliothek, und für einen kurzen Moment hatte Thea das Gefühl, von derselben Glut angesteckt worden zu sein wie Aislynn.

Sie wischte die Familienbilder auf dem Schreibtisch ab. Durch Tante Hulda wusste sie mittlerweile, wer wer war. Harold war der Segler, also musste er derjenige sein, der in Kapitänsuniform am Steuer der großen Yacht stand. William war der Rennfahrer, da war er sicher der, der auf dem Trittbrett des Sportwagens posierte, mit Ledermütze und Fahrerbrille. Aber die meisten Bilder zeigten die Tochter, Consuelo. Thea hob eins nach dem anderen hoch. Die kleine Consuelo auf einem Pony. Eine junge Consuelo las in einem Buch, sie trug ein schönes weißes Kleid. Dieses Bild säuberte Thea besonders gewissenhaft. Dann hob sie das letzte hoch. Consuelo mit ihren beiden Söhnen, sie saßen auf der Treppe zu einem großen Palast. Thea konnte es nicht erklären, aber sie glaubte, in den Augen der Herzogin etwas zu sehen.

Die Dienerschaft, die sie noch nicht gesehen hatten, kam über die Hintertreppe nach oben, während Thea und die anderen mit ihren Eimern und Staubwedeln nach unten liefen. Sie nickten allen im Vorübergehen zu.

»Das sind die Kammerdiener«, flüsterte Aislynn. »Mr. und Mrs. Vanderbilt und alle Gäste haben jeweils einen. Die sorgen für die Kleider und machen sie zurecht, wenn sie Verabredungen haben. Frisieren sie und ziehen sie an und aus.«

Thea schaute Aislynn ungläubig an. Sie musste sich verhört haben.

Aus dem Aufenthaltsraum war Stimmengewirr zu hören. Um den langen Tisch und an dem runden sah sie nur neue Gesichter. Thea wich zurück und lief weiter durch den Gang. Spann sie gerade ein Netz um sich selbst? Tat sie das? Alles, was nicht erzählt werden durfte, alles, was verborgen bleiben musste: Tante Hulda, die ein Kind erwartete, Tante Hulda, die einen Brief erwartete, Theas Kuchen, für die Aislynn das Lob kassiert hatte, der Sprung in der Fensterscheibe. Sie eilte weiter. Sie musste mit Mrs. Bloom über ihren Lohn sprechen. Sie wollte das nicht einen Tag länger aufschieben.

Plötzlich sah sie der Küche gegenüber ein Licht. Dieses Zimmer war abgeschlossen gewesen, seit sie gekommen war. Thea blieb stehen und schaute hinein. Mitten im Raum stand ein weißgekleideter Mann und fuchtelte mit den Armen. Seine Haare lugten struppig und schwarz unter einem hohen weißen Hut hervor, und ein schwarzer Schnurrbart kringelte sich zu beiden Seiten seines Mundes. Er redete schnell und vollkommen unverständlich auf drei junge Frauen und zwei junge Männer ein, die schnitten und hackten.

»Das ist der neue Koch«, sagte Tante Augusta, die in die Küchentür getreten war. »Oder *Chef,* wie er sich nennt.« Sie rümpfte die Nase. »Er ist mit Mr. Vanderbilts Schiff aus Frankreich gekommen, er und seine fünf französischen Küchenhilfen. Die sollen das Essen für die Herrschaft und die Gäste machen. Ja, du siehst ja selbst, wie groß diese Küche ist.« Tante Augusta stöhnte, drehte sich um und ging zurück in ihr eigenes Reich. »Ich fand es ja gemütlicher, als nur wir hier waren, das muss ich zugeben. Jetzt sind hier einfach zu viele.«

Thea ging hinter ihr her.

»Der Junggesellenflügel ist voll belegt, heißt es«, fuhr Tante Augusta fort. »Einige Damen sind in den Gästeflügel im ersten Stock gezogen, dazu ein Ehepaar mit einem kleinen Kind.« Sie nahm eine Servierschüssel aus einem Regal, füllte sie mit dem Eintopf, den sie gekocht hatte, und rieb mit der Schürze über die eine Seite. »Und natürlich die Kammerdiener«, fügte sie hinzu. »Die sind allesamt auf dem Dachboden einquartiert. Ja, da hat Mrs. Bloom sicher genug zu überwachen.«

»Ich muss mit ihr sprechen«, stammelte Thea. »Über meinen Lohn.«

Eins der neuen französischen Mädchen saß auf Theas Platz an dem runden Tisch. Der einzige freie Platz war ganz unten auf der einen Längsseite zwischen Ross und Arthur. Es war alles so verwirrend, sie musste Tante Augusta recht geben, vorher war es gemütlicher gewesen.

Tante Augusta faltete die Hände. »Ruhe«, rief sie.

Thea merkte, dass ihr Kopftuch an der einen Seite verrutscht war und sie verzweifelt versuchte, es mit den gefalteten Händen wieder richtig zu rücken. Sie senkte den Kopf und murmelte zusammen mit den anderen das Gebet: *»We thank you, Lord, for all you give; the food we eat, the lives we live. And* *to our loved ones far away, please send your blessings, Lord, we pray. And help us all to live our days with thankful hearts and loving ways …«*

Plötzlich wurde es ganz still, und alle schauten zum Gang hinüber. Rasche Schritte kamen die Treppe herunter, und dann wurde die Tür zum Keller aufgerissen. Rhythmische Schritte näherten sich dem Aufenthaltsraum. Knöpfe funkelten. Thea presste die gefalteten Hände zusammen. Das war der Polizist. War er gekommen, um sie festzunehmen?

»Amen«, sagte Tante Augusta und atmete aus.

»Es tut mir leid, Mrs. Thonander.« Der Mann nahm die alten Zeitungen vom Stuhl in der Ecke, legte sie auf den Tisch und öffnete die Knöpfe in seiner Jacke, ehe er sich setzte.

Wenn nur Aislynn in ihre Richtung schauen könnte, aber deren Augen hingen an dem Polizisten. Sie musste begriffen haben, dass er es war. Aber warum unternahm sie nichts? Wollte sie Thea nicht helfen?

Dann füllte plötzlich Mr. Lovegrove die Türöffnung, fuhr sich über die grauen Haare. Im Raum waren jetzt so viele, dass sie fast eine Mauer bildeten, als sie aufstanden. Er ließ seinen Blick durch den Raum schweifen, und für einen Moment sah es aus, als ob er gar nicht hineingehen wollte. Thea musste weg hier, ehe der Polizist sie entdeckte, aber das war unmöglich, solange Mr. Lovegrove dort stand.

»Was gibt es Neues in Frankreich?« Mr. Lovegrove zog endlich den Stuhl oben am Tischende hervor, räusperte sich und sah den Polizisten an.

»Der Winter war schlimm«, sagte der und beugte sich über den Tisch vor. Er war offenbar mit Mr. Vanderbilts Schiff herübergekommen. Wenn das hier wirklich die reichste Familie in Amerika war, war es ja natürlich, dass jemand auf sie aufpasste. »Die Schlacht von Verdun geht weiter, fürchte ich.« Der Mann nahm die Mütze ab und legte sie auf seine Knie, und die braunen Haare lockten sich in seinem schweißnassen Nacken. »Die Deutschen wollen nur eins: Frankreich in Blut ertränken.«

»Ja, wir lesen hier zu Hause auch Zeitungen.« Mr. Lovegrove lockerte vorsichtig seinen Kragen. »Das geht schon seit Monaten so. Wann werden sie aufhören?«

»Es ist eine Hölle.« Der Polizist legte den Kopf in den Nacken und blies in seine Tasse, ehe er trank. »Sie versuchen, sich gegenseitig mit so viel Tod und Leiden wie möglich zu überziehen. Das Blutbad bei Verdun übertrifft alles. Die Kanonen stehen dort dichter beieinander als irgendwo sonst.«

Lakaien und Dienstmädchen saßen mit großen Augen da und hörten zu. Der Mann machte sich wichtig, um sich einzuschmeicheln, das war ganz deutlich. Sie war davon nicht beeindruckt, konnte ihre Blicke aber trotzdem nicht von ihm losreißen.

»Die Stadt ist auf drei Seiten von deutschen Stellungen umgeben«, sagte der Polizist jetzt mit lauterer Stimme. »Sie setzen Sprenggranaten und Giftgas ein. Die französischen Truppen haben so wenig Raum zu ihrer Verteidigung, dass sogar die vordersten und am meisten gefährdeten Schützengräben mit Mannschaften gefüllt sind. Da liegt es ja auf der Hand, dass in den Schützengräben niemand überleben wird, wenn die Sturmtruppen vorrücken …«

Eine Bewegung auf der anderen Seite des runden Tisches ließ Thea hinüberblicken. Rose war aufgesprungen, und plötzlich lief sie weinend und mit der Schürze vor dem Gesicht aus dem Aufenthaltsraum.

»Krieg ist Teufelswerk«, sagte Tante Augusta und bekreuzigte sich.

Es wurde still am Tisch. Thea versuchte, einen Fleck aus ihrem karierten Rock zu reiben, und dabei dachte sie an Rose.

Eines Tages war Thea ihr auf dem Weg in den ersten Stock begegnet, wo die Betten gemacht werden sollten. Sie waren stehen geblieben und hatten miteinander geredet, und Rose hatte erzählt, dass alle Männer in ihrer Familie an der Front kämpften, Vater, Brüder, Onkel und Vettern, und dass niemand von ihnen gehört hatte, seit sie eingerückt waren. Rose hatte ein Bild aus ihrer Brusttasche gezogen, das den Vater und die Brüder in Uniform zeigte, den Vater in der Mitte, jedem Sohn einen Arm um die Schultern gelegt. Die Frauen in der Familie waren davon überzeugt, dass sie alle gefallen waren, und da sie nicht mehr zurechtkamen, fingen sie an, in Zwölfstundenschichten zu arbeiten, sieben Tage pro Woche, sie übernahmen die Arbeitsplätze der Männer, sie standen in den Fabriken und stellten Granaten und Sprengstoff her, die dann an die Front geschafft wurden. Rose war weggegangen. Sie hatte keine Angst vor dem Arbeiten, aber sie wollte nicht die Kugeln gießen, mit denen die Soldaten sich gegenseitig umbrachten.

Plötzlich stand Mrs. Bloom in der Türöffnung, hinter ihr stand Rose. »Wie steht es in Frankreich?«, fragte Mrs. Bloom mit scharfer Stimme den Polizisten, und sie gab sich nicht die geringste Mühe, ihre Narbe zu verstecken.

»Hervorragend«, erwiderte er und lächelte Mrs. Bloom strahlend an. »Alles bestens auf dem Château Vanderbilt. Pferden und Menschen geht es gut.«

Dann lachte er, und alle anderen am Tisch stimmten ein. Sein Lachen hatte etwas Ansteckendes. Nur Thea lachte nicht.

»Ja, es ist zum Glück ja weit von Paris bis Verdun«, sagte Mr. Lovegrove und schien sich gar nicht wohl in seiner Haut zu fühlen.

»Du kannst jetzt wieder an die Arbeit gehen, Rose«, sagte Mrs. Bloom. Dann hob sie die Stimme und klatschte in die Hände. »Ja, jetzt können alle wieder an die Arbeit gehen.«

Alle erhoben sich, auch die, die noch nicht mit Essen fertig waren, nur Mr. Lovegrove und der Polizist blieben sitzen.

»Das ist er.« Thea packte Aislynn am Arm, sowie sie draußen waren. »Der Polizist.«

»Das ist kein Polizist, du Dummkopf.« Aislynn stupste sie an und lachte laut. »Das ist Paul McLaughlin. Mr. Vanderbilts Privatchauffeur.«

»Chauffeur?«

»Ja, ich habe ihn gesehen, als sie gekommen sind. Ich habe gleich erkannt, dass er Ire ist, die rotbraunen Haare, die Sommersprossen, die ausdrucksstarken braunen Augen. Da kann er so amerikanisch reden, wie er will, vor mir kann er seine Wurzeln nicht verbergen.«

Aislynn tänzelte weiter zur Küche, während Thea zur Spülküche hinunterlief. Eine unbekannte Mischung aus Verwirrung und Erwartung machte sich in ihr breit und verwirrte sie. Wenn er kein Polizist war, konnte er sie ja trotzdem melden. Nur gut, dass sie nicht oben arbeitete, wo er sich aufhielt. Sie musste versuchen, ihm so weit wie möglich aus dem Weg zu gehen.

24

Thea machte sich zusammen mit Emma an den Abwasch. Die großen Kochtöpfe waren unten immer angebrannt. Sie stöhnte, griff zum Topfschwamm und krempelte die Ärmel auf.

Emma ging in die Besenkammer, um mehr Stahlwolle zu holen, und in diesem Augenblick hörte Thea die klirrenden Schlüssel und die energischen Schritte. Sie schloss die Augen und dachte an den kleinen Vogel, den die Katze zu Hause in den Schuppen verschleppt hatte. Die Katze hatte den Vogel nicht getötet, sie hatte ihn nur gefangen, um mit ihm zu spielen. Thea hatte ihn gerettet und in eine kleine Blechdose gelegt, damit die Katze ihn nicht erreichen konnte, er hatte so schrecklich gejammert, ihr Herz hatte gehämmert …

»Marie, ich will mit dir sprechen. Jetzt!«

Thea fuhr mit dem Topf in den Händen herum, machte einen Knicks und spürte, wie sich ihre Arme mit Gänsehaut überzogen.

Mrs. Bloom verließ die Spülküche. Thea trocknete sich die Hände an der Schürze ab und lief hinterher. Sie ging vorbei an der Küche, wo sie Aislynn am Backtisch sah, dann vorbei an der Anrichteküche mit dem großen Schrank für das Silber und an dem Aufenthaltsraum, der jetzt leer war. Sie passierte die schweren Türen, die in den Weinkeller und in Mr. Lovegroves Büro führten, und sah den Schatten einer Hand, die behutsam mit einem Stofflappen ein Kristallglas abputzte. Sie ging so weit wie möglich, bis ganz hinten im Kellergang, wo das Büro der Wirtschafterin lag. So war es, seit sie hergekommen war, andere bestimmten über ihr Schicksal, und jetzt würde ihr Urteil verkündet werden.

Thea zog leise die Tür hinter sich zu. Überrascht registrierte sie, wie hübsch das Büro war, fast wie ein Wohnzimmer. In einer Ecke sah sie einen Tisch mit einer weißen Spitzendecke und einem Stuhl auf jeder Seite. Ein niedriges Regal mit einigen Büchern stand vor der einen Wand, darüber hing ein Bild von Christus neben einem Familienporträt, das Thea ganz bewusst nicht anstarrte.

Mrs. Bloom setzte sich hinter den dunklen Schreibtisch. Vor ihr stand eine Vase mit frisch geschnittenen roten Rosen. Thea hatte sich das Büro anders vorgestellt, schmucklos und abweisend, ein Raum, der ihr Angst machen würde. Sie richtete ihren Blick auf das Buch, das am Tischrand lag: *House Account 1916*.

»Ich möchte etwas mit dir besprechen«, sagte Mrs. Bloom und nickte zu dem einen Stuhl hinüber.

Thea setzte sich auf die Stuhlkante und starrte ihre Knie an. Den Vorschuss konnte sie jetzt wohl in den Wind schreiben.

»Es verhält sich so«, sagte Mrs. Bloom und ließ sich bis zum Stuhlrücken zurücksinken, »dass wir jetzt viele Gäste haben.«

Thea hob den Blick und richtete ihn auf die Rosen.

»Verstehst du, was ich sage?«

»Ja, Mrs. Bloom.«

»Unter den Gästen ist ein Ehepaar aus Frankreich mit einem kleinen Kind. Sie werden den ganzen Sommer hier verbringen. Wir haben nicht oft Kinder unter unseren Gästen, aber es kommt vor. Die allermeisten lassen ihre Kinder zu Hause bei ihrem Kindermädchen oder der Gouvernante, wenn sie herkommen, diese Familie jedoch nicht.

Der Vater ist ein berühmter französischer Arzt. Sehr berühmt.« Mrs. Bloom beugte sich über den Tisch vor. »Er studiert das Innere der Soldaten.«

Thea ließ ihren Blick von den Rosen zu Mrs. Bloom wandern. Warum sprach die Wirtschafterin über Kinder?

»Wir haben kurzfristig eine hervorragende Kinderfrau beschaffen können – Mrs. Goldberg. Ja, sie ist nicht nur hervorragend, sie ist eine der allerbesten. Sie hat früher sogar die Herzogin betreut.«

Mrs. Bloom unterbrach sich, ihr Gesicht nahm ein wenig Farbe an, und ihre Mundwinkel schienen sich zu kräuseln. Es sah beängstigend aus, Thea hatte die Wirtschafterin noch nie lächeln sehen.

»Die Kinderfrau wird eine Assistentin brauchen«, sprach Mrs. Bloom weiter. »Ein eigenes Dienstmädchen, eine *nursemaid's maid*. Die Kinderfrau trägt natürlich die Verantwortung für das kleine Kind, aber das Dienstmädchen ist dann ihre rechte Hand.« Sie beugte sich abermals ein wenig vor. »Ich dachte, das könnte eine Position für dich sein.«

Dienstmädchen der Kinderfrau? Thea setzte sich auf. Sie hatte vielleicht nicht richtig verstanden, was Mrs. Bloom da gesagt hatte.

»Ja, wäre das eine Aufgabe, die du erfüllen könntest?«

Thea nickte, sie musste sich nachher alles von Tante Augusta erklären lassen. Sie konnte die meisten Aufgaben übernehmen, wenn sie nur weiter zusammen mit Aislynn im Keller sein durfte.

»Mrs. Thonander sagt, du hast fünf Geschwister.«

»Ja«, flüsterte Thea. »Und zwei tote.«

»Du bist mir aufgefallen. Du zeigst gute Manieren, bist fleißig und gibst dir Mühe, die Sprache zu lernen.«

Die Sprache? Sie konnte gut raten, das war alles. Sie hatte

Tante Augusta, die ihr alles übersetzen konnte, und Aislynn, die mit ihr übte, abends oben in der Mansarde, wenn niemand es hörte und sie über Theas witzige Fehler lachen konnten, aber jetzt war keine der beiden hier, und sie war plötzlich unsicher bei allem, was gesagt wurde.

»Ja, du wirst natürlich höheren Lohn erhalten, da du eine größere Verantwortung trägst. Doppelte Verantwortung, doppelter Lohn.«

»Danke.« Ihr Herz schien einen Sprung zu machen. Tante Augusta hatte offenbar doch mit Mrs. Bloom gesprochen. »Danke«, sagte sie wieder und gab sich Mühe, ruhig auf ihrem Stuhl zu sitzen.

»Du wirst dann im ersten Stock arbeiten.« Mrs. Bloom erhob sich, schaute zum Christusbild hinüber und zeigte ihre rote Narbe. »Melde dich morgen früh in der Wäscherei. Die geben dir dann eine neue Uniform.«

»Wäre es möglich, einen Vorschuss zu erhalten?« Thea hielt für einen Augenblick den Atem an und staunte über sich selbst. »Ich meine, einen Vorschuss auf den Lohn?«

»Der Lohn wird am letzten Tag im Oktober ausgezahlt, ohne Ausnahme.« Mrs. Bloom ging zur Tür und öffnete sie. »Wenn«, sie richtete ihre scharfen Augen auf Thea, »die Arbeit zufriedenstellend ausgeführt worden ist.«

25

Emma hatte fertig geputzt, als Thea zurückkehrte, und war nicht mehr zu sehen. Gewiss war sie nach oben gegangen, um sich auszuruhen; jetzt war Mittagspause, und Idle Hour war still. Thea blieb neben dem blank polierten Spülstein sitzen und stützte den Kopf in die Hände. Hatte sie das alles geträumt? Die lange gefährliche Reise, Tante Hulda in dem blaugrauen Haus, die ein Kind erwartete und die zwischen Licht und Finsternis ebenso schnell wechseln konnte, wie sie eine Kerze ausblies, Tante Augusta, die sie Mrs. Bloom empfohlen hatte, weil sie stolz auf Thea war, und Aislynn, die jede Verrücktheit, die sie anstellte, für ein Geschenk hielt. Sie war in einer Welt, wo sich alles dauernd veränderte und wo alles, was geschah, das Gegenteil davon war, was sie erwartet hatte.

»Marie.« Aislynn kam in die Spülküche gelaufen. Das strahlende Lächeln, das sie den ganzen Tag gezeigt hatte, war verschwunden. »Wir können jetzt nicht backen«, flüsterte sie. »Mrs. Thonander ist noch immer in der Küche.«

»Sie hat doch nichts dagegen, dass ich dir helfe.« Thea schüttelte den Kopf. »Sie weiß, dass ich backen kann.«

»Aber sie soll ja glauben, dass ich das allein schaffe.«

»Dann gehen wir nach oben und ruhen uns aus, wie alle anderen.« Thea gähnte. »Ich bin so schrecklich müde.«

»Das geht nicht.« Aislynn steckte den Kopf hinaus in den Gang. »Ich habe Mrs. Thonander einen neuen Hefekranz versprochen, und der darf auf keinen Fall wieder platt und angebrannt sein.«

»Kann dieser Chefkoch den nicht backen? Oder irgendwer von seinen Küchenhilfen?« Thea zeigte zu der großen

Küche hinüber, um sicherzugehen, dass Aislynn verstanden hatte, was sie meinte.

Aislynn schüttelte verzweifelt den Kopf. »Mrs. Thonander war gestern so enttäuscht von mir. Das kannst du mir glauben.«

Thea ließ sich wieder auf den Hocker neben dem Spülstein sinken, alles verschwamm vor ihren Augen, als ob sie auf einem Karussell säße, das sich immer schneller drehte.

»Du brauchst frische Luft«, sagte Aislynn und starrte sie an. »Du bist ja leichenblass.«

»Aber wir sollen uns doch nicht sehen lassen, jetzt, wo Gäste hier sind.«

»Wir schleichen uns einfach hinters Haus. Das klärt dir den Kopf.« Aislynn ging auf die Hintertür zu.

»Aber wir können unsere Stelle verlieren, wenn jemand uns sieht.«

»Komm, Marie, du brauchst keine Angst zu haben.«

Dort, wo sie morgens die Eimer leerten, fanden sie Emma. Das schmale Gesicht war bleich und verängstigt, die Augen waren groß und blank. Sie saß auf einer Mülltonne und hatte die Beine unter sich gezogen.

»Was ist los?« Aislynn setzte sich neben sie.

Emma wandte ihr Gesicht ab und schluchzte.

Thea lehnte sich auf der anderen Seite an die Mülltonne. »Bist du krank?«, fragte sie vorsichtig.

»Ich kann das nicht sagen.« Emma zitterte.

»Mir kannst du es sagen«, sagte Aislynn. »War es das, was gestern passiert ist?«

»Mrs. Bloom setzt mich vor die Tür, wenn sie es erfährt.« Emma presste sich die Hände auf den Bauch und schluchzte.

»Aber du kannst doch deine Stelle nicht verlieren, bloß weil du die Zeit vergessen hast«, sagte Thea. Sie dachte an den Chauffeur, der etwas von *trouble* gesagt hatte.

Emma schüttelte den Kopf. »Es war einer von den Junggesellen«, sagte sie. »Im Junggesellenflügel. Der kam in die Küche und wollte eine Tasse Tee auf sein Zimmer serviert haben. Ich war gerade mit dem Abwasch fertig. Mary war schon nach oben gegangen.«

»Aber das darfst du doch nicht«, flüsterte Thea, und plötzlich fiel ihr der Schatten ein, den sie im Palmengarten gesehen hatte. »Servieren ist die Aufgabe der Lakaien.«

Sie hatte den Eindruck, dass Aislynn und Emma einen Blick wechselten.

»Am Anfang war er so nett.« Emma fuhr sich mit der Hand über die Oberlippe.

»Das höre ich nicht zum ersten Mal«, sagte Aislynn. »Und hat er dann etwas von dir verlangt?«

»Ihr dürft das nicht weitersagen.« Emma weinte wieder los. Dann schob sie ihren einen Ärmel hoch. Ihr Oberarm war übersät von blauen Flecken, wo jemand sie offenbar brutal angefasst hatte. »Er hat gesagt, wenn ich … dann würde er …« Plötzlich beugte sie sich vor und erbrach sich in den Eimer, der vor ihr stand.

Thea wusste nicht, was sie sagen sollte. Für einen Moment musste sie an den Direktor bei Herkules denken. Wie dumm von ihr, zu glauben, es handle sich darum, dass Emma sich verspätet hatte. Zögernd legte sie den Arm um die andere. »Hast du es irgendwem gesagt?«

Emma nickte und wischte sich mit der Schürze den Mund ab. »Mary meint, dass wir es niemandem sagen dürfen. Es geht nie gut mit denen, die so etwas bei Mrs. Bloom melden.«

Nun hatte auch Aislynn ihre Farbe verloren. Wortlos nahm sie den Eimer, goss ihn in die Tonne und nahm eine Handvoll vom Aschenhaufen. Dann ging sie in die Knie und scheuerte den Eimer aus.

»Wir gehen mit Emma zu Mary«, flüsterte Thea. »Jetzt, wo die anderen schlafen.«

Aislynn sah sie an, ohne zu antworten, dann schleuderte sie den Eimer wütend gegen die Mülltonne, richtete sich auf und ging an der Längswand davon.

»Wo willst du hin?«, rief Thea hinter ihr her.

»Zum Junggesellenflügel.«

»Hast du den Verstand verloren?«

Aber Aislynn lief einfach davon, und bald standen sie beide vor dem Palmengarten mit den tropischen Gewächsen. Jetzt, bei Tageslicht, konnte Thea sehen, dass das Glashaus den Junggesellenflügel und die große Tennishalle mit dem Hauptgebäude verband.

»Wir gehen zurück«, flüsterte sie und versuchte, Aislynns Arm zu nehmen. »Wir müssen jetzt für Emma da sein.«

»Nein«, sagte Aislynn. Sie hielt den Mund so dicht vor das Fenster, dass das Glas beschlug. »Damit darf er nicht durchkommen.«

Thea fuhr sich mit der Hand über die Stirn. Die Luft war warm im Haus, unerträglich warm durch die Sonne, die durch die Glaskuppel brannte. Sie schaute zu Aislynn hinüber, deren Gesicht düster war und deren Augen loderten. Die Hitze schien ihr nicht das Geringste auszumachen, als sie zwischen den grünen Pflanzen weiterrannte. Thea dachte, das hier sei eine ganz andere Aislynn als die unten im Keller und auch als die oben in der Mansarde. Aislynn durfte nicht in den Junggesellenflügel gelangen.

Für Emma wäre es nicht die geringste Hilfe, wenn beide Schwierigkeiten bekämen, und das Letzte, was sie selbst jetzt brauchte, waren Probleme mit Mrs. Bloom. Wenn sie Aislynn nicht zur Vernunft bringen könnte, wäre das möglicherweise für sie beide und für Emma der Anfang vom Ende. Sie dachte daran, was Hans gesagt hatte: »Manchmal muss man einfach das Beste aus einer Sache machen.«

»Aislynn«, flüsterte sie. »Mrs. Bloom hat mir eine neue Stellung gegeben.«

Aislynn fuhr herum. »Wie meinst du das?«

»Ich soll *nursemaid's maid* werden. Ich soll oben im Kinderflügel arbeiten, im ersten Stock.«

»Was? Hast du dir einfach einen neuen Posten besorgt? Ich dachte, wir zwei wollten einander helfen.«

»Aber das werden wir doch, Aislynn. Ich will ja gar nicht nach oben. Ich will bei dir im Keller sein. Aber da oben gibt es doppelten Lohn, und ich brauche das Geld so dringend.«

Plötzlich richtete Aislynn sich auf und nickte zu drei jungen Männern in dunklen Anzügen hinüber, die auf sie zukamen. »Tu so, als ob wir aufräumen«, sagte sie und ging in die Hocke.

Thea hockte sich dicht neben Aislynn und schob eine Pflanze zurecht. Ihr Herz hämmerte. Hatte Aislynn den Mut verloren? Dann konnte sie sich nicht beherrschen, sie schaute verstohlen auf und sah die Junggesellen, die pfiffen und einander anstießen.

»Wir sind wirklich unsichtbar«, flüsterte sie, als die Tür zum Junggesellenflügel zuschlug.

»Wir sind nicht unsichtbarer als die Sonne bei helllichtem Tag«, schnaubte Aislyn. »Die sehen uns aus dem Augenwinkel, und dann schnappen sie sich die, die sie haben wollen, wenn es dunkel geworden ist, oder sie locken sie mit

Versprechen und Schmeicheleien in die Falle. Einige wehren sich, andere lassen sich fangen, so wie Emma. Warum sollte es hier besser sein als anderswo?«

»Bewundert ihr die Orchideen?«

Thea sah eine Hand, die einige tiefrote, fast schwarze Blüten berührte, gleich neben ihr, und sofort begann sie zu zittern. Sie kannte diese Hand, sie hatte ihr nasses Gesicht gestreichelt, hatte sie getragen, sie ganz festgehalten. Der Chauffeur.

»Wir sind auf dem Weg in die Küche«, sagte Thea, ohne aufzublicken.

»Ja, dann habt ihr noch ein ganzes Stück vor euch.«

Warum sagte Aislynn nichts? Sie musste doch auch sehen, wen sie vor sich hatten. Thea spähte vorsichtig zu ihr hinüber, aber Aislynn lächelte nur, brach eine gelbe Blüte ab und schob sie sich hinters Ohr. Hatte sie ganz vergessen, was Emma passiert war? Und dabei war sie doch eben noch so wütend gewesen!

»Ich bin nicht sicher, ob Mrs. Bloom euch so gern hier drinnen sehen würde.« Die Stimme war ruhig, aber energisch. »Kommt mit mir! Wir gehen durch das *Cloister*. Um diese Tageszeit ist es da am sichersten.«

Sie folgten Paul McLaughlin, wie Aislynn ihn genannt hatte, durch den langen Säulengang. Hatten sie Emma wirklich einfach so sitzenlassen?

»Und ihr seid?« Paul zog die Kellertür fest hinter ihnen zu.

»Miss Aislynn O'Hara.« Aislynn trat einen Schritt vor und machte einen Knicks.

»Miss Marie Thoresen.« Thea richtete ihren Blick auf die Lampe, auf die Wand hinter ihm. Warum sagte er nichts darüber, dass sie beide einander schon begegnet waren?

»Miss Marie.« Er kostete ihren Namen wie süßes Gebäck und starrte sie noch immer an. »Woher kommt ihr?«

»Aus Connemara an der irischen Westküste.« Aislynn legte den Kopf schräg und lachte ein perlendes Lachen.

»Dann kommen wir aus derselben Gegend«, sagte er und sah wieder Thea an. »Und du?«

»Norwegen.« Sie senkte rasch den Blick. Er durfte nicht sehen, wie sehr sie zitterte. »Mrs. Thonander ist meine Tante.«

»Aber Mrs. Thonander ist doch Schwedin?«

»Marie ist Halbschwedin«, sagte Aislynn. »Nicht wahr, Marie?«

Thea nickte. Aislynn hätte sie wirklich selbst antworten lassen können.

»Besser, ihr haltet euch hier unten auf. Mrs. Bloom ist streng.« Er zupfte die gelbe Blüte hinter Aislynns Ohr fort. »Ich habe noch nie dermaßen eigenwillige Mädchen gesehen. Nachts draußen unterwegs, und tagsüber wandern sie durch das Haus. Man sollte fast glauben, euch gehört hier alles.«

Also hatte er sie doch erkannt. Thea sah ihm hinterher, als er zur Hintertür ging, mit der Mütze unterm Arm. Seine Stiefel waren hoch und blank, mit Absätzen, die über die Fliesen klapperten. Er war größer als in ihrer Erinnerung, und seine Schultern waren breiter. Sein Alter war jedoch schwer zu schätzen, vielleicht war er so alt wie John. Erinnerte er nicht auch ein bisschen an John?

»Paul.« Aislynn hob ihren karierten Rock mit beiden Händen, es sah aus, als ob sie abheben wollte, wie ein Vogel. »Würdest du mir die Autos zeigen?«

Paul McLaughlin drehte sich um und hob die Augenbrauen. »Da darfst du nicht hin«, sagte er. »Keine in einem karierten Kleid darf die Garagen oder die Stallungen betreten und übrigens auch keinen anderen Ort, nur den Keller hier unten. Leider, Aislynn O'Hara.«

Die Hintertür fiel hinter ihm ins Schloss.

Aislynn warf den Kopf in den Nacken. »Ich bin schon vom Abwasch in die Küche aufgestiegen«, sagte sie mit rotem Gesicht. »Bald bin *ich* in den oberen Etagen.«

»Aislynn …«

»Vergiss es, Marie. Jetzt kümmere ich mich um Emma. Ich glaube, vielleicht braucht sie mich jetzt ein bisschen mehr. Von jetzt an kannst du dein Wörterbuch nehmen und deine Englischlektionen selbst lesen.« Aislynn ging in die Spülküche, ohne Thea eines einzigen Blickes zu würdigen.

Thea blieb stehen und starrte noch immer die Hintertür an. Ihr Herz wollte sich nicht beruhigen. Vom nächsten Morgen an würden ihre Tage ganz anders aussehen. Sie würde sie nicht mehr mit Aislynn teilen, kein kariertes Kleid tragen, nicht schrubben und putzen. Sie würde eine der Sichtbaren sein, dort oben, wo er war.

TEIL 3

26

Mrs. Goldberg schob den Wagen durch die Seitentür, gleich neben dem Haupteingang. Thea hatte sich noch nicht an diesen Weg gewöhnt – an den anderen allerdings auch nicht. Es gab jedoch zwei große Unterschiede. Wenn sie durch den Dienstboteneingang ging, blieb sie ungesehen. Hier wurde sie gesehen. Es gefiel ihr, gesehen zu werden – und es gefiel ihr nicht. Sie war noch immer eine Dienstbotin. Wenn Gäste vorüberkamen, nickten sie manchmal. Die Herren eher als die Damen. Die Damen waren so beschäftigt. Sie gingen meistens zu zweit. Plauderten und lachten und beugten die Gesichter dicht zueinander. Sie trugen helle, leichte Sommerkleider. Rosa, blau, weiß, gelb. Kleider mit Bändern, Puffärmeln und Rüschen. Kleider aus cremefarbenem Chiffon und Seide, die weich über den Rasen fegten. Als Thea gekommen war, war Frühling gewesen. Jetzt war Sommer. Es war still gewesen, jetzt waren überall Menschen. Gärtner, die im Garten arbeiteten. Lakaien, die servierten, draußen wie drinnen. Zimmermädchen, die Bücher und Näharbeiten holten, einen Spitzenschirm, der vor der Sonne beschützen sollte, oder andere Gegenstände, die ihre Gnädige gerade benötigte. Es gab Gäste, die im Automobil mit Privatchauffeur kamen. Andere reisten mit dem Zug an und wurden mit Pferd und Wagen vom Bahnhof abgeholt, blieben über Nacht und fuhren nach ein oder zwei Tagen wieder ab. Aber die allermeisten Gäste waren offenbar auf Dauer gekommen und blieben eine Woche nach der anderen.

Thea schaute kurz zu den beiden Damen hinüber, die auf der Veranda saßen. Große Strohhüte schützten sie vor der Sonne. Charles näherte sich mit einem Silbertablett in den behandschuhten Händen; Thea vermutete, dass die hohen Gläser kühle Limonade enthielten. Es war ein heißer Tag. Am Himmel gab es nicht eine einzige Wolke, die ein bisschen Kühlung hätte schenken können. Sie beugte sich über den Wagen und verscheuchte ein Insekt, das versuchte, sich auf der kleinen Stirn niederzulassen.

»Es ist besser, wenn Mr. Philippe ungestört schlafen kann.« Mrs. Goldbergs Gesicht verzog sich, wurde hart und zerfurcht.

Thea zog die Hand zurück und ging wortlos weiter neben dem Wagen her. Mr. Philippe lag doch nur da, sah eher wie eine Puppe aus als wie ein kleiner Junge; sein Gesicht war unter der weißen Mütze bleich wie Wolle. Wenn er wach war, schaute er sie aus seinen dunkelbraunen Augen an, ließ aber nicht das leiseste Geräusch hören. An den ersten Tagen war Thea sicher gewesen, dass mit ihm etwas nicht stimmte. Sie durfte nicht mit ihm spielen, ihn nicht hochheben, nicht tragen, nicht auf den Arm nehmen, er sollte nur gewaschen und gewickelt werden, etwas zu essen bekommen und dann schlafen. Zu Hause in Kampen wäre das niemals möglich gewesen. Dort fanden die Geburten in der Stube oder in der Küche statt, und dann passten die ältesten Geschwister auf die Kleinen auf, während die Eltern arbeiten gingen. Kein Junge war wohl mehr gewiegt und herumgereicht worden als Sverre.

Die Beete strotzten nur so vor Blumen: Lilien, Georginen, Chrysanthemen, Azaleen. Thea versuchte, sich auf das Schöne in ihrer Umgebung zu konzentrieren, statt sich jede einzelne Ermahnung zu Herzen zu nehmen. Aber das tat sie trotzdem. Für Mrs. Goldberg war einfach nichts gut genug. Eine weiße Kletterhortensie verzweigte sich oben an der Mauer. Thea folgte ihr mit Blicken von der Wurzel bis zum Gesims und ließ ihren Blick dann am blauen Himmel ruhen. Sie musste an die Großmutter denken, an deren Liebe zu Blumen und wie sie von ihr alle Blumennamen gelernt hatte. Die Großmutter liebte die, die wild im Thonanderwald wuchsen, und die, die am Feldrand standen und von anderen Unkraut genannt wurden. Sie pflückte diese Blumen dann und stellte sie in mit Wasser gefüllte Marmeladengläser, machte wunderschöne Sträuße daraus, egal, wo sie gepflückt und wie sie von anderen genannt wurden.

Mrs. Goldberg war stehengeblieben. Die Kinderfrau ließ Thea immer erst schieben, wenn sie die Garagen erreicht hatten, wo sie nicht mehr richtig gesehen werden konnten. Wortlos wechselten sie den Platz und gingen weiter. Hier tauchte dann oft Paul McLaughlin auf. An den ersten Tagen hatte er ihnen aus der Ferne zugewinkt, aber inzwischen kam er näher und wünschte ihnen einen guten Tag. Thea versuchte, zu verbergen, wie unangenehm ihr das war; sie beschränkte sich auf ein kurzes Nicken in seine Richtung. Nicht nur, dass er sie und Mrs. Goldberg grüßte, sie hatte auch das Gefühl, dass er sie etwas länger ansah als alle anderen. Am Vortag hatte sie Aislynn und Paul gesehen, die im Aufenthaltsraum saßen und miteinander redeten, aber sie war eilig vorbeigelaufen, um nichts sagen zu müssen. Sie sah Aislynn jetzt ohnehin nicht oft, Aislynn verbrachte ihre Zeit mit Emma, aber so war es vielleicht ja auch gut.

Thea übernahm den Wagen und schaute sich rasch nach beiden Seiten um. Eine Erleichterung. An diesem Tag tauchte er nicht auf, sicher war er anderweitig beschäftigt. Vielleicht fuhr er Mr. Vanderbilt ins Büro in der Stadt oder war mit Gästen zu irgendeinem Vergnügen unterwegs. Sie drehte sich um, um ganz sicher zu sein, und was sie da empfand, war ja wohl kein Stich der Enttäuschung?

Sie erreichten einen Waldweg. Es war deutlich, dass Mrs. Goldberg ein Ziel hatte, so schnelle Schritte, wie sie machte. Es ging einen Hang hinab, und plötzlich öffnete sich die Landschaft zu breiten goldenen Feldern. Mrs. Goldberg zeigte auf einen hohen Glockenturm, der über einem breiten Bogengang mit Mauern auf beiden Seiten aufragte. Offenbar hatte sie ihren Bestimmungsort erreicht.

Hinter den hohen Mauern tat sich eine neue Welt auf. Enge Gassen mit kleinen rotbraunen Häusern lagen auf beiden Seiten dicht an dicht. Frauen trugen Körbe voller Gemüse durch die Gassen, und Männer mit braungebranntem Nacken beugten sich über ihr Werkzeug. Mitten auf der Gasse liefen Hühner und pickten Körner auf. Es gab so viel zu sehen, dass Thea gar nicht wusste, wohin sie ihren Blick richten sollte. Das hier musste das Gut sein, von dem Tante Augusta gesprochen hatte. Sie hätte das hier sehen müssen, Tante Augusta war doch so stolz auf die vielen Kisten voller Lebensmittel, die in die Küche gebracht wurden. Aber Tante Augusta durfte draußen auch nicht frei herumlaufen, sie war trotz ihres Glaubens und ihrer Überzeugungen auch eine der Unsichtbaren.

»Ich nehme jetzt den Wagen«, erklärte Mrs. Goldberg gebieterisch und strich die weißen Locken gerade, die unter ihrem Hut hervorlugten.

Wieder tauschten sie die Plätze und gingen weiter. Die Frauen blieben stehen und knicksten. Die Männer richteten sich auf, nahmen ihre Schirmmützen ab und verbeugten sich. Thea lächelte und machte vor mehreren einen Knicks, während Mrs. Goldberg keine Miene zu verziehen schien.

Zuerst hielt Thea die Kinderfrau für alt und hochmütig, aber dann ging ihr auf, dass die anderen sich nicht vor ihr verbeugt hatten, sondern vor Mr. Philippe. Sie versetzte den Kieselsteinen mit ihren weißen Schuhen einen Tritt. Wurde den Kindern schon so früh beigebracht, zu solchen unerträglichen Junggesellen zu werden, wie sie sie im Palmengarten gesehen hatte? Zu Hause war das nicht so, da waren alle ungefähr gleich arm und gleich viel oder gleich wenig wert. Es sei denn, sie begegneten dem Arzt oder dem Oberlehrer, aber auch das war anders. Sogar der Pastor von Kampen wohnte in einem zugigen und feuchten Haus. Hier drinnen auf diesem gewaltigen Landsitz gab es Herrschaft und Dienstboten. Einige wenige besaßen einen unvorstellbaren Überfluss an Reichtum, und die anderen bedienten sie.

»Hier ist das Hühnerhaus.« Mrs. Goldberg war stehengeblieben. »Zu meiner Zeit wurden hier so viele Eier ausgebrütet, dass in jeder Saison mehrere tausend Küken ins Hauptgebäude geliefert werden konnten.«

Thea holte tief Luft, dann bückte sie sich, hob rasch Mr. Philippe aus dem Wagen, trat in die Tür und zeigte auf die kakelnden Küken. Wie oft war sie wohl mit den kleinen Brüdern zum Hof von Gärtner Jensen in Grønland gegangen? Sie hatte sogar Einar mit hingenommen. Sie hatte ihn den ganzen Weg auf dem Arm getragen, hatte auf die Hühner gezeigt, die zwischen den Blumen umherstolzierten, und auf das Fohlen, das vor der baufälligen Scheune stand; und Einar hatte gelacht und die Hände nach dem Pferdemaul ausgestreckt. Ein Jahr darauf war er tot gewesen. Thea spürte die Trauer in ihrem Bauch, die verschwand nie, egal, wie viel Zeit verging.

Am Ende der Straße gab es einen Stall. Große starke Arbeitspferde standen in ihren Boxen. Thea ging hinein, während Mrs. Goldberg draußen stehen blieb. Sie führte Mr. Philippes Händchen, damit er das warme Fell berühren und sanft über die Mähne streichen konnte. Aber er schien auf nichts zu reagieren.

Thea ging weiter auf die Scheune zu. Die Tür stand offen. Sie hörte drinnen Geräusche, lautes Muhen; es stank schon hier nach Kuhmist. Plötzlich merkte sie, dass etwas sich änderte. Mr. Philippe strampelte mit den Beinen, dann fing er an zu lachen, und er lachte und strampelte bei jedem Geräusch. Thea lachte ebenfalls, sie konnte sich nicht beherrschen, drückte ihn an sich und lachte.

»Marie!« Mrs. Goldbergs Gesicht war glühendrot. »Leg sofort Mr. Philippe in den Wagen. Er kann sich doch anstecken!«

»Womit denn?« Thea merkte, dass auch sie rot anlief.

Sie gingen denselben Weg zurück, vorbei an der Rinderweide und den steilen Hang hoch. Mr. Philippe sollte ja nie in der Erde graben, er sollte sicher auf die Universität gehen und ein berühmter Arzt werden wie sein Vater. Thea hatte zu Mrs. Goldberg gesagt, dass sie ihm doch bloß eine Freude hatte machen wollen. In Wirklichkeit aber hatte sie eben so sehr an sich selbst gedacht, für einen Moment hatte sie vor der Scheune die Augen geschlossen und sich vorgestellt, der kleine Junge sei Sverre. Sie seufzte. Die Felder dort unten waren gelb und schwer vor Getreide. Alles hier war so fruchtbar. So groß und kräftig. Farbenfroh. Auf der anderen Seite des Weges stand an einer Böschung ein Apfelbaum neben dem anderen, und darunter wogten reife Johannisbeersträucher, und hinter den Kornfeldern wuchs Mais. Sie schluckte. Langsam legte sich der Zorn, den sie eben noch verspürt hatte. Wenn sie zu Hause nur etwas von diesem Korn hätten!

Plötzlich sah sie etwas, das sich bewegte, das sich zwischen Kornfeld und Maisfeld vorwärtsschlängelte. Sie legte die Hand an die Stirn und kniff die Augen zusammen. Es war Mr. Lovegrove in seiner langen schwarzen Jacke. Wohnte er hier mit seiner Frau und seiner Tochter? Sie folgte ihm mit Blicken, bis er verschwunden war. Der Butler bestimmte über alle Dienstboten, und da bestimmte er wohl auch über Mrs. Bloom? Thea blieb stehen, belebt von dem Gedanken, der ihr da gekommen war: Sie könnte ihm ihre Situation erklären, er hatte seine eigene Familie, da würde er sie verstehen. Dann würde sie ihn um einen Vorschuss für die ersten drei Monate bitten. Ja, die ersten drei Monate waren doch schon vorbei, und da wäre es nicht einmal ein Vorschuss.

Sie stieg weiter den Hang hoch. Mr. Lovegrove war das Licht, das sie nicht gesehen hatte, das aber die ganze Zeit da gewesen war. Plötzlich hatte sie das Bedürfnis, sich umzudrehen und etwas Nettes zu Mrs. Goldberg zu sagen, doch als sie sich umschaute, entdeckte sie, dass die Kinderfrau zurückgefallen war.

»Ist bei Ihnen alles in Ordnung, Mrs. Goldberg?« Rasch schob Thea den Wagen zu ihr hinunter.

»Das Teehaus«, stöhnte Mrs. Goldberg. »Da gehen wir hin.«

Das Teehaus lag in der kühlen Luft auf einer Anhöhe mit Blick auf den Fluss. Efeu wand sich an der roten Mauer hoch, vorbei an achteckigen Fenstern und bis zur dunklen Täfelung. Vom Fluss her kam eine frische Brise. Glitzernd und graugrün lag er unten am steilen Ufer. Zwei männliche Gäste standen am Wasser und angelten. Thea sog den Duft nach Gras und warmer Erde ein. Es war so schön hier, friedlich. Als ob das Teehaus in eine ganz andere Zeit gehörte.

Mrs. Goldberg fand eine Bank auf der Rückseite des Hauses. »Du darfst Mrs. Bloom auf keinen Fall etwas davon sagen«, bat sie und schloss die Augen. Ihre Hände ruhten auf ihrem weißen Schoß; sie waren alt und runzlig, aber nicht so rau wie die von Tante Augusta. Sie waren auf unterschiedliche Weise abgearbeitet.

Thea strich ihren weißen Rock zusammen und setzte sich vorsichtig auf die Verandatreppe. Rotes Geißblatt schlängelte sich die Stufen hinauf. Sie pflückte eine Blüte und roch daran. Es roch süß und kräftig und erinnerte sie an Gewürznelken. Sie seufzte. Ihre Tage waren so anders geworden. Kein Lachen. Keine Küchenmädchen, die klatschten oder klagten. Keine Aislynn, die mit ihr scherzte und lachte. Sie fühlte sich oben auch nicht sichtbarer als unten im Keller. Es war genauso, wie Tante Augusta das Leben als einzige Dienstbotin im Haus beschrieben hatte. Einsam. Und sie hatte von zu Hause kein Wort gehört. Der Brief von Hans jedoch konnte jetzt jeden Tag eintreffen.

»Das war der Lieblingsort der ganzen Familie.« Mrs. Goldberg öffnete die Augen und feuchtete ihre trockenen Lippen an. »Sie ließen sich an heißen Sommerabenden mit Pferd und Wagen zum Teehaus fahren, um eine Erfrischung zu sich zu nehmen. Sie saßen genau hier und schauten auf das Wasser, so wie jetzt wir. In den alten Tagen war es hier anders.«

Thea konnte es vor sich sehen. Consuelo in einem hellen Sommerkleid und mit einem Strohhut auf dem Kopf. Ihre beiden Brüder, William und Harald, in kurzen Hosen. Kurze Hosen, die weder zu klein noch zu groß waren, mit weißen, frisch gebügelten Hemden unter den Hosenträgern. Die Eltern, die im Schatten saßen und Eistee oder Limonade tranken, während sie ihre Kinder bewunderten. Seit Thea im Kinderflügel arbeitete, war kein Tag vergangen, an dem Mrs. Goldberg nicht eine Geschichte über die Herzogin erzählt hätte. Consuelo, die im Damensattel über die grünen Rasenflächen von Idle Hour ritt oder die mit ihren Cousinen in den vielen Gängen Verstecken spielte. Die Stimme der Kinderfrau wurde dabei weich und warm.

27

Am selben Nachmittag wurde Thea in Mrs. Blooms Büro bestellt. Sie staunte, als sie dort Mr. Lovegrove vorfand. Mrs. Bloom saß in strenger Haltung hinter dem Schreibtisch, und Mr. Lovegrove stand hinter ihr und starrte vor sich hin. Auch Rose war im Büro. Rose war jetzt bleicher als bei Theas Eintreffen auf Idle Hour. Dünner war sie auch. Thea dachte daran, wie die Lakaien im Aufenthaltsraum immer darüber lachten, dass alle Waliserinnen nach Amerika gekommen waren, um Betten zu machen, und alle Irinnen, um Küchenböden zu schrubben. Was mochte Mrs. Bloom von ihnen beiden wollen?

Thea schloss die Tür, dann ging sie zum Schreibtisch und machte einen Knicks. Als niemand etwas sagte, schaute sie unsicher zu Rose hinüber, aber die schien sie nicht einmal zu bemerken.

»Es war schon spät am Vormittag, und es hatte zum Saubermachen geläutet«, schluchzte sie. Ihre Augen waren verweint. »Er hat mich zu sich gelockt und ins Bett gezogen.«

»Charles hat alles erklärt«, sagte Mrs. Bloom. »Gut, dass er in der Nähe war und den Vorfall melden konnte.«

»Aber ich habe doch nichts getan.« Rose wurde lauter. »Deshalb habe ich ja geschrien.«

Hatte Charles Rose angeschwärzt, und ergriff Mrs. Bloom wirklich für ihn Partei und nicht für Rose? Thea konnte das nicht begreifen. Charles, der sich nachts herumtrieb, der Schnaps trank und im Morgengrauen angetorkelt kam. Sie schaute rasch zu Mr. Lovegrove hoch, der jedoch nur dastand, mit abwesendem Blick und tiefgerunzelter Stirn. Warum sagte er nichts? Schließlich hatte er doch über alle Dienstboten zu bestimmen.

»Der Gast hätte gemeldet werden sollen.« Roses Schultern sanken in sich zusammen.

»Keine Frechheiten, Rose.« Mrs. Bloom schlug so heftig auf den Tisch, dass die Vase mit den roten Rosen klapperte. »Der Gast ist ein sehr alter Freund der Familie. Ja, und dir ist ja wohl klar, dass du nach diesem Vorfall nicht mehr hier bleiben kannst?«

»Nein.« Rose weinte und schüttelte den Kopf. »Aber wo soll ich denn jetzt hin?«

Thea ließ ihren Blick zwischen Mrs. Blooms verbissenem und dem geschwollenen Gesicht von Rose hin und her wandern. Die Wirtschafterin konnte doch kein Stubenmädchen entlassen, weil sie in ein Bett gezerrt worden war; Rose war für diesen Gast offenbar nicht unsichtbar gewesen. Sie musste etwas sagen, musste Rose verteidigen. Sie sah die kampfbereiten Gesichter der jungen Frauen vor sich, die bei der Versammlung gewesen waren, und sie spürte, wie ihr das Blut ins Gesicht stieg. Sie trat einen Schritt vor, wollte sagen, dass Rose hier Unrecht geschah, riss sich dann aber zusammen. Was würde passieren, wenn sie sich mit Mrs. Bloom anlegte? Vielleicht würde sie dann am letzten Tag im Oktober ihren Lohn nicht erhalten.

»Sie haben mich herbestellt.« Thea schlug die Augen nieder und errötete, weil sie so zaghaft war.

»Ich habe von deinem Benehmen auf dem Spaziergang heute gehört, Marie.« Mrs. Bloom starrte sie durchbohrend an.

Thea wusste nicht, was Mrs. Bloom meinte. Vielleicht waren sie ja doch beim Teehaus gesehen worden. Sie hielt den Atem an, solange sie konnte. Es gab so viele Augen in Idle Hour, es könnten alle gewesen sein.

»Ja, wenn du Mrs. Goldberg noch einmal nicht gehorchst«, plötzlich nahm die Narbe eine tiefere Farbe an, »bist auch du fristlos entlassen, ohne Lohn.«

Hatte Mrs. Goldberg sich über sie beschwert, weil sie Mr. Philippe auf den Arm genommen und ihm Stall und Scheune, Pferde und Kühe gezeigt hatte? Es war doch nicht gefährlich, ein Kind aus dem Wagen zu heben; Kinder wurden davon nur stark und gesund. Sie schaute zu Mr. Lovegrove hoch. Sie wusste, dass Widerspruch zwecklos war. Das Beste war es, zu schweigen und brav zu nicken.

Thea lief die Treppe zur Mansarde hinauf, ihr Herz hämmerte wie besessen. Sie konnte nicht fassen, dass es so große Konsequenzen haben sollte, ein Kind auf den Arm zu nehmen. Sie rannte durch den Gang. Sie musste Tante Augusta fragen, ob es wirklich stimmte, dass Dienstmädchen ganz ohne Schuld entlassen werden konnten, und obendrein ohne Lohn. Vielleicht könnte Tante Augusta etwas tun, um Rose zu helfen.

Sie klopfte an und trat vor der Tür von einem Fuß auf den anderen. Von drinnen war kein Ton zu hören. Tante Augusta schlief immer so tief. Sie schlich sich hinein und zog leise die Tür hinter sich zu.

Das Zimmer war leer, die Bettdecke glattgezogen. Arbeitete Tante Augusta neuerdings in der Pause? Dann war in der Küche ja offenbar viel zu tun.

Sie setzte sich auf den Stuhl in der Ecke, auf den Tante Augusta nachts ihre zusammengefalteten Strümpfe legte. Tante Augusta musste ja früher oder später heraufkommen, um sich zu waschen, die Strümpfe zu wechseln oder vor der Abendschicht ihre Beine auszuruhen.

Sie richtete den Blick auf die Bibel. Die Postkarte steckte noch immer darin. Thea stand auf und ging zum Nachttisch. Ihr Puls schlug ihr in den Schläfen, als sie die Karte vorsichtig aus der Bibel zog. Es war unverkennbar die Schrift der Mutter, sie war von der alten Sorte, verschlungen und voller Schnörkel und schwer zu lesen, wenn man sie nicht kannte.

Liebe Augusta

Schicke Dir einige Worte, um zu sagen, dass ich Dir ewig dankbar dafür bin, dass Du Thea Arbeit in Amerika besorgt hast. Hier zu Hause erleben wir jetzt keine guten Zeiten. Seit ich zuletzt geschrieben habe, haben wir kein neues Mehl mehr bekommen, und wir leben jetzt von meinen Ersparnissen, die bald aufgebraucht sein werden. Aber das Schlimmste ist, dass ich Angst um Astrid habe. Sie ist blass und schwach und hat angefangen zu husten.

Du musst für uns beten, Augusta. Mit Gottes Hilfe werden wir vielleicht durchhalten, denn andere Hilfe ist nicht in Sicht.

Deine Schwester,
Anna

War Astrid krank geworden? Hörte sie deshalb nichts von der Mutter? Thea schluchzte auf und presste sich die Hand auf den Mund. Wo war Tante Augusta? Sie hätte gern gerufen, dass Mrs. Bloom warten könnte, ihre Eltern aber nicht. Sie hatten zu Hause fünf hungrige Kinder, und bald würden sie alle auf der Straße landen, wenn nicht sie, Thea, ihnen das Geld schicken könnte, das sie hier in diesem Land verdienen wollte.

Sie steckte die Postkarte zurück in die Bibel. Plötzlich kam ihr ein Gedanke, und sie drehte sich zur Kommode um, in der ja Tante Augustas erspartes Geld lag. Sie ging näher. Ihr Herz hämmerte. Tante Augusta würde nicht merken, dass das Geld verschwunden war, oder doch? War das Geld nicht für die Kirche bestimmt, ein Geschenk irgendwann in der Zukunft? Sie zog die Schublade heraus. Der Schweiß brach ihr unter der weißen Uniform aus. Würde sie es wirklich über sich bringen, Tante Augusta zu *bestehlen?*

Sie ließ sich wieder auf den Stuhl sinken und schlug die Hände vors Gesicht. Ein Fehltritt, und sie wäre arbeitslos, genau wie Rose. Und dann hätte sie nichts. Sie musste jedenfalls dafür sorgen, dass Astrid Medizin bekam. Das wäre ja eigentlich nicht gestohlen, es wäre ein Darlehen, bis sie Lohn erhielt, ganz einfach. Tante Augusta würde es vermutlich nicht einmal merken. Sie stand auf. Zitternd zog sie den Schlüssel unter der Tischdecke hervor und hielt ihn unschlüssig in der Hand. Dann holte sie tief Luft und schloss die Schublade auf.

Das Bündel aus Geldscheinen war viel dicker als beim letzten Mal. Tante Augusta hatte offenbar schon lange gespart. Theas Hand zitterte, als sie hineingriff und die Scheine packte. Sie legte einen Dollar zurück und stopfte den Rest in ihre Schürzentasche. Aber unten in der Schublade lag noch etwas. Eine Fotografie. Sie hob das Bild auf und sah es sich an. Auf dem Bild stand ein barfüßiger blonder Junge auf einer Wiese und sah sie fragend an. Seine Hose war an den Knien ausgebeult, sie war ein bisschen zu kurz, und das Hemd unter den Hosenträgern war etwas zu groß. Er wirkte verloren und allein auf der großen Wiese.

Thea drehte das Bild um, und als sie die Rückseite las, lief es ihr eiskalt den Rücken hinunter: *Gunnars 5. Geburtstag, 6. März 1916.*

Sparte Tante Augusta denn für diesen Jungen? Auch wenn der Lohn auf Idle Hour höher war als an den meisten anderen Orten, war die Reise über den Ozean schon einmal sehr teuer, und Tante Augusta war nicht weniger als dreimal zu Hause in Eda gewesen. Jetzt ergab das alles plötzlich einen Sinn. War das ganze Gerede über Gott nur eine Entschuldigung für das schlechte Gewissen? War das hier Tante Huldas Geheimnis? Verbarg sie Tante Augustas Schande?

Thea hatte den Brief an ihre Mutter gerade beendet, als Aislynn nach der Arbeit nach oben kam, das Geld hatte Thea unter der Matratze versteckt.

»Was machst du?« Aislynn ließ sich auf ihr Bett fallen und streifte die Schuhe ab.

»Ich schreibe nach Hause. Meine Schwester ist nicht gesund.«

Aislynn sagte nichts dazu. Sie zog ein Buch unter ihrem Kissen hervor und strich mit dem Finger über die Glockenblumen auf dem Einband. Damit hatte Aislynn neuerdings angefangen, sie holte sich heimlich Bücher aus der Bibliothek, verschlang sie und schmuggelte sie unter ihrem Kleid zurück.

Thea beugte sich vorsichtig vor und las: *Poems*, von Emily Dickinson.

»Hope is a thing with feathers …«, las Aislynn vor, dann las sie schweigend weiter.

Thea kroch unter ihre Decke. »Hast du das mit Rose gehört?«, fragte sie und schaute nach oben.

»Ja«, sagte Aislynn kurz. Es war deutlich, dass sie mehr wusste, als sie zugeben wollte.

»Was sagen sie unten in der Küche?«

»Nicht viel.« Aislynn ließ das Buch auf ihr Bett fallen.

»Redet da irgendwer über Emma?«

»Nein«, sagte Aislynn. »Und solange wir Emma nicht verraten, kann sie weiterarbeiten, bis es so weit ist.«

»Wir müssen doch etwas tun können, um ihnen zu helfen, Emma und Rose und den anderen, die auch in so eine Notlage geraten.«

Thea setzte sich auf und schwenkte die Beine über die Bettkante. »Es ist nicht gerecht, dass die Dienstmädchen gehen müssen, obwohl sie gar nicht schuld sind.«

»Daran lässt sich nichts ändern.« Aislynn schaute wieder in ihr Buch. »Nicht, wenn wir unsere eigenen Stellen nicht gefährden wollen.«

»Nichts zu machen«, sagte Thea und merkte, wie die Wut in ihr kochte. Sie hatte es satt, sich mit allem abzufinden und das Beste daraus zu machen. Das war einfach nicht genug. »Wir können etwas machen«, sagte sie laut, öffnete ihre Tasche und zog das Flugblatt heraus. »Schau mal.«

Aislynn kam zu ihr und riss das Flugblatt an sich. »Bist du neuerdings eine Suffragette?«

»Was ist eine Suffragette?« Dieses Wort hatte Thea noch nie gehört.

»Das sind die, die für das Frauenstimmrecht kämpfen.« Aislynn sah sie resigniert an. »Die schlagen Fenster ein und brennen Häuser ab.«

»Nein, Aislynn, die sind friedlich. Das hat Alma gesagt. Bei der Versammlung, meine ich.«

»Alma? Versammlung? Ich dachte, du warst bei deiner Tante in Glen Cove.«

»Da war ich auch«, stammelte Thea. »Aber dann bin ich zu einer Versammlung eingeladen worden. Da waren so viele Frauen, Aislynn. Ich weiß, dir hätte das auch gefallen.« Sie unterbrach sich, um nach den richtigen Worten zu suchen. »Da war eine Frau, die sie General genannt haben, und die hat über die Ungerechtigkeit an den Arbeitsplätzen geredet, und alle Frauen sollten unterschreiben …«

»In England sind die Suffragetten jedenfalls schrecklich wütend«, fiel Aislynn ihr ins Wort. »Hast du nicht von Emmeline Pankhurst und ihren Töchtern gehört? Das sind echte Suffragetten, die scheuen keine Mittel.«

Thea schüttelte den Kopf.

»Sie waren schon oft im Gefängnis, sie und viele andere Frauen.« Aislynn kratzte sich an den nackten Armen. »Aber dann treten sie in Hungerstreik und werden wieder entlassen. Und dann machen sie weiter und kommen wieder ins Gefängnis. In Irland ist das auch so. Sie werden ins Gefängnis gesteckt, treten in Hungerstreik, werden mit Sonden und Schläuchen zwangsernährt, werden freigelassen, zerschlagen und verbrennen und demonstrieren und landen wieder im Gefängnis. *Deeds, not words.«* Sie hob die Faust. »Ich bewundere sie.«

Thea stand auf und nahm das Flugblatt wieder an sich. Sie hatte noch nie von Frauen gehört, die auf diese Weise kämpften, fast wie Krieger. In Norwegen hatte niemand Häuser anstecken oder Fenster einschlagen müssen, um das Stimmrecht zu erhalten.

»Sie haben jetzt aufgehört, weißt du.« Aislynn nahm das Kreuz von der Kommode und küsste es. Das war immer das Letzte, was sie vor dem Schlafengehen tat. Aber Thea wollte von Aislynn noch mehr über diese Frauen hören.

»Womit denn aufgehört?«

»Durch die Straßen zu marschieren und zu kämpfen, natürlich. Jetzt helfen sie. Das müssen sie.« Aislynn legte das Buch wieder unter das Kissen und wickelte sich in ihre Decke. »Die Männer zu Hause sind ja im Krieg, also übernehmen die Frauen die Männerarbeit. Sie arbeiten in den Fabriken, fahren Straßenbahn, leeren Mülltonnen, tragen Post aus, sind Zimmerleute.«

»Genau wie die Frauen in Roses Familie«, flüsterte Thea.

Aislynn nickte.

»Aber hier haben sie nicht aufgehört zu kämpfen.«

»Nein«, sagte Aislynn. »Und das ist gut.«

Thea überlegte. »Aber es ist doch sicher nicht gut, Fenster einzuschlagen und Häuser abzubrennen?«

Aislynn schwieg. Sie schien in sich hineinzublicken, und egal, was Thea vor sie hingehalten hätte, sie hätte es nicht gesehen. Dann jedoch schaute sie wieder Thea an. Es war, als wäre in den grünen Augen ein Licht angezündet worden. »Die Dienstmädchen hier würden niemals gefeuert werden, wenn sie Stimmrecht hätten, weißt du«, sagte sie mit lauter, klarer Stimme. »Aber Frauen müssen sich immer alles gefallen lassen, so wie Rose. Sie gelten als weniger wert als die Männer, daher kümmert sich niemand, niemand setzt sich für sie ein, nicht einmal die anderen Dienstmädchen. Die machen nur eine Faust in der Tasche und sehen zu, wie ihre Freundinnen wie Dreck behandelt werden. Willst du, dass deine Töchter in so einer Welt heranwachsen, Marie?«

»Nein«, flüsterte Thea. Sie hatte ja auch nicht gewagt, sich für Rose einzusetzen, sie hatte nur die Faust in der Tasche gemacht, genau wie Aislynn gesagt hatte. Aber wenn die Dienstmädchen hier auf Idle Hour zusammenhielten, würden sie stärker werden. Diese Vorstellung gefiel ihr.

»Mein Rücken tut weh«, sagte Aislynn gähnend und rollte sich zusammen. »Die großen Teppiche sind so schwer zu tragen und auszuklopfen, wenn man allein ist.«

Thea legte sich ins Bett. Nun hatte sie Aislynn zum ersten Mal über etwas klagen gehört. Warum halfen die kackvornehmen Lakaien ihr nicht bei den schweren Lasten? Charles zum Beispiel, der Rose angeschwärzt hatte, warum zog er die weißen Handschuhe nicht aus und packte mit an? Plötzlich hob sie sich auf die Ellbogen. »Sollen wir nächstes Mal zusammen gehen?«, fragte sie eifrig.

Von Aislynn war aber nur ein leises Schnarchen zu hören.

28

Am nächsten Tag ging Thea in der Pause hinunter ans Wasser. Es war Mittwoch, der Wochentag, an dem der Postbote aus Islip kam. Heute musste der Brief von Hans ganz einfach eintreffen. Jetzt konnte sie das Warten nicht mehr ertragen. Sie lehnte sich an eine alte Buche und lauschte auf Wagenräder im Kies. Die Sonne schien durch die Baumkronen und spielte mit Licht und Schatten. Das erinnerte Thea an die Nachmittagssonne, die zu Hause auf dem Hinterhof durch den großen Ahornbaum schien.

Etwas kitzelte in ihren Haaren. Ein Zweig schob sich unter ihre weiße Haube und hob sie hoch. Sie schob den Zweig zurück, zog die Haube zurecht und trat einige Schritte zurück. Paul McLaughlin lachte sie an, er hatte einen Grashalm im Mund, hielt die Jacke mit der einen und den Zweig mit der anderen Hand. Er war ihr offenbar vom Haus hierher gefolgt.

»Was machst du hier?«, fragte er.

Sie merkte, dass er versuchte, ihren Blick einzufangen. »Ich habe Pause«, antwortete sie und richtete die Augen auf einen großen Apparat, der ihm an einer Schnur um den Hals hing, damit er nicht sah, dass sie rot wurde.

Er stieß einen Pfiff aus, er hatte eine Menge Sommersprossen um den Mund.

Sie lachte, hielt sich die Hand vor den Mund, um ihr Lachen zu verbergen.

»Warum lachst du?« Er pfiff die Melodie zu Ende, ohne auf Antwort zu warten. Die braunen Augen strahlten, und sie dachte, dass genau das die Menschen anzog, das starke Licht, das aus ihnen leuchtete. Aber es waren nicht nur die

Augen, das ganze Gesicht bewegte sich und ließ sie innerlich zittern.

»Ich lache nicht«, sagte sie, und ohne dass sie es wollte, schlug ihr Lachen in Weinen um. »Ich habe Heimweh.« Sie drehte sich zu ihm um und schaute hinunter auf den Fluss. »Hast du kein Heimweh nach deinem Land?«

»Ich kann mich kaum daran erinnern.« Seine Stimme war ruhig, als ob er sich in einen anderen Paul verwandelt hätte. »Meine Familie ist vor zwanzig Jahren ausgewandert, da war ich sechs«, fügte er hinzu. »Ein Onkel ist dort geblieben. Er war der Einzige. Ich habe nie begriffen, warum er das wollte.« Er zuckte mit den Schultern. »Aber er hat sich geweigert, wegzugehen, sagte, Irland sei sein Herzblut. Meine Familie wohnt in Brooklyn.«

»Da hast du Glück.« Sie drehte sich wieder zu ihm um und merkte plötzlich, dass seine Anwesenheit ihr gefiel.

»Ich weiß nicht«, sagte er und trat dichter an sie heran. »Die verstehen mich nicht richtig, mein Vater jedenfalls nicht. Er ist auf meine drei Brüder stolzer als auf mich. Sie sind bodenständig. Echte Iren. Einer ist Schuster wie Vater, einer ist Straßenbahnschaffner, und der dritte leert anderer Leute Müll aus. Sie haben nicht begriffen, dass das hier zwar das Land der unbegrenzten Möglichkeiten ist«, er rieb sich mit einer Hand über die Wange, »aber dass das keine Rolle spielt, wenn du nicht die Möglichkeiten nutzt, die sich bieten. Sie wohnen mit anderen Iren zusammen. Sie essen das Gleiche wie früher, nur mehr davon. Sie gehen auf die gleichen irischen Feste. Rein gar nichts haben sie sich hier in Amerika neu zugelegt, bis auf die Trauer um alles, was sie zurückgelassen haben.«

»Willst du zurück?« Thea blickte ihn fragend an, als ob er auch für sie die Antwort wüsste. »Willst du wieder nach Hause?«

Er machte zuerst ein ernstes Gesicht, dann lachte er und breitete die Arme aus. »Das hier ist doch mein Zuhause.«

»Aber …«

»Nur hier kann ich meine Träume erfüllen.«

Sie wusste, dass er sie nicht verstehen würde. Er war ein Träumer, einer, der an unmögliche Dinge glaubte. Er und Amanda hätten sich sicher gut verstanden, dachte sie und seufzte leise.

»Komm!«, sagte er und griff nach ihrer Hand. »Wir machen etwas, damit deine Familie zu Hause sieht, dass es dir gut geht.«

»Was denn?«

Sie musste sich Mühe geben, um mit ihm Schritt zu halten. Aber er sagte kein Wort und ließ ihre Hand nicht los, er blieb erst unten beim Anleger stehen.

»Hier dürfen wir nicht sein«, flüsterte sie und schaute sich um.

»Hier ist niemand.« Paul lächelte. »Jedenfalls nicht die, die zählen. Mr. und Mrs. Vanderbilt verbringen den Tag in der Stadt.«

Sie hielt sich die Hand an die Stirn, schaute hinaus auf das braune Schilfrohr und die grünen Pappeln. Ab und zu sah sie lange Schatten, die sich bewegten. Plötzlich fiel ihr ein, dass Tante Augusta aus ihrem Zimmer ebenfalls Ausblick auf den Anleger hatte. Rasch ging sie in die Hocke. Diesem Lächeln, in dessen Nähe sie sich so wohl fühlte, konnte sie vielleicht doch nicht so ganz vertrauen.

»Was machst du?« Er lachte so laut, dass er Lachfältchen um die Augen bekam.

Sie errötete beschämt und richtete sich wieder auf. Wie konnte jemand so frei sein, so ganz ohne Ängste? Ihr war noch nie jemand wie er begegnet.

»Komm!«, sagte er noch einmal und lief zu den vertäuten Booten nach unten. »Da sollst du rein.«

Das konnte nicht sein Ernst sein. Sie schaute wieder zum Haus hoch, aber er lachte einfach weiter und zog ein Boot zu ihnen heran.

Das Boot schaukelte unter ihren Füßen. Es war lang und schmal und hatte zwei Bänke, eine vorn und eine hinten, und in der Mitte war ein Korbsessel angebracht. Unsicher trat sie einen Schritt vor.

»Ich hatte dich für seefest gehalten, Miss Marie. Du musst dich entweder setzen oder dich breitbeinig hinstellen.«

Paul zog sie auf, das war deutlich. Sie richtete sich auf und blieb mit dem Rücken zu ihm stehen.

»Dann setz dich in den Sessel!« Seine Stimme klang eifrig. »Ich mach nur schnell den Apparat fertig.«

Sie schüttelte den Kopf. Bestimmt wurde der Sessel von Mrs. Vanderbilt benutzt oder von einem der anderen berühmten Gäste, die Aislynn erwähnt hatte. Sie setzte sich auf die vordere Bank, die vom Anleger weiter entfernt war. Wie hatte er sie nur dazu bringen können?

Die Sonnenstrahlen ließen das Wasser glitzern und blendeten sie. Sie schloss die Augen und genoss die Wärme, während Paul sich am Apparat zu schaffen machte.

»Dreh dich um.«

Langsam drehte sie sich zu ihm um.

»Weinst du?«

»Nein, überhaupt nicht.«

»Was ist denn dann los?«

»Ich habe nur Angst, dass jemand kommen könnte.«

»Die kommen erst in drei Stunden zurück, Miss Marie. Du brauchst dir also nicht die geringsten Sorgen zu machen. Außerdem trägst du eine weiße Uniform, da kannst du hingehen, wohin du willst, genau wie ich.« Wieder fing er an zu pfeifen. »Sieh mich an.«

Und sie sah ihn an, nicht, weil sie das musste, sondern weil sie es nicht lassen konnte, er war wie ein Licht, auf das sie zusteuern konnte. In diesem Augenblick drehte er an dem Apparat, ein lautes Klicken ertönte, und das Geräusch weckte sie, wie aus einem langen Schlaf. Die Fotografie würde sie verraten, nicht nur, wo sie war oder was sie tat, sondern auch das, was in ihr steckte, was aus ihren Augen leuchtete. Und er hatte es gesehen.

29

Das Umsteigen in Jamaica verlief ohne Probleme. Thea fuhr vorbei am Wasser, hoch über Feldern und Wiesen, sie hielten an kleinen Bahnhöfen, wo Leute aus- und einstiegen. Sie fühlte sich stark, wenn sie allein unterwegs war. Sie blickte gern hinaus auf die Landschaft, die grün und üppig war, und einige Male fragte sie sich, ob es wohl bei Amanda in Nord-Dakota ebenso schön war. Sie legte die Hand an das Fenster und lauschte dem beruhigenden Summen der Schienen.

Der vorige Sonntagsbesuch war überhaupt nicht angenehm gewesen. Thea begriff das nicht. Tante Augusta war bei ihrer Schwester ganz anders als auf Idle Hour. Sie schien unterwegs ihre gute Laune zu verlieren. All ihre Fröhlichkeit zerfiel zu Staub, und wenn sie bei ihrer Schwester ankam, war sie sauer wie Essig. Auf dem Weg zum Bahnhof hatten sie gesehen, wie der dunkelrote Cadillac durch die Allee fuhr, er folgte dem Läuten der Kirchturmglocken. Mr. und Mrs. Vanderbilt waren unterwegs zum Gottesdienst in St. Mark's in Islip. Näher war Thea den beiden bisher nicht gekommen, und sie würde ihnen zweifellos auch niemals näher kommen. Konnte Tante Augusta nicht auch in die Kirche gehen, statt ihre schlechte Laune an ihrer Schwester auszulassen? Die liebe Tante Hulda, die so niedergeschlagen wirkte, als ob etwas sie zutiefst erschüttert hätte, und die Sache wurde auch nicht besser, als Tante Augusta anfing, mit John über Irland zu sprechen. Thea konnte nicht behaupten, verstanden zu haben, was da gesagt worden war, aber sie hatte immerhin begriffen, dass von einem Aufstand die Rede war, einem Osteraufstand, von Iren, die für ihr Land kämpften, von

Iren, die erschossen und getötet worden waren. Mitten beim Essen sprang John auf, hochrot im Gesicht, schlug sich die Hand auf die Brust und sagte, der Aufstand sei zwar niedergeschlagen worden, sei aber dennoch wichtig. Tante Augusta erhob sich ebenfalls, hob den Zeigefinger und sagte mit ihrer gebieterischsten Stimme, Mord sei in jedem Fall Teufelswerk. So machten sie weiter, bis plötzlich Tante Hulda zwischen sie trat, die Hände auf ihren umfangreichen Bauch legte und sagte, sie wolle jetzt nichts mehr über Hinrichtungen und Morde in Irland hören. Sie wiederholte das noch zweimal, so laut, dass ihre Stimme umschlug. Thea war ganz ihrer Meinung. Was in Irland passierte, war ja wohl nicht Johns Schuld. Er war dort nicht einmal geboren. Seine Familie hatte das O in O'Dowd gestrichen, um sich dem neuen Land anzupassen. John war ein echter Amerikaner, viel echter, als Tante Hulda und Tante Augusta das jemals werden könnten. Obwohl er so stolz auf den alten irischen Hängeschrank war, hatte er niemals den Boden betreten, auf dem der hergestellt worden war. Außerdem konnte niemand hören, wo er seine Wurzeln hatte, aber alle konnten in den englischen Wörtern den schwedischen Tonfall von Tante Augusta und Tante Hulda erkennen.

Thea sah Mrs. Potemkins Gestalt schon aus der Ferne, sie war ihr auf dem Weg zum oder aus dem Hinterhof begegnet, mit dem Wäschekorb in den Händen, dicht gefolgt von ihren Kindern. Diesmal saß sie auf der Treppe zum ersten Stock. Mrs. Potemkin war eine korpulente Frau, ihr Gesicht war rund, ihre Haut grob und unrein. Ihr weites Wollkleid füllte die ganze Treppenstufe und sah schwer und verstaubt aus.

Thea blieb stehen und machte einen Knicks.

»Mrs. Dowd nicht gut.« Mrs. Potemkin stellte sich vor sie. »Nicht besuchen.« Die englischen Wörter schienen ihr noch mehr Mühe zu machen als sonst.

»Will sie keinen Besuch?«

Mrs. Potemkin zeigte auf das Erdgeschoss und schüttelte den Kopf.

Thea reckte den Hals. Es war unverkennbar. Leise, dünne Schreie, die sie schon so oft gehört hatte. »Hat sie ihr Kind bekommen?« Sie versuchte, sich an Mrs. Potemkin vorbeizudrücken, aber das war unmöglich. Sie lief hinaus auf die Straße.

»Tante Hulda!«

Der Vorhang wurde einen Spaltbreit beiseitegeschoben, und bald darauf wurde auch die Tür geöffnet. »Ist gut so. Das ist meine Nichte.«

In der Stube war es Übelkeit erregend heiß, dort war offenbar seit Tagen nicht mehr gelüftet worden. Thea ging vor dem kleinen Bündel auf dem Sofa in die Hocke.

»Es ist ein Junge.« Tante Huldas Stimme klang gepresst. »Eine Woche.«

»So ein feiner Kerl.«

Tante Hulda schluchzte als Antwort. Ihr Gesicht war aufgedunsen, und ihre Haare klebten ihr ungepflegt am Kopf.

»Was ist los, Tante Hulda?« Thea sah sie unsicher an. »Bist du noch krank von der Geburt her?«

»Ich weiß nicht.« Tante Hulda setzte sich in Johns Sessel. »Ich kann irgendwie gar nichts ertragen.«

»Weiß Tante Augusta, wie es dir geht?«

»Du darfst ihr das nicht erzählen.«

»Aber sie ist deine Schwester. Du bist ihr wichtig.«

Tante Hulda durchbohrte sie mit ihrem Blick. »Versprichst du es mir?«

»Ich sage nichts.« Thea legte die Wange an den weichen Flaum auf dem Kopf des Kleinen. »Wie soll er heißen?«

»John«, sagte Tante Hulda leise. »John Patrick, aber ich nenne ihn nur Johnny.« Sie sprach diesen Namen schwedisch aus. Jonny.

Thea hielt ihn hoch und schnupperte an dem kleinen Gesicht. Er hatte braune Augen und winzige Sommersprossen an der Nasenwurzel. »Er hat so feine runde Wangen«, flüsterte sie.

Tante Hulda fing an zu weinen.

»Jemand müsste bei dir sein.«

»Mrs. Potemkin kommt zweimal am Tag herunter.« Tante Hulda wiegte sich im Sessel hin und her. »Sie putzt und macht Essen, ehe John nach Hause kommt.«

»Weiß John, wie es dir geht?«

Tante Hulda schüttelte den Kopf. »Nein, ich schäme mich so.«

»Du musst etwas essen.« Thea lächelte sie an. »Du musst wieder zu Kräften kommen.«

»Aber ich bringe nichts hinunter.«

Neben dem Herd stand ein Korb. Thea legte den Kleinen hinein und deckte ihn zu. Er stieß ein leises, zufriedenes Grunzen aus, dann schloss er die Augen und schlief ein. Sie blieb eine Weile stehen und sah den kleinen Jungen an, und wieder stiegen warme Erinnerungen in ihr auf. »Trygve hat vom Tag seiner Geburt an geschrien. Dieser Bursche hier hat eher Ähnlichkeit mit Sverre.«

»Ich kenne die doch beide nicht.« Tante Hulda stand hinter ihr und wischte sich die Augen mit dem Ärmel.

»Doch, Trygve kennst du.« Thea zog ihr einen Stuhl hin.

»Er war zwei Jahre alt, als du uns besucht hast, ehe du hergekommen bist. Weißt du das nicht mehr?«

»Ich weiß noch, dass Anna gerade einen kleinen Jungen bekommen hatte.« Tante Hulda setzte sich.

»Das war Harald. Er war drei Wochen alt, als wir dich zum Schiff gebracht haben, zur Montebello.« Thea lächelte sie an. »Du kamst mir so gespannt vor, schienst dich so auf die Reise zu freuen.«

»Ich war gespannt.« Tante Hulda machte sich an ihrem Kleid zu schaffen. »Augusta hatte mir die Fahrkarte geschickt. Ich konnte gar nicht schnell genug wegkommen, in Eda würde ich doch niemals etwas Spannendes erleben.«

Tante Hulda ließ sie nicht aus den Augen. Thea musste daran denken, wie ihre Geschwister zu Hause gesessen hatten, voller Hunger, auf Essen und Gesellschaft. Sie suchte sich in der Speisekammer, was sie brauchte, und rührte einen Pfannkuchenteig an, wie ihre Geschwister ihn so liebten. Aber es war ein seltenes Vergnügen. Die Eier, die ins Haus kamen, wurden in den Keller gebracht, ehe irgendwer sie ansehen konnte, und in der Bäckerei verwendet.

Die Pfannkuchen wurden dünn und knusprig. Thea schlug einen zusammen und legte ihn auf einen Teller.

»Die amerikanischen Pfannkuchen sind so dick«, klagte Tante Hulda und nahm einen Bissen.

»Die nehmen hier zuviel Backpulver«, sagte Thea. »Tante Augusta hat welche für uns gemacht. Dazu hat es Ahornsirup gegeben. Das hat himmlisch geschmeckt.«

»Mrs. Potemkin nimmt Hefe. Sie sagt, das sei üblich in Russland. Ich hoffe, sie hat dir keine Angst eingejagt. Sie ist eine gute Nachbarin.« Tante Hulda hatte rote Flecken auf den Wangen, sie aß und redete dabei. »Ihr Mann ist an der Front gefallen. Sie waren Bauern, arbeiteten für einen zarenfreundlichen Gutsbesitzer, aber als die Nachricht kam, dass der Mann tot war, wurden sie weggejagt. Sie haben gefroren und gehungert, hatten nicht einmal Geld für Brot. Aber sie hatten Verwandte in Amerika, russische Einwanderer; ohne deren Hilfe hätten sie niemals fliehen können.«

»Aber warum willst du niemanden ins Haus lassen, Tante Hulda?« Thea legte ihr einen neuen Pfannkuchen auf den Teller.

»Ich will erst wieder gesund sein.«

»Aber Tante Augusta muss doch wissen, dass der Junge da ist.«

»Augusta wird es richtig finden.«

»Was denn?«

»Dass ich traurig bin.«

Thea ging zur Hintertür und schaute hinaus. Dunkle Wolken jagten über den Himmel. Ihre Mutter sagte immer, dass viele bei solchem Wetter den Mut verlören. Sie steckte den Kopf weiter hinaus. Die Wäsche war bereits ins Haus geholt worden, aber hinten beim Schuppen entdeckte sie plötzlich einen Kinderwagen.

»So einen hatten wir zu Hause nie«, sagt sie und schaute weiter hinüber.

»Einen Kinderwagen, meinst du? John hat ihn geliehen. Bisher haben sieben Kinder darin gelegen, und die Räder quietschen ganz schrecklich.« Tante Hulda stand auf und holte den Kaffeekessel. »Später kaufen wir uns einen.«

Ein Mensch, der sich noch schönere Dinge kaufen wollte, als er bereits hatte, war ein Mensch mit Träumen, und solange Tante Hulda Träume hatte, hatte sie nicht aufgegeben. Thea merkte plötzlich, dass sie leichter atmen konnte, und zugleich kam ihr ein Gedanke: Wenn sie von

Tante Hulda Geld leihen könnte, könnte sie Tante Augustas Geld zurücklegen.

»Tante Hulda.« Sie drehte sich zu ihrer Tante um und hörte, wie unsicher ihre Stimme klang. »Hast du eigene Ersparnisse? Ich meine, Geld, das du auf die Seite gelegt hast, bis du es irgendwann in Zukunft brauchst?«

Tante Hulda lächelte müde. »Nein, seit der Kleine da ist, leben wir nur von der Hand in den Mund.« Sie goss Kaffee in die Tassen und stellte den Kessel wieder auf den Herd. Dann richtete sie sich plötzlich auf und starrte Thea an. »Warum willst du das wissen, Thea, bist du in Schwierigkeiten geraten?«

Thea schlug die Augen nieder.

»Du weißt, du kannst mit mir über alles sprechen, worüber du mit Augusta nicht reden kannst.«

»Ja«, sagte Thea leise und merkte, dass ihr heiß wurde und dass sie rot anlief. »Es ist nicht so, wie du glaubst, aber ich weiß trotzdem nicht, was ich tun soll.«

»Du kannst nur das tun, wovon dein Herz dir sagt, dass es richtig ist«, sagte Tante Hulda.

Thea zog die Tür wieder zu. Draußen war es noch dunkler geworden. Sie spürte, dass es bald regnen würde. Was Tante Hulda nicht wusste, war, dass ihr Herz in Aufruhr geraten war. Thea wusste nicht einmal selbst, was ihr am meisten zu schaffen machte, das Geld, das sie Tante Augusta gestohlen hatte, oder dass sie den Brief, den sie von Hans erwartete, vergessen hatte, als Paul plötzlich unten am Fluss aufgetaucht war. Sie hatte das Gefühl, zu einer anderen zu werden, zu einer, die sie nicht mehr kannte. Nein, ihr Herz konnte ihr nicht helfen. Egal, was sie tat, immer würde sie jemanden im Stich lassen.

30

»Votes for Women.«

Vier Frauen standen vor dem Postamt und hoben ihre Plakate, wenn jemand die drei Stufen hoch- oder herunterging. Thea erkannte Alma sofort. Aber jetzt war Alma sommerlich angezogen, in einer weiße Bluse mit hohem Spitzenkragen und einem schwarzen weiten Rock. Sie war eine der Suffragetten, von denen Aislynn gesprochen hatte, den mutigen und starken Frauen, die für Freiheit und Gleichheit kämpften. Thea blieb stehen und betrachtete die Frauen aus der Ferne, sie verspürte ein Gefühl der Bewunderung für sie. Wenn sie in Amerika bliebe, würde sie an ihrer Seite kämpfen. Sie würde kämpfen für Mädchen wie Rose und Emma, für Frau Linnerud und Elise.

»Marie.« Alma lief auf Thea zu und umarmte sie. »Du musst zu unserem nächsten Treffen kommen.« Sie stieg hinter Thea her die Treppe hinauf. »Am ersten Sonntag im Monat, immer um zwei Uhr.«

Im Postamt war es wirklich nicht leer, genau wie Tante Hulda gesagt hatte, und Thea hatte sich nicht geirrt. Das Postamt war tatsächlich der Treffpunkt der Stadt. Sie stellte sich hinten an und wartete. Es war so stickig im Raum, dass sie fast nicht atmen konnte. Tante Hulda hatte ihr ein Päckchen mitgegeben, und Thea hatte versprochen, John nichts davon zu sagen, wenn sie ihm unterwegs begegnete. Und Tante Augusta auch nicht. Sie konnte sich nicht vorstellen, warum Tante Hulda alles so geheim halten musste.

Die Frau hinter dem Schalter hatte sie offenbar erkannt,

denn plötzlich sagte sie etwas über die Familie Vanderbilt und winkte Thea nach vorn.

Rasch legte Thea ihr Päckchen auf den Tresen.

»*Maria Olsdotter, Eda Glasbruk, Sweden.*« Die Postbeamtin schaute zu ihr auf, wie um ihre Bestätigung einzuholen.

Thea kannte diesen Namen nicht, aber es konnte ja trotzdem eine Verwandte sein. Sie nickte und bezahlte das Porto mit dem Geld, das Tante Hulda ihr mitgegeben hatte. Die Postbeamtin stellte sich auf Zehenspitzen, um das Päckchen hinter sich ins Regal zu legen, und in diesem Moment entdeckte Thea einen kleinen Riss im Packpapier, durch den etwas Blaues zu sehen war; es war die kleine Jacke, die Tante Hulda gestrickt hatte, die mit den Schneekristallen.

Thea machte einen Knicks und lief zur Tür, spürte die Blicke aller Wartenden. Wenn Tante Hulda diesen Frauen aus dem Weg gehen wollte, konnte Thea das verstehen. Sie packte die Klinke, sie musste weg hier, ehe sie etwas tat, das sie bereuen würde.

»Miss!«, rief die Frau hinter dem Tresen. »Miss!«

Thea blieb stehen. Das Summen verstummte. Sie ließ die Türklinke los und drehte sich langsam um.

»Hier ist ein Brief.« Die Postbeamtin hatte die Brille abgenommen, sie stand noch immer auf Zehenspitzen und hielt den Brief in die Luft, damit alle ihn sehen könnten. »Ein Brief für Mrs. Dowd.«

Thea lief zurück, griff nach dem Brief und blieb damit in der Hand stehen. Die Rufe draußen wurden lauter und wieder leiser. Sie schienen sie anstacheln zu wollen, rhythmisch zu rufen, das hier sei ihre letzte Chance. In der Handtasche hatte sie den Umschlag mit den Dollars und dem Namen ihrer Mutter. Jetzt war der richtige Augenblick, der

Weg stand offen, und sie konnte niemanden mehr fragen. Kleine Schweißperlen traten ihr auf die Stirn. Sollte sie mit dem gestohlenen Geld die Bäckerei retten? Würde Tante Augusta denken, dass der Zweck die Mittel heiligt? Was dachte sie selbst? Sie öffnete die Tasche und tauschte langsam die Briefumschläge aus.

Zwei Stunden später lag Thea in ihrem Bett in der Mansarde und horchte auf Aislynns Stimme. Aber da waren andere, die lachten und an der Tür vorüberkamen, vielleicht Fleure oder Liz oder Emma oder Mary, die zum Schlafen ihre Kammern aufsuchten. Thea blieb liegen und schaute zur Decke hoch, bis es wieder still wurde. Wenn Paul abends dort unten war, kam Aislynn erst nach oben, wenn es sich nicht mehr vermeiden ließ; sie saugte jedes einzelne Wort, das er sagte, in sich auf. Aber Paul war nicht da. Als Thea dort vorübergelaufen war, hatte im Zimmer über der Garage Licht gebrannt. Und hatte sie nicht auch seine Silhouette im Fenster gesehen?

Sie krümmte sich im Bett zusammen. Ein Teil von ihr war stark und glaubte, dass sie richtig gehandelt hatte, während ein anderer schwach und klein war und sie an allem zweifeln ließ. Und jetzt war sie der Teil, der schwankte und zweifelte, und das war zu viel für sie. Sie durfte nicht zweifeln, sie musste stark sein wie die Frauen vor dem Postamt. Bald würde ihre Familie Hilfe bekommen.

Langsam öffnete sie die Tasche und zog den Brief an Tante Hulda heraus. Sie sah deren traurige Augen vor sich, als sie Thea das Päckchen gegeben hatte. Tante Huldas Schmerz schien sich in Thea hineinzufressen. Sie dachte an das kleine Bündel auf dem Sofa, an die Tassen mit den gelben Streifen. An Mrs. Potemkin, die vor Tante Huldas

Tür Wache hielt. Was quälte Tante Hulda so sehr? Was war so geheim, dass weder Tante Augusta noch John davon erfahren durften?

Mrs. Hulda Thonander Dowd. Auf dem Umschlag standen ihr alter und ihr neuer Nachname, als ob auch dem Absender klar war, wie wichtig der Brief war. *Drei Kronen* stand auf den Briefmarken. Einen Moment lang fragte Thea sich, welches Schiff wohl den Brief über den Atlantik gebracht hatte. Aber etwas stimmte hier nicht, etwas war ganz und gar falsch. Tante Hulda war in das Land gekommen, von dem sie geträumt hatte, sie hatte den Mann geheiratet, den sie liebte, sie wohnte in einem schönen Haus und hatte einen wunderbaren kleinen Sohn, und trotzdem war sie so unglücklich. Thea nahm sich eine Haarnadel und schob sie vorsichtig unter den Kleberand. Das hier war nicht richtig, da war sie sich jedenfalls ganz sicher, aber sie machte es nicht aus Neugier, sondern um Tante Hulda helfen zu können. Langsam öffnete sie den Umschlag.

Es war eine einfache Postkarte. Sie erkannte das Bild auf der Vorderseite sofort. Es war die Glasfabrik von Eda im Winter. Der Frost lag grau über dem Fluss, über den Fabrikgebäuden und den vielen nackten Bäumen, und ganz oben auf einem Hügelkamm über den kleinen Arbeiterhäusern lag der weiße Herrensitz, wo der Direktor wohnte. Thea drehte die Karte um. Einige Zeilen auf Schwedisch standen dort.

Liebe Hulda

Gunnar ist ein braver und fleißiger Junge. Im Herbst kommt er in die Schule, und auf dem Gut gibt es Arbeit für ihn. Er ist nicht oft krank und wächst, wie alle Jungen in seinem Alter. Denk nicht mehr an ihn, er ist in guten Händen.

Gott schütze Dich!
Maria

Im Umschlag war noch mehr, Thea schob die Hand hinein, zog eine Fotografie hervor und starrte sie an, während sich in ihrem Hals ein Kloß bildete und ihr Tränen in die Augen traten. Es war derselbe Junge wie in Tante Augustas Schatulle.

31

»Für Mrs. Thonander gibt es heute mehr als genug zu tun.« Mrs. Bloom wirkte anders, sie hatte nicht ihren sonst so scharfen Blick.

Thea sah ihr hinterher, als sie auf dem Gang verschwand. Sie wollte Tante Augusta ja nur zu gern helfen, aber was war mit Mrs. Goldberg?

Das Tablett für Mrs. Goldberg stand in der Anrichteküche schon bereit. Thea schaute in die Küche hinüber, zu dem geblümten Kleid, das sich über die Töpfe beugte. Tante Augusta wischte sich die Hände an der Schürze ab. Auch sie verhielt sich anders. Sie lächelte Thea sonst immer an, wenn die in die Küche kam. Oft machte sie ihr ein Kompliment für ihr weißes Kleid, oder sie sagte, wie sehr sie sich darüber freute, dass Thea jetzt im Haus weiter nach oben gelangt war. Aber jetzt schien sie überhaupt nichts zu bemerken.

»Tante Augusta …«

Thea ging zu ihr, versuchte, Blickkontakt aufzunehmen, aber Tante Augusta schaute zu Fleure hinüber, die gerade einige große gelbe Rüben kleinschnitt, dann beugte sie sich zu Thea vor und flüsterte:

»Es werden Gäste erwartet. Die Herzogin von Marlborough.«

»Aber …«

»Mrs. Bloom wollte den Klatsch so lange wie möglich vermeiden.« Tante Augustas Gesicht glänzte vor Schweiß. »Du weißt, alles, was man nicht in Liebe sagen kann, sollte man verschweigen.«

»Ich muss dir etwas erzählen.«

»Können wir damit warten, Marie? Bald habe ich den ganzen Keller voll von Leuten, die fragen, wo das zweite Frühstück bleibt.«

»Ja, aber …«

Tante Augusta beugte sich plötzlich vor und packte die Herdstange mit beiden Händen. »Geht es um Hulda?«, stöhnte sie. »Ist das Kind da?«

»Ja«, sagte Thea und merkte, wie gerührt sie war, als sie es sagte. »Ein feiner kleiner Junge. Ich habe ihn gestern gesehen.

Tante Augusta machte einige unsichere Schritte rückwärts, dann ließ sie sich in der Ecke auf die Trittleiter sinken, faltete die Hände, hob sie sich vor den Mund und dankte Gott.

»Im nächsten Jahr sind es vierzig Jahre, seit ich zum ersten Mal nach Idle Hour gekommen bin. Mrs. Vanderbilt hatte gerade ihr erstes Kind bekommen, und alles musste in bester Ordnung sein.« Mrs. Goldberg saß an dem runden Esstisch, als Thea den Kinderflügel betrat. »Nimm dir auch einen Tee.«

Es kam selten vor, dass Mrs. Goldberg Thea zu so etwas aufforderte, aber heute war offenbar ein solcher Tag, und heute wurde sie unten erwartet. Sie setzte sich vorsichtig auf die Stuhlkante.

»Ja, das war natürlich, ehe Mr. und Mrs. Vanderbilt sich scheiden ließen«, sagte nun Mrs. Goldberg und griff zu. »Nach der Scheidung wurde das Leben für die arme Consuelo unerträglich. Sie wohnte bei ihrer Mutter, Alva, auf dem Landsitz Marble House in Newport.«

Das mit der Scheidung war Thea nicht neu. Sie hatte es unten im Keller gehört. Die jetzige Mrs. Vanderbilt hieß

Anne und galt im Vergleich zu Alva als der pure Engel. Die Küchenmädchen wussten alles ein bisschen früher und oft auch ein bisschen mehr als die übrigen Dienstboten, und das galt auch für die Stubenmädchen. Zu Hause kannte Thea keine geschiedenen oder getrennt lebenden Paare, aber sie kannte viele, die über ihre Männer oder Frauen klagten. Sie stellte die Tasse vorsichtig auf die dünne Untertasse und unterdrückte ein Gähnen. Mrs. Goldberg durfte nicht sehen, wie sehr die ewig langen Geschichten über Consuelo sie langweilten.

»Meine Tante in Glen Cove hat erzählt, dass Consuelo einen Herzog geheiratet hat«, sagte sie, um die nun folgende Pause zu füllen. »Sie liest immer die Zeitschriften.« Aber sie erzählte nicht, dass Tante Hulda gesagt hatte, es sei eine Ehe ohne Liebe und der Herzog sei schrecklich.

»Sie hatte so viele Verehrer«, sagte Mrs. Goldberg mit zitternder Stimme. »Und alle hatten es auf ihr Geld abgesehen, nur einer nicht.«

Thea hob die Zuckerschale, und Mrs. Goldberg bediente sich.

»Alva«, sagte Mrs. Goldberg und gab einen Teelöffel Zucker in ihre Tasse. »Alva hat alles bestimmt, von den Verehrern bis zu ihren Kleidern. Wenn Consuelo etwas nicht anziehen wollte, was Alva für sie ausgesucht hatte, sagte sie, Consuelo habe hier nichts zu sagen. Das Schlimmste aber war die Stahlstange. Die wurde über das Rückgrat gelegt und dem armen Mädchen an Schultern und Taille befestigt.«

»Aber warum?« Thea setzte sich auf ihrem Stuhl besser zurecht.

»Um ihren Rücken so gerade wie möglich zu machen.« Mrs. Goldberg rührte so heftig ihren Tee um, dass das Porzellan klirrte. »Alva war besessen …«

Thea hustete und verspritzte einige Tropfen Tee, sah vor sich die Blinden und die Stummen aus der biblischen Geschichte, die Sünder und die Wahnsinnigen. »Wovon?‹, flüsterte sie.

»… davon, zu zeigen, dass die Familie Vanderbilt allen anderen in der guten New Yorker Gesellschaft überlegen sei. Und meine arme Consuelo musste den Preis bezahlen.« Mrs. Goldberg sagte den letzten Satz mit einer solchen Zärtlichkeit, dass kleine Tränen in ihren Augen zu sehen waren.

»Konnte sie den Herzog denn gar nicht leiden?«, fragte Thea leise.

»Sie war schon heimlich verlobt, mit Mr. Winthrop Rutherford.« Mrs. Goldbergs Stimme bebte. »Aber das war Alva nicht gut genug, obwohl er aus einer der besten New Yorker Familien kam. Seine Mutter war sogar eine geborene Stuyvesant. Nein, Alva wollte für ihre Tochter höher hinaus und natürlich auch für sich selbst.« Sie erhob sich und befestigte ihre weiße Haube. »Du kannst jetzt das Tablett mitnehmen.«

Mrs. Goldberg war einfach Mr. Lovegroves perfektes Uhrwerk. Es war mitten am Tag, und es war Zeit, mit Mr. Philippe an die Luft zu gehen. Jeden Tag, um Punkt zwölf Uhr, legte die Kinderfrau die Hand auf die Türklinke, und alles stand bereit. Dieser Tag war keine Ausnahme. Aber Mrs. Goldberg durfte jetzt nicht mit Erzählen aufhören, jetzt wurde die Geschichte gerade spannend.

»Was ist dann passiert?« Diese Frage platzte Thea nur so heraus.

Zuerst schien Mrs. Goldberg nicht antworten zu wollen, ihr Gesicht zog sich zu einer harten, verkniffenen Grimasse zusammen, dann sagte sie: »Er hat sie im Stich gelassen.«

Räder rollten über den Kies, und eine Tür wurde geöffnet. Mrs. Goldberg fuhr herum. Im nächsten Moment verlor sie das Gleichgewicht. Thea sprang hinzu und half ihr ans Fenster.

»Das sind sie nicht.« Mrs. Goldberg seufzte.

»Wieso hat er sie im Stich gelassen?«, flüsterte Thea.

»Er hatte versprochen, ihr zu schreiben, als sie mit Alva nach Paris fahren musste. Er sagte, er wolle auf sie warten. Aber er hat nicht geschrieben. Nicht ein einziges Wort. So ein Verräter. Sie einfach so sitzenzulassen. Sie war erst achtzehn. Sie war am Boden zerstört.«

»Die Herzogin ist auf Idle Hour eingetroffen.« Pauls neckende Stimme war vom Gang her zu hören. »Mrs. Bloom hat es sicher geheimgehalten. Aber jetzt, wo sie hier ist, lässt sich das ja wohl nicht länger verbergen.«

Thea legte das Geschirrtuch weg und lief zur Tür. Paul marschierte durch den Gang. Er sah in seiner Uniform besonders fesch aus. Seine Stiefel glänzend blank. Er hatte nicht einmal die Mütze abgenommen, als er hereingekommen war. Aislynn hatte ihren Küchendienst geschwänzt, das war nicht schwer zu sehen, sie strich ihren karierten Rock glatt und lief ihm entgegen. Auch Thea machte mit heißen Wangen einige Schritte aus der Waschküche. Aber nicht nur sie, auch alle anderen Küchenmädchen und Stubenmädchen strömten aus Kammern und Verschlägen und drängten sich um ihn zusammen.

»Ich dachte nicht, dass sie dieses Jahr kommen würde, nach allem, was vorigen Sommer in den Zeitungen stand.« Tante Augusta lugte aus der Küchentür. »Es ist schlimm genug, geschiedene Eltern zu haben, dann willst du nicht auch noch in aller Öffentlichkeit entscheiden müssen, wen du besuchen willst, wenn du nach Amerika kommst.«

»Das kann sie aushalten.« Paul lachte und schlug Arthur freundschaftlich auf die Schulter. »Über Consuelo schreiben die doch schon, seit sie gehen konnte. Es ist wohl eher ihre hochwohlgeborene Mutter Alva, die diesen Wirbel nicht ertragen kann. Die Herzogin ist nach Amerika gekommen, um an der Hochzeit ihrer Stiefschwester teilzunehmen, Mrs. Vanderbilts jüngster Tochter, Miss Barbara.«

»Das wusste ich noch gar nicht«, sagte Tante Augusta und stemmte die Hände in die Seiten.

»Aber irgendwer hat gehört, dass die Herzogin einen französischen Liebhaber hat«, sagte Mary und kicherte.

»Jacques Balsan«, sagte Liz. »So heißt er.«

»Ja, und sein Bruder Etienne ist der Liebhaber von Coco Chanel«, fügte Fleure hinzu und stellte plötzlich fest, dass sie eine halbgeschälte Zwiebel in der Hand hielt, die ihre Augen tränen ließ.

Thea hatte zu Hause einmal in einer Zeitschrift eine Fotografie von Coco Chanel gesehen. Coco Chanel war eine Französin, die in Paris Hüte herstellte, und Thea hatte gedacht, wenn eine Frau Hüte machen konnte, müsste eine andere ja wohl backen und ihre eigenen Brote und Kuchen verkaufen können.

»Weißt du, wer Coco Chanel ist?« Fleure stupste Aislynn an.

»Hier unten arbeitet sie jedenfalls nicht.« Aislynn zuckte mit den Schultern. »Vielleicht ist das eine von den Neuen aus der Waschküche.«

Tante Augusta stauchte die Schar der kichernden Dienstmädchen zusammen, Wörter wie Faulheit, Trödelei und

Tagträumerei kamen aus ihrem Mund, und sofort stoben die Mädchen auseinander und zu ihren Aufgaben. Nur Aislynn blieb mitten im Gang stehen.

»Aislynn«, flüsterte Thea von der Türöffnung her.

»Aislynn«, sagte Tante Augusta laut.

»Ja, Mrs. Thonander.«

»Du musst dir ganz besondere Mühe mit dem Hefekranz geben. Ja, sieh mich an, wenn ich mit dir rede, Aislynn. Der wird heute Abend serviert. Und vergiss nicht, das Personal aus England ist Gutes gewöhnt.«

»Ja, Mrs. Thonander.«

Aislynn raffte ihren Rock zusammen und lief zurück in die Küche, während Tante Augusta auf dem Gang stehenblieb und sich die Küchenschürze ans Gesicht hielt.

»Was ist los, Tante Augusta?« Thea lief zu ihr hin.

»Ich hatte Mrs. Bloom um einen freien Nachmittag gebeten.« Tante Augustas Augen waren geschwollen. »Aber sie hat gesagt, ich müsste bis zu meinem nächsten freien Tag warten, wenn es bei all dem Wirbel hier überhaupt welche gibt.« Sie verstummte und ließ zuerst Harry vorüberlaufen. »Mrs. Bloom hat gesagt, dass dauernd Kinder auf die Welt kommen. Mr. Lovegrove hat mir wenigstens angeboten, das Telefon in seinem Büro zu benutzen.« Sie beugte sich vor und putzte sich die Nase mit ihrem Taschentuch. »Aber das hilft ja nichts, Hulda hat doch keinen solchen modernen Apparat.«

Thea wusste nicht so recht, was sie dazu sagen sollte, am liebsten hätte sie erzählt, dass Tante Hulda nicht glücklich war. Überhaupt nicht glücklich, es gab nur winzige Lichtschimmer, die fast sofort wieder verschwanden.

»Jetzt mache ich jedenfalls Pause.« Tante Augusta streifte ihr Kopftuch ab, ließ sich die schweißnassen Haare in die

Stirn fallen. »Ich gehe nach oben und schreibe Hulda einen Brief.«

»Marie! Du musst mir helfen!« Aislynn kam in die Spülküche gelaufen, sowie Tante Augusta gegangen war. »Ich habe Probleme mit dem Teig. Der will nicht gehen.«

»Hast du Hefe genommen?«

Aislynn starrte sie an.

»Hast du die Hefe vergessen?«

»Es ist so viel auf einmal passiert, ganz plötzlich.« Aislynn schüttelte heftig die Hände, um nicht weinen zu müssen.

»Ich habe schon Schlimmeres erlebt.« Thea lächelte sie an. »Angebrannte Brote und matschige Kuchen.«

»Wie meinst du das?«

»Hol Butter, Eier und Mehl, dann helfe ich dir.«

»Und Hefe?«

»Für Hefe ist es jetzt zu spät.«

»Aber wir sollen doch einen Hefekranz backen!«

»Verlass dich auf mich.«

Der Kranz war perfekt aufgegangen. Wenn Thea gekonnt hätte, hätte sie gern mit Aislynn getauscht, dann hätte sie unten im Keller gebacken, und Aislynn wäre in den Etagen aufgestiegen. Der Vater war nicht der Einzige, dem das Kuchenbacken fehlte. Wenn Thea Zucker und Eier verquirlte und mit Mehl und duftenden Gewürzen vermischte, verschwand die Welt um sie herum; sie konnte stundenlang backen, ohne auch nur im Geringsten müde zu werden.

»Der sieht aber nicht aus, als ob daraus was werden kann«, seufzte Aislynn.

Thea fing mit neuem Teig an, machte in einem Topf

Wasser und Butter warm, rührte, bis sich die Masse vom Rührlöffel löste. Sie schaute zu Aislynn hinüber. Ihr fehlten die Morgen in Goldsaal und Bibliothek. Oben bei Mrs. Goldberg wurde nicht viel gelacht. Es war schön, wieder mit Aislynn zusammenzuarbeiten.

»Der Chefkoch und zwei von seinen Gehilfen«, flüsterte Aislynn. Sie lugte hinaus auf den Gang und fuchtelte hinter ihrem Rücken mit den Armen. »Die kommen schon aus der Pause zurück.«

Thea lief an ihr vorbei. Sie musste in die Kühlkammer, um den Teig abkühlen zu lassen. Aber sie hatte keine Angst vor dem Chefkoch. Er hatte die Grobküche auf der anderen Seite des Ganges noch nie eines Besuches gewürdigt, warum hätte er es an diesem Tag tun sollen?

Als sie zurückkam, stand Mary bei Aislynn in der Küche.

»Warum ruht ihr euch nicht aus?«, fragte Mary und zog ihren Rock gerade. Wenn sie mit Harry geflirtet hatte, würde er sicher bald nachkommen. Thea hatte die Gerüchte gehört.

»Ich muss fertig backen«, stöhnte Aislynn. »Marie nimmt mir den Abwasch ab.«

»Soll ich euch helfen?«

»Nein, danke, Mary. Wir sind gleich fertig.«

Thea schaute Mary hinterher, als die zur Hintertreppe ging. Sie begriff nicht, warum Aislynn unbedingt zeigen wollte, dass sie keine Hilfe brauchte, aber sie würde jedenfalls den Kuchen mit etwas ganz besonders Gutem füllen.

»Ich weiß nicht mal, wie das heißt, was ich gebacken habe«, sagte Aislynn, als die Tür hinter Mary ins Schloss fiel. Dann seufzte sie und verschwand in der Spülküche.

Thea machte sich an die Creme. Sie teilte die Eier und verrührte die Dotter zusammen mit Zucker ein einem Topf, sie schnitt die Vanilleschote auf und kratzte den Samen heraus, ehe sie Milch und Mehl dazugab. Zu Hause würde jetzt ihr Vater über dem Kochtopf hängen und ihrer Arbeit mit der größten Aufmerksamkeit folgen. Sie rührte in der Creme, die bald weich und gelb sein würde.

Plötzlich fuhr sie zusammen. Eine Hand stahl sich an ihr vorbei und in den Topf. »Harry«, sagte sie wütend und drehte sich um.

Paul stand hinter ihr und leckte sich Creme von den Fingern.

»Du hast mich erschreckt.« Sie schaute weg, spürte, wie ihr Herz loshämmerte.

Er machte noch einen Versuch, aber sie stieß seine Hand weg.

»Wo ist dein schönes weißes Kleid, Miss Marie?« Sie spürte, wie sich seine Blicke in ihren Nacken bohrten.

»Ich muss heute hier unten aushelfen«, sagte sie und rührte in der Creme, obwohl die gerade Ruhe gebraucht hätte.

»Ich hab was für dich.« Er griff unter seinen Uniformrock und zog eine Fotografie hervor.

Sie nahm das Bild und hielt es sich vor das Gesicht. Zuerst dachte sie, dass die weiße Uniform ihr gut stand, aber dass die kurzen Haare sie anders machten, älter irgendwie. Doch egal, was er sagte, sie könnte das Bild nicht nach Hause schicken, denn dann würden sie dort dasselbe sehen wie sie, dass etwas in ihren Augen anders war, etwas, das es vorher nicht dort gegeben hatte.

»Ich hatte gehofft, dass du mit auf einen Spaziergang am Fluss kommen würdest.« Diese Worte flüsterte er ihr ins Ohr. »Neulich, das war doch so nett.«

»Nein«, flüsterte sie. »Ich hab das karierte Kleid an.«

»Dann zieh dich doch um.« Rasch tunkte er wieder einen Finger in den Topf.

Ihre Wangen brannten. »Es ist so viel zu tun.«

»Dann an einem anderen Tag?«

Sie schaute ängstlich zur Spülküche hinüber. Sie musste etwas sagen, damit er ging, egal, ob es die Wahrheit war oder nicht. »An einem anderen Tag«, flüsterte sie.

32

Abends herrschte am langen Tisch ein gewaltiges Gedränge. Consuelos Kammerdiener saß neben Mrs. Bloom, und Mr. Lovegrove thronte in seinem Sessel am Tischende. Thea saß neben Lakaien und Kammerdienern. Tante Augusta hatte sie nach oben geschickt, um die weiße Uniform anzuziehen, von selbst wäre sie nicht auf diese Idee gekommen. Tante Augusta hatte Thea zudem von Consuelos Zofe erzählt, die bei ihr war, seit sie als frischvermählte Herzogin nach England gekommen war: Sie hatte Consuelo bedient, seit sie in den Blenheim Palace gezogen war, bis sie diesen elf Jahre später verlassen hatte, und in der Curzon Street in London war sie ihrer Herzogin noch immer zu Diensten.

Tante Augusta hatte sich ebenfalls schön gemacht. Sie trug ihre gute Schürze mit den großen weißen Spitzenborten an den Schultern. »Waliser Kranz«, sagte sie und nickte dankbar zu dem runden Tisch hinüber, ehe sie die Kuchenplatte vorsichtig auf den langen Tisch stellte.

Aislynn war mit dem Puderzucker großzügig gewesen. Der sollte wie Neuschnee auf dem Kuchen liegen, hatte Theas Vater gesagt. Die gelbe Creme quoll an den Rändern hervor, während Tante Augusta den Kranz behutsam zerschnitt. Consuelos Zofe erhielt das erste Stück, noch vor Mrs. Bloom und Mr. Lovegrove. Aber die beiden schienen keine Einwände zu haben. Liz und Emma schenkten den englischen Dienstboten Tee ein. Sie gossen auch Thea Tee ein, was diese erröten ließ.

Consuelos Zofe beugte sich über den Tisch zu Tante Augusta vor. »*Marvellous*«, sagte sie und nickte anerkennend.

»Ein Applaus für Aislynn«, sagte Tante Augusta glücklich, sie hatte Tante Hulda offenbar total vergessen.

An beiden Tischen wurde applaudiert, auch an dem runden, wo einer der Kuchen aus der Kühlkammer serviert worden war.

Als der Applaus seinen Höhepunkt erreicht hatte, betrat Paul den Aufenthaltsraum. Er besaß eine ganz eigene Fähigkeit dafür, zu spät zu kommen. Aber er wurde deshalb nie wie die anderen zurechtgewiesen.

Tante Augusta erhob sich und wies ihm einen Platz am Tisch zu, nicht weit von ihr selbst, und reichte ihm ein ordentliches Stück Kuchen. Paul biss energisch hinein und wischte sich mit der Hand die Creme aus dem Mundwinkel. Thea schaute von ihm zu Aislynn hinüber. Es war, wie sie erwartet hatte. Aislynn ließ ihn nicht aus den Augen, nicht für eine einzige Sekunde. Thea sah wieder Paul an, und in diesem Moment fing er ihren Blick ein und sagte: »Gute Creme hast du da gemacht, Miss Marie.«

Thea schaute ängstlich zu Tante Augusta hinüber, aber die war mit Consuelos Zofe ins Gespräch vertieft, überall wurde gelacht und geplaudert, bestimmt hatte sie nichts gehört. Und Mrs. Bloom und die anderen auch nicht.

Der Knall von Aislynns Stuhl riss Thea aus ihren Gedanken. Thea fuhr zu dem runden Tisch herum. Aislynn war blutrot, nicht eine einzige weiße Stelle war in ihrem Gesicht zu sehen. Der Stuhl lag umgekippt hinter ihr auf dem Boden, und gleich darauf war sie verschwunden.

»Marie«, Mrs. Bloom erhob sich und griff sich an die Wange. »Hol sie zurück, augenblicklich.«

Aislynn stand in der Mansarde am Fenster, sie presste die Hand gegen die Fensterscheibe.

»Warum bist du weggelaufen?« Thea zog leise die Tür hinter sich zu.

»Du hast es verraten.«

»Was denn?«

»Du hast mich verraten.«

»Das würde ich nie im Leben tun.«

»Du hast es Paul gesagt.«

»Nein, Aislynn.« Thea merkte, wie ihr heiß wurde. »Er ist in die Küche gekommen, als ich gerade die Creme anrührte.«

»Das glaube ich nicht.«

»Du musst mir glauben.« Thea trat etwas näher an sie heran. »Ich habe es keinem Menschen verraten.«

»Jetzt wissen alle, dass ich gelogen habe.«

»Das stimmt nicht«, sagte Thea. Ihre Augen brannten. Aislynn hörte offenbar kein Wort von dem, was sie sagte. »Du wirfst mir etwas vor, das ich nicht getan habe. Außerdem hat Tante Augusta es nicht mitbekommen und Mrs. Bloom auch nicht.«

»Paul weiß es«, sagte Aislynn und kam auf sie zu. »Und das bedeutet, dass ich mich nicht mehr auf dich verlassen kann.«

»Du kannst dich auf mich verlassen.« Thea trat noch einen Schritt vor, und nun standen sie einander dicht gegenüber. »Ohne mich wärst du hier auf Idle Hour schon längst vor die Tür gesetzt worden.«

»Du hast zu viele Geheimnisse«, sagte Aislynn.

»Wie meinst du das?« Thea stampfte so energisch mit dem einen Fuß auf, dass sich der weiße Schnürsenkel löste.

Aislynn lief zur Kommode und zog die unterste Schublade hervor. »Sieh her«, sagte sie triumphierend.

Thea versuchte noch, sie zurückzuhalten, aber Aislynn

war schneller, und gleich darauf hielt sie den Brief an Tante Hulda in der Hand.

»Gib den Brief her.« Thea streckte die Hand aus. »Du darfst meine Sachen nicht durchwühlen.«

Aislynn schwenkte den Briefumschlag. »Du hast zu Hause einen Sohn.«

»Einen Sohn?«

»Ja, und das hier ist der Beweis.« Aislynn zog das Foto des Jungen, der Gunnar hieß, aus dem Umschlag und hielt es hoch in die Luft.

»Das ist nicht mein Sohn«, flüsterte Thea und versuchte, das Bild an sich zu bringen. »Ich war noch ein Kind, als dieser Junge geboren wurde.«

»Ich kenne ein Mädchen in Irland, das mit vierzehn ein Kind bekommen hat, und sie hat es einer Familie in Dublin überlassen und ist nach Amerika geflohen.« Aislynn zeigte auf Thea. »Du kannst dasselbe getan haben.«

»Nein, das stimmt nicht.« Thea schüttelte wütend den Kopf.

»Du behältst deine Geheimnisse für dich, damit es aussieht, als wärst du etwas Besseres als wir anderen, und damit du dir Vorteile verschaffen und im System aufsteigen und ein weißes Kleid tragen kannst, als wärst du eine unschuldige Rosenknospe. Aber dein Leben ist genau wie dieser Kratzer.« Aislynn zeigte auf die Fensterscheibe. »Und eines Tages wird der Riss sich vergrößern, und dann zerspringt das Glas in tausend Stücke. Und dann kommen alle deine Geheimnisse ans Licht.«

Thea stürzte vor, aber Aislynn war schneller, drängte sich an ihr vorbei und riss die Tür auf.

»Ich hab auch alle deine Dollars gesehen.« Aislynn lief über den Gang. »Aber jetzt sind sie verschwunden.«

Thea rannte hinterher. »Wohin willst du?«

»Zu Mrs. Thonander.« Aislynn öffnete die Tür zur Hintertreppe, schwenkte die Fotografie und war verschwunden.

»Das ist nicht mein Kind.« Thea blieb stehen und lehnte den Kopf an die Wand. »Sondern …«

Aislynn hatte sie offenbar gehört, denn sofort öffnete sie wieder die Tür, kam zurück und fragte: »Ja, von wem ist er dann?«

»Ich bin nicht sicher. Tante Huldas Kind kann er nicht sein.« Sie sagte das ebenso zu sich selbst wie zu Aislynn. »Denn die hat Schweden vor zehn Jahren verlassen, und dieser Junge ist erst fünf.«

»Dann ist er von Mrs. Thonander.«

Thea schüttelte den Kopf. »Nein«, sagte sie energisch. »Das auf keinen Fall.« Ihr Herz hämmerte, sie wandte sich ab; es musste bei einem der Besuche in Schweden gewesen sein. War Tante Augusta dasselbe passiert wie Emma und Rose? Oder Frau Linnerud?

»Ich hab dich gesehen«, sagt Aislynn und kam wieder näher. Ihre Stimme klang plötzlich kälter und tiefer. »Da unten beim Anleger.«

Deshalb hackte Aislynn also auf ihr herum. Sie war eifersüchtig wegen Paul.

»Du darfst nicht draußen sein«, sagte sie laut.

»Und du hast zu Hause einen Verlobten.«

»Der hat mich vergessen, Aislynn.«

»Und da schnappst du dir einfach Paul.«

»Nein.« Thea schluchzte. »Ich will nur das Foto zurückhaben.« Plötzlich erstarrte sie. War es vielleicht so, dass *sie* Hans vergessen hatte?

Aislynn kam auf sie zu. »Du willst ja wohl nicht, dass

herauskommt, dass Mrs. Thonander in Schweden ein uneheliches Kind hat?«

»Das wagst du nicht«, sagte Thea und schaute Aislynn in die Augen. Sie hätte ihr gern eine Ohrfeige verpasst.

»Wart's nur ab.« Aislynn riss die Tür auf.

Thea keuchte auf. Draußen stand Mrs. Bloom.

33

Thea räumte den Wäscheschrank im Kinderflügel auf, ihr war heiß und schwindlig, bestimmt hatte sie nicht eine Sekunde geschlafen. Sie schüttelte ein Laken aus, dann faltete sie es wieder zusammen. Die Laken waren weich und glatt. Es hatte Tage gegeben, da hatte sie davon geträumt, solche Laken mit nach Hause zu nehmen, aber jetzt wusste sie nicht, was aus ihr werden sollte. Mrs. Bloom hatte nicht ein einziges Wort gesagt, sie hatte nur da gestanden und Thea und Aislynn vorwurfsvoll angesehen. Es wäre viel besser gewesen, wenn sie etwas gesagt hätte.

Thea nahm ein weiteres Laken und schüttelte es aus, und dabei fragte sie sich, was am Vorabend wohl mit Aislynn losgewesen war. Sie hatte den Verdacht, dass Aislynn sie beneidete. Sie glaubte, das in den grünen Augen sehen zu können, in dem sehnsüchtigen Blick jeden Morgen, wenn Thea ihre weiße Uniform anzog und Aislynn das karierte Küchenkleid. Aislynn hatte nicht einmal ein schwarzes Kleid mit weißer Schürze wie die Stubenmädchen. Theas Haut war frisch von den langen Spaziergängen mit Mrs. Goldberg, Aislynns Gesicht war so blass und fahl, dass die Sommersprossen fast verwischt waren. Aber das konnte noch nicht alles sein, vielleicht war Aislynn verliebt in Paul und neidisch, weil Thea so viel mit ihm zusammen sein konnte. Aber Tante Augusta zu verleumden …

Es wurde an die Tür geklopft. Sie zuckte zusammen. Es war so still, wenn Mr. Philippe schlief, dass jedes einzelne Geräusch eine Überraschung war. Wenn Mr. Lovegrove, was selten vorkam, etwas im Kinderflügel zu erledigen hatte, kam er einfach herein, genau wie Mrs. Bloom, lautlos wie ein Käfer. Mr. Philippes Mutter dagegen klopfte immer an. Sie musste es sein.

Mrs. Goldberg machte in ihrem Zimmer ein Nickerchen. Thea schaute rasch bei ihr herein. Mrs. Goldberg hatte ihre Schuhe an, das Gebiss aber lag im Wasserglas. Sie fühle sich nicht ganz wohl, hatte sie gesagt, sie sagte dasselbe Tag für Tag, seit die Herzogin auf Idle Hour angekommen war. Mrs. Goldberg wirkte fast ebenso erschöpft wie Theas Großmutter. Die Großmutter hatte keine richtige Krankheit gehabt, sie hatte sich einfach hingelegt und war für immer eingeschlafen, mit fünfundfünfzig Jahren. Mrs. Goldberg schlief immer mehrere Stunden, an jedem einzelnen Tag, seit Consuelo zum Haupteingang hereingekommen war, und Thea verstand das nicht. Sie hatte geglaubt, Mrs. Goldberg würde glücklich und zufrieden sein.

Überrascht blickte sie in die braunen Augen von Charles, als sie aufmachte. Er hielt eine Hand hinter den Rücken und machte eine tiefe Verbeugung. »Für Mrs. Goldberg«, sagte er und hielt ihr mit einer weiß behandschuhten Hand ein Silbertablett hin.

»Danke«, sagte Thea und nahm den Umschlag vom Tablett, während sie ihn anstarrte.

Auf dem Umschlag stand in eleganter Schrift *Mrs. Goldberg*. Aber auf dem Umschlag klebten keine Briefmarken, er konnte also nicht mit der Post gekommen sein. Das Papier war dick und vornehm. Auf der Rückseite prangte ein Siegel. Ein Siegel aus Goldwachs mit zwei Halbmonden und einer Sonne.

Charles zwinkerte ihr zu.

»Sonst noch was?«, fragte sie streng und merkte, dass große Willensstärke vonnöten war, um ihm nicht deutlich zu sagen, was sie von ihm hielt. Sie hatte nicht vergessen, was er Rose angetan hatte.

»Das wäre alles, Miss Marie.« Er verbeugte sich noch einmal und lief dann mit hoch erhobener Nase zur Hintertür des Flügels.

Thea steckte den Kopf durch die Tür und schaute hinter ihm her. Er konnte es sich sparen, sie Miss Marie zu nenne, Höflichkeit brachte hier nichts mehr, sie wusste genau, was er für einer war.

Als sie sich umdrehte, stand Mrs. Goldberg mitten im Zimmer und strich ihre Uniform glatt.

»Das war Charles.« Thea hielt ihr den Brief hin. »Der ist für Sie.«

Mrs. Goldberg nahm den Brief und legte die Hand auf das Siegel. »Der ist von Consuelo«, flüsterte sie.

Aus dem Kinderzimmer waren Geräusche zu hören. Offenbar war Mr. Philippe aufgewacht, jetzt musste er gewickelt werden. Mrs. Goldberg schien nichts zu bemerken, und Thea lief zu ihm, hob das warme, vom Schlaf schwere Kind hoch und drückte es an sich. Plötzlich hörte sie einen Krach aus dem anderen Zimmer, als sei etwas Schweres zu Boden gefallen.

»Mrs. Goldberg!« Thea lief mit Mr. Philippe auf dem Arm hinüber. »Fehlt Ihnen etwas?«

Mrs. Goldberg saß zusammengesunken mit einer Visitenkarte in den Händen im Sessel. »Sie kommt«, sagte sie. »Schau her.«

Thea beugte sich vor und las.

Mrs. Goldberg.
Visit at the Nursery, Tuesday, August 1st 1916, at 1 pm.
Consuelo Vanderbilt

Mr. Philippe klatschte in die Hände, und Thea wollte ihm gerade sagen, wie tüchtig er sei, als Mrs. Goldberg sie anschaute und erschrocken sagte: »Mr. Philippe? Was, wenn seine Mutter kommt und ihn hier findet?«

Thea lief eilig zurück ins Kinderzimmer. Sie hatte immer gedacht, Mr. Philippe dürfe nicht in das andere Zimmer, weil alles zu fein war, weil er etwas zerbrechen könnte, so wie ihre Geschwister zu Hause die gute Stube nur an Feiertagen benutzen durften. Aber jetzt begriff sie, dass das Gegenteil der Fall war; dass seine Mutter nicht sehen durfte, dass er sich dort aufhielt, in ihrem Aufenthaltsraum. Sie waren Kindermädchen, Dienstbotinnen, Untergebene wie alle anderen, die auf die Kinder aufpassen mussten, solange die noch nicht allein zurechtkamen. Sie legte Mr. Philippe auf den Wickeltisch. Er lachte sie mit lieben Augen an, sie dachte, dass auch er sie sicher eines Tages anders behandeln würde, wenn er ihr dann begegnete.

Mrs. Goldberg saß noch an derselben Stelle, als Thea zurückkehrte, und gleich darauf schlug die Uhr zwölfmal.

»Du musst heute allein mit ihm spazieren gehen«, sagte Mrs. Goldberg, ohne sie anzusehen.

»Aber …« Thea verstummte von selbst. Würden sich die Gäste denn nicht wundern, wenn sie sie allein draußen sähen? Würde Mr. Lovegrove sie nicht in der Halle anhalten und fragen, was mit Mrs. Goldberg passiert sei? Die Lakaien, die Gärtner und Mrs. Bloom?

»Ich muss mich fertig machen.« Mrs. Goldberg rutschte unbehaglich auf ihrem Stuhl herum. »Wenn jemand fragt, sag, ich muss vorbereiten … sag, dass ich …«

Thea begriff, dass es schwer wäre, einen überzeugenden Grund zu finden. Niemand würde glauben, dass Mrs. Goldberg Kinderkleider stopfte und flickte oder dass sie im Kinderzimmer putzte und Staub wischte oder dass sie für den Kleinen Essen machte, nein, es gab einfach keinen Grund, warum Mrs. Goldberg nicht die ganze Zeit bei Mr. Philippe sein sollte. Zu sagen, dass sie krank sei, war ausgeschlossen; eine Kinderfrau war niemals krank.

»Kannst du mir die Haare kämmen, ehe ich gehe?« Eine leichte Röte zog sich über Mrs. Goldbergs Gesicht. »Ich habe ein paar Spangen.«

Thea nickte. »Natürlich, Mrs. Goldberg.«

Die Haarspangen waren schön. Mrs. Goldberg bewahrte sie in einer Schachtel in ihrer Nachttischschublade auf. Thea bewunderte sie, ließ ihre Finger über die kleinen Perlen an den Enden gleiten und dachte daran, wie sie früher einmal ihre Haare mit Spangen geschmückt hatte, damals, als ihre Haare noch lang und dicht gewesen waren. Sie griff sich in den Nacken. Obwohl ihre Haare ein wenig gewachsen waren, war es noch immer ungewohnt. Sie spürte, wie der Zorn in ihr anschwoll. Mrs. Bloom sollte ja noch einmal versuchen, ihr mit der Schere zu kommen.

Mrs. Goldberg schaute in den Spiegel; der müde Zug um die Augen war verschwunden, sie sah aufgeregt aus, als warte sie darauf, dass jemand sie zum Tanzen holte. Thea wollte ihr gerade ein Kompliment machen, da wurde an die Tür geklopft.

»Das kann sie doch noch nicht sein.« Mrs. Goldberg fuhr zusammen, die frische Farbe war in Sekundenschnelle aus ihrem Gesicht verschwunden. »Du musst aufmachen, Marie.«

»Aber Sie müssen sie empfangen, Mrs. Goldberg.« Thea befestigte die letzte Nadel. Kein Dienstmädchen durfte der Herzogin die Tür öffnen. Das taten Butler und Lakaien und natürlich die Kinderfrauen.

Mrs. Goldberg schüttelte den Kopf. »Ich habe sie so lange nicht mehr gesehen«, sagte sie und rutschte unruhig auf ihrem Stuhl hin und her. »Nicht, seit sie als Braut Amerika verlassen hat.«

Während sie zur Tür ging, dachte Thea an das große Gemälde, das sie unten im Esszimmer gesehen hatte. Consuelo, die auf einem Thron saß und ihre beiden kleinen Jungen in ihr tiefrotes Samtkleid hüllte. Auf ihrem Kopf funkelte ein Diadem. Thea hatte die Frau auf dem Gemälde bewundert, den langen Nacken, den stolzen Blick, die so kunstfertig hochgesteckten langen Haare. Die ovalen Augen unter kräftigen dunklen Wimpern. Vielleicht hatte Mrs. Goldberg deshalb solche Angst. Die Kinderfrau kannte die Consuelo nicht, die jetzt anklopfte, sie kannte nur die Consuelo von damals. Die Consuelo, die auf der anderen Seite der Tür stand, gehörte der britischen Aristokratie an, sie hatte bei der Krönung König Edwards des Siebten den Baldachin über Königin Alexandra gehalten.

Thea öffnete die Tür und machte einen Knicks. Vor ihr stand eine hochgewachsene Frau in einem elfenbeinweißen Seidenkleid, der viele Reihen von Perlen auf der Brust hingen und der ein Zobelpelz um den Hals lag. Die Haare waren ebenso kunstfertig aufgesteckt wie auf dem Gemälde, und die ovalen Augen waren auf Thea gerichtet.

Als die Herzogin an ihr vorbeiging, nahm Thea einen Duft wahr, wie von den ersten Hundsrosen im Sommer, und als sie sich wieder umdrehte, stand Mrs. Goldberg da.

»Durchlaucht«, sagte Mrs. Goldberg und versank in einem tiefen Knicks.

»Aber Mrs. Goldberg«, die Herzogin legte die Arme um sie, »gerade Sie müssen mich doch Consuelo nennen.«

34

Thea ging zu den Ställen. Die großen weißen Gebäude lagen ein Stück vom Haupteingang entfernt, und niemand, der ihr unterwegs begegnet war, egal ob Gäste oder Dienstboten, schienen zu bemerken, dass sie allein mit dem Kinderwagen unterwegs war. Ihr war leichter zumute, wenn sie draußen war, ihr Kopf wurde davon klarer.

Um das eigentliche Stallgelände zu erreichen, musste sie einen Bogengang passieren, aber das mochte sie nicht riskieren. Thea dachte an Mrs. Goldbergs Gesicht, als sie sich das eine Mal in den Stall gewagt hatte. Sie blieb stehen und bewunderte die Pferde, die draußen durch die Koppel liefen, dann lehnte sie sich an den weißen Zaun. Die Pferde wirkten so stark und frei. Auch auf dem Thonander-Hof hatte es ein Pferd gegeben. Ein Arbeitspferd, das Holz aus dem Wald holte.

Plötzlich kam ein Stallbursche mit einem kleinen Fohlen an, es war so niedlich, so unsicher auf seinen dünnen Beinen. Der Stallbursche öffnete einen kleinen Pferch neben der großen Koppel und ließ das Fohlen zu seiner Mutter. Es schmiegte sich in dem hohen Gras an sie, folgte jeder Bewegung der Mutter. Vorsichtig hob sie Mr. Philippe hoch und zeigte auf die Pferde.

Hinter ihr räusperte sich jemand.

Sie drehte sich langsam um, hielt den Atem an. Jetzt würde sie auf jeden Fall Ärger bekommen.

»Das ist der schönste Stall in ganz Amerika, Miss Marie.«

Sie fuhr zusammen. Paul hatte sich neben sie geschlichen, jetzt lehnte er sich mit dem Rücken an den hohen Zaun. Sie hatte ihn nicht einmal kommen hören.

»Was machst du hier?«, war alles, was sie herausbringen konnte, erleichtert, weil er es war, und zugleich erbost, weil er sie erschreckt hatte.

»Ich habe alle Zeit der Welt.« Er lachte und streichelte Mr. Philippes Wange. »Mr. Vanderbilt hat Besuch von einem guten alten Freund. Und ich möchte dich herumführen.«

Thea schüttelte den Kopf. Mrs. Goldberg würde es gar nicht gefallen, wenn sie sich zu weit auf dem Grundstück herumbewegte, vor aller Augen, nicht einmal mit Mr. Philippe im Kinderwagen und Paul an ihrer Seite.

»Es dauert auch nicht lange.«

Sie schaute sich zum Hauptgebäude um und legte Philippe wieder in den Wagen. »Die Herzogin ist bei Mrs. Goldberg zu Besuch«, sagte sie.

»Ja, dann hat Mrs. Goldberg an anderes zu denken.« Paul lächelte. »Komm!«, sagte er. »Du wirst es nicht bereuen.«

Sie folgte ihm und staunte zugleich darüber, wie leicht sie zu überreden war. Etwas an Pauls vertrauensvollen Augen, der ein wenig kindliche Optimismus und seine positive Haltung machten es fast unmöglich, nein zu sagen.

Ein Mann in Reitkleidung kam aus dem Stall, als sie gerade den Bogengang verließen und das Gelände betraten. Er war groß, hatte tiefe Furchen und ein wettergegerbtes Gesicht.

»Mr. Johnson.« Paul machte eine Verbeugung. »Er ist zuständig für die Stallungen«, erklärte er. »Er ist seit grauer Vorzeit hier, und immer war der Stall voller Pferde.«

»Nett, dich hier zu sehen, Paul«, sagte Mr. Johnson. »Aber ich hatte wirklich gedacht, Autos wären dir lieber als Pferde.«

»Sind sie auch. Ich führe nur Miss Marie ein bisschen herum.«

»Dann seht euch nur nach Herzenslust um.« Mr. Johnson lächelte, band die Zügel eines großen Schimmels von einem Zaunpfosten los und schwang sich in den Sattel. »Ihr möchtet vielleicht auch ein Pferd ausleihen?«

Die Hufe klapperten über die Pflastersteine. Ein Stalljunge, der sich die Mütze tief über die Augen gezogen hatte, schob eine Karre voller Heu. Zwei andere saßen in der Sonne auf einer Bank und putzten Zaumzeug. Thea richtete den Blick auf Pauls Rücken und freute sich plötzlich bei dem Gedanken, dass sie mit ihm zusammen war, dass sie hier oben bei den Sichtbaren sein durfte, während Aislynn noch immer unten im Keller steckte.

»Hütet euch vor dem Pferdemist«, johlte der eine Stalljunge.

Paul lachte und winkte Thea durch die offene Stalltür. »Hier stehen jetzt fünfundzwanzig Vollblutpferde«, sagte er stolz. »In den alten Tagen waren es hundert, und in der Garage standen hundert Autos. Damals wimmelte es hier von Stallburschen und Chauffeuren.«

Thea folgte ihm, schob vorsichtig den Wagen über die hohe Schwelle.

Im Stall gab es ein weißes Deckengewölbe. Der Boden war abgespült und frischgescheuert. Hier lag nirgendwo Pferdemist herum.

»Ich kann nicht«, flüsterte Thea plötzlich und blieb bei der Tür stehen. »Es würde Mrs. Goldberg nicht gefallen. Sie hat Angst, Mr. Philippe könnte sich anstecken.«

Paul lächelte strahlend. »Niemand wird etwas sagen«, versprach er. »Abends spielen sie Karten und trinken, hier und drüben in den Garagen, aber klatschen, nein …«

»Ich kann das nicht riskieren«, sagte sie und dachte plötzlich daran, wie Emma mit Schmeicheleien verlockt, belogen und dann im Stich gelassen worden war. »Ich muss bald nach Hause, ich darf jetzt nicht entlassen werden.«

»Aber was ist mit all deinen Träumen?« Er starrte sie verständnislos an.

»Das ist doch mein Traum«, sagte sie und merkte, dass sie ihren eigenen Worten nicht mehr glaubte. »Sowie ich meinen Lohn habe, kaufe ich mir eine Schiffspassage, und dann kann ich nach Hause fahren und in der Bäckerei arbeiten.«

Er schüttelte den Kopf und ging durch den Stallgang, während er immer weiterredete, er schien kein Wort von dem gehört zu haben, was sie gesagt hatte. »Die Pferde sind aus England importiert«, sagte er, ohne nachzusehen, ob sie da war oder nicht. »Zusammen mit allen, die hier arbeiten.«

»Ich habe noch nie einen von denen gesehen«, sagte sie und folgte ihm nun doch. »Die, die hier arbeiten, meine ich.«

»Sie wohnen und leben hier.« Paul ging jetzt durch einen anderen Gang. »Sie haben eine eigene Küche und einen Speiseraum, einen eigenen Koch, sie haben eine Bibliothek und Schlafräume über dem Stall.« Er blieb stehen und zeigte nach vorn. »Und dort drüben befinden sich Mr. Vanderbilts Privatgemächer und sein Waffenschrank. Nach einem Ausritt genießt er immer ein Glas Cognac am Kamin.«

Sie erkannte die Buchstaben WKV, die auftauchten, wohin man sich auch drehte und wendete, über den Boxen, an den Türen, an den Geräten, die an der Wand hingen. Sie musste an ihren ersten Tag auf Idle Hour denken. Sie erinnerte sich daran, wie sehr sie sich gefürchtet hatte, als sie vor dem hohen Eingangstor stand, und jetzt schien sie sich bei dem Gedanken, diesen Ort zu verlassen, ebenso zu fürchten.

Paul blieb bei einer der hintersten Boxen stehen. »Das hier wollte ich dir zeigen«, sagte er.

Vor ihr stand ein schwarzes Pferd, groß und schön, mit glänzendem, blankem Fell. Es war von einer anderen Rasse als die zottigen Gäule, die mit Waren beladene Karren durch Kampen zogen, das stand jedenfalls fest.

»Du kannst ihn gern streicheln.« Paul nahm vorsichtig ihre Hand und führte sie behutsam über den langen warmen Hals. »Er mag dich.«

Sie streichelte immer weiter und spürte ihr Herz bis in ihre Handfläche pochen.

»Er hat genauso schwarze Haare wie du.« Paul beugte sich zu ihr vor. »Er heißt Maintenon.«

»Maintenon«, flüsterte sie und schmiegte ihr Gesicht an das warme Fell.

»Er hat viele große Rennen gewonnen. Ja, du hast doch sicher vom French Derby und vom Ascot Gold Cup gehört?«

Sie schüttelte den Kopf, ließ die Hand sinken und trat einige Schritte zurück. Sie wollte Paul dafür danken, dass er ihr den Stall gezeigt hatte, aber sie brachte kein Wort heraus.

Paul begleitete sie durch den Bogengang und zurück zu der Stelle, wo sie einander begegnet waren. Dort zog er etwas aus der Tasche und legte es in ihre Hand. Es war eine goldbraune Eichel.

»Die sehe ich überall«, sagte sie und schloss die Hand darum. »Auf dem großen Tor, über dem Kamin und an den Wanduhren.«

»From a little acorn a mighty oak shall grow.« Er setzte seine Mütze auf. »Das war das Motto des *Commodore.«*

»Des *Commodore?«*

»Cornelius Vanderbilt. Der, der das Vanderbilt-Vermögen angehäuft hat. Er hat sich aus dem Nichts mit Schiffen und Eisenbahnen zu Amerikas reichstem Mann hochgearbeitet. Er hat die Möglichkeiten gesehen, Miss Marie. Darum geht es; die Eicheln aufzuheben, die vor dir auf dem Weg liegen.«

Doch, das verstand sie. Johan Thonander, der *Grenzritter,* war ebenfalls ein mächtiger Mann gewesen. Auch er hatte sich aus dem Nichts hochgearbeitet. Er hatte mit eigenen bloßen Händen den Thonander-Hof aufgebaut. Er war der *Commodore* in ihrer Familie.

Sie beugte sich über den Wagen und sah Mr. Philippe an. Der Kleine war wach, er weinte nicht, er lag nur da und plapperte leise vor sich hin. Dann hob sie den Kopf, noch immer konnte sie Pauls Rücken auf dem Weg zu den Garagen sehen. Etwas war heute an ihm anders, etwas, das ihr noch nie aufgefallen war, aber sie wusste einfach nicht, was es war.

35

»Das mit gestern tut mir leid.« Aislynn saß auf dem Bett und machte sich am Kreuz in ihren Händen zu schaffen. Ihre Hände rochen nach Zimt. »Ich hätte das Foto niemals Mrs. Thonander gezeigt. Das weißt du doch?«

Thea nickte, ohne Aislynn anzusehen, sie hatte genug andere Sorgen; wenn Mrs. Goldberg hörte, dass sie in den Ställen gewesen war, wäre es aus mit ihr. Sie nahm die weiße Haube ab und legte sie auf die Kommode.

»Es war nicht so gemeint«, schluchzte Aislynn.

Thea hob den Kopf und sah sie an, Aislynns Augen waren gerötet. »Was ist los?«, fragte sie.

Aislynn schluchzte wieder auf. »Ich war einfach so böse, weil du bei Paul geklatscht hattest.«

»Ich hatte nicht bei Paul geklatscht.«

»Und jetzt wissen es alle … als abschreckendes Beispiel für alle Mädchen …«

»Was denn?«, fragte Thea ungeduldig.

»Dass Mrs. Thonander zu Hause ein uneheliches Kind hat.«

Thea starrte sie an, dann ließ sie sich auf das Bett sinken und schüttelte den Kopf. »Das ist nicht wahr«, flüsterte sie.

»Doch, es ist wahr«, sagte Aislynn. »Mrs. Thonander hat es selbst zugegeben. Ein kleiner Junge in Schweden, fünf Jahre alt. Ich bin in Mrs. Blooms Büro gerufen worden, während *du* im Stall warst.«

»Woher weißt du das?« Thea holte Atem und versuchte, sich zu sammeln. Sie wusste, dass sie jetzt ganz vorsichtig sein musste, damit Aislynn das nicht auch noch an Mrs. Bloom weitertrug.

Thea stand auf und ging ans Fenster. Sie dachte an Frau Linnerud und deren Schande. Es war so, als habe deren Geschichte damals ein Samenkorn in sie gesenkt und als wachse das Samenkorn jetzt und drohe, ihre Brust zum Bersten zu bringen. Würde Tante Augusta das jetzt auch erleben, Schande und Ausgestoßensein? »Nein«, sagte sie plötzlich laut und lief zur Tür. Sie musste mit Tante Augusta sprechen.

»Es ist etwas für dich gekommen«, rief Aislynn hinter ihr her.

»Was denn?« Thea blieb stehen.

»Ein Brief.«

»Wo ist der?« Sie schaute sich im Zimmer um.

»Mr. Lovegrove hat ihn auf den Kaminsims gestellt.«

Thea sagte nichts mehr, sie fuhr nur herum und stürzte aus der Kammer.

»Ich komme mit.« Aislynn legte das Kreuz auf die Kommode und lief hinter Thea her.

»Das geht nicht.« Thea rannte über den Gang. »Um zehn Uhr muss alles still sein.«

»Aber es ist schon nach zehn, und du willst ja auch nach unten.«

Thea blieb bei der Tür zur Treppe stehen. »Warum hast du den Brief nicht mit nach oben gebracht?«

»Ich brauche Hilfe, Marie. Unten in der Küche herrscht das Chaos. Mrs. Thonander liegt schon den ganzen Tag im Bett, seit sie zu Mrs. Bloom bestellt worden ist, und die Küchenmädchen geben sich alle Mühe, und Mrs. Bloom will, dass ich einen Schokoladenkuchen backe. Und ich weiß nicht, wie man einen Schokoladenkuchen macht.«

Thea schüttelte den Kopf. »Nein!« Sie öffnete die Tür und lief die Treppe hinunter. »Du verlangst zu viel von mir, Aislynn.«

»Aber willst du deiner Tante nicht helfen, jetzt, wo sie in solcher Not ist?« Aislynn schlüpfte an ihr vorbei und öffnete die Kellertür. »Auch ein Stubenmädchen war drinnen. Sie hat den anderen von Mrs. Thonander erzählt. Ich hätte das doch nie im Leben erwähnt. Und Mrs. Bloom scheint es nicht weiter wichtig zu nehmen, dass es herausgekommen ist.«

Thea blieb stehen und hob die Hand an den Mund. »Wer war das?«

»Clara. Aus demselben Grund weggeschickt wie Rose. Der alte Freund der Familie im Gästeflügel scherzt offenbar gern mit den Stubenmädchen.« Aislynn seufzte. »Und keine traut sich zu sagen, dass sie in diesem verdammten Zimmer nicht saubermachen will. Nein, keine sagt auch nur ein Wort, ehe sie oben ankommt und den Alten im Bett vorfindet, erst dann schreien sie. Man kann ja schon spekulieren, wer die Nächste sein wird.«

Der Brief stand nicht auf dem Kaminsims, er lag nicht auf dem langen und auch nicht auf dem runden Tisch. Er war nicht auf einen Stuhl oder auf den Boden gefallen, er lag nicht im Schaukelstuhl und war auch nicht zwischen die alten Zeitungen geraten.

»Mr. Lovegrove muss den Brief mit ins Büro genommen haben.« Aislynn lag auf den Knien und suchte zusammen mit Thea.

»Aber dahin dürfen wir doch nicht«, flüsterte Thea. »Ich gehe zu Tante Augusta nach oben.«

Aislynn stand plötzlich vor ihr. »Es ist spät«, sagte sie langsam. »Mrs. Thonander schläft bestimmt. Es ist besser, wenn du morgen mit ihr redest, wenn sich die Lage beruhigt hat.« Sie seufzte tief. »Wenn du das hinstellst, was ich für den Schokoladenkuchen brauche, gehe ich den Brief für dich suchen.«

»Nein!«

»Ich bin ganz still.«

»Nein, Aislynn.« Thea streckte die Hand nach ihr aus, aber Aislynn wich aus und verschwand in der Dunkelheit.

»Mach dir doch keine Sorgen, Marie. Weißt du nicht mehr, was wir uns gegenseitig versprochen haben?«

Thea zögerte, dann ging sie in die Gegenrichtung und weiter zur großen Speisekammer. Sie würde den besten Schokoladenkuchen aller Zeiten backen, nicht für Aislynn, sondern für Tante Augusta.

Thea war so lange nicht mehr in der Speisekammer gewesen; vieles war umgeräumt worden. Alles war ein Chaos, ohne System oder Ordnung, es sah Tante Augusta überhaupt nicht ähnlich. Sie brauchte Zeit, um die Dose mit der Schokolade zu finden. Langsam öffnete sie den Deckel und sog den Duft ein.

Sie verquirlte Eier und Zucker, rührte die zerlassene Butter ein, siebte Mehl und Backpulver darüber. Dann holte sie das scharfe Messer und zerhackte die Schokolade. Warum brauchte Aislynn so lange? Thea stellte den Kuchen in den Backofen und schlich sich hinaus auf den Gang, aber von Aislynn war nichts zu sehen.

Als sie zurückkam, füllte der Duft des Schokoladenkuchens die Küche. Aber an Stelle des vertrauten Gefühls der Zufriedenheit spürte sie, wie sich ihr Magen zusammenkrampfte. Seit sie nach Idle Hour gekommen war, war so viel schiefgegangen, und jetzt musste Tante Augusta, die ihr doch nur hatte helfen wollen, für Theas Fehler büßen. Sie musste irgendeine Möglichkeit finden, das wiedergutzumachen.

Aislynn trat in die Küchentür. »Ich musste in sein Büro«, sagte sie atemlos. »Das war nicht leicht, das kann ich dir sagen.«

»Danke«, flüsterte Thea, als Aislynn ihr den Brief gab.

»Geh in den Aufenthaltsraum und lies in aller Ruhe«, sagte Aislynn freundlich und streichelte ihren Arm. »Ich räume hier auf.«

Gepresste Wiesenblumen rieselten über ihr Kleid, als sie den Umschlag öffnete. Butterblumen, Veilchen, roter Klee und Gelbstern lagen auf ihrem weißen Schoß verstreut. Sie freute sich so sehr darüber, dass die Mutter geschrieben hatte, war zugleich aber enttäuscht, weil der Brief nicht von Hans war. Sie blinzelte ihre Tränen weg und fing an zu lesen.

Liebe Thea,

es ist schön, von Dir zu hören, und wir freuen uns so darüber, dass es Dir gut geht, auch wenn wir sicher nicht ganz begreifen, wie wunderbar es sein muss, auf Idle Hour zu leben.

Hier bei uns hat sich vieles geändert. Die Bäckerei ist stillgelegt, und wir sind umgezogen. Es war unmöglich, sie weiter zu betreiben, die Mehlpreise sind immer noch so hoch, und bald wird Rationierung eingeführt. Vater hat es nicht gern getan, das verstehst Du sicher. Der Hausbesitzer wollte uns noch ein halbes Jahr geben, aber was hilft das, wenn die Kasse ganz leer ist.

Wir sind aus der Stadt hinausgezogen, an einen Ort namens Grorud. Hier gibt es einen großen Steinbruch und eine Eisenwarenfabrik. Wir wohnen in einem von zwei neugebauten Häusern für jeweils fünf Familien. Wir haben Wohnzimmer, Küche und Kammer, wie zu Hause. Hinter dem Haus liegen ein See mit Fischen und ein großer Wald.

Ruth und die Jungen kommen im Herbst hier in die Schule, und Astrid wird in der Fabrik arbeiten, sobald sie stark genug ist. Vater hofft auf Arbeit im Steinbruch.

Die Kinder sprechen oft von Dir, sie alle. Astrid und Ruth haben im Wald Blumen gepflückt und für Dich gepresst, und Harald hat das Haus gezeichnet, in dem wir wohnen. Trygve lässt grüßen und sagt, er wird seinen Träumen folgen, genau wie Du, sowie er mit der Schule fertig ist.

Ich bin ewig dankbar dafür, dass sich Augusta so gut um Dich kümmert und dass Du in Amerika ein gutes Leben hast.

Liebe Grüße, Mutter

PS Sverre kann jetzt laufen

Thea starrte den Briefbogen an. Sie hatte doch geglaubt, die Mutter werde erzählen, dass sie sich von dem Geld, das Thea geschickt hatte, in Bjølsen Mehl gekauft hatten, dass die Schulden bezahlt waren und dass alle jetzt auf Theas Rückkehr warteten. Aber stattdessen war die Bäckerei stillgelegt, und ihre Familie wohnte in einem Wald? Das war doch nicht richtig, sie waren doch Stadtleute, und der Vater betrieb eine Bäckerei, die wieder aufblühen würde, wenn nur erst der Krieg vorüber wäre. Eine Bäckerei, die eines Tages ihr gehören würde. Sie konnte nicht fassen, dass sie einfach umgezogen waren. Sie zog die Zeichnung aus dem Umschlag. Oben auf dem Blatt stand *Skoglund,* und unten stand *Harald.* Das Haus war groß, hatte viele Fenster und war umgeben von hohen, dunklen Bäumen. Plötzlich schnürte sich Theas Hals zusammen, sie sprang auf, ließ alles fallen und stürzte aus der Hintertür. Sie brauchte Luft!

Ihre Schritte knirschten in dem feuchten Kies. Es war so dunkel, dass sie fast nicht die Hand vor Augen sehen konnte.

Der Hausbesitzer hatte ihnen noch ein halbes Jahr gewährt, aber sie hatten einfach aufgegeben? Sie bog vom Weg ab und lief über den nassen Rasen, ohne auf den kalten Regen zu achten. Sie war allein auf einem verdunkelten Schiff über das Meer gereist, mitten im Krieg, zu einem fremden Erdteil. Sie hatte mit der Sprache gekämpft, mit neuen Arbeitsaufgaben, sie war ausgeschimpft und ihr waren die Haare geschoren worden! Sie hatte sogar gegen ihre eigenen Moralbegriffe verstoßen und Tante Augustas Geld gestohlen. Das alles hatte sie für die Familie zu Hause getan, weil … weil …

Plötzlich blieb sie stehen und griff sich an den Kopf. Sie spürte das Geräusch, ehe es herauskam, es dröhnte in ihr wie ein Donnerhall, presste sich einen Weg, bebend und zitternd, es war unmöglich, es zurückzuhalten. Sie hielt sich die Ohren zu und schrie.

Sie wusste nicht, wie lange sie dort gestanden hatte, aber als sie den Kiesweg wieder erreichte, fühlte sie sich anders, wie eine Flasche, deren Inhalt ausgeleert worden war, als ob sie nicht mehr Thea wäre, sondern nur noch eine leere Schale. Aber sie konnte jetzt alles in einem neuen Licht sehen, ganz klar. Der Vater war so unrealistisch gewesen, hatte den Ernst der Lage nicht erfasst, hatte zu billig verkauft. Nein, nie im Leben wäre sie selbst so leichtgläubig gewesen. Sie fing an zu laufen, und im nächsten Moment glitt sie aus und kippte vornüber. Sie blieb im nassen Gras liegen und weinte und schluchzte.

Irgendwann kam sie wieder auf die Beine und humpelte weiter, bis sie das Waschhaus erreicht hatte, das dunkel und abgeschlossen war. Dort ließ sie sich auf die Treppe sinken. War es möglich, dass die Mutter sie wegen Hans weggeschickt hatte, aus Angst, dass Thea »ins Unglück« geraten könnte wie Tante Augusta? In Kampen gab es viele Klatschbasen, die Mutter konnte also schon lange vor seinem Besuch bei ihnen von Hans gewusst haben. Thea zerbrach sich den Kopf, und dabei atmete sie schwer, und die Feuchtigkeit verdampfte. Die Mutter konnte sie jedenfalls nicht weggeschickt haben, um die Bäckerei zu retten, denn sie musste schon längst gesehen haben, dass das unmöglich sein würde.

Endlich hörte es auf zu regnen, und Thea konnte sehen, wie der Vollmond sein weißes Licht über den Connetquot River goss. Sie versuchte, aufzustehen, aber sie fühlte sich wie gerädert, und eine Wunde an ihrem Knie brannte. Sie war auch auf Hans wütend. Warum schrieb er nicht? Wie konnte er sie ganz allein in diesem unbekannten Land lassen, ohne auch nur eine Zeile zu schreiben? Plötzlich musste sie an Consuelo denken, wie sehnsüchtig die auf einen Brief von Winthrop Rutherford gewartet hatte – war Hans ebenso feige, oder hatte er sie einfach vergessen, sowie das Schiff den Fjord verlassen hatte?

Sie biss die Zähne zusammen, erhob sich und schleppte sich weiter, bis sie das Licht am Ende des Weges sah.

36

»Miss Marie?«

Er war natürlich nicht allein, er war zusammen mit Oliver. Sie hatte ihn schon früher gesehen, wenn sie mit dem Kinderwagen unterwegs waren, Oliver arbeitete ebenfalls in der Garage, nur trug er einen Overall und nicht wie Paul eine Uniform, und jetzt standen sie beide da und sahen Thea an, mit großen, weitaufgerissenen Augen, wie zwei tote Fische an Land, und die ganze Zeit brannte die Wunde an ihrem Knie, ein stechender, pochender Schmerz, wann immer sie sich bewegte.

»Oliver bewundert die neuen Autos.« Paul hob den Arm und winkte ihr zu. »Komm, sieh sie dir auch mal an.«

Als sie nicht reagierte, lief er auf sie zu und bot ihr den Arm, dann führte er sie zu zwei funkelnden blanken Fahrzeugen, einem dunkelroten und einem grünen. »1915er Cadillac Model V 8, viertüriger Saloon, und dieser hier.« Er klopfte auf den grünen. »Ein 1916er Cadillac Town Car. Gestern gekommen. Spezziallieferung für diesen Sommer.«

»Die sind nicht am Fließband hergestellt«, sagte sie, denn was hätte sie sonst sagen sollen. Ihr wäre es doch auch egal, wenn hundert Autos in der Garage ständen, oder der Stuhl, auf dem sie saß, wenn sie ganz allein im Kinderflügel ihre Mahlzeiten zu sich nahm, mit Schnitzereien und Längsrillen verziert wäre. Nein, sie hatte Gold und Marmor und funkelnde Kronleuchter, gewebte Wandteppiche und handgemalte Seidentapeten so satt, sie hätte sich übergeben können.

»Steig ein.« Paul setzte sich hinter das Lenkrad des grünen Wagens und klopfte auf den Platz neben sich.

Thea wich einige Schritte zurück, und Oliver ließ sich auf den Sitz fallen. Jetzt konnte sie verschwinden, denn die beiden anderen bewunderten das Wageninnere und schienen ihre Anwesenheit vergessen zu haben, aber sie blieb nur stehen, denn sie wusste nicht, wohin. Oliver sprach mit demselben irischen Akzent wie Aislynn. Aislynn hatte sie ebenfalls belogen, natürlich hatte sie das, bestimmt hatte sie den Brief mit in die Mansarde genommen, hatte ihn vergessen, bis sie Theas Hilfe brauchte. Die anderen waren allesamt Schmarotzer, Verräter und Schmarotzer. Von nun an musste alles anders werden. Sie würde sich nicht mehr hintergehen, nicht mehr ausnutzen lassen. Es wurde hohe Zeit, dass sie sich durchsetzte.

»Spielen wir nachher eine Runde Karten?« Olivers Stimme klang eifrig, er beugte sich zur Seite und fuhr mit den Händen über das Lenkrad.

»Gern, Kumpel.« Paul klopfte ihm auf die Schulter.

»Du musst die Bonzen doch heute Abend nicht fahren?«

»Sprich nicht so über sie«, sagte Paul mit entschiedener Stimme. »Vergiss nicht, dass sie dich am Leben erhalten.«

»Um zwölf, über der Garage?«

»Abgemacht.«

Oliver lief auf die Tür zu, und Thea ging hinterher.

»Willst du das nicht sehen?« Paul war ihr gefolgt.

»Was denn?«

»Das Zimmer über der Garage. Wo wir Karten spielen. Du kannst dich vor dem Ofen aufwärmen.«

Er lachte und zeigte auf etwas, das eher an eine Leiter erinnerte als an eine Treppe.

Thea überlegte kurz, dachte, es sei vielleicht keine gute Idee, mit Paul zu gehen, während sie durchnässt, kalt und verzweifelt war, aber zugleich war die Vorstellung eines warmen Ofens so verlockend, dass sie nicht nein sagen konnte.

Da oben roch es nach einer Mischung aus Schweiß und Tabak. Von der Wärme wurde sie schlaff und schläfrig. Plötzlich kam ihr alles, was mit zu Hause zu tun hatte, weit weg vor, wie ein Leben, von dem sie nur geträumt hatte.

»Setz dich dahin.« Paul zeigte auf den Ofen und zog einen Stuhl für sie davor.

Sie ließ ihn nicht aus den Augen, als er zum Tisch ging, dort die Petroleumlampe anzündete und hinten an einen Stuhl hängte. Sie spürte, wie sich Wärme in ihrem Körper ausbreitete, als sie sah, wie er die Hemdsärmel aufkrempelte, aber sie war nicht sicher, ob das an ihm lag oder am Ofen. Sie bewegte sich auf ihrem Stuhl; ihr Rock berührte die Wunde. Sie seufzte laut, zog vorsichtig den Rock hoch und versuchte, Kies und Blut von ihrem Knie zu entfernen.

Paul sah sie an. Das Lampenlicht warf einen rötlichen Schimmer über sein Gesicht. Er schien etwas sagen zu wollen, aber dann schwieg er, kam nur zum Stuhl, beugte sich vor und legte behutsam die Hand auf ihre Wade.

Ihr Körper spannte sich an, aber sie zog ihr Bein nicht weg.

Wortlos verschwand er aus dem Zimmer. Sie schaute sich um. Braune Kippen lagen in einem Aschenbecher, und in der Ecke sah sie etwas, das aussah wie Schnapsflaschen, Spielkarten lagen zwischen Tellern und schmutzigen Bechern auf dem Tisch herum. Das hier war eine ganz andere Welt als der Dienstmädchenflügel. Es war deutlich, dass sich Mr. Lovegrove hier niemals zeigte.

Sie drehte sich um, als sie eine neue Bewegung im Zimmer ahnte.

Paul stand mit einer Waschschüssel und einem weißen Stoffstück in der Tür. Er kam zu ihr, bückte sich und reinigte die Haut um ihre Wunde. Er spülte das Stoffstück im Wasser aus und drückte es vorsichtig auf die offene Wunde. Sie keuchte auf und wollte ihr Bein zurückziehen, aber er gab nicht nach, und sie konnte nur noch an seine Hand auf ihrer Wade denken. Sie schloss die Augen, und als sie sie wieder öffnete, hatte er ihre Wade verbunden.

Sie schaute ihm hinterher, als er sich dann an den Tisch setzte. Plötzlich war er überraschend still. Woran er wohl dachte?

»Als ich acht war«, sagte er, als ob er ihre Gedanken gelesen hätte, »ist mein Vater mit mir hier draußen zu einem Autorennen gegangen. Der älteste Sohn von Mr. Vanderbilt, Willie K., hatte den Vanderbilt Cup gestartet, und das hatte sich bis in die Stadt herumgesprochen. Die Leute strömten in Massen heraus. Die Chauffeure fuhren, als ob ihr Leben auf dem Spiel stünde. Fiat, Knox, Mercedes.« Er bückte sich und legte ein Holzscheit in den Ofen. »Und in diesem Augenblick, Miss Marie«, er schaute ihr in die Augen, »habe ich beschlossen, alle Chancen zu ergreifen, die dieses Land mir bietet.«

»Das werde ich auch tun«, sagte sie und beugte sich vor. »Alle Chancen ergreifen.«

»Du willst also nicht mehr nach Hause zurück?«

Sie war nicht sicher, ob er das sagte, um sie zu necken, aber sie schüttelte den Kopf. »Ich bin nicht mehr sicher«, sagte sie, schlug die Augen nieder und registrierte, dass sein Blick wach und aufmerksam war. »Meine Eltern sind umgezogen. Die Bäckerei gibt es nicht mehr. Was soll ich da zu Hause?« Sie lehnte den Kopf an die Stuhllehne. »Vielleicht werde ich niemals wieder backen.«

»Aber ist das denn nicht dein Traum?«

»Das war es«, sagte sie. »Es hat mir Freude gemacht, anderen mit dem, was ich gebacken habe, eine Freude zu machen, aber es kommt mir so vor, als ob das jetzt verschwindet.«

»Das glaube ich nicht«, sagte er, stellte den einen Stiefel neben sie auf den Stuhlsitz und stützte die Ellbogen auf die Knie. »Ich glaube, es gibt deinem Leben seinen Sinn.«

Als sie nichts sagte, fügte er hinzu: »Die Menschenmengen hättest du mal sehen sollen.« Wieder leuchteten seine Augen. »Alle, die herkamen, hofften, dass ein amerikanisches Auto die mächtigen Wagen aus Europa besiegen würde. Die hohen Geldprämien lockten die besten Fahrer und die besten Autos über den Atlantik, die, die schon am Gordon Bennett Cup teilgenommen hatten.« Dann senkte er die Stimme. »Ein Zuschauer kam ums Leben, und mehrere wurden verletzt.«

»Und trotzdem hast du davon geträumt, so ein Auto zu fahren?«

»Ich habe von nichts anderem geträumt.«

»Aber …«

»Es war ein Unfall. Ein furchtbarer Unfall. Danach wurden die Straßen sicherer. Willie K. ließ eine asphaltierte Straße nach Long Island hinaus bauen, damit alle sich sicher fühlten und weiterhin kamen. Die Straße wurde Vanderbilt Parkway genannt und führte vom Lake Ronkonkoma nach Queens.«

»Dein Traum ist in Erfüllung gegangen«, flüsterte sie. »Aber du träumst noch immer.«

»Ja«, sagte er und schaute zu den rotglühenden Flammen

hinüber. »Ich träume nicht nur, ich glaube auch an meine Träume. Eines Tages werde ich die größten und schnellsten Autos von Amerika bauen. Ich werde sie besser machen. Die Motoren stärker. Die Karosserie solider. Die Reifen dicker. Ich glaube, das ist meine Bestimmung, und ohne Bestimmung sind wir nichts. Und du, Thea, du wirst backen. Das ist deine Bestimmung, anderen Freude zu machen mit dem, was du backst.«

Thea war versunken in das, was er erzählte, sie hatte ihn offenbar angestarrt, denn plötzlich saß Paul dicht neben ihr und hob ihr Kinn mit den Fingern, dann streichelte er ihren Hals, ihre Wangenknochen, ließ die Finger über die eine Seite ihres Gesichts und dann hoch zu ihrer Wange wandern.

Sie ließ sich zurücksinken, schloss die Augen und spürte seine Finger in ihren Haaren. Sie zitterte am ganzen Leib. Und jetzt musste sie gehen, aber das war unmöglich. Sie reckte sich zu ihm hoch, und er nahm ihr Gesicht in die Hände und küsste sie zärtlich und lange. Seine Augen brannten in ihren. Und in diesem Moment begriff Thea, dass sie dabei war, sich in Paul McLaughlin zu verlieben.

37

Um Punkt zwölf machte sich Mrs. Goldberg auf den Weg zur Allee. Thea ging wortlos neben ihr her. Hier gingen sie sonst nie. Sie kamen an zwei Männern vorbei, die im Schatten saßen und Schach spielten. Charles war mit Erfrischungen auf dem Weg zu ihnen, mit zwei gekühlten Cocktailgläsern auf einem Silbertablett. Aber die Männer schienen nur Augen für die Schachfiguren zu haben, und sie schienen nicht zu bemerken, dass um sie herum alles kopfstand. Die Hochzeit von Mrs. Vanderbilts Tochter sollte in der Stadtresidenz stattfinden, aber das Festmahl zu Ehren des Brautpaares würde am Abend auf Idle Hour abgehalten werden.

Die jüngsten Diener, die morgens den Lakaien die Schuhe putzten, mussten den Kies in der Auffahrt harken und die Treppenstufen wienern. Die Gärtner kletterten vor der Längswand auf Leitern herum, sie schnitten braune Blätter von den Hortensien und banden die obersten Zweige der Kletterrosen auf. Auf jeder Veranda gab es große Blumengestecke. Pfingstrosen und Rosen und Georginen. Es war gut, so viel ansehen zu können, denn an die Bäckerei wollte Thea nicht mehr denken. Die war wie eine tote Verwandte, für immer begraben und verschwunden.

»Mr. Vanderbilt wird die Braut zum Altar führen, da ihr Vater tot ist«, sagte Mrs. Goldberg. »Die jetzige Mrs. Vanderbilt war mit Mr. Rutherford verheiratet.«

»Mit Winthrop?«, fragte Thea und schaute zu der Kinderfrau hinüber.

»Nein, mit seinem älteren Bruder natürlich.« Mrs. Goldberg sah sie ungeduldig an. »Und Winthrop kommt Gott sei Dank nicht zur Trauung. Dazu sind nur die allernächsten Angehörigen eingeladen. Es ist schlimm genug, dass er herkommt, zum Fest.«

Mrs. Goldberg blieb stehen, nickte ihr zu, und Thea übernahm den Kinderwagen.

»Ich bin so froh, dass Consuelo bei mir war«, sagt Mrs. Goldberg seufzend und trat neben sie. »Dass wir uns aussprechen konnten.« Ihre Stimme klang jedoch überhaupt nicht froh. Sie hatte es schon mehrmals gesagt und immer auf dieselbe Weise. Ob Mrs. Goldberg das selbst nicht hörte?

Sie folgten dem Fluss und hatten bald das große Tor erreicht. Als Thea gerade kehrtmachen wollte, löste der Torwächter die Kette, ein Sportwagen raste in wildem Tempo durch die Allee.

»Das ist William«, sagte Mrs. Goldberg atemlos.

Plötzlich hielt das Auto an, setzte zurück und blieb vor ihnen stehen.

»Es tut mir leid.« Das Gesicht des Mannes, den Thea vor sich sah, war so klar gemeißelt wie die Statuen vor dem Tor, die Augen waren dunkel, brennend und klar. »Ich hoffe, ich habe Sie oder den Kleinen nicht erschreckt.«

»Mr. Vanderbilt.« Mrs. Goldberg versank in einem tiefen Knicks und hielt sich dabei am Wagen fest.

»Noch einen guten Tag.« Er rückte die große weiße Perle in seinem Schlipsknoten zurecht, dann hob er den Arm, winkte und raste weiter auf den Haupteingang zu.

Mrs. Goldberg drehte sich um und schaute hinter ihm her. Thea tat es ihr nach. Und plötzlich ging ihr auf, dass der junge Mr. Vanderbilt seine eigene Kinderfrau nicht erkannt hatte.

Der Seiteneingang wurde in dem Moment geöffnet, in dem der Wagen vor der Treppe vorfuhr, und Paul kam heraus. Eine plötzliche Wärme breitete sich in Thea aus. Alles, was sie am Vorabend gemacht hatte, war aus Enttäuschung und Wut geschehen, es bedeutete nichts. Sie musste versuchen, es zu vergessen. Sie schaute ihm hinterher, als er sich vor Willie K. verbeugte, wie er ihn genannt hatte, ehe er sich ins Auto setzte und zu den Garagen weiterfuhr. Nichts von dem, was sie gesagt oder getan hatte, war die wirkliche Thea gewesen. Die Enttäuschung über den Brief, den sie bekommen hatte, hatte sie zu den Garagen geführt, sonst nichts.

»Das Hauptgebäude auf Idle Hour ist in Williams Hochzeitsnacht abgebrannt, und von allen Erinnerungen war nur noch Asche übrig.« Mrs. Goldbergs Stimme riss sie aus ihren Gedanken. »Aber das war das alte, bezaubernde Idle Hour, nicht die Festung, die jetzt hier steht. Sicher will er deshalb bei der Trauung nicht dabei sein. Er hat Angst, dass das Unglück bringen würde. Ja, William lebt ja auch getrennt.«

Thea schaute zu Mrs. Goldberg hinüber. Solange sie schon hier war, war noch kein Brand erwähnt worden.

»Hier waren zum Glück nicht viele Gäste, nur das Brautpaar und die Trauzeugen und natürlich die ganze Dienerschaft. Mr Lovegrove war im Haus, als Alarm gegeben wurde, aber Mrs. Bloom …« Mrs. Goldberg verstummte. »Es ist lange her.«

Sie näherten sich dem Seiteneingang. Mr. Lovegrove war herausgekommen. Er scheuchte Ross, Arthur und Harry mit gewaltigen Gesten herum, zeigte ihnen genau, wo sie stehen und wie tief sie sich vor den eintreffenden Gästen verbeugen sollten. Er sah einfach niemals richtig zufrieden aus. Unten im Keller war es auch so. Mr. Lovegrove und die Lakaien hatten seit Tagen Silber geputzt.

»Consuelo hat ebenfalls ihre Hochzeitsnacht hier verbracht«, murmelte Mrs. Goldberg, als sie den Wagen über die Schwelle schob. »Es war der einzige Ort, an dem sie sich sicher fühlte. Ach, es tut viel zu weh, daran zu denken. Das schaffe ich nicht.«

Es wurde Abend; große schwarze Wagen fuhren beim Haupteingang vor, einer nach dem anderen, und blieben in langen Reihen stehen, bis sie von dunkel gekleideten Dienern zu den Garagen gefahren wurden. Der Eingang wurde von brennenden Fackeln beleuchtet, und Mr. Lovegroves Stimme erscholl bei jedem neuen Gast. Vor dem Haus standen Mr. und Mrs. Vanderbilt und hießen alle willkommen.

Jedesmal, wenn eine Tür geöffnet wurde, schaute Mrs. Goldberg durch den Vorhangspalt. »Da ist Mr. Rutherford«, flüsterte sie. Das hatte sie schon oft gesagt. »Jetzt steigt er aus dem gelben Rolls Royce. Dem dahinten.« Ihr Zeigefinger zitterte. »Meine Güte, der ist aber groß. Doch, er muss es sein. Ich habe ihn mehrmals in der Zeitung gesehen. Ja, ich bin ganz sicher. Und da ist seine Gattin, Alice Morton. Sie ist die Tochter des vorigen Vizepräsidenten«, fügte sie mit einem winzigen Zittern hinzu. »Es ist nicht richtig, dass Mrs. Vanderbilt ihn eingeladen hat, und wenn er tausendmal der Onkel der Braut ist. Die Braut ist ja nicht einmal hier, sie ist schon auf ihrer Hochzeitsreise nach Kalifornien.« Sie schüttelte den Kopf. »Ach, ich mag gar nicht daran denken, was es für Consuelo für ein Gefühl sein muss, am selben Tisch zu sitzen wie er.«

Thea musterte Alice Morton. Ihr Kleid war flammendrot. Sie raffte es mit einer behandschuhten Hand. An ihrem Hals funkelten Diamanten. Dann ließ Thea den Blick zum Mann neben ihr weiterwandern. Mrs. Goldberg war ganz und gar von Winthrops Verrat erfüllt. Der hatte sich wie Gift in ihr ausgebreitet. Thea hatte keine Lust, noch länger dort zu stehen, sie hatte ihre eigenen Sorgen. Aber sie musste bleiben, obwohl Mr. Philippe schon längst im Bett lag, als wäre sie Mrs. Goldbergs Gesellschafterin.

»Kein Kleid kann sich mit dem der Herzogin messen.« Mrs. Goldberg packte die Fensterbank. »Ob Consuelo wohl eins der großen Diademe tragen wird oder vielleicht das breite Halsband?«

Als Thea keine Antwort gab, warf Mrs. Goldberg ihr einen verärgerten Seitenblick zu.

»Wird denn auch getanzt, Mrs. Goldberg?«, fragte Thea eilig.

»Mrs. Vanderbilt möchte keinen Tanz abhalten, solange Krieg ist. Aber es kommt ein kleines Orchester, um nach dem Essen zur Unterhaltung aufzuspielen.« Mrs. Goldberg seufzte. »Du hättest mal hören sollen, wie Consuelo auf dem Flügel im Salon gespielt hat, in den alten Tagen.«

Thea schob den Vorhang ein wenig zur Seite. In der Ferne konnte sie das Garagendach ahnen. Brannte im Zimmer da oben nicht Licht? Wartete er auf sie?

Es war spät, als Thea den Kinderflügel verließ. Mrs. Goldberg war zu Bett gegangen. Thea schlich sich durch den Gang. Der Duft von Blumen und Parfüm mischte sich mit Zigarrenrauch und stieg zur Decke hoch. Aus den Sälen unten war Musik zu hören. Die Klänge einer Geige verbanden sich mit Stimmen, Gelächter und Gläserklirren. Es gab zwei Welten – eine mit und eine ohne Sorgen. Thea wusste, in welche der beiden sie gehörte.

Vorsichtig lugte sie über das vergoldete Geländer. Von hier aus konnte sie quer durch die Halle und durch die großen Türen blicken, zu Speisesaal und zur Statue der Jagdgöttin Diana. Im Salon daneben spielte das Orchester; es war überhaupt nicht klein, wie Mrs. Goldberg behauptet hatte. Männer in schwarzen Anzügen spielten Geige und Blasinstrumente, Klavier, Flöten und Trommeln. Und da war Harry. Und Ross. Und Arthur. Sie trugen Silbertabletts mit hohen Champagnergläsern in den Salon. Und da war Charles. Er stand vor Mr. Rutherford und Alice Morton in dem flammend roten Kleid. Mr. Rutherford nahm ein Glas von dem Silbertablett, und Charles machte eine tiefe Verbeugung.

Plötzlich entdeckte Thea ein tanzendes Paar; das kam ihr seltsam vor, denn Mrs. Goldberg hatte doch gesagt, dass Mrs. Vanderbilt keinen Tanz wollte, solange Krieg war. Nun schwenkte ein zweites Paar das Tanzbein, aber niemand schien daran Anstoß zu nehmen. Dann fiel Theas Blick auf zwei der drei jungen Männer aus dem Junggesellenflügel, sie lachten und stießen miteinander an. Und dort stand eine junge Frau mit üppiger blonder Mähne und einem hellroten Kleid, die Thea an Amanda erinnerte. Die Junggesellen näherten sich, fast auf Zehenspitzen, wie es aussah, als wäre das Mädchen in dem hellroten Kleid eine Beute. Das Mädchen schaute sofort in eine andere Richtung, und Thea hätte gern gerufen, sie solle aufpassen. Aber dann war der eine Junggeselle zur Stelle, bot ihr den Arm und führte sie galant hinaus auf die Terrasse, zu Mondschein, Pfingstrosen, Rosen und Georginen.

Jählings setzte die Musik aus. Die Stimmen verstummten. Thea schluckte und reckte den Hals. Unten beim Eingang verkündete Mr. Lovegrove mit seiner tiefen Stimme: »*Miss Theda Bara.*« Und eine Frau mit schwarzer Hochfrisur und bunten flatternden Seidengewändern fegte in die Halle.

Dort sah sie William mit den schwarzen welligen Haaren und der Perle im Schlipsknoten, er kam ihr entgegen, küsste ihr die Hand und führte sie in den Ballsaal. Jemand flüsterte, man würde Theda Bara jetzt länger nicht mehr sehen, denn sie würde von New York nach Hollywood übersiedeln, um Kleopatra zu spielen. Dann hob der Dirigent den Taktstock, und die Musik setzt wieder ein. Thea wollte sich gerade zur Tür zur Hintertreppe schleichen, als sie Paul entdeckte. Er beugte sich vor und flüsterte Mr. Lovegrove etwas ins Ohr.

Thea verspürte ein seltsames Ziehen im Magen und trat rasch vom Geländer zurück. Abermals beugte sie sich dann vorsichtig vor. Er war noch immer da. Er hatte sie nicht gesehen. Plötzlich aber richtete er sich auf und schaute nach oben, zu dem Flügel, wo sie stand, fing ihren Blick ein und hielt ihn fest.

Sie lief los und schlüpfte durch die Tür, hob ihren Rock und rannte hinab in den Keller, während ihr Herz hämmerte. Dort blieb sie stehen, lehnte sich an die Wand, und ihre Brust hob und senkte sich.

Eine Tür im Erdgeschoss fiel zu. Die Treppenstufen ächzten, scharfe Absätze knallten durch den Gang.

Sie schloss die Faust um die Klinke. Dann spürte sie seinen Atem im Nacken und seine Hand, die sich über ihre legte, sie hörte seine Stimme, die ihren Namen flüsterte.

»Warum gehst du mir aus dem Weg?«

»Ich weiß nicht, was gestern in mich gefahren war«, flüsterte sie.

»Ich dachte, du magst mich.«

»Das tu ich auch, aber …«

»Dann komm am Sonntag mit mir ins Kino.« Plötzlich lächelte er sie an, aber sie konnte sehen, dass seine Augen unruhig waren. »Ich habe Eintrittskarten für Charlie Chaplin gekauft.«

»Ich kann nicht.« Sie biss sich in die Lippe.

»Warum nicht?« Er trat einen Schritt zurück, aber als sie nichts sagte, kam er wieder auf sie zu und legte abermals seine Hand über ihre.

Eine Lawine von Gefühlen durchfuhr sie. Trauer, Verwirrung, Sehnsucht nach einem Ort, wo sie sich zu Hause fühlen könnte, und in diesem Moment fühlte sie, dass er dieser Ort war. Aber sie schämte sich auch und hatte das Gefühl, ihr Wort zu brechen. Alle diese Gefühle überwältigten sie, sie konnte sie nicht mehr voneinander unterscheiden. Sie schob die Tür auf, riss sich los und stürzte davon.

38

»Ich will hier keine üble Nachrede hören.« Tante Augusta sah zu ihr hoch, als Thea den Aufenthaltsraum betrat, ihr bleiches Gesicht glitzerte vor Schweiß. »Wir sind nicht dazu berufen, ein Urteil zu fällen, nicht einmal über die Fehltritte anderer. Erlösung und Verurteilung sind beides die Sache des Herrn.«

Thea ließ sich auf einen Stuhl am langen Tisch sinken. Ihr Herz hämmerte noch immer. Der Abend würde genau so verlaufen, wie Mrs. Goldberg gesagt hatte. Die Lakaien würden umherrennen und die vielen erlesenen Gerichte servieren, die der Chefkoch vorbereitet hatte, und sie würden immer neue Einzelheiten berichten, und die Küchenmädchen würden weiter klatschen, solange sie es vermochten.

»Was ist mit Consuelo?«, fragte Aislynn plötzlich. »Ja, ist Mr. Rutherford nicht da oben, mit seiner Gattin?«

»Wie meinst du das, Aislynn?« Tante Augustas Stimme war scharf, und Thea blickte auf.

»Ach, nur so«, sagte Aislynn und lachte leise. »Aber die waren doch mal heimlich verlobt.«

»Das ist allgemein bekannt«, sagte Charles. »Ganz New York weiß, dass Alva ihre Tochter zur Ehe mit diesem Herzog gezwungen hat.« Er strich sich die schwarzen Haare nach hinten. »Mehrere Presseleute haben gehört, dass sie heute Abend hier sind. Skandale, nur darauf sind sie aus. Alle wissen von der unglücklichen Liebe von Consuelo und Winthrop. Die Presseleute werden diese Geschichte mit Begeisterung wieder aufwärmen. Leidenschaft. Verrat. Ein größenwahnsinniger Herzog und eine erbarmungslose Mutter. Alles, was dazugehört. Der pure Roman.«

»Und woher weißt du das alles, Charles?« Tante Augusta erhob sich.

»Meine Mutter war damals Zofe bei Alva.« Charles ließ sich zurücksinken und verschränkte die Hände hinter dem Kopf. »Deshalb hat Mr. Lovegrove mich angestellt. Meine Familie war der Familie Vanderbilt immer schon treu ergeben.«

»Darüber reden wir jetzt nicht mehr.« Tante Augusta setzte sich wieder und faltete auf ihrem Schoß die Hände. »Es ist lange her und geht uns außerdem nichts an. Wir sind hier zum Dienen, nicht zum Klatschen.«

»Aber was meinst du, Charles?«, fragte Aislynn. »Darf er nicht fertig erzählen, Mrs. Thonander?«

»Ach, du kannst von mir viele Einzelheiten hören«, sagte Charles und sah Aislynn an. »Aber das kostet etwas.«

Das war offenbar witzig, denn zwei andere Lakaien lachten. Thea mochte nicht einmal nachsehen, wer es war.

»Jetzt reicht es, Charles.« Tante Augusta schlug mit den gefalteten Händen auf den Tisch.

»Natürlich, Mrs. Thonander«, sagte Charles, während Fleure und Mary kicherten. »Aber in dieser Hinsicht haben Sie doch eigentlich nicht viel zu sagen.«

»Wie meinst du das?« Tante Augusta sah plötzlich unsicher aus.

Es wurde ganz still. Dann kicherten einige Stubenmädchen los. Thea schaute in Tante Augustas graubleiches Gesicht, sah die Tränen, die ihr aus den Augen quollen. Sie konnte nicht verstehen, dass Tante Augusta die kichernden Mädchen nicht zur Rede stellte und dem ganzen Geklatsche ein Ende bereitete. Sie stand im Rang über den Dienstmädchen und brauchte sich das hier nicht gefallen zu lassen, aber vielleicht dachte sie, es sei die Strafe. Thea schlug die Augen nieder. Sie hätte den Brief an Tante Hulda niemals aufmachen dürfen.

»Paul hat Consuelo heute nach Newport gefahren.« Charles grinste angesichts der Aufregung und schaute von Tante Augusta weg, als ob sie gar nicht vorhanden wäre. »Sie will Alva in Marble House besuchen.«

»Alva?«, fragte Fleure. »Die grausame Alva, die ihre Kinder mit der Reitpeitsche verprügelt hat?«

»Sei still«, rief Tante Augusta. »Sonst muss ich Mrs. Bloom holen.«

»Wisst ihr nicht, dass Marble House jetzt das Hauptquartier der amerikanischen Frauenrechtlerinnen ist?«, sagte nun Charles und schlug sich mit der Hand auf den Oberschenkel. »Alva hat die Goldtüren in Newport für Alice Paul geöffnet.«

»Alice Paul?« Fleure lehnte sich zu Liz hinüber. »Wer ist das?«

»Haltet ihr euch nicht auf dem Laufenden, Mädels?« Charles ließ die Augen am Tisch umherwandern. »Alice Paul hat den großen Stimmrechtsmarsch organisiert. Alva ist jetzt Aktivistin.«

»Eine Suffragette«, rief Grace. »Wie Emmeline Pankhurst in England?«

»Ja«, sagte Charles. »Alva hat Emmeline und ihre Tochter Christabel nach Amerika geholt, um hier ihre Botschaft zu verkünden. Wartet nur, bald geben sie sich nicht mehr mit Plakaten, Demonstrationen und Kundgebungen zufrieden.« Er grinste breit. »Nein, die Frauen sollten wissen, wo ihr Platz ist.«

Kämpfte Alva für Frauenrechte? Alva, die ihre Tochter zu einer verhassten Hochzeit gezwungen hatte. Thea schaute zu Aislynn hinüber, und in diesem Moment schob Aislynn ihren Stuhl zurück, raffte ihren Rock und stieg auf den Stuhl.

»Ich will am nächsten Sonntag zur Kundgebung gehen.« Aislynns Stimme war laut und klar und hallte durch den Aufenthaltsraum. »Kommt eine von euch anderen mit?«

Kein Laut war zu hören. Tante Augusta öffnete den Mund, sagte aber nichts. Aber dann fing Violet an zu kichern, und Fleure stimmte ein. Tante Augusta beugte sich vor, ihr Gesicht war jetzt nicht mehr grau, sondern rosa, und sie schlug mehrmals auf den Tisch und sagte mit brüchiger Stimme: »Hier auf Idle Hour war noch nie die Rede von der Frauenbewegung. Das war nicht nötig und ist es auch jetzt nicht. Der Herr macht keine Unterschiede, er beschützt uns alle.«

»Ich wünschte, ich könnte Ihnen da zustimmen, Mrs. Thonander«, sagte Aislynn und schaute zu ihr hinüber. »Aber wir müssen zusammenhalten wie Schwestern. Ja, was ist mit dir, Marie?« Aislynn stieg vom Stuhl und setzte sich wieder. »Du hast doch das Flugblatt mitgebracht.«

Thea erhob sich, strich ihre weiße Uniform glatt, sie musste etwas sagen, erklären, wie wichtig dieser Kampf war. Sie spähte zu Tante Augusta hinüber, die musste das doch auch begreifen, Tante Augusta, die so ungerecht behandelt worden war.

»Was für ein Flugblatt, Marie?« Mrs. Bloom betrat den Aufenthaltsraum.

Thea ließ ihren Blick unsicher zwischen Tante Augusta und Mrs. Bloom hin und her wandern. Jetzt musste sie es sagen: »Über die Kundgebung, Mrs. Bloom«, sagte sie leise. »Für den Kampf um das Stimmrecht für Frauen.«

Mrs. Bloom kniff die Augen zusammen. »Kein Dienstmädchen in diesem Hause darf an einer solchen Veranstaltung teilnehmen.« Sie hob den Zeigefinger. »Wenn ich höre, dass eine bei einer solchen Veranstaltung zugegen war, führt das zur fristlosen Entlassung. Ist das klar?«

39

Thea lief durch die Glen Street. Dass es verboten sein sollte, an ihrem freien Tag zu einer Kundgebung zu gehen? Sie tobte innerlich. Was würde Alma dazu sagen?

Als sie die Seitenstraße erreichte, die zu dem alten Haus führte, schlüpfte sie hinein, hob ihren Rock und lief weiter. Es war Donnerstagnachmittag, das nächste Treffen würde erst am Sonntag stattfinden, aber jemand musste doch da sein. Broschüren und Flugblätter drucken. Plakate.

Thea öffnete vorsichtig die Tür. Ihr bot sich wieder das gleiche Bild, aber jetzt war sie darauf vorbereitet. Frauen, die an einem Tisch saßen und neue Plakate zurechtschnitten. Eine Frau stand neben der großen Maschine, die immer lärmte, wenn sie ein großes Rad drehte und neue Broschüren ausgespien wurden.

»Alma?«, fragte Thea mit lauter Stimme.

Die Frau an der Maschine hielt inne und hob den Kopf. »Zu Hause bei ihrer Familie«, sagte sie und wischte sich den Schweiß aus dem Gesicht. »Kommt am Sonntag.«

Thea bedankte sich und drehte sich um, aber dann blieb sie plötzlich stehen. »Braucht ihr Hilfe?«, fragte sie. »Ja, gibt es irgendwas, das ich tun kann?«

Die Frau an der Maschine hielt abermals inne, hob einen Stapel Broschüren auf. »Du kannst die hier nehmen«, sagte sie, »und für uns verteilen.«

Thea nahm die Broschüren. *We Will Not Be Silenced!* stand darauf in großen Buchstaben. Sie steckte alles in die Tasche und bedankte sich.

Die Tür des blaugrauen Hauses war angelehnt. Thea schlich hinein. Tante Hulda war vielleicht mit Jonny im Hinterhof und würde sich über die Überraschung freuen. Thea ging auf die Tür mit dem Fliegendraht zu, aber als sie gerade hinausgehen wollte, hörte sie aus dem Wohnzimmer lautes Gelächter. Sie ging hinüber, öffnete die Tür und blieb staunend in der Türöffnung stehen. Tante Hulda lag auf dem Sofa, und Mrs. Potemkin saß in dem einen Sessel, hatte die Beine über die Armlehne hängen, und auf dem Tisch stand eine Flasche mit dunklem Inhalt. Plötzlich hob Mrs. Potemkin die Hand an den Mund und rülpste tief und innig.

»Thea, du bist das?« Tante Hulda setzte sich mit glühenden Wangen auf. »Hol dir ein Glas in der Küche.« Sie hielt die Hand vor den Mund und stieß auf. »Wir feiern heute.«

Thea gehorchte, sie holte sich ein Glas aus dem Küchenschrank und warf dabei einen Blick auf den Wagen im Hinterhof. Trank Tante Hulda mitten am Tag Schnaps, und ließ sie Jonny allein draußen liegen? Thea hätte ihn am liebsten ins Haus geholt, ihn beschützt, aber wenn er schlief, hatte es doch keinen Sinn, ihn zu wecken.

Als sie zurückkam, war Tante Hulda aufgestanden. Sie stand mitten im Zimmer, und plötzlich fing sie an, sich um sich selbst zu drehen, und dabei lachte sie und klatschte in die Hände. »Bin ich nicht fein?«, fragte sie strahlend. Tante Hulda trug ein neues Kleid. Es war kürzer als das, das sie sonst trug, es zeigte ein Stück ihrer Knöchel und war mit mehreren Nähten ausgestellt.

Mrs. Potemkin erhob sich und reichte Thea die Flasche, ehe sie antworten konnte.

Thea las die verschnörkelten Buchstaben. »Coca-Cola«, murmelte sie.

»Nun schenk dir schon ein«, sagte Tante Hulda und hielt sich am Sessel fest, während sie um Atem rang. »Dann zeige ich dir etwas, was du noch nie gesehen hast.«

Thea stellte das Glas hin und füllte es; es war Wasser mit der Farbe von Kaffee, aber dieses Wasser perlte.

»Probier mal«, sagte Tante Hulda ungeduldig.

Thea nahm das Glas und hob es an den Mund. Dann steckte sie vorsichtig die Zunge hinein. »Das ist sehr süß«, sagte sie überrascht.

»Sehr gut«, sagte Mrs. Potemkin. »Kein Coca-Cola in Russland.«

»In Norwegen auch nicht«, sagte Thea, leerte das Glas und spürte, wie es in ihrem Hals kitzelte.

»Genau das stand auch in der Reklame«, sagte Tante Hulda mit ihrer glücklichen Stimme. »Das war wirklich einen Nickel wert.«

Danach ließen sie sich zurücksinken, Tante Hulda auf dem Sofa und Thea und Mrs. Potemkin jede in ihrem Sessel. Mrs. Potemkin legte die Fußknöchel übereinander und streckte die Beine zu ihrer vollen Länge aus, und Thea hatte fast vergessen, weshalb sie gekommen war.

»Habt ihr gehört, dass in Memphis ein Supermarkt eröffnet worden ist, ein Laden, wo du dich selbst bedienen kannst?«, fragte Tante Hulda eifrig.

Thea sah sie an. »Was bedeutet das?«

»Du suchst dir die Waren selbst aus und trägst sie in einem Korb zur Kasse. Das steht in der Zeitung.« Tante Hulda lachte und zog eine Zeitung aus dem Korb neben dem Sofa. »Der Laden heißt *Piggly Wiggly.*«

Thea und Mrs. Potemkin lachten ebenfalls. Thea hatte noch nie von einem Supermarkt gehört und Mrs. Potemkin wohl auch nicht. Thea nahm die Zeitung und sah sich das Bild an. Zufriedene Menschen nahmen in einem großen Laden ihre Waren aus Regalen, und Damen in eleganten Kleidern und Herren in Anzug und Hut wandelten mit Körben am Arm umher, mehrere standen vor der Kasse Schlange.

»Wo liegt Memphis?« Ihre Hände waren voller Druckerschwärze. John hatte die Zeitung wohl nicht gebügelt, wie Mr. Lovegrove das machte.

»In einem Staat namens Tennessee«, sagte Tante Hulda fröhlich. »Aber sicher bekommen wir auch bald welche. Ist es nicht einfach phantastisch in Amerika?«

Thea musste zugeben, dass vieles hier besser was als zu Hause. Und als sie das dachte, spürte sie ein Prickeln im Leib, das auf irgendeine Weise mit allem Traurigen den Platz tauschte. Hatte sie dieses Gefühl nicht auch gehabt, als sie auf dem Heimweg vom Postamt in Kampen Tante Huldas Karten gelesen hatte? Was erwartete sie zu Hause? Nichts. Hans hatte sie vergessen, und die Bäckerei gab es nicht mehr. Wäre es nicht besser, hier in Amerika zu bleiben?

Mrs. Potemkin legte die Hände auf ihre Oberschenkel. »Ich muss gehen«, sagte sie und erhob sich. »Abendarbeit.« Dann wischte sie ihren Rock ab, warf einen raschen Blick auf das Bild des Supermarktes und kommentierte, in der Zeitung gebe es auch Bilder von schlimmeren Dingen, Jesse Washington zum Beispiel, auf Seite drei, der schwarze Junge, der in Texas von Weißen gelyncht worden war, sie hatten ihn über ein Feuer gehängt und verbrennen lassen, sie behaupteten, er habe einen Mord begangen.

Thea hörte die Kinder schreien, als die Tür im Obergeschoss geöffnet wurde.

»Sie putzt in einer Schule.« Tante Hulda räumte die Gläser weg. »Sie hat fast kein Geld. Nimmt alle Arbeit an, die sie finden kann. Die Kinder müssen abends selbst sehen, wie sie fertigwerden.«

Thea stand auf und folgte Tante Hulda in die Küche. »Wie geht es mit Jonny?«

»Der ist nachts viel wach. Sicher Bauchweh.«

Tante Hulda stellte Kaffeetassen und einen Teller mit schwedischen Plätzchen auf den Tisch. Thea kannte dieses Gebäck, ihre Großmutter hatte es zu Weihnachten gemacht. Diese Plätzchen hießen *Hallongrottor,* sie waren klein und rund und mit Himbeermarmelade gefüllt. Tante Hulda hatte sicher bei ihrer Mutter zu Hause in Eda backen gelernt, ehe sie losgefahren oder durchgebrannt war.

»Du hast ja keine Ahnung, wie froh ich bin, dass du hier bist. Ich will an Anna schreiben und erzählen, wie stolz wir auf dich sind.«

»Hat Mutter dir von der Bäckerei erzählt?« Thea kostete ein Plätzchen.

Tante Hulda nickte. »Ich kann ja verstehen, dass du enttäuscht bist.« Sie schaute zu Thea hinüber. »Aber ihnen blieb nichts anderes übrig.«

»Ich habe etwas Schreckliches getan«, flüsterte Thea und spürte, wie ihr das Gebäck im Hals stecken blieb.

Jonny weinte im Hintergarten, und Tante Hulda lief hinaus, ehe Thea noch mehr sagen konnte. Thea ging hinterher und streckte die Arme nach ihm aus, und Jonny lachte sie an, als sie vor ihm stand und ihn an sich drückte. Er war ihr Vetter, dieser kleine zahnlose Junge, sie hatten dieselben Großeltern, und jetzt hatte auch er Kuchenkrümel auf der Brust, von den *Hallongrottor,* die ihre Großmutter einmal gebacken hatte. Tante Hulda hatte wohl nicht gehört, was Thea eben gesagt hatte, das mit dem Geld könnte sie vielleicht beim nächsten Mal erzählen.

»Ich wollte dir etwas geben.«

»Was denn?«

»Einen Brief.« Sie schluckte und schlug die Augen nieder. »Ich habe ihn schon seit einiger Zeit. Ich wollte nicht riskieren, noch einmal zu spät zu kommen.«

Tante Hulda sah sie an und legte die Hände auf ihrem Bauch übereinander. Sie sah aus, als ob sie eine Todesnachricht erwartete. »Bist du sicher, dass er für mich ist?«

»Jedenfalls steht dein Name auf dem Umschlag. Der alte und der neue sogar, Thonander und Dowd.« Thea glaubte, in Hulda ihre Großmutter und ihre Mutter sehen zu können, wie sie so dastand; sie sah aus wie die Mutter, wenn sie müde oder erschöpft war oder wenn sie gerade ein Kind bekommen hatte.

»Du hast doch Augusta hoffentlich nichts gesagt«, stöhnte Tante Hulda und lief ins Haus.

Thea blieb mit Jonny auf dem Arm draußen stehen. Er lachte und wackelte mit dem Kopf und strampelte mit den Beinchen. Thea zeigte auf die Blumen, die sich an dem von der Sonne verbrannten Schuppen hochrankten, auf den Vogel, der auf der Wäscheleine saß und mit dem Schwanz wippte, auf eine einsame flauschige Wolke, die vorüberzog, auf einen Korbstuhl, den jemand in die Zaunecke gestellt hatte, bis sie es nicht mehr aushalten konnte.

»Ich habe ihn aufgemacht«, sagte sie durch den Spalt in der Küchentür.

»Wie konntest du?« Tante Hulda klang nicht wütend, nur sehr traurig.

»Ich musste wissen, worauf du gewartet hast.« Thea

legte die Wange an den Fliegendraht. »Was dich so unglücklich gemacht hat.«

Tante Hulda fing an zu weinen.

»Ist das Tante Augustas Kind?«

Tante Hulda gab keine Antwort, sie weinte einfach nur weiter.

»Niemand fährt einfach nur auf Besuch nach Hause. Das kann sich niemand leisten.« Thea öffnete die Tür und ging ins Haus. »Mir kannst du es doch sagen, ich würde Tante Augusta nie verurteilen.«

»Das ist meins«, sagte Tante Hulda und sprang auf. Dann lief sie ins Wohnzimmer und trat ans Fenster. »Johns Motorrad steht draußen«, rief sie. Nun kam sie wieder hereingestürzt. »Du musst ihn für mich aufbewahren.« Sie drückte Thea den Umschlag in die Hand. »Du musst ihn mit zurück nach Idle Hour nehmen.«

40

Als Thea am nächsten Morgen in den Kinderflügel kam, wurde sie sofort unruhig. Mrs. Goldberg begrüßte sie für gewöhnlich immer, fragte nach jemandem unten im Haus, ließ sich etwas bringen; Mr. Philippes Kleider, die Flasche, die gekochten Windeln aus dem Waschhaus, die Klapper. Aber nichts war zu hören, nur das Summen einiger halbtoter Fliegen an der Fensterscheibe.

»Mrs. Goldberg?« Thea stellte ihr Tablett hin und rannte in Mrs. Goldbergs Schlafzimmer. Da war das Bett gemacht, und alles lag an Ort und Stelle.

Sie lief zurück, durch den Aufenthaltsraum und weiter ins Kinderzimmer. Dort blieb sie gleich hinter der Tür stehen. Mrs. Goldberg saß zusammengekrümmt auf dem braunen Samtsofa und starrte vor sich hin. Auf dem Tisch vor ihr sah Thea eine kleine Glasflasche, der Verschluss war heruntergedreht, und neben der Flasche war weißes Pulver verstreut, wie ganz fein gemahlenes Mehl.

»Fühlen Sie sich nicht wohl, Mrs. Goldberg?« Thea ging zum Tisch und hob die Flasche hoch. »Aspirin« stand auf dem Etikett.

»Nur ein bisschen schwindlig.« Mrs. Goldberg sah mit leerem Blick zu ihr auf.

»Ich hätte Sie gestern nicht verlassen dürfen.« Thea griff zur Wasserkanne und füllte für Mrs. Goldberg ein Glas.

»Unsinn. Das war dein freier Nachmittag.« Mrs. Goldberg trank in langen Zügen. Es war ihr offenbar egal, dass Wasser über ihr Kleid lief, denn sie trank einfach weiter, und das Wasser floss weiter.

Thea deckte den Tisch. Sie stellte auf jede Seite einen

Teller, faltete die Stoffservietten, versuchte sich an einem Schwan, gab es aber auf, es würde ja doch nicht gut genug werden, dann stellte sie die belegten Brote in die Mitte, neben die Zuckerschale. Am Ende legte sie das Silberbesteck genauso hin, wie Tante Augusta es sie gelehrt hatte: den Teelöffel auf die Untertasse, Messer und Gabel auf die rechte Seite, das Messer am Rand mit der Schneide zur Gabel, die Gabelzinken zur Tischplatte hingedreht, damit das Monogramm WKV zu sehen war.

»Mrs. Goldberg«, sagte sie, so freundlich sie nur konnte. »Der Tisch ist gedeckt.«

Mrs. Goldberg tauchte in der Türöffnung auf, doch als sie weitergehen wollte, schwankte sie.

Thea lief zu ihr und fasste sie am Arm. »Sie müssen sich heute ausruhen, Mrs. Goldberg.« Sie half Mrs. Goldberg zum Sessel. »Ich schaff das schon.«

»Ich bin nicht krank«, sagte Mrs. Goldberg heiser und machte eine abwehrende Handbewegung.

Thea hob die kleine Silberschale mit Fuß und Spitzendeckchen. Tante Augusta hatte bei der Teepause am Vorabend etwas zurückbehalten, auch Thea und Mrs. Goldberg sollten Aislynns hervorragenden Hefekranz mit Mandelfüllung kosten dürfen oder, für die, die es besser wussten: Martin Thoresens allerbestes Kuchenrezept mit Butter und Zucker und zerstoßenem Kardamom.

»Ich habe gesehen, dass sie eine unglückliche Braut war«, sagte Mrs. Goldberg mit gepresster Stimme und griff zu. »Aber ich dachte, das wäre, weil sie ihre Familie verlassen und nach England ziehen musste. Nicht, weil …« Sie holte tief Luft. »Was Alva getan hat, war schrecklich. Sie in Marble House einzusperren, damit sie keinen Kontakt zu Winthrop aufnehmen konnte, als sie aus Paris zurück waren, zu drohen, dass sie ihn erschießen würde, wenn Consuelo sich noch einmal mit ihm traf. Alva hat sogar einen Herzinfarkt vorgetäuscht, damit Consuelo Angst bekäme und ihn gehen ließe.«

Thea schenkte Tee ein, einige Tropfen landeten auf der Untertasse, sie wartete darauf, dass Mrs. Goldberg das bemerkte, aber Mrs. Goldberg redete einfach weiter.

»Das alles war nur Narrenspiel.« Sie hob die Tasse an den Mund und blies vorsichtig hinein. »Als Consuelo vor Liebeskummer krank war, kam der Herzog aus England herüber. Er machte ihr auf dem Ball einen Antrag, wie es mit Alva verabredet war, im Austausch gegen das Vanderbilt-Geld. Consuelo konnte nur ja sagen.« Mrs. Goldberg trank einige kleine Schlucke. Dann stellte sie die Tasse hin. »Mein armes kleines Mädchen.«

Thea spürte, wie sich ihr Magen zusammenzog. Alva musste der grausamste Mensch auf der Welt sein. Wie konnte man das der eigenen Tochter antun, sie nicht den Mann heiraten lassen, den sie liebte, sie einsperren und sie sozusagen wie ein Stück Fleisch an einen Herzog aus England verkaufen? Aber war Thea nicht auch weggeschickt worden? Hatte ihre Mutter nicht auch für sie Entscheidungen getroffen? Thea rutschte unruhig auf ihrem Stuhl hin und her. Hatte sie nicht auch ihren Liebsten verloren?

»Das Brautkleid aus Satin und Seide kam aus Paris.« Mrs. Goldberg legte sich das letzte Stück Kuchen auf den Teller. »Alva hatte viertausend Gäste eingeladen, doch weil sie wegen der Scheidung auf Mr. Vanderbilt wütend war, durfte niemand aus der Familie Vanderbilt kommen, nicht einmal Consuelos geliebte Großmutter, und alle Geschenke aus der Familie wurden ungeöffnet zurückgeschickt.« Sie seufzte ausgiebig. »Ach, es war alles so tragisch! An der Fifth Avenue drängten sich Tausende von Menschen, um das Brautpaar zu sehen. Ich stand vor der Kirche.«

Thea stand auf, merkte, dass sie innerlich kochte, wegen ihrer eigenen Sorgen und weil das alles Consuelo passiert war.

»Ich will nichts mehr hören«, sagte sie.

Mrs. Goldbergs Schultern sackten plötzlich nach vorn; sie sank in sich zusammen. Dann schlug sie die Hände vors Gesicht und schluchzte.

Was hatte sie getan? Thea griff sich an den Kopf. Sie hatte Mrs. Goldberg doch nur zum Verstummen bringen, sie aber nicht verletzen wollen. Thea rief mehrmals ihren Namen, aber Mrs. Goldberg weinte noch mehr, unterbrochen von leisem, halb ersticktem Schluchzen. Thea blieb unsicher stehen, aber dann fiel ihr ein, was Aislynn an einem ihrer allerersten Tage auf Idle Hour getan hatte. Aislynn hatte ihr die Hände um die Handgelenke gelegt und sie beruhigt. Thea ging zu ihr und stellte sich vor Mrs. Goldbergs Stuhl. Vorsichtig schloss sie ihre Hände um die dünnen Handgelenke und zog Mrs. Goldbergs Hände von deren Gesicht.

»Ich wollte Sie nicht verletzen, Mrs. Goldberg.«

»Das alles ist meine Schuld.« Mrs. Goldberg schlug wieder die Hände vors Gesicht.

»Wie meinen Sie das?« Wieder zog Thea vorsichtig die Hände weg.

»Ich kann es nicht sagen«, schluchzte Mrs. Goldberg. »Ich habe es noch nie irgendjemandem gesagt.«

Thea ließ ihre Hände los und trat einige Schritte zurück.

Mrs. Goldberg schwieg lange, dann hob sie den Kopf. »Winthrop hat Consuelo gar nicht im Stich gelassen«, flüsterte sie. »Er hat ihr viele Briefe geschrieben, als sie in Paris war. Er kam sogar hinterher und hat versucht, sie dort aufzusuchen, aber er wurde jedesmal weggeschickt. Ich habe es durch einen Zufall entdeckt, aber da war es zu spät.« Sie umklammerte die Armlehnen so fest, dass ihre Fingerknöchel weiß wurden. »Ein Diener hatte die Briefe schon im Kamin verbrannt. Ich wollte einen Rest aus der Asche nehmen, ein Stück vom Umschlag, mit Winthrops Namen darauf, um ihn Consuelo zu zeigen. Aber da kam Alva und drohte mir. Ein Wort zu Consuelo, und ich würde nie wieder für die Familie Vanderbilt arbeiten dürfen. Was hätte ich tun sollen? Consuelo war alles, was ich hatte, mein ganzes Leben.«

Den ganzen Sommer lang hatte Mrs. Goldberg erzählt, dass Winthrop Consuelo im Stich gelassen hatte. Und jetzt sagte sie etwas ganz anders. Thea sank verwirrt auf ihren Stuhl. Alle Menschen schienen etwas zu verbergen, die ganze Welt schien von Verschweigen und Lügen erfüllt zu sein. Es war genau wie zu Hause die Kuchen, je mehr Risse, desto mehr Glasur.

»Haben Sie das alles ganz allein mit sich herumgetragen, Mrs. Goldberg?« Thea fuhr mit der Hand über den Tisch. »Alle diese Jahre lang?«

»Über zwanzig Jahre.« Mrs. Goldberg sah sie an und lächelte müde. »Consuelo darf es niemals erfahren.«

Nachdem sie die schmutzige Wäsche des Tages ins Waschhaus gebracht hatte, stellte Thea den leeren Korb auf dem Gang ab und schaute in die Spülküche. Dort war nur noch Liz. Sie beugte sich über das Spülbecken. Offenbar hatte Aislynn sie im Stich gelassen, hatte sie dort allein stehen lassen. Thea hatte sich das noch nie überlegt, aber Liz erinnerte sie an jemanden, sie wusste nur nicht, an wen.

»Wie geht's dir denn heute?«, fragte Thea und ging in die Spülküche.

»Es ist viel zu tun«, antwortete Liz und sah sie müde an. »Ich fühle mich auch schon länger nicht wohl, Bauchschmerzen, aber ich traue mich nicht, das Mrs. Bloom zu sagen.«

»Aber wenn du dich nicht wohl fühlst …«

Liz schüttelte den Kopf. »Mrs. Bloom lässt keine Klagen zu«, sagte sie und stellte einen Stapel sauberer Teller in das Regal über dem Spülbecken.

Thea band sich eine Spülschürze vor. »Ich helfe dir«, sagt sie.

»Danke.« Liz lächelte zaghaft, dann hielt sie inne und sah Thea an. »Das mit den gemeinen Gerüchten über deine Tante tut mir schrecklich leid.«

»Danke«, sagte Thea und hätte die ganze schreckliche Geschichte gern mit Liz geteilt. Jetzt hatte sie gleich zwei Tanten, die behaupteten, dass der Junge ihr Kind sei. Sie hielt die Hände in das lauwarme Wasser. Warum konnten Tante Hulda und Tante Augusta nicht über alles sprechen? Warum diese Geheimnisse? Es gab so vieles, was Thea nicht begreifen konnte.

Es ging auf Mitternacht zu. Sie hatten nicht viel gesagt, aber es war trotzdem schön gewesen, und plötzlich ging es Thea auf, dass Liz sie an Margit erinnerte. Nicht so sehr vom Aussehen her, sondern durch ihre Art, ihr Wesen, das gute Gefühl, das einfach da war, wenn sie zusammen waren. Thea hängte die Schürze wieder an den Haken und dachte, sie müsste sich ganz besonders gut um Liz kümmern.

Thea wollte Liz gerade folgen, als sie einen weißen Zettel aus der Tasche der Schürze ragen sah, die neben ihrer hing. Es war Aislynns Schürze. Sie zog den Zettel heraus und starrte ihn an. Ein Mann mit weiter Hose, enger Jacke,

Zylinder und einem witzigen kleinen Schnurrbart spielte vor einem Baum Geige, und eine junge Frau in einem zerlumpten Kleid saß neben ihm, lauschte voller Bewunderung und wusch in einer großen Bütte Kleider.

»Charlie Chaplin in the Vagabond«, murmelte sie.

»Ich wollte nur etwas fragen.«

Thea trat einige Schritte zurück. Liz war wieder da.

»Willst du am Sonntag auch zur Kundgebung?« Die Andeutung eines Lächelns huschte über ihr Gesicht.

»Die, zu der Aislynn geht?« Thea drückte den Zettel an sich.

Liz schüttelte den Kopf. »Aislynn geht ins Kino«, sagte sie. »Der Chauffeur hat sie eingeladen.«

Thea zuckte zusammen und schaute dann eilig zu Boden. War Paul auch mit Aislynn in die Garagen gegangen? Hatte er auch ihr das Zimmer darüber gezeigt, und hatte er sie ebenfalls geküsst? Obwohl Thea sich alle Mühe gegeben hatte, um den Kuss zu vergessen, diesen Augenblick mit den warmen Schauern im Leib zu vergessen, als Paul ihre Haare berührt und den anderen Arm um ihre Taille gelegt hatte, fühlte sie sich bei dem Gedanken an ihn und Aislynn doch wie zerrissen.

»Ich habe auch mehrere von den Küchenmädchen und auch die Stubenmädchen gefragt, doch keine traut sich, wegen Mrs. Bloom. Alle klagen nur und haben Angst davor, die Zimmer aufzuräumen. Jeden Tag flüstern die Stubenmädchen über grapschende Hände und schweinische Sprüche von Gästen und Lakaien, aber keine tut etwas, sie lassen sich einfach alles gefallen.« Liz seufzte. »Ich habe in drei Wochen frei. Sollen wir dann zusammen zur Kundgebung gehen?«

Thea schaute sie an. »Ja«, flüsterte sie. »Das möchte ich gern.«

41

Der Sonntag kam. Durch den Sprung in der Fensterscheibe sah sie Pauls braune Haare und Aislynns tanzende rote Locken. Thea wandte sich ab. In der Stortingsgate gab es ein Lichtspielhaus. Astrid und sie wären so gern hingegangen, um zu sehen, wie die Schauspieler über die Leinwand tanzten, um das Klavierspiel zu hören und sich in die Geschichte hineinzuleben. Sie hatten versucht zu sparen, aber immer wenn sie fast genug Geld für die Eintrittskarten zusammenhatten, war irgendetwas noch wichtiger, etwas für die Familie. Thea nahm die Eichel aus der Schublade, sah Pauls Blick vor sich, als er sie ihr in die Hand gelegt hatte. Er trat in so vielen Verkleidungen auf. Nie wieder wollte sie etwas mit ihm zu tun haben.

Sie zog den Brief an Tante Hulda unter der Matratze hervor und holte sich das dunkelblaue Kleid. Ab und zu schaute sie aus dem Fenster, aber da waren nur einige Wolken zu sehen, die über den Himmel trieben. Gewiss waren die beiden jetzt schon am Bahnhof.

Als sie die Tür schloss, kam Mrs. Bloom über den Gang. »Was ist so eilig, Marie?«, fragte sie und sah Thea forschend an.

»Ich fahre gleich nach Glen Cove, zu meiner Tante. Ich habe heute frei«, fügte sie hinzu, obwohl das eine überflüssige Auskunft war. Mrs. Bloom wusste alles über alle.

»Wohin wollten Aislynn und Paul?«

»Ins Kino.« Sie schlug die Augen nieder. »Sie wollen sich Charlie Chaplin ansehen.«

»Gut, dass es nicht Theda Bara ist. Eine schwache Seele, diese Aislynn.«

Aislynn eine schwache Seele? Thea kam sie nicht gerade schwach vor. Aislynn wirkte stärker als alle anderen Küchenmädchen zusammen. In der letzten Woche hatte sie bis spät in die Nacht über alles und nichts geredet. Doch nun dämmerte es Thea: Aislynn hatte ebenfalls von Eicheln gesprochen, sie hatte Amerika als ein Land mit gleichen Möglichkeiten für alle bezeichnet, dass gerade das Amerika ausmachte, dass alle ihre Träume erfüllen konnten, wenn sie nur schwer genug arbeiteten und ihren Glauben niemals verloren. Thea musste einfach einsehen, dass sich die beiden ähnlich waren. Aislynn und Paul verspürten dieselbe Sehnsucht, dieselbe Unruhe. Thea fühlte einen Druck auf der Brust, den sie zuletzt gemerkt hatte, als sie Hans von dem Direktor bei Herkules erzählt hatte. Ein überwältigendes Gefühl von Mattigkeit überkam sie. Es war gut, dass der Zug, mit dem sie und Tante Augusta fahren würden, erst nach dem von Aislynn und Paul ging, denn da würde sie die beiden nicht häufiger zusammen sehen müssen als ohnehin nötig.

Sie trafen in Glen Cove am frühen Nachmittag ein. Tante Hulda reichte Jonny an Tante Augusta, sobald sie das Wohnzimmer betreten hatten, ja, noch ehe Tante Augusta ihren blauen Samthut hatte abnehmen können. Tante Augusta nahm den Kleinen, wiegte ihn an ihrer Brust und küsste ihn zärtlich auf den Kopf, und wenn sie sich ungesehen glaubte, weinte sie ein bisschen, wie Tante Hulda am allerersten Tag bei Thea geweint hatte. Tante Augusta hatte ihr gutes Kleid angezogen und den Samthut über die gelben Korkenzieherlocken gestülpt. Ihre Haare waren anders, wenn sie unten in der Küche arbeitete, dann klebten sie ihr an der Stirn. Und wenn sie aufwachte, heiß und schweißnass nach der Ruhepause, sahen sie fast aus wie gelbes Lametta. Die Korkenzieherlocken waren offenbar Gottes Sonntagsgeschenk an Tante Augusta.

»Du brauchst Ruhe, Hulda.« Tante Augusta blickte besorgt zu ihrer Schwester hinüber. »Ja, müsstest du dich nicht eigentlich hinlegen?«

»Pah«, sagte Tante Hulda. »Hast du je gesehen, dass Mutter sich nach einer Geburt hingelegt hat?«

»Ja«, sagte Tante Augusta und legte beschützend die Hand unter Jonnys Köpfchen. »Jedes einzelne Mal.«

»Das stimmt nicht.« Tante Hulda ging hinaus in die Küche. »Mutter hat sich erst ausgeruht, als sie im Grab lag.«

Tante Augusta schaute ihrer Schwester hinterher. Es war kein strenger oder tadelnder Blick, sie hatte dieses besondere Licht in den Augen, und Thea dachte, es sei schade, dass Tante Hulda es nicht sah, denn dann wäre sie vielleicht nicht so wütend auf ihre Schwester gewesen. Tante Augusta seufzte und setzte sich auf das Sofa, legte sich Jonny über die Schulter und streichelte seinen Rücken.

Tante Hulda rührte in einem Kochtopf. Sie hatte sich schön gemacht. An ihrem Kragen steckte eine Kameenbrosche, die Thea noch nie gesehen hatte. Vielleicht ein Geschenk von John.

»Tante Hulda.« Thea ging zu ihr und stellte sich neben sie.

»Ja, meine Liebe.«

»Willst du jetzt den Brief haben?« Thea drückte die Tasche an sich.

Tante Hulda starrte sie an. »John darf den niemals sehen«, flüsterte sie.

»Aber Tante Augusta …«

»Zeig ihn ja nicht Augusta!« Tante Hulda fiel der Kochlöffel auf den Boden.

»Das sage ich doch gerade. Hulda. Du brauchst Ruhe.« Tante Augusta kam mit Jonny auf dem Arm in die Küche gelaufen.

»Um Gottes willen, Augusta.« Tante Hulda warf den Kopf in den Nacken. »Mir ist nur was hingefallen.«

Thea bückte sich, hob den Kochlöffel auf und legte ihn in die Spülschüssel. »Warst du nie wieder zu Hause, Tante Hulda?«, fragte sie und starrte dabei die Spülschüssel an.

»Nur Augusta«, sagte Tante Hulda und wandte sich von ihrer Schwester ab.

»Ja«, sagte Tante Augusta und küsste Jonny auf den Kopf. »Drei Besuche sind es geworden.«

»Ich weiß noch, wie du einmal deine Cousine Signe aus Amerika mitgebracht hast.« Thea schaute vorsichtig zu Tante Augusta hinüber. »Ihr habt uns in Kampen besucht. Das war ganz kurz vor Weihnachten.«

»Ach, Signe«, sagte Tante Augusta. »Die war nur ganz kurz hier. Das war schade. Sie hatte einen schlechten Posten in Brooklyn, dann bekam sie Heimweh und ist nach zwei Jahren zurückgegangen.«

Thea schrubbte den Kochlöffel ab. Egal, was Tante Augusta sagte, und egal, wie wahrheitsliebend und redlich sie war, so musste doch jemand Signes Überfahrt bezahlt haben. Die Reise von Kristiania nach New York kostete 268 Kronen, und drei Reisen in sechzehn Jahren, insgesamt also sechs, wenn sie die Fahrkarten mitzählte, die sie Tante Hulda, Signe und ihr selbst geschenkt hatte, waren mehr, als eine Dienstbotin sich leisten konnte. Der Junge konnte nicht Tante Augustas Sohn sein. Aber auch nicht der von Tante Hulda. Vielleicht sollte sie einfach den Brief hervorziehen und ihn mitten auf den Tisch legen. In Thea verkrampfte sich alles. Ja, warum tat sie es nicht?

»Aber was ist mit Eda?«, fragte sie und fuhr sich mit der Hand über die Wange. »Habt ihr denn gar kein Heimweh?«

Tante Hulda richtete sich auf und legte sich eine Hand in den Rücken, sie sah bleich und unsicher aus, doch dann lächelte sie plötzlich und sagte: »Wir sparen für ein Grammophon.«

»Ein Grammophon?« Tante Augusta schüttelte den Kopf. »Dabei kann doch nichts Gutes herauskommen.«

Tante Hulda verzog ärgerlich den Mund, nahm Thea den Kochlöffel aus der Hand und rührte weiter um.

»Ich spare mein Geld für vernünftige Dinge.« Tante Augusta schüttelte wieder den Kopf, dann nahm sie die Decke, die im Korb gelegen hatte, und hielt sie gegen Jonnys Rücken.

»Die Kirche zum Beispiel«, sagte Tante Hulda mit scharfer Stimme.

»Ja«, sagte Tante Augusta und küsste Jonny auf die Stirn. »Die lutherische Kirche.«

Thea schlich sich ins Wohnzimmer. Der Stolz der Thonander-Schwestern war wie ein Fluch. Es war unmöglich, ein Wort anzubringen, wenn sie erst aneinandergerieten. Nun entdeckte sie John. Er saß schlafend im Sessel vor dem Fenster, mit weit offenem Mund. Er trug seine Alltagssachen, eine graue Hose und ein gestreiftes Hemd mit aufgekrempelten Ärmeln.

Sie stellte ihre Tasche neben das Sofa und schlich sich auf Zehenspitzen zurück, blieb dicht vor der Tür stehen.

»Weißt du noch, wie wir in Hoboken gewohnt haben, Augusta?«

»Hm.«

»Es scheint lange her zu sein, findest du nicht?«

»Das war unser erster gemeinsamer Arbeitsplatz und der erbärmlichste. Und doch ist er in meiner Erinnerung der beste. Ich habe mich so darauf gefreut, dass du kommst.«

Ein Pferdewagen fuhr vorüber. Die Hufe klapperten über den Boden. Thea schaute rasch zu John hinüber, aber der Kleine atmete nur tief ein und ließ dann ein lautes Schnarchen hören. John liebte Tante Hulda. Warum konnte sie ihm den Brief nicht zeigen? Sie beugte sich weiter vor.

»Brooklyn war besser.«

»Vier Jahre in einem kalten, feuchten Keller waren nicht gut, Hulda, für keine von uns.«

»Mir hat das nichts ausgemacht. Aber du wolltest ja unbedingt nach Plainfield. Ich wollte in Brooklyn bleiben.«

»Endlich hatte ich einen Posten für uns in einem guten Haus besorgt.«

»Einem reichen Haus, meinst du.«

»In einer ordentlichen Gegend, meine ich.«

»Weg von allen Gefahren und Verlockungen der Stadt, meinst du. Weg vom Tanz in der Fulton Street.«

»Wir sind damals in ein gutes Heim gekommen. Ein christliches Heim. Und die schwedische Kirche war nicht weit weg. Wenn du nur nicht so …«

»Ich will nicht darüber reden.« Tante Hulda fing plötzlich an zu weinen. »Kannst du Jonny für mich draußen in den Wagen legen?«

»Bist du sicher, Hulda?«

»Die Tür ist doch angelehnt.«

»Aber da draußen können Katzen sein.«

»Hier gibt es keine Katzen.«

»Aber es kann zu warm für ihn werden.«

»Nein. Es ist gerade richtig.«

Die Küchentür wurde geöffnet und fiel wieder zu.

Thea lief zum Sofa, griff nach ihrer Tasche und schlüpfte zurück in die Küche. »Ich kann das nicht mehr ertragen.« Sie zog den Brief aus der Tasche und war überrascht, was es für eine Befreiung war, das zu sagen. »Du musst ihn John zeigen.«

Tante Hulda schüttelte den Kopf, ihre Augen waren groß und ängstlich.

»Aber er liebt dich.« Thea hielt ihr den Umschlag hin.

Tante Hulda wich zurück. »Du musst ihn mitnehmen«, flüsterte sie.

»Aber alles, was wir verbergen, ist nicht gut für uns.«

Die Küchentür knirschte; Tante Augusta kam hereingelaufen. »Jetzt weiß ich, was ich tun werde«, sagte sie. »Ich werde von meinen Ersparnissen einen neuen Kinderwagen für dich kaufen, Hulda. Der da draußen fällt ja bald auseinander.« Plötzlich hielt sie inne und musterte Thea forschend. »Für wen ist der Brief?«

Thea trat einige Schritte zurück und ließ ihren Blick zwischen Tante Augusta und Tante Hulda hin und her wandern. »Der ist für meine Eltern«, stammelte sie. »Ich bin nur nicht ganz fertig damit.«

42

Es roch angebrannt. Das merkten sie, als sie die Hintertür öffneten. Tante Augusta hatte Liz und Emma aufgetragen, in ihrer Abwesenheit für das Abendessen Grütze zu kochen. Das war bisher immer gut gegangen, aber an diesem Tag musste etwas passiert sein. Thea hielt sich die Hand vor den Mund, als sie hinter Tante Augusta her in die Küche rannte. Dann hielt sie abrupt inne. Der ganze Herd, den Aislynn jeden Morgen glänzend sauber putzte, war von getrockneter Milch überlaufen. Gelbe Streifen zogen sich über alle Seiten und sammelten sich zu kleinen Lachen auf dem Boden, und in der Mitte stand ein Topf mit angebrannter Grütze.

Tante Augusta schnappte nach Luft, riss sich den Samthut vom Kopf und rannte durch den Gang zum Aufenthaltsraum. »Mary«, rief sie. »Liz!«

Dort saßen sie, allesamt. Niemand sagte etwas. Nicht einmal, als geläutet wurde, schien irgendwer zu reagieren.

»Charles«, rief Tante Augusta. »Um Gottes willen, du musst nach oben.«

Liz saß an dem runden Tisch. Die anderen hatten sich um sie versammelt. Sie starrte mit leerem Blick vor sich hin.

»Ihr Bruder«, sagte Emma. »Er ist gefallen. Sie hat ein Telegramm bekommen.«

»Er war erst siebzehn.« Aislynn war offenbar wieder zurück, sie hatte nicht einmal ihr Sonntagskleid ausgezogen.

Tante Augusta bahnte sich einen Weg zu dem runden Tisch. Thea folgte ihr.

»Ich habe gesagt, er müsste nach Amerika gehen, als der Krieg anfing«, schluchzte Liz. »Machen, dass er wegkommt, darüber hatten wir schon so oft geredet. Aber er wollte bleiben, bleiben und kämpfen, sagte er. Er sagte, es wäre feige, sein Land jetzt zu verlassen. Aber ich glaube, er hatte nicht genug Geld für die Überfahrt, und meine Ersparnisse reichten auch nicht, um ihn herüberzuholen.«

»Es gab nur diese beiden.« Emma nahm Liz' Hand und streichelte sie. »Sie waren Waisenkinder und sind bei ihren Großeltern aufgewachsen.«

Plötzlich sprang Fleure auf. »Mrs. Bloom hat gesagt, das mit ihrem Bruder sei traurig«, sagte sie wütend. »Aber deshalb hätte sie die Grütze nicht anbrennen lassen dürfen. Sie will einen Bericht schreiben, und dann kann entschieden werden, was weiter passieren soll …«

»Mrs. Bloom hat mir gesagt, was geschehen ist«, sagte plötzlich eine unbekannte Stimme, die alle anderen verstummen ließ.

»Mrs. Vanderbilt.« Tante Augusta blieb einen Moment lang stehen, als ob sie ihren Augen nicht traute – dann versank sie in einem tiefen Knicks.

Gleich darauf waren alle aufgesprungen. Nicht ein Geräusch war im Raum zu hören, abgesehen von dem Rascheln des smaragdgrünen Kleides und dem Klicken der Perlenketten.

»Wie heißt du?« Mrs. Vanderbilt blieb vor dem runden Tisch stehen.

»Liz Williams.« Liz lehnte sich an Emma und schluchzte.

»Liz«, wiederholte Mrs. Vanderbilt mit sanfter Stimme. »Es tut mir leid, vom Verlust deines Bruders zu hören.«

Plötzlich kam Charles angelaufen. »Jetzt haben sie es oben gehört.« Dann fuhr er bei Mrs. Vanderbilts Anblick zurück und verharrte in dieser Stellung.

Mr. Lovegrove kam herein, gleich hinter Charles, erstarrte ebenfalls und machte dann eine tiefe Verbeugung.

»Wie hieß dein Bruder?« Mrs. Vanderbilt schien diese Szene nicht zu behagen.

»Edgar«, sagte Liz und wischte sich die Oberlippe. »Edgar, wie unser Vater.«

»Edgar«, wiederholte Mrs. Vanderbilt. »Edgar Williams war ein mutiger junger Mann, der für Freiheit und Demokratie gekämpft hat.« Mit diesen Worten drehte sie sich um, hob ihr Kleid und ging zur Tür. Dort blieb sie stehen und drehte sich noch einmal zu Liz um. »Du kannst stolz auf ihn sein.«

Mr. Lovegrove verbeugte sich ein weiteres Mal. »Mrs. Vanderbilt«, sagte er ehrerbietig. Dann ging er hinaus auf den Gang und öffnete die Tür zur Hintertreppe.

Alle hatten eine Meinung über das, was geschehen war.

»Das Leben ist leichter für sie als für andere«, sagte Fleure. »Wer mit einem silbernen Löffel im Mund geboren worden ist, kann nicht verstehen, wie es den Armen geht.«

»Was weißt du denn davon?« Charles lehnte mit verschränkten Armen am Kamin. »Mr. und Mrs. Vanderbilt tun mehr für die Kriegsopfer in Europa als irgendwer sonst in Amerika. Sie sind dagegen, dass Amerika neutral bleibt. Sie haben für die gesamte freiwillige amerikanische Fliegerstaffel bezahlt, die sich in Frankreichs Dienste gestellt hat, die *Escadrille Américaine,* sie unterstützen alle Amerikaner, die freiwillig kämpfen.«

»Aber was hilft das, wenn sonst in Amerika niemand so denkt?« Harry schüttelte den Kopf. »Amerika wird etwas unternehmen müssen.«

»Solange Präsident Wilson neutral bleiben will, lässt er Europa im Stich«, sagte Ross. »Er ist davon überzeugt, dass die anderen Länder unserem Beispiel folgen werden, wenn Amerika nur seinen Idealen treu bleibt.«

»Nie im Leben«, sagte Harry.

Thea hatte sich das noch nicht richtig überlegt, aber auf Idle Hour war kaum jemand richtig amerikanisch. »Wir halten uns über den Krieg zu Hause auf dem Laufenden«, sagten die Lakaien immer, wenn Mr. Lovegrove von oben die Zeitungen brachte. Aber dieser Krieg war nicht zu begreifen. Jetzt kämpften nicht mehr nur England, Frankreich und Russland gegen Deutschland und Österreich-Ungarn. Der Krieg griff auf die ganze Welt über, auf Länder und Gegenden, von denen Thea bisher kaum je gehört hatte: Kaukasus, Persien, Balkan, Mittlerer Osten. Jeden Tag brachten sich an der Front unschuldige Jungen gegenseitig um, während ihre Brüder in Amerika Kristallgläser auf silbernen Tabletts trugen. Nicht die Lakaien hatten den Krieg angefangen und auch nicht die Jungen an der Front. Sie schaute zu Aislynn hinüber, auf die roten Flecken auf ihren Wangen. Der Krieg war nicht nur dort draußen, er war auch in Thea, wie eine große pochende Eiterbeule.

Plötzlich wurde es ganz still. Alle schauten zur Tür hinüber. Mrs. Bloom war in die Öffnung getreten.

Liz erhob sich langsam und ging mit unsicheren Schritten auf die Tür zu.

Thea schaute zu den anderen Mädchen hinüber. Emma und Mary starrten ihre Knie an, Fleure und Aislynn saßen ebenfalls nur da, bleich und ängstlich, wie unschuldige Schuldmädchen. Wusste Aislynn nicht mehr, was sie gesagt hatte, dass die anderen Stubenmädchen einfach zugesehen hatten, wie ihre Freundinnen wie Dreck behandelt worden waren? Taten sie das jetzt nicht auch, die Küchenmädchen, wenn sie zusahen, wie Liz weggeführt und bestraft wurde?

Sie erhob sich. Hatte Aislynn nicht gerade erst versucht, die anderen Mädchen für eine Kundgebung zu begeistern?

Bedeutete es nichts, was sie sagte, wenn sie auf einem Stuhl stand und erklärte, wie wichtig es sei, wie Schwestern zusammenzuhalten? Sie zitterte, während sie zu Tante Augusta hinüberlugte. Sah auch die einfach nur zu, mit roten Flecken im Gesicht, ohne etwas zu unternehmen, sie, die von Gottes Gerechtigkeit und Barmherzigkeit erzählte? Dann hatte Aislynnn doch recht; alle waren wütend, aber niemand unternahm etwas.

»Das ist nicht richtig«, rief Thea und stürzte aus dem Aufenthaltsraum. Der Anblick der weinenden Liz, die neben Mrs. Bloom durch den Gang lief, ließ es in ihr kochen.

»Was hast du gesagt?« Mrs. Bloom blieb stehen und sah sich um.

»Wagen Sie es ja nicht, Liz zu entlassen!« Thea lief auf die beiden zu. »Sie hat sich nicht das Geringste zuschulden kommen lassen.«

»In mein Büro. Sofort!«

Thea schüttelte den Kopf. Sie schien zu einer Fremden geworden zu sein, konnte sich nicht mehr beherrschen. »Immer müssen die Mädchen gehen«, sagte sie mit lauter Stimme. »Es war auch nicht richtig, Rose wegzuschicken, oder eine der anderen.«

»Marie.« Sie hörte, dass jemand ihren Namen flüsterte.

Hinter ihr, gleich vor der Tür zum Aufenthaltsraum, standen alle Mädchen und machten große Augen. Aislynn stand ganz vorn, sie hatte versucht, Thea zu rufen. Aber es war zu spät. Thea wollte sich nie wieder ein solches Unrecht gefallen lassen. Mit einer raschen Bewegung riss sie ihre Tasche auf, griff nach den Broschüren und warf sie in den Gang.

TEIL 4

43

Thea schleppte sich mit dem Koffer in der Hand durch den Kellergang. Alles war jetzt verloren, die Bäckerei, Hans und nun auch die Stelle auf Idle Hour. Das, was sie hatte gewinnen wollen, hatte sie verloren. Sie fühlte sich einfach leer. Aislynn musste nach dem Malheur mit Liz den Herd reinigen, und Tante Augusta bereitete das Abendessen zu, das nach ihren Worten unchristlich spät serviert werden würde. Keine hatte sie gesucht oder sie gefragt, wie ihr nach dem Gespräch in Mrs. Blooms Büro zumute war. Es war einfach das Beste, wenn sie sich so unbemerkt davonschlich wie möglich.

Die Küchentür war nur selten geschlossen. Thea fragte sich, ob Tante Augusta sich schämte, weil es dort so verdreckt aussah und verbrannt roch. Sie wollte sich schon vorbeischleichen, blieb dann aber stehen, und durch einen Türspalt sah sie Aislynn, die sich über den Herd beugte, und hatte Lust, hineinzugehen und sie anzuschreien, weil sie sich so verhalten hatte, und zugleich hatte sie Lust, hineinzugehen und Aislynn zu umarmen, weil sie sich niemals wiedersehen würden. Dann jedoch drehte Aislynn sich zur Tür um; ihre Blicke begegneten einander für einen Moment. Thea verspürte einen stechenden Schmerz und wich zurück.

»Ich fühle mich nicht wohl, Mrs. Thonander.«

»Du bist bald fertig, Aislynn. Es ist nur noch die eine Seite übrig.«

»Aber ich brauche frische Luft, nur einen Moment, um kurz den Kopf aus der Hintertür zu stecken.«

»Soll ich dich melden?« Thea hatte Tante Augustas Stimme noch nie so gehört. »Soll ich dich von Idle Hour wegschicken lassen?« Es klang, als ob Gott sie verlassen hätte.

Die Hintertür glitt hinter ihr zu. Thea lief über den Kiesweg. Sie hörte nur ihre eigenen Schritte im Kies und ein zischendes, halbersticktes Geräusch, das sich durch ihre Lippen drängte. Sie lief den ganzen Weg, ohne sich umzuschauen, und als sie das Waschhaus erreichte, stellte sie den Koffer hin, blieb stehen und presste die Hände auf den Bauch. Dann zog sie den Mantel aus, legte ihn über den Koffer, ging hinter das Haus und erbrach sich.

»Zum Waschen«, sagte sie und versuchte zu lächeln, als sie die weiße Uniform und die Haube im Waschhaus abgab.

Eines der ältesten Mädchen kam angerannt, und zwei von den jüngeren traten rasch zur Seite. Mit großen Fäusten packte die Ältere Uniform und Haube, legte sie in einen Wäschekorb und starrte Thea mit neugierigen Augen an.

»Wie sieht's denn drüben im Haupthaus so aus?«

Thea wollte schon antworten, dass es schrecklich aussah, mit einer dermaßen herrschsüchtigen Wirtschafterin sei es das pure Irrenhaus, aber sie schluckte diese Bemerkung hinunter und rieb mit den Händen an ihrer Rockseite herum.

»Stimmt es, dass Liz bei uns anfängt?« Eines der jüngeren Mädchen lächelte sie an. Ihr Gesicht war von der dampfenden Wascharbeit rot und geschwollen.

Thea nickte und dachte, dass Klatsch sich hier verbreitete wie ein Lauffeuer, und wenn sie hier das von Liz gehört hatten, dann hatten sie gewiss auch das von ihr gehört und trauten sich bloß nicht zu fragen.

Mit raschen Schritten lief sie durch die Allee. Tante Augusta würde so enttäuscht sein, weil Thea ohne ein Wort gegangen war. Aber was hätte sie sagen sollen – dass sie Tante Augustas Ersparnisse gestohlen hatte und nichts zurückzahlen könnte? Dass sie nur eine schnöde Diebin mit so schlechten Manieren war, dass Mrs. Bloom sie fristlos entlassen hatte, ohne Lohn oder Zeugnis? Sie hatte Angst gehabt, als sie hergekommen war, aber das war nichts im Vergleich dazu, was sie jetzt empfand. Es war, als habe sich eine kalte Finsternis über sie gesenkt und keine einzige Richtung sei noch für sie sichtbar.

Plötzlich blieb sie stehen. Vor dem Tor stand ein Auto. Sie hätte diesen Weg nicht nehmen dürfen, und die Vorstellung, mit jemandem reden zu müssen, war unerträglich. Sie musste warten.

Das Tor ließ ein Geräusch hören, als es geöffnet wurde, eine Mischung aus Klopfen und Knirschen, die sie noch nie gehört hatte. Dem Torwächter schien das allerdings nicht neu zu sein. Er zog das Tor mit langen, langsamen Bewegungen auf, zuerst auf der einen Seite, dann auf der anderen, und hob die Hand zum Gruß. Es wurde jetzt dunkel, aber trotzdem konnte Thea den dunkelroten Cadillac sehen, der draußen stand.

Langsam fuhr der Wagen durch das Tor und durch die Allee. Thea hob den Blick und schaute Paul in die Augen. Er sah sie ausdruckslos an, während sie sich sofort abwandte. Er ging sie nichts mehr an.

Dann war der Wagen vorübergefahren. Thea stellte den Koffer hin, beugte sich vor und versuchte, wieder zu Atem zu kommen. Sicher hatte Mr. Vanderbilt auf dem Rücksitz des Cadillac gesessen. Er hatte sie bestimmt nicht gesehen, für ihn war sie unbedeutend, unwichtig – unsichtbar. Sie war nicht einmal den Lohn für ihre Arbeit wert. Der Torwächter bewegte ungeduldig den Arm. Er würde sie sicher zusammenstauchen, weil sie diesen Weg gegangen war. Sie hob den Koffer, aber als sie sich nun in Bewegung setzte, hörte sie, dass jemand ihren Namen rief.

Sie drehte sich um und sah, dass Paul aus dem Cadillac ausgestiegen war. Er öffnete die dunkelrote Tür, und Theas Herz hämmerte los, sie konnte nicht begreifen, was Mr. Vanderbilt ihr zu sagen haben könnte.

Sie schloss für einen Moment die Augen, und als sie sie wieder öffnete, stand die Herzogin vor ihr. Diese Frau hatte jedoch keine Ähnlichkeit mit der Frau, die einige Wochen zuvor auf Idle Hour ihre alte Kinderfrau aufgesucht hatte. Ihr Kleid war schwarz und schlicht, mit einem weißen Kragen ganz ohne Stickerei, es hätte auch das Kleid einer ganz normalen Frau sein können. Aber es war Consuelo, dasselbe sanfte Gesicht, dieselbe hochgewachsene Gestalt. Es war so, als ob Thea sie von anderswoher kannte, ohne genau zu wissen woher.

»Durchlaucht«, sagte sie und machte einen tiefen Knicks.

»Ich erinnere mich an dich«, sagte Consuelo und kam auf sie zu. »Du arbeitest für Mrs. Goldberg.«

Thea nickte.

»Hörst du bei uns auf?«

»Ich fahre nach Hause, zu meiner Familie in Norwegen.«

»Ich war in Norwegen«, sagte Consuelo und schaute auf die grünen Rasenflächen. »Wir sind mit dem Schiff meines Vaters in die norwegischen Fjorde gefahren. Norwegen ist ein wunderschönes Land, aber bist du sicher, dass du über das Meer fahren willst, jetzt, mitten im Krieg?«

»Ja, Durchlaucht.«

»Dann wünsche ich dir eine sichere Reise.«

Paul verbeugte sich, als Consuelo wieder ins Auto stieg. Dann nickte er Thea kurz zu, wie einer zufällig Vorüberkommenden. Wieder merkte sie, wie ihr die Wut kam. Er hatte nur mit ihr gespielt, war genauso rücksichtslos wie die Männer im Junggesellenflügel. Sie bohrte die Stiefelspitze in den Kies. Und dann hatte er sich an Aislynn herangemacht. Wer würde als Nächste an die Reihe kommen? Mary? Fleure? Violet? Er hatte es bei keiner ernst gemeint, weder bei ihr noch bei Aislynn. Nicht Hans hatte sie verraten, sie hatte Hans verraten. Sie war verletzlich gewesen, eine leichte Beute. Sie hatte sich einreden lassen, dass sie Paul wichtig sei, aber jetzt hatte sie Lehrgeld bezahlt.

Der Automotor dröhnte wieder auf, und abermals winkte der Torwächter ihr ungeduldig zu. Aber sie konnte nicht einfach weggehen. Nicht so. Konnte nicht alles ungesagt lassen.

»Warte!« Thea machte auf dem Absatz kehrt und lief hinter dem Auto her. »Warte!«

Paul hielt an und stieg aus. Diesmal erinnerte er eher an einen Soldaten, mit seiner strengen Miene. Thea nickte zur hinteren Tür des Wagens hinüber, als Zeichen, dass er die aufmachen sollte. Sie konnte sehen, dass er zögerte, und sie nickte wieder, und sie wusste, dass ihm nichts anderes übrig blieb, denn er sah bestimmt in ihren Augen, dass sie jetzt eine andere war, eine Aufrührerin, eine Kämpferin, eine, die alles verloren hatte und die nun aufgeben konnte. Langsam öffnete er die Tür und machte eine tiefe Verbeugung, und da saß Consuelo und sah sie an, und Thea brachte kein einziges Wort heraus.

Paul räusperte sich.

Thea holte tief Luft und richtete sich auf. »Durchlaucht«, sagte sie.

Consuelo nickte kurz, wie um ihr auf die Sprünge zu helfen.

»Es ist nur, dass ich … dass ich hoffe, dass Sie Mrs. Goldberg noch einmal besuchen werden.«

»Und warum sollte ich das, wenn ich fragen darf?«

»Sie hat Ihnen etwas zu erzählen, Durchlaucht. Mehr kann ich nicht sagen.«

Es war still im Bahnhof Oakdale. Der Abendzug konnte durchaus schon längst gefahren sein. Thea setzte sich auf eine Bank und zog ihren Mantel fester um sich zusammen. Es gab wohl nichts, das Mrs. Bloom nicht wusste, dass Thea zu spät gekommen war und der Riss in der Fensterscheibe, alles war in einem Buch verzeichnet gewesen. Sie versetzte einigen kleinen Steinen unter der Bank einen Tritt. Sie, die Aislynn bei jedem einzelnen Kuchen geholfen hatte. Plötzlich fing ihr Mund an zu zittern. Sie zu verpfeifen. Mehr war die Freundschaft nicht wert gewesen? Hatten sie nicht versprochen, einander immer zu helfen?

Als sie eine Weile dort saß und merkte, dass sie vor Kälte bibberte, hörte sie etwas aus dem Wald und drehte sich um. Zweige knackten, und dann entdeckte sie zwischen den Blättern Pauls Uniformmütze.

»Was ist passiert?« Er ließ sich neben ihr auf die Bank sinken und versuchte, zu Atem zu kommen. Dann saß er einfach nur da und sah sie an, und als er keine Antwort bekam, schien ihm etwas zu dämmern.

Thea sagte noch immer nichts, biss nur die Zähne zusammen, als sein Daumen langsam eine Träne von ihrer Wange wischte. Sie wandte sich ab. Sie wusste, dass Paul von seinen eigenen Träumen geblendet war, sie waren wie eine unsichtbare Kraft, die ihn trug, die ihn mit Leidenschaft erfüllte, aber eines Tages würde auch diese Kraft zerbrechen.

»Außer dir weiß nur Aislynn, dass ich zu spät gekommen

bin.« Sie wich seiner Hand aus. »Es könnt nur ihr gewesen sein, die mich bei Mrs. Bloom gemeldet haben. Warst du das?«

»Nein, dazu wäre ich niemals fähig gewesen.« Er nahm ihr Kinn und drehte ihr Gesicht zu sich hin. »Als ich dich dort draußen gefunden habe, warst du so verzweifelt, so verängstigt, und danach musste ich immer an dich denken.« Er wischte ihr noch eine Träne von der Wange. »Aber das ist doch Monate her, das kann ja wohl nicht der Grund sein, warum du gehen musst?«

»Nein.« Sie schüttelte den Kopf. »Aber es war auch keine Hilfe, dass es in Mrs. Blooms Buch stand. Ich habe gesagt, dass es nicht richtig war, Liz zu bestrafen, weil ihr die Grütze angebrannt ist, oder Rose zu feuern, weil sie in ein Bett gezogen worden ist, oder andere Mädchen wegzuschicken, die nichts anderes verbrochen haben, als eben Dienstmädchen zu sein.«

»Das hast du zu Mrs. Bloom gesagt?« Für einen Moment verzog sich sein Mund zu einem Lächeln, dann wurde er wieder ernst. »Es ist überall dasselbe«, sagte er. »Niemand respektiert die Dienstmädchen. Sie haben keine Rechte. Keine Stimme. Und das weiß Mrs. Bloom nur zu gut. Sie nimmt die, die direkt vom Boot kommen, die, die nichts haben außer der Hoffnung, dass das Leben hier ein bisschen besser wird als dort, wo sie herkommen. Es ist dasselbe in den Nähstuben und den Wäschereien in der Stadt, in den Fabriken.« Er nahm ihre Hand. »Aber du darfst nicht nach Hause fahren.«

»Du verstehst das nicht.« Thea zog ihre Hand zurück. »Jetzt ist alles zu Ende.«

»Du bist diejenige, die nichts versteht.« Er sprang auf und stellte sich vor sie, breitbeinig, wie um das Gleichgewicht wiederzufinden. »Jetzt fängt alles an. Amerika ist voller Möglichkeiten.«

»Nicht alle Träume gehen in Erfüllung, Paul.«

»Weil du glaubst, dass es leicht ist, Träume in Erfüllung gehen zu lassen. Sieh mich an!« Er machte eine Handbewegung, jetzt leuchteten seine Augen wieder. »Was etwas bedeutet, ist auf dem schwierigsten Weg zu finden. Deshalb trauen so viele sich nicht. Sie bleiben lieber klein und unerlöst, statt es in der Welt zu etwas zu bringen. Aber du darfst nicht aufgeben, egal, wie oft du zurückgehalten wirst.«

Eine Lokomotive pfiff; das rhythmische Rattern auf den Schienen ertönte, und plötzlich standen noch andere Menschen am Bahnhof, Thea erkannte den Ingenieur, zwei Gärtner und zwei Frauen vom Gutshof. Aber jetzt war es ihr egal, wer sie sah.

»Ich bin hergekommen, um die Bäckerei zu retten«, sagte sie, stand auf und griff nach ihrem Koffer. »Und jetzt sitze ich ohne Geld oder Zeugnis da. Ich habe Tante Augusta Schande gemacht, ich habe die betrogen, die ich liebe, und ich habe mich selbst im Stich gelassen. Wenn es etwas auf der Welt gibt, woran ich nicht glaube, dann sind das Träume.«

Sie ging mit raschen Schritten über den Bahnsteig.

»Aber war es dein Traum, die Bäckerei zu retten?« Er lief hinter ihr her und redete weiter. »Die Bäckerei zu retten, zurückzufahren, um eine Bäckerstochter zu werden, die im Laden steht, bis du heiratest und Mutter wirst. War das also dein Traum?«

Sie blieb stehen, fuhr herum und starrte ihn an. »Mein Traum war es, eines Tages die Bäckerei zu übernehmen, eine selbstständige Frau zu werden«, sagte sie mit fester Stimme. »Das war mein Traum.«

»Dann mach doch deine eigene Bäckerei auf.«

Thea verstummte. Für einen kurzen Moment dachte sie, er habe das gesagt, was sie nicht einmal zu denken wagte. »Wie sollte ich das schaffen?«, stammelte sie. »Du sagst doch selbst, dass niemand Dienstmädchen wie mich respektiert.« Sie hob den Kopf. »Aber weißt du was, wir sind nicht weniger wert als die Lakaien. Wir brauchen uns nicht schikanieren und uns alles gefallen zu lassen, nur weil wir Frauen sind. Wenn Männer Kriege führen, werden sie fast immer als Helden bezeichnet, aber die Wahrheit ist, dass auch Frauen Kriegerinnen sind. Ich habe starke und mutige Frauen mit Plakaten gesehen, sie haben nach Gerechtigkeit gerufen, und einige bringen große Opfer für das, wovon sie überzeugt sind. In dem Land, aus dem du kommst und das du angeblich hinter dir gelassen hast, werfen Frauen Fenster ein und brennen Häuser ab, um die, die zu entscheiden haben, zu zwingen, sie zu sehen und zu hören, was sie zu sagen haben, und um zu zeigen, dass sie sich niemals wieder zum Schweigen zwingen lassen werden.«

Der Zug fuhr in den Bahnhof ein, sie trat auf das Trittbrett. »Wenn ich einen Traum habe«, sagte sie und schaute auf ihn hinab, während sich der Zug in Bewegung setzte, »dann den, dafür zu kämpfen, dass keine Frau Angst haben muss, wenn sie ihre Arbeit macht.«

Sie sah Paul auf dem Bahnsteig, eingehüllt in weißen Dampf, und in diesem Moment dachte sie, er sei niemals echt gewesen, sondern nur eine Phantasie tief in ihrem Inneren.

»Aber dann musst du doch für die Frauen sprechen«, rief er, während er neben dem Zug herlief. »Wenn du nicht wagst, die Stimme zu heben und ein Risiko einzugehen, bist du genau wie alle anderen.«

Sie hielt seinen Blick fest, dann blieb er stehen, griff sich an die Knie und blieb allein auf dem Bahnsteig stehen, während er nach Atem rang. Die Wahrheit war, dass er etwas in ihr gesehen hatte, was sonst niemand hatte sehen können, nicht einmal sie selbst. Bis jetzt.

44

Tante Hulda sagte, Thea habe einmal rund um die Uhr geschlafen. Thea aber kam sich vor wie nach einem langen, schlimmen Jahr ohne Ruhe.

»Danke, dass ich hier sein darf«, flüsterte sie mit ausgedörrtem Mund. »Ich finde bestimmt bald neue Arbeit.«

»John und ich werden dir dabei helfen.« Tante Hulda streichelte ihre Wange. Thea musterte sie ungeduldig. »Ja, wir haben darüber gesprochen, als du gestern eingeschlafen warst. Viele hier in der Gegend brauchen ein Dienstmädchen.«

»Danke«, sagte Thea und schluckte. »Ich muss Schulden bezahlen.«

»Schau her.« Tante Hulda hielt Theas Stiefel hoch. »John hat sie neu besohlt. Er hat gesagt, dermaßen abgelaufene Sohlen habe er noch nie gesehen.«

Sie waren so gut zu ihr. Thea wollte sich bedanken, aber Tante Hulda stand schon am Fenster und schaute hinaus auf die Straße.

»Hast du ihn bei dir?«

»Was denn?«

»Den Brief.«

Thea zog den Brief aus der Tasche und legte ihn auf den Wohnzimmertisch, neben eine Vase mit gelben Herbstblumen und Grashalmen.

»Sie wollen mir keine weiteren schicken.« Tante Hulda zog das Foto heraus und hielt es sich vors Gesicht. Thea konnte sehen, dass sie mit den Tränen kämpfte.

»Wer ist Maria Olsdotter?«, fragte sie.

Tante Hulda gab keine Antwort.

»Du kannst mir doch die Wahrheit sagen, Tante Hulda. Ich werde nicht schlecht darüber denken.«

»Sie ist seine Pflegemutter.« Tante Hulda sagte das, ohne zu zögern. »Ich habe sie gebeten, mir ein Foto zu schicken, als er fünf wurde, denn ich wusste, dass er danach in der Glasfabrik arbeiten würde, wie ein Erwachsener. Ich habe gewartet und gewartet, war fast krank vor Sehnsucht, ich war jeden Tag im Postamt und habe nach einem Brief gefragt, bis sie mich dort ausgelacht haben.«

»Aber er ist doch erst fünf Jahre alt, Tante Hulda, und du lebst seit zehn Jahren in Amerika?«

Tante Hulda fing an, mit raschen Bewegungen im Wohnzimmer aufzuräumen, dann blieb sie bei der Topfblume stehen und schnippte ein Blatt herunter. »Wir gehen nach draußen«, sagte sie. »Ich brauche Luft.«

Sie gingen in Richtung Sea Cliff. Der Himmel war hell und blau. Sie kamen durch kleine Straßen mit bunten Häusern, die Tante Hulda viktorianisch nannte. Thea gefielen diese Häuser. Im Vergleich zu Idle Hour waren sie klein, aber für sie hatten sie etwas, das dem Hauptgebäude auf Idle Hour fehlte, ein Gefühl von Leichtigkeit, keine harte Steinfassade, die ihr Angst einflößte und sie klein und unsichtbar machte. Einige dieser Häuser hier waren schmal und hoch, andere eher viereckig, aber alle waren bunt; blau, grün, hellrot, und mit wenigen Ausnahmen hatten die allermeisten Türmchen und breite Veranden, die sich an der ganzen Front entlang und manchmal sogar um das Haus zogen.

»Sommerhäuser«, sagte Tante Hulda. »Stell dir das vor. Reiche Leute aus New York kommen hier heraus. Die Damen wohnen vom Frühling bis zum Herbst mit ihren Kindern hier, und die Männer fahren mit der Fähre zur Arbeit in die Stadt. Die Fähre wird das Portweinboot genannt.«

Sie gingen an die Spitze eines steilen Felshangs. Die Sonne stand dicht über dem Wasser und ließ es glitzern wie die Kronleuchter im Goldsaal. Thea trat einige Schritte zurück, ihr wurde schwindlig davon, so dicht am Rand zu stehen, sie hatte das Gefühl, dass es Kräfte gab, die sie noch weiter hinauslocken wollten.

»Hier haben wir geheiratet.« Tante Hulda legte ihr die Hand auf den Arm. »Hier in Sea Cliff.« Obwohl ihre Augen rot waren, war sie glücklich, als sie das sagte, doch dann wurde sie wieder traurig.

»Komm, Tante Hulda.« Thea lächelte sie an. »Wir gehen zum Wasser hinunter.«

Tante Hulda blieb jedoch stehen und starrte ins Leere. »Findest du nicht, dass er einsam aussah?«

»Wenn er Pflegeeltern hat, kümmern die sich doch um ihn.«

»Aber es gibt doch nur ihn und die Alten. Ihre Kinder sind schon lange ausgezogen.«

»Gibt es denn keine anderen Kinder in der Nähe?«

Tante Hulda ging nach unten. »Doch, aber die arbeiten allesamt in der Fabrik.«

»Aber du warst doch nie wieder zu Hause.« Thea lief hinter ihr her. »Ich verstehe das nicht.«

»Ich bin in Plainfield schwanger geworden«, sagte Tante Hulda und ging schneller. »Aber ich hätte nie gedacht, dass es so ein Ende nehmen würde …«

»Ist Tante Augusta mit deinem Kind nach Schweden gefahren?«, Thea blieb wieder stehen. »Ist sie deshalb nach Hause gereist?«

»Er ist in Schweden geboren worden.«

Sie fanden eine Bank an einem Aussichtspunkt. Thea schob den Wagen hin und her, denn Jonny wimmerte leise, wenn sie damit aufhörte. Tante Augusta musste Tante Hulda zu Hilfe gekommen sein, als sie von jemandem im Stich gelassen worden war. Es gab vieles, worauf Thea gern eine Antwort gehabt hätte, aber sie brachte es nicht über sich, zu fragen, mit wem Tante Hulda zusammen gewesen war, wer Gunnars Vater war.

»Wir haben Plainfield im Spätherbst 1910 verlassen.« Tante Hulda lächelte müde. »Augusta glaubte, für mich verantwortlich zu sein, da sie mich ja überredet hatte, herzukommen. Ich hatte mein Leben lang von Amerika geträumt. Ich war siebzehn, als ich hergekommen bin, und einundzwanzig, als Augusta mit mir zurückgefahren ist. Sie kündigte, behauptete, wir hätten einen anderen und besseren Posten gefunden, und dann buchte sie die Rückreise, ehe ich begriff, was vor sich ging. Ich hatte kein Geld, aber Augusta hatte für die Kirche gespart.« Sie starrte auf das Wasser hinaus. »Ich dachte, ich würde nicht überleben. Es kam ein Sturm nach dem anderen. Auf der ganzen Überfahrt habe ich unten gelegen. Die Überfahrt dauerte wegen der Herbststürme besonders lange, fast drei Wochen. Ich durfte nicht einmal in den Speisesaal gehen, es hätte ja jemand aus Eda da sein können. Augusta hat mir das Essen gebracht. Sie ist nur einige wenige Male mit mir an Deck gegangen, damit ich Luft schnappen konnte. Das passierte immer nach Einbruch der Dunkelheit, es sollte doch niemand sehen, wie es um mich stand. Eines Nachts bei besonders hohem Wellengang habe ich mich erbrochen, immer wieder. Alles, was ich im Leib hatte, brach aus mir heraus … und ich hoffte, dass ich das Kind verlieren würde.«

Thea schüttelte den Kopf. »Nein«, sagte sie und griff nach Tante Huldas Hand.

»Doch, das wollte ich. In diesem Moment wollte ich das. Ein totes Kind zur Welt bringen und es ins Meer werfen.«

Tante Hulda rang um Atem. »Einmal habe ich versucht, allem ein Ende zu setzen, ich habe die Reling gepackt und wollte mich ins Meer stürzen. Ich konnte einfach nicht mehr. Augusta riss mich in letzter Sekunde zurück. Danach durfte ich nicht mehr an Deck gehen. Wofür konnte ich denn noch leben? Nichts. Alle meine Träume waren zerstört. Ich hatte alles verloren.«

Thea schaute das verschlossene Gesicht neben ihr an. Tante Hulda trug die Finsternis in sich, wie Tante Augusta das Licht trug. Diese schwere, harte Finsternis war jetzt auch auf dem Weg in Theas Inneres, und es gab nichts, was sie tun könnte, um das zu verhindern.

»Er ist Anfang März auf die Welt gekommen.« Tante Hulda schaute ihre Hände an. »Die Felder waren noch immer gefroren. Kaum war er geboren, kam Wind auf, der Eisklumpen gegen mein Kammerfenster warf. Ich dachte, auf diese Weise wollte meine Mutter mir zeigen, wie sehr sie sich meiner schämte.«

»Großmutter hätte sich deiner niemals geschämt«, flüsterte Thea. »Sie war so stolz auf all ihre Kinder.«

»Aber sie wollte mich doch nicht nach Amerika gehen lassen. Sie meinte, sie seien jetzt so alt, ich müsste bei ihnen bleiben, wo alle anderen weggegangen waren. Ich bin einfach ohne ein Wort verschwunden, und dann ist sie gestorben.«

Thea sah sie vor sich, Tante Hulda und Tante Augusta in der verschneiten Allee vor dem Thonander-Hof. Der Großvater am Fenster, der nach den näherkommenden dunklen Gestalten Ausschau hielt, und Onkel Frans, der die Tür aufstieß und losrannte.

»Augusta hat mich einfach zurückgelassen.« Tante Hulda beugte sich vor; nun loderte der Zorn aus ihren Augen.

»Stattdessen hat sie Signe mit zurück nach Amerika genommen.«

Thea schloss die Augen und dachte an damals, kurz vor Weihnachten, als Tante Augusta und Signe sie in Norwegen besucht hatten. Tante Augusta hatte das Teegebäck des Vaters in die Tasse gestippt und jeden Krümel genossen, während Signe mit leichenblassem Gesicht dabei saß und keinen Bissen hinunterbrachte. Theas Mutter hatte sie gefragt, wie es Tante Hulda in Amerika erging, und Tante Augusta hatte gesagt, Tante Hulda gehe es großartig. Aber jetzt fiel Thea ein, was Tante Augusta bei ihrem letzten Besuch bei Tante Hulda gesagt hatte; dass Signe in Brooklyn eine schlechte Stelle gehabt, Heimweh bekommen habe und nach nur zwei Jahren nach Hause gefahren sei. Hatte Tante Augusta Signe mit nach Amerika genommen, als Tarnung für Tante Hulda, weil sie im tiefsten Herzen wusste, dass ihre Schwester niemals in Schweden bleiben würde?

Tante Augusta, die Lug und Trug ablehnte, hatte Gott getrotzt, um Tante Huldas Ehre zu retten. Und jetzt trug sie auf Idle Hour Tante Huldas Schande und litt unter den neugierigen Blicken, dem Gelächter in den Ecken und Mrs. Bloom, die sie als gefallene Frau verachtete. Das kam Thea so falsch vor, so durch und durch ungerecht. Thea schämte sich so sehr bei dem Gedanken, dass sie Tante Augusta in diese Lage gebracht hatte. Wenn es noch eine Möglichkeit gab, würde sie eine finden, um ihr zu helfen, das Zerstörte wiederaufzubauen. Aber dann fuhr sie plötzlich hoch. Es konnte doch nicht richtig sein, dass die Schande auf ihnen lastete, egal, auf welcher. Was war mit dem Mann in Plainfield, war es nicht eigentlich er, der sich schämen müsste?

45

Thea machte etwas zu essen, während Tante Hulda schlief. Sie sei erschöpft nach dem Spaziergang, sagte sie. Jonny lag in der Küche im Korb und plapperte vor sich hin. Oft hielt Thea inne und sah ihn an, einige Male streichelte sie seinen Kopf. Er hatte noch mehr braune Haare bekommen – wie sein Vater – und noch mehr Sommersprossen an der Nasenwurzel, und er war um einiges kräftiger als der blonde Junge draußen auf den Wiesen bei Eda. Sie hob den Kessel vom Herd und verbrannte sich den Daumen. »Au«, keuchte sie.

Sie goss kaltes Wasser in eine Schüssel und hielt den wehen Daumen hinein. In ihr loderte derselbe Zorn auf wie am Bahnhof. Sie war doch keine, die glaubte, dass Träume so einfach in Erfüllung gingen. Dann hätte sie niemals die lange Reise nach Amerika angetreten, sondern wäre zu Hause geblieben und hätte mit dem einzigen Leben weitergemacht, das sie kannte. Nun hatte sie ohnehin nicht mehr dieselben Träume, es gab keine Bäckerei mehr zu retten. Thea zog den Daumen aus der Schüssel und wickelte ein Stück Stoff herum. Die Vorstellung, dass sie nichts mehr zu verlieren hatte, war plötzlich nur noch befreiend, als ob die ganze Welt offen vor ihr läge.

Sie ging zur Hintertür und öffnete sie, und dabei überkam sie ein seltsames Gefühl, eine Mischung aus Überraschung und Erleichterung, wie dann, wenn im Frühling endlich der letzte Schnee geschmolzen war oder wenn aus Bjølsen Mehl kam und der Tag gerettet war. Wenn die Möglichkeiten hier in Amerika waren, würde sie hier bleiben und für das kämpfen, woran sie glaubte, sie würde sich Arbeit suchen und ihr eigenes Geld verdienen. Wenn sich einer in ihr irrte, dann war das Paul; sie war doch wohl eine, die es wagte, laut zu reden und Risiken einzugehen. Gerade deshalb hatte sie jetzt diese Probleme, weil sie Mrs. Bloom gegenüber Liz verteidigt hatte. Sie würde zur nächsten Kundgebung gehen. Es war an der Zeit, für die Dienstmädchen auf Idle Hour zu sprechen, Frauen wie Frau Linnerud eine Stimme zu geben und deren Kindern, die schon bei der Geburt dazu verdammt waren, irgendwo versteckt zu werden. Die Suffragetten würden zuhören. Thea hatte die Sprache des Landes gelernt, jetzt war es an der Zeit, sie zu verwenden. Es kam jetzt auf die jungen Frauen an, die Dienstmädchen und die Bäckerstöchter, sie hatten die Macht, wenn sie nur ausreichend viele waren und es wagten, danach zu greifen.

Tante Hulda stand in der Küchentür und rieb sich die Augen, dann drehte sie sich um und ließ sich an den Küchentisch sinken. Wind war aufgekommen. Gelbe Blätter wurden hochgewirbelt, flogen in die Küche und rutschten über den Boden.

»Ist dir kalt?« Thea schloss die Tür.

Tante Hulda machte eine winzige Kopfbewegung.

Thea holte ein Tuch und legte es ihr um die Schultern. »Du zitterst«, sagte sie.

Tante Hulda fröstelte und zog das Tuch fester um ihren Hals zusammen. »Das kommt von den vielen Erinnerungen«, sagte sie müde.

Thea setzte sich leise neben sie.

»Hast du dich verletzt?« Tante Hulda hob Theas Hand hoch.

»Ich hab mich am heißen Kochtopf verbrannt. Das ist bald verheilt.«

Tante Hulda seufzte. »Ich habe mich mehrere Wochen nach Gunnars Geburt nicht aus dem Haus gewagt.« Sie erhob sich, ging zum Teekessel, blieb stehen und wärmte sich daran die Hände, während sie darauf wartete, dass das Wasser kochte.

Thea stellte Tassen auf den Tisch und schwieg.

»Vater konnte den Hof nicht mehr halten. Er hatte nur Frans zur Hilfe, und der war erst elf, und als Vater bettlägerig wurde, mussten Frans und ich alle Arbeit machen. Ich musste früh aufstehen und die eine Kuh melken, die wir noch hatten. Ich kochte und wusch. Ich hackte Holz und schleppte Eimer. Ich hätte fast aufgegeben, da hatte ich eines Tages eine Offenbarung.«

Thea schaute zu ihr hinüber. Dieses Gerede über Offenbarungen hätte sie eher von Tante Augusta erwartet.

»Ich sah vor mir, wie Gunnar den Thonander-Hof übernahm.« Tante Hulda legte sich einen der dicken Topflappen über die Hand und schenkte ein. »Ich dachte, alles, was passiert war, müsste doch einen Sinn haben. Ich beschloss, bei meinem Jungen in Schweden zu bleiben. Ich beschloss zu kämpfen. Aber wir brauchten Geld, um das Holz aus dem Wald zu holen, denn das Pferd war tot und der Schlitten verrostet, und am Holz verdienten wir am meisten.«

Thea blies in ihre Tasse. Es tat ihr weh, hier stillzusitzen und Tante Huldas bittere Geschichte zu erfahren, aber sie wusste, dass sie zuhören musste.

»Vater ging es immer schlechter, er wurde immer schwächer.« Tante Hulda setzte sich. »Ich musste mich nicht nur um Gunnar kümmern, sondern auch um Vater und Frans. Ich ging den Leuten und dem Dorfklatsch aus dem Weg, die ungebärdige Hulda, die von zu Hause weggelaufen und in Amerika ›ins Unglück‹ gekommen war. Viele lachten mich aus, aber ich dachte nur daran, dass Gunnar eines Tages den Thonander-Hof übernehmen würde. Der Hof würde ihm gehören, er würde etwas Großes und Prachtvolles daraus machen. Ich sah es vor mir: *Gutsbesitzer Gunnar Thorolf Thonander.*«

Thea stand auf, ging ins Wohnzimmer und stellte sich vor das Foto des Thonander-Hofes. Der rote Hof mit den kleinsprossigen Fenstern war der sicherste Zufluchtsort gewesen, den sie gekannt hatte. Ein Stockwerk mit Mansarde und ein kleiner Vorbau bei der Tür mit Dach und Geländer, das die Großmutter am Mittsommerabend mit Birkenlaub und sieben Sorten Wiesenblumen schmückte. Was würde die Großmutter denken, wenn sie wüsste, was Tante Hulda passiert war, was würde sie denken, wenn sie wüsste, was Thea getan hatte?

»Vater war so stolz, als das braun gebeizte Holzhaus eine neue Täfelung bekam und der Hof rot wurde, dass dieses historische Ergebnis verewigt werden musste.« Tante Hulda war ihr nachgekommen. »Die Fotografie hat damals mehr gekostet als Täfelung und Anstrich, denn das Holz konnte er aus dem Thonander-Wald holen, und Roggen hatte er selbst. Sogar der Stall wurde mit Roggenmehl angestrichen.« Sie musste lachen. »Vater war so stolz, denn jetzt konnten alle, die mit ihren Lasten vorüberfuhren, sehen, wie gut bei Thure Thonander alles in Schuss war.«

Thea lächelte. Vielleicht hatte der Vater seinen Stolz von den Thonander-Schwestern geerbt. Die Großmutter war ebenfalls stolz gewesen, aber sie hatte ihren Stolz in der Brauttruhe gefunden, die ihre Mutter ihr hatte mitgeben können, in den Kuchen, die sie als kleines Mädchen backen gelernt hatte, und in den Kinderversen, die sie auswendig konnte und die sie an ihre Enkelkinder weiterreichte. Die

Großmutter war stolz auf Dinge gewesen, die im Herzen ruhten, nicht auf die Farbe des Hauses.

»Ich muss das Foto mitgenommen haben, als ich weggegangen bin, als Erinnerung, aber ich kann mich nicht daran erinnern. Es lag einfach da, in meinem Koffer, als Augusta den in Brooklyn für mich ausgepackt hat.« Tante Hulda fuhr mit der Hand über das Glas. »Als wir den Hof verloren haben, konnte ich Gunnar nicht mehr behalten. Niemand wollte mich in Dienst nehmen. Ich kam mir vor wie eine Last für die ganze Familie. Und nach Amerika konnte ich meinen Jungen auch nicht mitnehmen. Mit einem Bankert auf dem Arm hätten sie mich auf Ellis Island niemals durchgelassen, die Behörden wissen nur zu gut, wo solche Mädchen landen. Ich musste Leute finden, die sich um ihn kümmern konnten. Er war jetzt anderthalb Jahre alt, und ich kannte eine Familie, die in der Glasfabrik arbeitete und die bereit dazu war.« Sie kämpfte mit den Wörtern. »Es war ein älteres Ehepaar, dessen Kinder ausgezogen waren … ich kannte sie gut … nicht die Eltern, sondern die Kinder, die waren in meinem Alter, zwei Jungen und ein Mädchen, sie waren bei den Armeleutekindern, die der Glasfabrik gehörten.«

»Ach, Tante Hulda.« Thea schob den Arm unter den ihrer Tante und half ihr zum Sofa. »Das muss so schrecklich gewesen sein.«

»Es hört nie auf.« Tante Hulda setzte sich und starrte ins Leere. »Wenn ich abends schlafen gehe, sehe ich seinen Blick, der meinen sucht. Ich nehme seinen Geruch wahr und seine Haare an meiner Wange. Ich sehe seine ersten unsicheren Schritte, höre sein Lachen, sein Weinen. Manchmal sehe ich seine Ärmchen, die sich nach mir ausstrecken, und höre seine Stimme *Mama* sagen.« Ein kleines Lächeln huschte über ihr Gesicht. »Das Leben ist nicht immer so leicht, Thea.«

Thea schüttelte den Kopf und streichelte Tante Huldas Wange. Wenn Tante Hulda jetzt nach Schweden zurückkäme, würde ihr Sohn sie nicht erkennen. Jetzt war Maria Olsdotter seine Mutter, sie sah ihn heranwachsen, durfte seine Haare streicheln, ihm bei den Hausaufgaben helfen und ihn erwarten, wenn er abends aus der Fabrik kam. Er würde sich niemals an das Gesicht der Frau erinnern, die ihn geboren hatte, die ihn als Erste in den Armen gehalten hatte, er würde sich nicht daran erinnern, dass er die Arme nach ihr ausgestreckt oder an ihrer Brust vor sich hin geplappert hatte. Für ihn würde sie niemals etwas anderes sein als eine Sehnsucht. »Nein«, flüsterte sie. »Aber wir beide haben einander.«

46

Später am Nachmittag wurde an die Tür geklopft. Thea hatte sich den ganzen Tag beschäftigt, hatte Küche und Stube geputzt, hatte die Fenster gereinigt und Staub gewischt. Jetzt richtete sie sich auf und lauschte.

»Ist sie hier?«

Thea erkannte die Stimme sofort und ballte die Fäuste um das Staubtuch. Natürlich war Tante Augusta ihr gefolgt, sie hatte nur nicht schon heute mit ihr gerechnet. Es war weder Sonntag noch ihr freier Nachmittag.

»Wie konntest du einfach verschwinden, ohne mir ein Wort zu sagen?« Tante Augusta kam in ihrem geblümten Küchenkleid in die Stube gefegt. »Ich hatte doch keine Ahnung, ehe Mrs. Bloom es mir gestern Abend spät mitgeteilt hat, und da warst du längst weg.«

»Ich kümmere mich um sie«, sagte Tante Hulda laut und trat zwischen die beiden.

»Ihr seid doch fast gleich alt.« Tante Augusta schnaubte und musterte ihre Schwester verärgert. »Sie kann ja wohl nicht ewig hier bleiben.«

»John will heute wegen ihr Mr. Pratt fragen.« Tante Hulda hob die Nase. »Sein neues Sommerhaus ist gleich hier in der Nähe, und es ist mindestens so elegant wie Idle Hour. Ja, wenn du für Mr. Vanderbilt gearbeitet hast, stehen dir alle Türen offen.« Sie lachte bitter. »Das hast du ja selbst gesagt, damals, als du mich dort haben wolltest.«

»Ja, viel Glück, ohne Zeugnis, Marie.«

»Großer Gott, Augusta, kannst du sie nicht einfach Thea nennen?«

Thea sah verwirrt von der einen Tante zur anderen. »Ich weiß nicht mehr, ob ich Thea oder Marie bin«, sagte sie. »Aber es tut mir schrecklich leid, was ich da alles angerichtet habe. Ich wollte Mrs. Bloom nicht widersprechen, ich fand es bloß so ungerecht, dass nur die Mädchen …«

»Du hast gegen die Regeln verstoßen.« Tante Augusta stemmte die Hände in die Seiten. »Ich muss wirklich sagen, dass ich sehr enttäuscht bin. Aber so, wie der Herr vergibt, hätte Mrs. Bloom dir wenigstens ein Zeugnis geben müssen.«

»Wir reden in aller Ruhe darüber«, sagte Tante Hulda. »Ich habe in der Kammer einen Gewürzkuchen stehen.«

Tante Hulda stellte den Kuchen auf einer Platte mitten auf den Küchentisch.

»Hast du einen Tortenheber, Hulda?« Das Kreuz in Tante Augustas Halsgrube glänzte vor Schweiß, als sie sich vorbeugte.

Thea setzte sich. »Was ich getan habe, war ganz verkehrt«, flüsterte sie und verschränkte auf ihrem Schoß die Finger.

»Aber was du getan hast, ist bei weitem nicht so schlimm wie Aislynns Schandtaten.« Tante Augusta hob die Kuchenplatte, nahm den Kuchen in Augenschein und seufzte. »Und dabei war Aislynn eine solche Meisterbäckerin.«

»Was ist mit Aislynn?« Thea wurde plötzlich schlecht.

»Ich weiß nicht, ob ich darüber reden will«, sagte Tante Augusta und nahm den Tortenheber.

»Bitte«, sagte Thea. »Wir haben doch das Zimmer geteilt, waren Freundinnen.«

Tante Augusta fing an, den Kuchen zu zerschneiden. Plötzlich schien sie endlos viel Zeit zu haben. Bei jeder

Schneidebewegung senkte sie den Kopf und untersuchte den Kuchen, sah sich an, wie die Stücke zerbrachen und krümelten.

Thea rutschte schwitzend auf ihrem Stuhl herum.

»Als Mrs. Bloom zu mir kam, um mir von deinem Verschwinden zu erzählen«, sagte Tante Augusta langsam, »hielt ich gerade die Schatulle in der Hand. Ich wollte ja nach New York fahren.«

Tante Hulda runzelte die Stirn. »Du verabscheust doch die Großstadt.«

»Ja, Hulda.« Tante Augusta räusperte sich. »Ich wollte dir bei Macy's für mein Erspartes einen ganz neuen Kinderwagen kaufen.« Sie hob den Löffel an den Mund und aß.

Thea beugte sich vor. »Was hat das mit Aislynn zu tun?«

»Als ich die Schatulle öffnete, lag darin nur ein armseliger Dollar.« Tante Augusta setzte sich aufrecht hin. »Ich habe losgeschrien, das kannst du dir ja denken, ich hatte seit langer Zeit jeden einzelnen Cent von meinem Lohn gespart, um alles der Kirche zu geben.« Sie hustete, als ob sie sich an einem Krümel verschluckt hätte, und wischte sich den Mund mit ihrem Kleid ab. »Ja, in diesem Flügel hat sich so allerlei zugetragen. Auch Dinge von der sündhaften Sorte, aber Diebstahl hatte es noch nie gegeben.«

»Das kann nicht stimmen«, flüsterte Thea.

»Und wie das stimmt«, sagte Tante Augusta und schnitt noch ein Stück vom Kuchen. »Ja, Mrs. Bloom ist sofort aktiv geworden und hat die Polizei angerufen.«

»Aber es kann nicht Aislynn gewesen sein.«

»Aislynn streitet ihr Vergehen auch ab, das kannst du dir ja denken, sie hat ein gewaltiges Geschrei gemacht.« Tante Augusta legte das Kuchenstück auf den Teller und kniff die Augen zusammen. »Mrs. Bloom hat in ihrer Mansarde

Bücher gefunden. Teure Gedichtsammlungen. Gestohlen aus der Bibliothek.«

»Die sind nicht gestohlen«, sagte Thea laut. »Sie leiht sie nur aus und stellt sie dann zurück.«

»Mrs. Bloom hat mir jeden einzelnen Dollar aus Aislynns Lohn ersetzt.« Tante Augusta schaute Thea mitfühlend an. »Ich habe auch für Aislynn gebetet.« Dann faltete sie auf dem Tisch die Hände. »Sie ist nach Bay Shore zum Richter gebracht worden.«

»Und wo ist sie jetzt?«

»In Untersuchungshaft, während sie auf das Urteil wartet.«

»Das ist einfach entsetzlich«, sagte Tante Hulda.

»Ja«, sagte Tante Augusta, noch immer mit gefalteten Händen. »Mrs. Bloom hat sich schon an das Vermittlungsbüro für irische Dienstmädchen in New York gewandt, für den Fall, dass Aislynn versucht, eine neue Stelle zu finden.«

»Aber es muss eine andere gewesen sein.« Thea schluchzte. »Aislynn ist nicht so. Aislynn kämpft für Gerechtigkeit zwischen Frauen und Männern.«

»Frauen sind nicht wie Männer.« Tante Augusta verzog den Mund. »Und das werden sie auch niemals sein«, fügte sie hinzu. »Sie werden von Gefühlen geleitet und nicht von Vernunft. Sie setzen sich allen möglichen Versuchungen aus, ohne die Folgen zu bedenken. Und jetzt ist auch Emma weg. Du, Liz, Aisylnn und Emma. Nicht weniger als vier Küchenmädchen in ein und derselben Woche.«

»Emma.« Thea presste so fest die Hände gegeneinander, dass sich ihr die Fingernägel in die Handflächen bohrten.

»Mrs. Bloom bringt sie nach New York, um Klatsch zu vermeiden. Deshalb konnte ich herkommen. Mrs. Bloom bringt dann neue Küchenmädchen mit zurück. Aber Gott behüte, wenn sie die diesmal gleich vom Boot nehmen muss.« Tante Augusta bekreuzigte sich. »Ich habe Mary in die Küche geschickt, damit sie Fleure hilft. Ja, allein das ist schon eine Prüfung an sich.«

»Aber was hat sie getan?« Thea beugte sich über den Tisch vor.

»Gesündigt«, sagte Tante Augusta. Ihr bleiches Gesicht nahm einen blaulila Farbton an. »Auf Idle Hour wird kein Ungehorsam geduldet.«

»Es hat ja wohl nichts mit Ungehorsam zu tun, wenn eine schwanger wird.« Tante Hulda sprang so heftig auf, dass ihr Stuhl nach hinten kippte.

»Ist Emma schwanger?«, flüsterte Thea und sah vor sich Emma, wie sie vor der Hintertür auf einer Mülltonne gehockt hatte, bleich und verängstigt, die Beine hochgezogen. Hatte sie ihr Geheimnis den ganzen Sommer hindurch allein mit sich herumgetragen?

»Und du siehst einfach tatenlos zu, wie Mrs. Bloom sie wegbringt?« Tante Hulda stützte die Hände auf den Tisch und beugte sich vor. »Und jetzt soll sie sich das Kind in einer schmutzigen Wohnung in einer New Yorker Straße wegmachen lassen, oder soll sie auch mit ihrer Schande zurück über das Meer geschickt werden?«

Tante Augusta sah plötzlich verwirrt aus, dann sprang sie auf und stürmte aus der Küche.

Tante Hulda lief hinter ihr her. »Gunnar könnte jetzt hier bei mir sein«, rief sie. »Und er müsste dann nicht in der Fabrik arbeiten, er müsste nicht einsam sein …«

»Ach, fang doch nicht so an, Hulda …«

»Sie hatten mich gern.«

»Sie hatten es gern, dass du die Arbeit für sie gemacht hast. Nicht, dass du vom Sohn des Hauses schwanger warst.«

Jonny schrie in seinem Korb. Thea hob ihn hoch und drückte ihn an sich. »Jonny ist wach«, rief sie ins Wohnzimmer.

»Du hast die Stelle gekündigt«, fuhr Tante Hulda fort, sie hörte weder Thea noch Jonny. »Du hast die Heimreise gebucht, ohne mich vorher zu fragen. Genau wie du es mit Thea gemacht hast. Du hast sie herkommen lassen, weil du wusstest, wie schlimm es bei ihr zu Hause stand und dass sie deshalb nicht nein sagen konnte. Das machst du die ganze Zeit, Augusta. Du bildest dir ein zu wissen, was für alle anderen das Beste ist. Ich weiß, sie hätten mich akzeptiert.«

»Liebe Hulda.«

Thea ging zur Türöffnung und streichelte dabei Jonnys Rücken. Tante Hulda lief zwischen dem alten irischen Schrank und dem Tisch hin und her, weiß im Gesicht, und Tante Augusta hatte sich in Johns Sessel am Fenster gesetzt.

»Du hast mir keine Wahl gelassen.« Tante Hulda blieb vor ihrer Schwester stehen. »Du hast alles entschieden.«

»Ich habe mit der gnädigen Frau gesprochen, ich habe mit dem gnädigen Herrn gesprochen, ja, ich habe für dich gebeten und gebettelt. Ich habe sie angefleht, die Augen zu öffnen und zu sehen, dass ihr zwei junge Menschen wart, die einander liebgewonnen hatten.« Tante Augusta hob die Handflächen. »Ich habe erzählt, dass du aus einer guten, christlichen Familie kommst, dass sie dich akzeptieren müssten, damit ihr heiraten könntet. Aber sie waren außer sich vor Wut.«

»Das ist nicht wahr!« Tante Hulda trampelte mit dem einen Fuß auf den Boden auf. »Du hattest Angst vor der Schande, davor, dass wir nie wieder für reiche Leute arbeiten könnten.«

Jonny streckte die Arme nach der Mutter aus, er schrie, bis er feuerrot im Gesicht war.

»Ihr müsst aufhören«, rief Thea. Sie lief wieder in die Küche, wiegte Jonny auf ihren Armen.

»Jedes einzelne Wort, das ich sage, ist wahr.« Tante Augusta erhob sich; ihre Stimme klang jetzt noch stärker. »Sie haben uns gute Zeugnisse gegeben. Sie haben alles getan, um uns loszuwerden. Sie haben mir Geld gegeben, damit ich dich nach Schweden zurückschaffen konnte. Was glaubst du denn, wie ich sonst die Überfahrt für zwei hätte bezahlen sollen?«

»Wie soll ich dir glauben können?«, schrie Tante Hulda. »Du weißt, wie krank ich war, als ich nach Amerika zurückgekommen bin. Und dann hast du getan, als ob nichts passiert wäre. Nicht ein einziges Mal hast du gefragt, ob es ein Junge oder ein Mädchen ist, von dir aus hätte das Kind auch tot sein können. Nein, du verlässt dich nur auf ein einziges Wesen, Augusta, und das ist nicht einmal Gott. Das bist du selbst.«

Thea wiegte Jonny, bis er vor Erschöpfung eingeschlafen war. Sollten sich die Tanten doch weiterstreiten, wieder und wieder, bis sie alt und morsch wären und der Tod sie unter Gras und Erde brachte. Thea legte Jonny in den Korb, streichelte vorsichtig seine Haare und breitete die Decke über ihn. Sie musste sagen, was sie wusste. Und sie musste ertragen, dass Tante Augusta es nicht hinnehmen würde, egal, wie schlimm und schwer das wäre. Sie richtete sich auf. Das galt auch für Tante Hulda, deren Trauer, Sehnsucht und Schmerz hatten nichts mit Thea zu tun.

»Ihr habt beide die gleiche Fotografie von Maria Olsdotter bekommen.« Thea trat mitten in die Stube.

Tante Augusta sah Thea mit flackerndem Blick an, dann ließ sie sich abermals in den Sessel vor dem Fenster sinken.

»Aber du weißt ja nicht einmal, wo mein Junge ist.« Tante Hulda sah ihre Schwester unsicher an.

»Ich musste mit meinen eigenen Augen sehen, wie es ihm ging.« Tante Augusta nahm ihre Brille ab. »Er wohnte bei den Glasarbeitern in den kleinen Arbeiterwohnungen«, sagte sie leise und fuhr sich mit der Hand über die Augen. »Er war inzwischen drei Jahre alt. Es war, wie dich als kleines Kind zu sehen, Hulda. Die blonden Haare, die ernsten, nachdenklichen Augen. Er kletterte auf meinen Schoß und legte mir die Arme um den Hals.«

»Ich habe nie begriffen, warum du noch einmal hingefahren bist.« Tante Hulda schien auf der Stelle erstarrt zu sein. »Der Krieg war gerade ausgebrochen und der Hof verkauft. Unsere Eltern waren tot. Und die ganze Zeit habe ich gedacht, du seist so geizig, gönntest dir nie etwas, weil du für deine verflixte Kirche spartest. Und dann hast du das Geld benutzt, um nach Hause zu fahren und nach Gunnar zu sehen.«

»Ich dachte, sie würden sich besonders gut um ihn kümmern, wenn sie wüssten, dass auch ich ein Auge darauf hätte.«

»Aber warum hast du nichts gesagt?«

»Ich wollte das ja, aber als ich zurückkam, hattest du inzwischen John kennengelernt.«

»Doch darüber schienst du dich nicht zu freuen.«

»Ich hatte Angst, dir könnte … etwas passieren.«

»Und als das der Fall war?«

»Da hatte ich kein Geld mehr. Und es gab auch kein Zuhause, wohin ich dich hätte schicken können.« Tante Augusta lächelte zaghaft. »Ich fand, das Leben nahm für uns endlich eine Wendung zum Besseren, und als wir auf Idle Hour als Köchinnen eingestellt wurden, waren alle meine Gebete erhört worden.«

»Aber John ist ein guter Mann, ein solider Mann. Warum musstest du ihm gegenüber so abweisend sein? Wir liebten uns doch, und als du zurückkamst, hatte er mir schon einen Heiratsantrag gemacht. Ich konnte nicht mehr mit dir zusammenarbeiten. Es war nicht nur, dass ich ein Kind erwartete. Ich wollte mein eigenes Leben haben.«

Tante Augusta wandte sich ab. »Ich dachte, du würdest es niemals lernen, und dieser Ire würde dich eines Tages im Stich lassen, und dann würdest du wieder unglücklich sein.«

»Nein«, sagte Tante Hulda. »Es ging nicht darum, dass ich niemals etwas lernte oder dass ich eine Sünderin war. Du hattest Augst vor der Einsamkeit, Augusta, davor, dass niemand aus deiner Familie dich noch brauchte.«

»Das stimmt nicht.« Tante Augusta schlug die Hände vors Gesicht und weinte.

»Du hättest mich die Sache selbst in Ordnung bringen lassen müssen. Vielleicht hätte er seine Eltern überreden können, wenn ich es ihm nur gesagt hätte, und das ist die Sünde, Augusta, dass du mich nicht … dass du uns keine Chance gegeben hast.«

»Du hast recht, Hulda, du hast recht in allem, was du sagst, aber ich wollte dich niemals verletzen. Kannst du mir bitte verzeihen?«

47

Im Vergeben lag Kraft, das hatte Thea in der Bibelstunde gelernt. *So kommt denn und laßt uns miteinander rechten, spricht der* HERR. *Wenn eure Sünde gleich blutrot ist, soll sie doch schneeweiß werden; und wenn sie gleich ist wie Scharlach, soll sie doch wie Wolle werden.* Sie hatte diesen Vers auswendig gelernt, hatte das mit den Farben so schön gefunden, rot wie Blut und Scharlach, weiß wie Schnee und Wolle. Tante Augusta wusste sicher, wo diese Stelle in der Bibel stand, aber Tante Augusta hatte nichts mehr gesagt, seit sie sich an den Tisch gesetzt hatten, und als John das irische Tischgebet sprach, faltete Tante Augusta die Hände und öffnete sie danach auch nicht mehr.

Thea schaute zu Tante Hulda hinüber. Es hatte gedauert, bis die Antwort gekommen war, es hatte gewirkt, als liege die tief begraben, irgendwo, und werde Zeit brauchen, um zum Vorschein zu kommen. Sie hatte ihrer Schwester vergeben und zugleich Respekt für ihren Mann verlangt. Tante Hulda war für sich selbst eingetreten, und Tante Augusta konnte nicht mehr über sie bestimmen. Nun schien über dem Mittagstisch eine Art Friede zu ruhen, eine andere Stimmung als an Theas erstem Tag in Amerika. Tante Hulda hatte wieder rote Wangen, sie lächelte. Würde sie John wohl jemals von Gunnar erzählen, oder würde sie ihr Kind weiterhin verstecken, in einer verborgenen Kammer in ihrem Inneren, für alle Zeit?

»Ich war heute bei Mr. Pratt.« John wandte sich an Thea. »Der Butler hat mich freundlich empfangen. Er sagt, es könnte dort eine Möglichkeit für dich geben, wenn du ein Zeugnis vorlegen kannst.«

»Ich habe kein Zeugnis.« Thea schlug die Augen nieder.

»Das habe ich doch gesagt«, sagte Tante Augusta, aber dann setzte sie sich gerade und streichelte Theas Arm. »Wir finden schon eine Lösung.«

»Es muss doch noch andere Stellen geben.« Thea schaute von Tante Augusta zu Tante Hulda hinüber. »Stellen, wo kein Zeugnis verlangt wird.«

»Solche Stellen sollst du aber nicht annehmen«, entschied John. »Ich gehe noch einmal zu Mr. Pratts Haus. Vielleicht kann ich dafür sorgen, dass sie dich auf mein Wort als Polizist hin anstellen. Ich werde für dich bürgen.«

Thea ließ ihre Gabel sinken. Egal, welche Mühe sich Tante Augusta in Tante Huldas Küche gegeben hatte, sie brachte keinen Bissen mehr herunter. Wenn John für sie bürgte, wenn sie bei Mr. Pratt anfing und wenn dann herauskam, dass sie auf Idle Hour gestohlen und der Wirtschafterin widersprochen, sich an ihrem freien Nachmittag verspätet und fast ein Fenster eingeschlagen hatte, dann würde sie Johns Stelle bei der Polizei gefährden, und Tante Hulda und Jonny würden durch ihre Schuld leiden müssen. Plötzlich brach sie in Tränen aus und sprang so heftig auf, dass sich alles vor ihren Augen drehte.

»Es ist nicht so, wie ihr glaubt. Die Wahrheit ist …«

Tante Augusta nahm ihre Hand und drückte sie sanft. »Das hat der Postbote heute aus Islip gebracht.« Sie zog einen Briefumschlag aus der Tasche. »Das ist Annas Schrift«, sagte sie. »Aber es ist noch ein Brief gekommen, und der ist auch für dich.«

Die Abendsonne schien zwischen den Laubbäumen und malte Muster auf den Boden. Thea hielt den Brief so, dass das Licht darauf fiel. Dann ging sie zum Schuppen und setzte sich in den Korbsessel. Der Brief war von Hans, das wusste sie ganz einfach. Sie hob ihn hoch und roch daran, bildete sich ein, den Geruch von Stoffballen und Maschinenöl wahrzunehmen. Langsam schob sie eine Haarnadel unter den Kleberand.

Meine liebe Thea

Du wartest sicher schon lange auf ein Lebenszeichen von mir, und es tut mir leid, dass ich erst jetzt schreibe. Die erste Zeit, nachdem Du weg warst, war schwer. Ich habe mich in die Arbeit verbissen, und im Laufe der Zeit habe ich mich dann damit abgefunden, dass Du nicht mehr da warst.

Einmal mitten im Sommer bin ich zur Bäckerei gegangen. Aber als ich sah, dass die geschlossen war, war ich sicher, dass es keinen Grund für Dich gab, zurückzukommen, da Du losgefahren warst, um sie zu retten. Aber als dann Dein Brief kam und Du schriebst, dass Du mich noch liebhast, habe ich neue Hoffnung geschöpft.

Ich habe Dich noch immer so lieb und will auf Dich warten. Aber ich finde, Du sollst zuerst das Beste aus Deiner Zeit in Amerika machen. Nutze die Möglichkeiten, die sich Dir bieten, Thea, und sieh, wohin das Leben Dich führt. Wenn es so sein soll, dass wir zusammen sind, wirst Du eines Tages zu mir zurückkehren.

Dein für immer,
Hans

Eine Träne fiel auf den Brief und ließ die Tinte zerlaufen. Hans wartete auf sie, aber sie hatte auch das Gefühl, dass er sie zugleich losließ. Dass die Entscheidung jetzt bei ihr lag. Sie blieb sitzen und wartete eine Weile, dann las sie den Brief noch einmal. Sie wollte zu ihm nach Hause, natürlich wollte sie das. Es musste möglich sein, einen Dienst in Brooklyn zu finden, wo Tante Augusta die einzige Dienstbotin gewesen war, oder in Hoboken, wo die Tanten zuerst zusammen gewesen waren und wo Tante Augusta sich am wohlsten gefühlt hatte. Thea konnte doch einfach behaupten, frisch vom Schiff zu kommen.

Sie ließ sich zurücksinken. Tante Huldas Stimme war leicht und munter, und sie konnte John lachen hören. Bald lachten alle drei, und Thea schaute durch den Fliegendraht in der Tür zu ihnen hinein und dachte, die anderen hätten ihren Platz in dieser neuen Welt gefunden, sie selbst aber nicht, noch nicht, vielleicht niemals. Vorsichtig öffnete sie den zweiten Briefumschlag.

Liebe Thea,

dieser Brief soll Dir sagen, dass das Geld angekommen ist, und wir können Dir nur aus ganzem Herzen dafür danken, was Du getan hast.

Wir wissen, dass Du geglaubt hast, die Bäckerei zu retten, als Du das Geld geschickt hast, und dass Du deshalb nach Hause kommen wolltest. Nun ist es leider zu spät. Aber obwohl die Bäckerei verloren ist, geht es uns in der neuen Bleibe gut.

Vater hat sich in der Eisenwarenfabrik nach Arbeit für Dich erkundigt, es müsste zu Hause also eine Möglichkeit für Dich geben. Wir legen ein »prepaid ticket« bei, gekauft von dem Geld, das Du uns geschickt hat. Aber vielleicht hast Du in Amerika größere Möglichkeiten zu einem besseren Leben. Das kannst nur Du wissen, Thea. Wir halten zu Dir, egal, wofür Du Dich entscheidest.

Liebe Grüße
Mutter

Sie hielt den Fahrschein in den Händen, starrte ihn an, als ob er echt wäre und nicht etwas, das sie bald wieder hergeben müsste. Dann fuhr sie sich mit dem Ärmel über das Gesicht und schluchzte. Alles war jetzt für sie in Ordnung gekommen. Alles. Tante Augusta hatte ihr Geld zurückerhalten, Hans wartete auf sie, und ihre Eltern hatten ihr Arbeit beschafft und ihr eine Schiffspassage gebucht. Sie beugte sich vor und versuchte, den in ihr wachsenden Schmerz zu lindern.

»Meine Eltern haben mir eine Schiffsfahrkarte nach Norwegen geschickt.« Thea lehnte sich an den Türrahmen.

»Ja, offenbar wird im Steinbruch gut bezahlt, wenn sie einfach so eine Fahrkarte bezahlen können.« Tante Augusta seufzte. »Aber es ist gefährlich, jetzt nach Europa zu fahren, Marie. Du solltest warten, bis der Krieg vorüber ist, und dich dann entscheiden.«

Tante Hulda stand auf. Ihr Hals wies jetzt rote Flecken auf. »John will noch einmal mit Mr. Pratts Butler sprechen«, sagte sie und griff nach Theas Hand. »Augusta hat ganz recht.«

»Aber Vater hat sich in der Eisenwarenfabrik nach Arbeit für mich erkundigt.« Thea hörte selbst, wie unsicher ihre Stimme klang.

»Wenn du nach Hause willst, brauchst du eine Ausreisegenehmigung«, sagte John. »Du musst aufs Konsulat in New York. Wenn du willst, kann ich dich begleiten. Du musst nicht allein in die Stadt fahren.«

Plötzlich war draußen ein heftiger Lärm zu hören. Alle starrten die Tür an. Gleich darauf wurde die so energisch aufgerissen, dass sie gegen die Wand schlug, und Mrs. Potemkin, mit einem geblümten Tuch um den Kopf, dessen weiße Fransen ihr in die Stirn fielen, füllte die Türöffnung. Dann kamen ihre Kinder in die Küche gelaufen, vier an der Zahl, in kurzen Hosen mit Bindfäden als Hosenträgern, und alle sprachen wild durcheinander Russisch, während Mrs. Potemkin versuchte, Tante Hulda etwas zu erklären, und zwischendurch immer wieder hysterisch kicherte.

»Was ist los?« John erhob sich. »Ist jemand verletzt?«

Mrs. Potemkin nickte energisch und zeigte auf die Tür. Alle vier Kinder stürzten wieder hinaus, und plötzlich hatten sich auf der Straße so viele Menschen versammelt, dass sie nichts mehr sehen konnten.

Thea lief in die Stube, doch die Menschenmenge versperrte ihr den Blick. Sie streifte die Schuhe ab und stieg in Johns Sessel. Zugleich kletterte der eine Sohn von Mrs. Potemkin auf einen Baum im Vorgarten, mit einem solchen Tempo, dass ein Ast nach dem anderen brach, und als er oben angekommen war, stürzte er ab und heulte. Thea hielt sich am Fensterrahmen fest und beugte sich vor. Paul bahnte sich einen Weg durch die Kinderschar. Hinter ihm entdeckte Thea Mr. Vanderbilts dunkelroten Cadillac.

Thea legte sich die Hand auf ihr hämmerndes Herz. Sie hätte niemals geglaubt, dass sie ihn wiedersehen würde. Sie starrte aus dem Fenster. Paul öffnete die Wagentür und verbeugte sich, und aus dem Auto stieg Consuelo. Was wollte die Herzogin hier? Thea hob den Rock, stieg aus dem Sessel und lief durch die Küche hinaus auf den Hinterhof. Dort blieb sie hinter der Wäscheleine stehen und rang um Atem. Dann wurde an die Tür geklopft.

Thea schob vorsichtig ein Laken zur Seite und sah John zur Tür gehen.

Draußen stand Paul und machte eine Verbeugung.

»Mr. McLaughlin«, rief Tante Augusta. »Was machen Sie denn hier?«

»Die Herzogin von Marlborough möchte mit Miss Marie sprechen.« Er verbeugte sich ein weiteres Mal.

Das alles war so unwirklich, dass Thea die Augen schließen musste, und als sie sie wieder öffnete, stand Consuelo mitten in der Küche, es duftete nach Frühling und Maiglöckchen und etwas anderem, das sehr süß war. Sie trug noch immer ihr schlichtes Kleid. Keine Perlen oder Diamanten an den Ohren. Nicht einmal einen Pelz um die Schultern. Nur einige kleine Knöpfe auf der Brust.

»Durchlaucht«, sagte Tante Augusta und versank in einem tiefen Knicks.

»Kommen Sie in die Stube.« Tante Hulda zeigte auf den Herd und den halb gegessenen Kuchen.

»Das ist nicht nötig. Ich bin gekommen, um …« Consuelo verstummte und schaute sich um.

»Durchlaucht.« Thea schob das Laken zur Seite und betrat die Küche. Es gab hier kein Entkommen, und das wollte sie auch gar nicht, sie wollte nicht mehr davonlaufen.

»Hab keine Angst«, sagte Consuelo, als sie Thea erblickte. »Mrs. Goldberg hat mir gesagt, wo ich dich finden könnte.«

Thea lächelte zaghaft. Wenn Mrs. Goldberg Consuelo gesagt hatte, wo Thea zu finden sei, dann bedeutete das, dass Consuelo sie noch einmal besucht hatte und nun wusste, dass Winthrop sie nicht im Stich gelassen hatte.

»Ich bin gekommen, um dir zu sagen, dass geschätzte Dienstbotinnen niemals auf diese Weise von Idle Hour weggeschickt werden.« Consuelo lächelte sie freundlich an. »So wollen wir unsere Angestellten nicht behandeln.«

»Durchlaucht«, sagte Thea. »Was bedeutet das?«

»Mrs. Bloom wird dir ein Zeugnis ausstellen.«

»Fahr zurück«, flüsterte Tante Hulda und beugte sich vor. »Das kann sich lohnen.«

Thea ließ ihren Blick von Tante Hulda zu Tante Augusta wandern, sie standen zu beiden Seiten der Herzogin wie zwei Dienerinnen, bereit, ihrem leisesten Wink zu gehorchen. Sie schaute zu John und Paul hinüber, die bei der Tür Wache hielten und die Welt draußen aussperrten. Sie brauchte kein Zeugnis, sie würde doch nach Hause fahren, sie hatte bereits eine Stelle in der Eisenwarenfabrik.

Theas Blick hielt bei Pauls Augen an, und abermals hämmerte ihr Herz los. Er hatte ihre Kraft gesehen, ihre Leidenschaft, und er hatte sie dazu gebracht, sich selbst zu erkennen, aber was half das, wenn sonst niemand sie sah? Sie drehte sich wieder zu Consuelo um, wollte dankend ablehnen, das mit der Schiffspassage und der Fabrik erklären, starrte dann aber nur vor sich hin. Sie war es, die Frau vom Rednerpodium. Die Herzogin war eine von ihnen!

»Es geht nicht nur um mich.« Ihre Stimme zitterte, doch jetzt war sie sicher, dass Consuelo sie verstehen würde. Sie holte tief Luft und fuhr fort: »Mrs. Bloom behandelt alle Dienstmädchen ungerecht. Sie schickt die weg, die …« Sie unterbrach sich. »Ja, die, denen Unrecht geschehen ist, sie schickt sie weg ohne Lohn und Zeugnis, und die Mädchen wissen nicht wohin. Sie haben nur die Schande … und die zerstört das Leben der Mädchen und der kleinen Kinder.«

Tante Augusta trat einen Schritt vor. »Marie«, sagte sie streng.

»Die Dienstmädchen haben niemanden, der ihnen zuhört und sich für sie einsetzt«, sagte Thea, »und deshalb sagen sie nichts. Und es sind nicht nur die Gäste, sondern auch die Lakaien, die machen, was sie wollen«, sie hob den Kopf, »und solange Mrs. Bloom nichts sagt und Mr. Lovegrove nichts unternimmt, glauben alle, dass es so sein muss, und es hört niemals auf. Jemand muss dafür sorgen, dass es aufhört, Durchlaucht!«

Consuelo sah sie an. Ihr Gesicht war weiterhin gelassen. »Mrs. Bloom ist schon lange bei uns«, sagte sie freundlich. »Mr. Lovegrove ebenfalls. Aber wenn sich die Zeiten verändern, wird Idle Hour das ebenfalls tun. Du kannst mir glauben, dass ich deine Ehrlichkeit sehr zu schätzen weiß.«

Paul öffnete für Consuelo die Tür.

»Das ist noch nicht alles«, sagte Thea und lief hinter ihr her.

Consuelo blieb stehen. »Ja, Miss Marie?«

»Mrs. Bloom glaubt, dass sie alles weiß.« Thea schluckte. »Aber das stimmt nicht …« Sie presste sich beide Hände auf die Brust, während sie versuchte, sich zu sammeln. »Mrs. Bloom hat das mit Aislynn falsch verstanden. Ja, ihr irrt euch alle.« Thea schüttelte den Kopf. »Aislynn ist unschuldig, sie dürfte überhaupt nicht in Untersuchungshaft sitzen.« Sie presste die Lippen aufeinander, dann sagte sie: »Ich habe das Geld genommen.«

48

Das Postamt von Kampen war früher einmal eine Polizeiwache gewesen, ein kleines graues Holzhaus, das ein wenig abseits von allen anderen Gebäuden lag. Bei der Wache in Bay Shore war das anders. Die war ein roter Klinkerbau mit zwei Etagen. Drinnen gab es ein großes Büro mit zwei Schreibtischen und fünf Holzstühlen für die Wartenden, und hinten im Raum führte eine Tür auf einen langen Gang mit Arrestzellen.

Ein kleiner, untersetzter Polizist hielt Theas Arm fest, während sie an den Zellen vorbeigingen. Jemand rief nach ihr, als sie vorüberkam. Glaubte er, sie wollte weglaufen, presste er deshalb ihren Arm zusammen?

Nachdem sie an vier Zellen vorbeigegangen waren, blieb der Polizist plötzlich stehen und musterte Thea mit kleinen stechenden Augen. Er stank nach Schweiß, oder war sie das vielleicht? Sie konnte die Zelle dahinter ahnen, eng und dunkel, denn die Tür war vergittert. Der Polizist zog einen Schlüssel aus dem Bund an seinem Gürtel, schüttelte es, bis es klirrte, und ließ sich Zeit. Thea dachte an Mrs. Bloom, daran, wie die am allerersten Tag die Tür zur Mansarde aufgeschlossen hatte, als ob die Schlüssel ihr Macht über etwas verliehen.

Der Polizist fuhr mit der Hand über ihren Rücken; ein kalter Schauer durchlief sie, dann stieß er sie hinein.

Die Tür fiel hinter ihr ins Schloss, sie bekam eine Gänsehaut und stand mit dem Koffer in der Hand da. Ein kleines Fenster oben in der dunklen Klinkermauer war vergittert, und ein schwaches weißes Licht drang hindurch. Sie ließ sich auf die Bank an der einen Wand sinken und schaute zu der auf der anderen hinüber. Nichts hatte sich verändert. Ihre Kleider waren etwas zu kurz, ließen die Knöchel sehen, das Stiefelleder war abgenutzt, ihre Koffer waren gepackt und mit einem Riemen zusammengebunden.

»Das hättest du nicht zu tun brauchen«, flüsterte Aislynn und spähte zur Tür hinüber.

»Wollten wir einander nicht immer helfen?«, flüsterte Thea zurück.

Aislynn schaute zu Boden. »Der Richter hat geglaubt, ich hätte auch die Bücher gestohlen, und er wollte mich überhaupt nicht anhören.«

Aislynn hatte offenbar geweint, denn ihr Gesicht war geschwollen, und die Haut unter der Nase war rissig und wund. Thea beugte sich vor. Auf der einen Wange hatte Aislynn einen Bluterguss.

»Wer war das …?«

»Der da.« Aislynn nickte zur Tür hinüber. »Er hat mich hier reingestoßen. Ich war wütend, das kannst du dir ja wohl denken.«

Thea schwieg, schaute die Tür an. »Mrs. Bloom hätte nicht die Polizei rufen dürfen.«

Aislynn lachte höhnisch. »Du hättest mal sehen sollen, was sie alles notiert hatte. Hinter meinem Namen standen nicht weniger als sechs Anmerkungen, vier angebrannte Kringel, eine Schüssel trockene, ungenießbare Scones, ein Früchtekuchen, den irgendwer in der Mülltonne gefunden hatte, und da sie das mit den Kuchen erwähnte und ich ja ohnehin gefeuert war und die Polizei bereit stand, um mich mitzunehmen, habe ich ihr dann gleich die Wahrheit gesagt.«

»Was denn?«

»Dass du die Kuchen gebacken hattest.«

Thea sah sie an. »Das hat vielleicht keine besondere Bedeutung mehr.«

Aislynn lächelte. »Ich dachte, Mrs. Bloom würde dir vielleicht deine Stelle zurückgeben.«

Thea lachte kurz. »Nie im Leben.« Sie fröstelte und zog eine Strickjacke aus dem Koffer.

Sie schwiegen eine Weile, dann sagte Aislynn: »Zum Schlafen sind die Bänke ganz schön hart, und ich glaube, du bist Besseres gewöhnt als ich.« Sie zog ihr Kreuz unter der Decke hervor und nahm es in die Hände. »Da, wo ich herkomme, war es nicht viel besser.«

Thea schloss den obersten Jackenknopf und starte sie an. »Das Mädchen in Dublin, von dem du erzählt hast, warst du das?«

»Warum fragst du?«

»Weil … weil es so viele gibt, die Geheimnisse haben, Dinge, die sie ihr Leben lang verbergen und die sie krank und traurig machen, als ob sie ihr halbes Herz verloren hätten.«

»Wie du, meinst du?«

»Nein«, sagte Thea und schaute zu Boden.

»Warum hättest du denn sonst gestohlen?« Aislynn beugte sich zu ihr vor. »Ja, wenn du dich deshalb nicht geschämt hättest, hättest du das mit dem Geld doch selbst Mrs. Thonander erzählt. Hältst du mich für dumm?«

»Nein«, sagte Thea laut. Dann senkte sie wieder die Stimme. »Ich meine dasselbe wie meine Tanten. Wie Mrs. Goldberg. Wie …«

»Wie Emma«, sagte Aislynn trocken. »Unterwegs nach New York, um sich heimlich ihr Kind wegmachen zu lassen und ihre Schande ihr Leben lang zu verbergen, bis sie eines Tages vor Kummer stirbt.«

»Ist es bei dir auch so, Aislynn?« Thea ließ Aislynns Blick nicht los.

»Wenn du noch immer an die Kleine in Dublin denkst, dann war das einfach ein Mädchen, das mir begegnet ist, unten im Hafen, da, wo das Schiff nach Amerika abgelegt hat.«

»Bist du sicher?«

»Ja, warum sollte ich etwas anderes behaupten? Sie hat versucht, ihre Tochter zu verkaufen, damit sie mit aufs Schiff kommen konnte. Sie war eine von den Suffragetten. Sie wurde bei einer Demonstration überfallen, mit auf die Wache geschleift, geschlagen und vergewaltigt, und jetzt erwartete sie noch ein Kind und musste weg, ehe es zu deutlich zu sehen war.«

Thea schluckte und merkte, dass sie beim Zuhören wütend wurde. Sie schaute Aislynn an. »Erzähl von deiner Familie«, flüsterte sie.

»Warum sollte ich?«

»Weil ich die ganze Zeit an meine gedacht habe, seit ich nach Amerika gekommen bin.«

»Da gibt es nicht viel zu erzählen. Mein Vater war Fischer, so wie deiner Bäcker war«, sagte Aislynn. »Aber er trank, und meine Mutter hat mich bei der Fürsorge abgegeben. Mich und alle meine Geschwister. Ich habe keine Ahnung, wo sie gelandet sind, aber ich kam mit elf Jahren auf einen Hof im County Galway. Sechs Jahre lang musste ich in einem Stall schlafen und mit alten Kerlen auf dem Feld arbeiten, bis ich so viel Geld unter meinem Strohsack versteckt hatte, dass ich nach Dublin gehen und alles verlassen konnte.«

»Warum hast du mir das nicht sofort erzählt?«

»Weil du es nie im Leben verstanden hättest.« Aislynn stand auf, ging zur Wand und schaute zum Gitterfenster hoch. »Du kamst doch aus einer beschützten Welt, so beschützt wie die Herrschaft auf Idle Hour.«

»Ich komme aus keiner reichen Familie, Aislynn.«

»Beschützt ist nicht dasselbe wie reich«. Aislynn drehte sich um. »Es bedeutet, zu einer Herde zu gehören. Du konntest nur dich sehen, als du gekommen bist. Wir sehen alle erst klar, wenn wir allein stehen.«

Aislynns Worte taten weh. Thea hatte sich einsam und allein gefühlt, aber das war sie vielleicht nicht. Auf der anderen Seite des Meeres gab es Menschen, denen sie wichtig war, auch hier war sie Menschen wichtig gewesen, aber ob das noch so war, wusste sie nicht. Ihr Geständnis hatte großes Aufsehen erregt. Tante Augusta hatte geweint, und Tante Hulda hatte geschrien und sich an John geklammert, hatte ihn angefleht, Thea zu retten, aber der Herzogin war nichts anderes übriggeblieben, als mit ihr zum Richter nach Bay Shore zu fahren und Aislynns Freilassung zu verlangen.

»Du musst mir den Rest erzählen«, sagte Thea rasch. »Du musst erzählen, Aislynn, damit ich verstehe.«

»Wieso denn den Rest?« Aislynn runzelte die Stirn.

»Warum du nach Amerika gekommen bist, den wirklichen Grund.«

»Aus demselben Grund wie du. Ich wollte frei sein.«

»Ich bin gekommen, um meine Familie zu retten«, flüsterte Thea. »Und die Bäckerei.«

»Du bist gekommen, um dich selbst zu retten«, sagte Aislynn.

»Du, Rotschopf.« Plötzlich stand der Polizist mit den stechenden Augen vor der Zelle. Er schob den Schlüssel ins Schloss, öffnete die Tür und zeigte auf Aislynn. »Du kannst gehen.«

»Das Einzige, was ich von meiner Familie habe, ist das Kreuz.« Aislynn wickelte es mit raschen Bewegungen in ein Stück Stoff und legte es in den Koffer. »Meine Mutter hat es mir gegeben, weil ich die Älteste war, und ich habe mich davon führen lassen, und es hat mich zu Mrs. Bloom geführt, die bei einer Dienstbotenvermittlung in New York irische Küchenmädchen suchte.« Sie schaute Thea an. »Eines Tages, nachdem ich nach Amerika gekommen war, habe ich den Zug nach Oakdale genommen und bin gleichzeitig mit dir auf Idle Hour angekommen.«

»Glaubst du, das Schicksal wollte, dass wir uns begegnen, Aislynn?«

»Ich weiß nicht«, sagte Aislynn und hob den Koffer, »aber eins weiß ich, nämlich, dass wir die Möglichkeiten ergreifen müssen, die das Leben uns bietet, sonst enden wir wie Mrs. Bloom mit zerstörter Seele.«

»Wie meinst du das?« Thea stand auf.

»Na, wird's bald.« Der Polizist ließ die Schlüssel klirren. »Sonst musst du noch eine Nacht hier bleiben.«

»Das wissen doch alle«, sagte Aislynn und blieb in der Tür stehen. »Mrs. Bloom war als Letzte noch im Haus, als das alte Idle Hour abgebrannt ist. Sie war damals Küchenmädchen, so wie du und ich. Mr. Lovegrove kam aus seinem Haus angerannt und rief, jemand müsse das Haushaltsbuch retten. Alle glaubten, Mrs. Bloom sei mit verbrannt.« Sie deutete ein Lächeln an. »Angeblich war sie schwanger.«

Der Polizist drückte Aislynn einen Umschlag in die Hand. »Per Bote aus Idle Hour gekommen«, sagte er und knallte die Tür wieder zu.

Aislynn blieb mit dem Umschlag in der Hand stehen, dann zog sie einen Zettel mit einem Stempel und ein Bündel grüner Geldscheine hervor. »Sieht aus, als ob sie mir deinen Lohn gegeben haben«, sagte sie und versuchte, ein Lächeln zu verbergen, das sich langsam über ihr Gesicht verbreitete.

»Das macht nichts«, flüsterte Thea. »Ich fahre nach Hause. Ich muss nur meine Strafe absitzen.«

»Und ich fange auf der Sekretärinnenschule in New York an.« Aislynn konnte ihr Lächeln nicht mehr verbergen. »Ich will selbstständig werden.« Sie lachte. »Mich nie mehr herumkommandieren lassen.«

Thea sah ihr hinterher. »Aislynn. Warte!« Sie rüttelte am Gitter und presste den Mund daran.

Aislynn hielt inne.

»Hat Paul dich ins Kino eingeladen?«

»Ich war bei der Kundgebung.« Aislynn drehte sich um und sah sie an. »Paul hat mir den Weg gezeigt.«

»Aber das Plakat?«, fragte Thea.

»Paul hatte es weggeworfen, aber ich fand es schön, und deshalb haben alle geglaubt, ich wäre im Kino gewesen. Von den anderen hat sich doch keine getraut.« Dann lächelte Aislynn vielsagend, zwinkerte ihr zu, und im nächsten Augenblick war sie verschwunden.

Aislynn hatte recht. Es war dunkel und kalt, und die Bank war unerträglich hart. Sie setzte sich auf, griff in ihre Tasche, um nach einem Kerzenstummel zu suchen, und zog etwas Kleines und Hartes hervor. Auf ihrer Handfläche lag die Eichel, die Paul ihr an dem Tag gegeben hatte, als er mit ihr durch die Ställe gegangen war. Sie ballte die Faust um die Eichel, bis sie warm in ihrer Hand wurde. Plötzlich dachte sie, sie hätte vorhin in ihrer Tasche nachsehen und Aislynn die Eichel geben müssen, denn aus Eicheln konnten große

Bäume werden, und sie wünschte, dass Aislynns Baum groß und schön würde.

Dann stand sie auf und ging hinüber zu der anderen Bank, auf der Aislynn die Nacht zuvor verbracht hatte. Sie legte sich hin und zog sich die graue Decke bis an den Hals, und für einen Moment dachte sie, sie sei Aislynn und nicht mehr Thea, und sie sah Aislynn mit den vielen grünen Geldscheinen in den Händen vor sich, wie ihr Gesicht sich verändert hatte, als sei sie eine andere geworden, und sie dachte, dass ihr das auch gerade passierte.

Sie wurde von Stimmen aus der Nachbarzelle und davon geweckt, dass jemand am Gitter rüttelte. Thea setzte sich auf, steif und verkrampft im Rücken; ein Gefühl der Verlassenheit überkam sie.

»Frühstück.« Die Luke in der Tür wurde geöffnet, und eine Schale wurde hindurchgeschoben.

Thea nahm den Geruch der sauren Grütze wahr und musste an den Gestank auf dem Schiff denken. Ihr schauderte, und sie schob die Schale zurück. Im selben Moment fiel von der Bank etwas auf den Boden. Sie beugte sich vor, hob es auf und blieb stehen und starrte es an. Die Kanten waren eingerissen, das Blatt von fettigen Fingerabdrücken übersät. Sie erkannte die ersten Zeilen, es war offenbar aus dem Buch mit den Glockenblumen gerissen worden.

Langsam fuhr sie mit den Fingern über die Wörter und murmelte: *»Hope is the thing with feathers – That perches in the soul – And sings the tune without the words – and never stops – at all …«*

Hatte Aislynn das für sie zurückgelassen? Sie las die erste Strophe noch einmal; sie glaubte, dabei Aislynns Stimme zu hören. Aber was bedeutete das? Dass die Hoffnung in den Menschen lebte, egal, was passierte?

»Marie.«

Thea fuhr herum. Draußen stand Tante Augusta. Sie sah deren Mantel, eine Ecke des Samthutes.

»Hab keine Angst.«

Thea stand auf und ging zur Tür. Wie sollte sie erklären, dass Furcht nicht bei den vielen Gefühlen war, die gerade in ihr umherwirbelten?

»Wir warten nur auf den Bescheid des Richters.« Tante Augusta schob die Finger durch die Gitterstäbe. »Ich habe alles erklärt, das Geld war nur eine dringend nötige Leihgabe an die Familie meiner Schwester in Norwegen.«

»Ich konnte nicht auch noch Aislynn im Stich lassen«, flüsterte Thea, »so, wie ich meine Familie im Stich gelassen habe.«

Eine Tür schlug zu, dann hörten sie energische Schritte auf sich zukommen.

Tante Augusta trat zur Seite. »Du musst irgendetwas unterschreiben, ehe du gehen kannst«, sagte sie.

Der Polizist ging jedoch mit zwei Schalen in der Hand an ihnen vorbei, die er in die Nachbarzelle schob und die Tante Augusta die Nase rümpfen ließen.

»Ich habe gestern etwas begriffen«, sagte Tante Augusta. »Und dafür möchte ich mich bei dir bedanken.« Ihre Augen leuchteten, aber anders als vorher, sanft und ohne Erwartung. »Ich war mein Leben lang stur und egoistisch, und das war am Ende mein Unglück.« Sie lächelte zaghaft. »Ich wünschte, du würdest bleiben, aber wenn dein Entschluss feststeht, dann holt John dich heute Nachmittag ab und geht mit dir aufs Konsulat.«

»Ich muss zuerst noch etwas erledigen«, sagte Thea leise. »Etwas auf Idle Hour.«

Nun kam ein anderer Polizist durch den Gang, ein älterer Mann, der sich vor Tante Augusta verbeugte, ehe er die Tür aufschloss.

»Sie dürfen nie wieder in eine solche Klemme geraten, Miss …«

»Miss Marie«, antwortete Thea, und zum ersten Mal, seit bei der Kontrolle auf Ellis Island ihre Papiere gestempelt worden waren, hatte sie das Gefühl, das zu sein. Sie war Marie. Sie war die mit Mut und Abenteuerlust, die sie so lange verleugnet hatte, sie war die mit Träumen und Hoffnungen, die sie einmal beiseitegelegt hatte. Marie hatte die Kraft, die so viele Thonander-Frauen vor ihr gehabt hatten – ihre Urgroßmutter, ihre Großmutter, ihre Mutter, und als Erstgeborene hatte sie den Namen geerbt. Ihr Vater hatte einmal gesagt, es bedeute »geliebt«, aber die Mutter hatte darauf bestanden, es bedeute »aufrührerisch«.

49

Im Kellergang wimmelte es nur so von Lakaien. Sie standen in kleinen Gruppen zusammen und hatten offenbar nur Augen füreinander. Tante Augusta bahnte sich einen Weg hindurch.

»Fleure? Marie?«, rief sie dann aus der Küche. »Wo steckt ihr alle?«

Thea schaute in die Waschküche. »Niemand hier.«

»Die lungern im Aufenthaltsraum herum«, sagte Tante Augusta laut, raffte ihren Rock und lief durch den Gang. »Ich kann auch nicht mal eine Stunde weg sein.« Dann blieb sie stehen, wurde rot und lächelte beschämt.

Thea lächelte sie an und ging in den Aufenthaltsraum. Sie rechnete damit, die schuldbewussten Gesichter von Fleure und Mary zu sehen, doch an dem langen Tisch saßen nur die jüngsten Dienstburschen, mit groben Jacken und schmutzigen Gesichtern, einer der Jungen hatte sich in den Sessel oben am Tisch gesetzt und wippte darauf. Als sie merkten, dass sie nicht mehr allein waren, stürzten sie davon, und dabei zeigten sie auf Tante Augusta und lachten.

»Sieh in der Speisekammer nach.« Tante Augusta wandte sich eilig ab, aber Thea sah, dass ihr Tränen in den Augen standen. »Ich schaue in den Kammern nach«, sagte sie leise. »Das Essen muss auf den Tisch.«

Thea wäre gern hinter den Jungen hergelaufen, um sie zusammenzustauchen, aber als sie sich umdrehte, stand Mr. Lovegrove vor ihr.

»Mr. und Mrs. Vanderbilt haben sich für den Winter in ihre Stadtresidenz begeben«, sagte er mürrisch. »Ihr habt die Aufstellung verpasst.« Dann hob er die Augenbrauen und sagte mit gebieterischer Stimme: »Mitkommen.«

Sie folgten Mr. Lovegrove über die Hintertreppe ins Erdgeschoss und dann weiter durch den langen grauen Korridor, durch den Thea an ihrem ersten Tag gegangen war. Mr. Lovegrove schob den dunklen, schweren Brokatvorhang zur Seite und betrat die große Halle. Thea dachte, so werde sie nun aus Idle Hour hinausgeleitet, wie sie damals hineingeleitet worden war. Sie sah vor sich, wie sie und Aislynn hinter Mrs. Bloom hergeeilt waren, jede mit ihrem Koffer, und dachte an Aislynn, unterwegs nach New York, um selbstständig zu werden. Thea wurde warm. Sie richtete sich auf. Ihre Hand um den Koffergriff war schweißnass. Vielleicht würde Mr. Lovegrove sie aus dem Haupteingang schicken und ihr einen Umschlag mit dem gestempelten Zeugnis in die Hand drücken, ehe die Tür wieder zufiel. Stattdessen drehte er sich um, und ohne ein Wort ging er in den Goldsaal und blieb vor der Doppeltür stehen. Dann öffnete er sie.

Mary, Fleure, Violet, Grace, die französischen Küchenmädchen, Liz und alle Mädchen aus dem Waschhaus, alle die neuen Küchenmädchen und Stubenmädchen, deren Namen sie nicht wusste – jeder einzelne vergoldete Sessel im Goldsaal war mit einem Dienstmädchen besetzt.

Mr. Lovegrove deutete eine Verbeugung an und nickte zu einem runden Sofa vor dem Fenster.

Thea spürte die Blicke aller Mädchen, als sie eintraten, und als sie wieder aufschaute, entdeckte sie Liz, die ihr Kopftuch zurechtschob und sie mit den Augen anlächelte. Tante Augusta ging vor Thea her, und vorsichtig nahmen sie Platz auf dem Sofa und stellten den Koffer zwischen sich auf den Boden.

Tante Augusta wischte sich mit der Handfläche den Schweiß aus dem Gesicht und schaute sich besorgt um, und Thea fragte sich, ob ihrer Tante wohl so zumute sei wie ihr. Gleich vor dem Kamin, unter Bogenschützen und Engeln, saßen die Herzogin und Mrs. Bloom, jede auf ihrem Stuhl.

»Kein Dienstmädchen soll Angst vor der Arbeit auf Idle Hour haben müssen«, sagte Consuelo, als der Saal zur Ruhe gekommen war. »Das hier soll ein guter, sicherer Arbeitsplatz sein.« Dann schaute sie zu Mrs. Bloom hinüber und nickte.

Mrs. Bloom schwieg zunächst, während ihr die Röte in die Wangen stieg und mit der Narbe verschwamm. »Von heute an werden die Stubenmädchen immer zu zweit sein, wenn sie die Gästezimmer fertigmachen«, sagte sie leise. »Ebenso die Küchenmädchen, wenn sie morgens die Säle reinigen.« Sie räusperte sich. »Wenn einer etwas Unangenehmes zustößt, kann sie sich auf gerechte Behandlung verlassen.«

Dafür hatte sie doch gekämpft, dafür hatte sie ihre Arbeitsstelle verloren. Thea spürte, wie sich die Wärme in ihrer Brust ausbreitete, und plötzlich merkte sie, dass Tante Augustas Hand sich über ihre legte und sie sanft drückte.

Consuelo nickte Mrs. Bloom zu und lächelte, wie um ihr zu danken. Danach ließ die Herzogin ihren Blick durch die Versammlung schweifen. »Die Zeiten ändern sich«, sagte sie ernst. »In England habe ich mich in der Frauenbewegung engagiert. Wir sind schon viel zu lange unterdrückt worden, aber Frauen werden ihre Rechte erhalten. Hier und in England. Und alle, die für Gerechtigkeit für Frauen kämpfen, in der ganzen Welt, beteiligen sich am selben Kampf.«

Plötzlich sprang Mary auf und applaudierte. Thea konnte sehen, dass sie weinte. Dann erhob sich Liz, und alle Mädchen aus dem Waschhaus folgten ihrem Beispiel.

Das taten auch Fleure, Violet und Grace. Am Ende waren alle Dienstmädchen im Goldsaal aufgestanden, und alle applaudierten. Auch Tante Augusta. Thea sprang auf und applaudierte zusammen mit den anderen. Danach schloss sie die Augen und spürte ein Zittern im Leib, und sie dachte an das Licht der Fackel, die in der letzten Nacht an Bord über ihr geleuchtet hatte, und daran, wie sicher sie in diesem Augenblick gewesen war, dass ihr in Amerika alles gelingen würde, was sie sich vorgenommen hatte. Das war ihr nicht gelungen, aber ihr war etwas ganz anderes geglückt, und dieses Andere war vielleicht größer.

50

Im Kinderflügel war aufgeräumt und geputzt worden. Mrs. Goldberg war bereit zur Abreise. Ihr Mantel lag über der Stuhllehne, und neben dem Stuhl standen ein Koffer und eine flache Schachtel mit einer Seidenschleife. Mrs Goldberg saß so still da, dass sie fast nicht zu bemerken war. Ihr Gesicht war klein und bleich, ihre Haare waren durchscheinend wie Löwenzahnsamen; sie hatte ihr weißes Kleid mit einem dunkelgrauen vertauscht, in dem sie fremd aussah.

Thea warf einen Blick in Mr. Philippes Schlafzimmer. Das Bett war leer, und sie merkte, dass ihr der kleine Junge fehlte, der so glücklich auf ihrem Arm gelacht hatte. Er war sicher schon auf dem Schiff, auf dem Rückweg nach Frankreich, in den Herbststürmen, mit seiner schönen Mutter und dem berühmten Vater, der das Innere der Soldaten untersuchte. Aber die deutschen U-Boote sahen keinen Unterschied zwischen den Söhnen reicher Eltern und Dienstmädchen. Sie bückte sich und strich mit der Hand über das Kissen, die Familie hatte sich auf eine unsichere Seereise begeben.

»Sie hat mich aufgesucht«, sagte Mrs. Goldberg mit strahlenden Augen. »Ich war total unvorbereitet.«

Thea setzte sich auf ihren festen Platz, beugte sich über den Tisch vor und hörte zu, als ob es eine von Mrs. Goldbergs alten Geschichten wäre, aber diesmal lauschte sie interessiert.

»Ich habe es ihr erzählt.«

Thea lächelte zaghaft.

»Stell dir vor, sie war nach der Hochzeit so krank und deprimiert, dass ein Arzt, der gerufen wurde, ihr nur noch sechs Monate zu leben gab. Sie sagte, sie seien zwei einsame Menschen in einem öden Palast gewesen, mit zweihundert Bediensteten und dreihundertzwanzig Zimmern, und sie konnte nur an Winthrop denken, der sie im Stich gelassen hatte, und das neue Leben kam ihr unerträglich vor.«

»Aber jemand ist gekommen und hat sie gerettet«, sagte Thea. »Ihr Vater ist mit seinem Schiff über das Meer gesegelt, ihre Brüder waren da, ihre Mutter hat alles bereut und ihr eine Schiffsfahrkarte nach Hause geschickt …«

»Nein«, sagte Mrs. Goldberg und richtete sich auf. »Meine Consuelo hat sich selbst gerettet. Sie erkannte, dass sie eine Wahl hatte; sie konnte weiter leiden und das tun, was ihre Mutter und der Herzog ihr befahlen, oder sie konnte sich von allem losreißen und ihren eigenen Weg finden.«

»Und sie hat Letzteres getan.« Thea nickte und dachte an die starke Frau, die sie auf dem Rednerpodium gesehen hatte.

»Ja.« Mrs. Goldberg verzog schmerzlich das Gesicht. »Und dafür hat sie bezahlt. Sie hätte ihre Söhne für immer verlieren können, hätte von der Familie des Herzogs, von ihrer eigenen, von der englischen Aristokratie ausgestoßen werden können. Aber sie hat gekämpft, hat ihre Söhne zurückbekommen und ihren eigenen Weg gefunden. Und jetzt hilft sie anderen Frauen in England, ihren Weg zu finden, und sie genießt überall hohe Achtung.«

Thea setzte sich aufrecht hin. Plötzlich begriff sie. Aislynn hatte ihr ja die Antwort gegeben. »Aislynn, die Irin, mit der ich das Zimmer geteilt habe …«, sagte sie fast außer Atem.

»Die, die Mrs. Thonanders Ersparnisse gestohlen hat?«

»Nein«, sagte Thea eifrig. »Das war ich. Ich brauchte sie, weil ich meiner Familie zu Hause Geld schicken musste. Aber jetzt ist alles zurückgezahlt.« Sie sah Mrs. Goldberg mit ernster Miene an. »Aislynn ist keine Diebin, sie will eine Ausbildung machen, will Sekretärin werden.«

»Ach, so ist das«, sagte Mrs. Goldberg und schüttelte verständnislos den Kopf.

»Aislynn hat gesagt, dass man erst klar sieht, wenn man allein steht. Und so war es sicher auch bei Consuelo, sie musste erst ihren Schmerz an sich heranlassen, um zu begreifen, dass es noch mehr gab und was das war.«

»Ja«, sagte Mrs. Goldberg und nickte. »Genau das hat auch Consuelo gesagt. Wenn sie nicht geglaubt hätte, dass Winthrop sie im Stich gelassen hätte, wäre sie niemals zu einer freien Frau geworden.«

Thea stand auf und ging zum Fenster. Ein starker Wind war aufgekommen; die Bäume bogen sich. Unten auf der Veranda lief einer der jüngsten Hausburschen hinter einem vergessenen, hellroten Sonnenschirm her, der im Wind tanzte. Der Junge lief und sprang hinter ihm her. Einmal stolperte er und fiel der Länge nach hin, rappelte sich aber rasch wieder auf und schaute sich um, gewiss voller Angst vor Mr. Lovegroves strengem Blick. Thea lehnte die Stirn an das kühle Glas. Nicht Uniformen oder Kleider entschieden, ob jemand unsichtbar war. Die reichen Frauen waren ebenso unsichtbar wie die Mädchen unten im Keller, waren auf die Rollen angewiesen, die sie zu spielen hatten. Hinter allen Masken, hinter Seide und Federn, Perlen und Diamanten verbarg sich etwas anderes, etwas, das verletzlich und wahr war. Consuelo war ebenfalls unsichtbar gewesen in ihrem elfenbeinweißen Seidenkleid und dem Perlenschmuck, aber dort oben auf dem Rednerpodium, nackt und ehrlich, war sie zum Leben erwacht.

»Ich wollte mich von Ihnen verabschieden.« Thea ging zurück. »Ich fahre nach Hause.«

»Ich dachte, du willst den Posten in New York annehmen?«

»Welchen Posten?«

»Consuelo hat gesagt, dass Mrs. Bloom dir eine Stellung in der Stadtresidenz anbieten wird, und sie dachte, du würdest dich darüber freuen.«

Thea sah Mrs. Goldberg fragend an. In New York? Sie schüttelte den Kopf.

»Sie hat gesagt, du seist mutig.« Mrs. Goldberg beugte sich über den Tisch vor. »Und sie möchte, dass du bleibst.«

»Ich fahre nach Hause. Meine Eltern haben die Überfahrt für mich bezahlt.«

»Na gut«, sagte Mrs. Goldberg und zog eine kleine Karte aus ihrer Handtasche. »Du musst jedenfalls versprechen, mir zu schreiben. Erzählen, wie es dir geht.«

»Das verspreche ich«, sagte Thea und nahm die Karte. »Mein Onkel holt mich gleich ab. Er wird mich aufs Konsulat begleiten. Ich brauche eine Ausreisegenehmigung.« Sie stand auf und streckte die Hand aus. »Ja, vielleicht fahren wir mit demselben Zug in die Stadt.«

Mrs. Goldberg nahm ihre Hand nicht, sondern hob die Schachtel mit der Seidenschleife hoch. »Die ist für dich«, sagte sie.

»Was ist das?« Thea nahm die Schachtel und legte sie vorsichtig auf ihren Schoß.

»Mach auf und sieh selbst.«

Thea band die Schleife los und nahm den Deckel herunter. Dann schaute sie unsicher zu Mrs. Goldberg hoch. Es war der Pelz, der um Consuelos Schultern gelegen hatte, als Thea ihr zum allerersten Mal die Tür geöffnet hatte. Wie hatte Mrs. Goldberg das gemeint?

»Consuelo hat mir für alles gedankt, was ich für sie gewesen bin, und sie wollte ihn mir schenken.«

Thea schüttelte den Kopf. »Aber dann dürfen Sie ihn doch nicht mir geben.«

»Du wirst ihn brauchen«, sagte Mrs. Goldberg. »Im Winter ist es kalt auf See.«

Thea lief nach oben in die Mansarde und setzt sich auf das Bett, die Schachtel legte sie neben sich. Dann schloss sie die Augen und dachte an Consuelo, an ihre erste Begegnung, als Thea die Tür des Kinderflügels geöffnet hatte, und wie gespannt sie gewesen war. Consuelo hatte ihr eine neue Chance gegeben. Consuelo hatte etwas in ihr gesehen, etwas, für das es sich zu kämpfen lohnte.

Plötzlich hatte sie heftiges Herzklopfen. Sie hatte solche Angst, dass sie zitterte und beide Hände auf die Brust presste. Es war genauso, als stünde jemand mit zwei Fahrkarten vor ihr, einer nach Hause und einer in die Freiheit. Sie schämte sich dermaßen über diesen Gedanken, dass ihr im Kopf ganz kalt wurde. Eine freie Frau? War das eine Frau, die selbst über ihr Leben entschied, über ihre Tage, die die Entscheidungen traf, die sie für richtig hielt, nicht nur für andere, sondern auch für sich selbst? Sie hatte sich das noch nie überlegt, und ihr wurde schwindlig von diesen Gedanken, denn sie versuchte, darin ihren Platz zu finden. Aber es war dennoch ganz einfach. Nur die Wohlhabenden konnten so denken, die mit ausreichend Geld und keinem Hausbesitzer, der sein Geld verlangte. Die anderen waren dazu verdammt, denselben Weg zu gehen, ob sie das nun wollten oder nicht.

Thea stand auf und taumelte zur Tür. Tante Augusta wartete unten in der Küche auf sie, und bald würde John kommen.

Als Thea auf den Gang hinaustrat, beugte sie sich vornüber und nieste. Es war der gleiche Duft, den sie am ersten

Tag wahrgenommen hatte, süß wie Honig oder Harz. Er erinnerte sie an etwas, aber sie konnte sich nicht erinnern, an was. Sie folgte dem Duft bis zum Wäscheboden und den Leinenschränken, wo Bettwäsche, Servietten und Tischtücher von den Stubenmädchen für den Winter eingelagert wurden.

Eine Tür war einen Spaltbreit geöffnet. Thea schaute hinein und merkte, dass der Duft von dort kam. Sie zögerte kurz, aber dann schlüpfte sie hinein.

Eine einsame Glühbirne hing an einer Schnur von der Decke. Es gab nicht viel mehr zu sehen als Spinngewebe und Staub unter den Dachbalken, aber ganz hinten, dort, wo die Wände am niedrigsten waren, ahnte sie eine alte Truhe. Sie senkte den Kopf, ging hinüber und legte die Hand auf den Deckel. Die Truhe erinnerte sie an die Reisetruhen, die sie auf dem Schiff gesehen hatte, nur schöner, mit goldenem Holz, Eisenbeschlägen und Messingschlössern. Vielleicht war diese Truhe in der ersten Klasse über das Meer gereist, vor langer Zeit. Auf dem Thonander-Hof hatte auf dem Dachboden eine Brauttruhe gestanden, blau bemalt und mit roten und weißen Blumen verziert. Vorne hatten die Buchstaben MKA und die Jahreszahl 1873 gestanden. Die Truhe hatte geknirscht, als sie den Deckel geöffnet hatte. Dieser Deckel jedoch ließ nicht das geringste Geräusch hören. Sie nieste. Derselbe süße Duft. Das kalte Metall unter ihren Fingern. Sie war sechs Jahre alt. Einmal hatte Maria Kajsa Andersdotter Bettwäsche, eine Tischdecke, einige Handtücher, einen Kochtopf, einige Tassen und einen Krug mitbekommen, als sie Thure Thonander heiratete. Die Großmutter hatte das selbst erzählt, hatte Thea unter den Balken des düsteren Dachbodens liebevoll an sich gedrückt. Sie war die uneheliche Tochter der Magd Maria Forsberg auf Gut Snarkil gewesen, und niemand hatte erwartet, dass sie eine Brauttruhe mitbringen würde, doch alle Dienstmädchen auf dem Gut hatten sich zusammengetan und monatelang gearbeitet, um die Truhe zu füllen. Die Großmutter hatte geflüstert, das sei ein Geheimnis, das nur sie und Thea teilten.

Obenauf lag ein Stoffbeutel. Daher stammte der Duft, und er roch ebenso süß wie der Beutel, der oben in der Truhe der Großmutter gelegen hatte. Thea öffnete ihn vorsichtig. Es waren Mottenkugeln. Mottenkugeln aus Zedernholz. Diese Mottenkugeln hatten sie zum Niesen gebracht, weshalb die Großmutter herbeigeeilt war. Thea legte den Beutel rasch neben die Truhe, hielt beide Hände vor Mund und Nase und nieste.

Als sie die Augen wieder öffnete, sah sie etwas so Schönes, dass sie den Blick nicht davon losreißen konnte. Vor ihr lag ein Kleid aus Seide und Satin, mit Spitzen und Rüschen, bestickt mit cremeweißen Orangenblüten, wie das Gemälde des Orangenbaums unten im Speisesaal, so echt, dass sie am liebsten die Hand ausgestreckt hätte, um eine zu pflücken, und daneben lag ein Schleier, auf den mit hauchdünnem Silberfaden winzige weiße Perlen gestickt waren. Sie zog das Kleid aus der Truhe und hielt es vor sich hin. Langsam ging es ihr auf: Das hier war das Kleid, das sie bei Tante Hulda auf dem Bild aus der Zeitung gesehen hatte, das hier war Consuelos Brautkleid, das vom Modesalon Worth in Paris genäht, Consuelo von Alva aufgezwungen und mit einem verweinten Gesicht unter dem Schleier zum Altar der St. Thomas-Kirche getragen worden war.

Thea hob den Kopf und schaute aus der Dachluke. John kam auf seinem Motorrad durch die Allee gefahren. Sie hob den Deckel der Truhe und legte das Kleid zurück. Dann blieb sie stehen. Was sie gedacht hatte, war nicht richtig.

Nicht nur Consuelo hatte ihren eigenen Weg gewählt, das hatten auch Aislynn und Amanda. Aislynn wollte wachsen, es auf der Welt zu etwas bringen, und Amanda war mit dem Wind gereist, dorthin, wo sie das Glück vermutete. Aber was war mit ihr selbst? Sie könnte nach Hause fahren und wieder zu Thea werden, jeden Tag in die Eisenwarenfabrik gehen, bis sie heiratete, und von einer Tochter zur Mutter werden, oder sie könnte weiterhin Marie sein, die anderen diente. Gab es ein Zwischending? Sie hatte schon so viel gelernt, war um einiges gewachsen und hatte sich von diesem neuen Land zu etwas formen lassen, das sie früher nicht hätte ahnen können. Vielleicht gab es noch andere Teile von ihr, die sie noch nicht kannte und die sie niemals kennenlernen würde, wenn sie nicht wagte, die Fahrkarte in die Freiheit einzulösen.

51

Mrs. Bloom saß hinter einem Papierstapel und einer Vase mit lila Wickenblüten, die würzig und süß dufteten. Thea dachte an ihren letzten Aufenthalt in diesem Büro; sie hatte solche Angst gehabt! Aber jetzt, wo Thea die Geschichte der Wirtschafterin kannte, schien ihre Angst verflogen zu sein, und sie sah Mrs. Bloom zum allerersten Mal wirklich.

»Da bist du wieder.« Mrs. Bloom blickte sie mit gefühllosem Blick an. »Ja, ich hatte auch nichts anderes erwartet.«

»Ich wollte mein Zeugnis holen.« Thea zog die Tür hinter sich zu.

»Na«, sagte Mrs. Bloom streng und zeigte auf den Stuhl vor dem Schreibtisch. »Ich habe etwas mit dir zu besprechen.«

Thea nahm gelassen Platz. Mrs. Bloom konnte ihr keine Angst mehr machen.

»Ehe Aislynn gegangen ist, hat sie noch ein Geständnis vorgebracht.«

Thea nickte, sie war vorbereitet.

»Aislynn hat gesagt, auf Idle Hour gebe es keine bessere Kuchenbäckerin als dich, und Mrs. Thonander hat das bestätigt.« Mrs. Bloom ließ sich zurücksinken und verschränkte die Arme vor der Brust. »Aislynn hat gesagt, du habest Teegebäck, Weizenkränze und die vielen Früchtekuchen gebacken, habest dich aber nicht getraut, das zuzugeben. Stimmt das?«

»Ja«, sagte Thea und merkte, dass sie stolz war. »Mein Vater ist einer der besten Bäcker von Kristiania.«

Mrs. Bloom schwieg einen Moment. »Es gibt eine Stelle, für die wir dich geeignet finden«, sagte sie dann und setzte sich gerade. »Jedes Jahr, am Tag vor Heiligabend, verteilt Mrs. Vanderbilt Weihnachtsgebäck in den Mietshäusern, die Mr. Vanderbilt für die weniger Bemittelten in New York gebaut hat, und du sollst dieses Gebäck herstellen und Mrs. Vanderbilt bei der Verteilung assistieren.«

Thea schaute zu Mrs. Bloom hoch. Das hatte sie doch zu Hause auch gemacht; zusammen mit Margit und ihrem Vater war sie am Tag vor dem Heiligen Abend mit Gebäck zum Armenhaus gegangen. Sie hatte nicht begriffen, wieso der Vater damit immer noch weitergemacht hatte. Aber der Vater hatte verstanden, was ihr nicht klar gewesen war; dass man das, was auf der Welt von Bedeutung war, auf dem Weg fand, der am schwierigsten zu gehen war. Der unerschütterliche Optimismus des Vaters und seine Leidenschaft für das, was er tat, hatten ihn dabei getragen.

»Du bist die Einzige von den hiesigen Dienstmädchen.« Mrs. Bloom ließ sich zurücksinken. »Mrs. Thonander bleibt mit mir zusammen hier, und das restliche Hauspersonal wird für den Winter auf einen anderen Vanderbilt-Wohnsitz verlegt.«

War es das, was Consuelo ihr zugedacht hatte? Allein. In New York, um selbstständig zu werden, eine freie Frau?

»Was sagst du?«

Eins gab es noch, was sie auf Idle Hour klären musste, und jetzt hatte sie ihre Gelegenheit. Sie beugte sich vor. »Das Kind ist nicht von Mrs. Thonander«, sagte sie langsam. Mrs. Bloom sah sie verständnislos an.

»Was hat das mit der Sache zu tun?«

»Sie müssen diesem Gerücht ein Ende setzen.«

»Und wessen Kind ist es dann, wenn ich fragen darf?«

»Das kann ich nicht sagen.«

»Ich brauche Tatsachen, ehe ich etwas unternehmen kann.«

»Ich habe mein Wort gegeben.«

Mrs. Bloom starrte sie an, und ihr Gesicht veränderte dabei langsam seine Farbe.

Thea erhob sich, sie war überrascht darüber, wie ruhig sie war. »Sie haben gesagt, Ihre Tür stehe immer offen, und die Mädchen würden von nun an gerecht behandelt werden. Das gilt dann wohl auch für Mrs. Thonander.« Sie zögerte kurz, dann fügte sie hinzu: »Ich nehme die Stelle an, wenn Sie dem Gerücht ein Ende setzen.«

Mrs. Bloom starrte den Tisch an und schwieg.

Thea ging zur Tür und öffnete sie, aber als sie schon gehen wollte, hörte sie hinter sich eine Bewegung, ein leises Räuspern, das Geräusch von Kleiderstoff an Schreibtisch. Sie drehte sich um und ging zurück.

Mrs. Bloom war aufgestanden. »Ich werde dafür sorgen, dass das Gerücht ein Ende hat«, sagte sie.

»Danke«, flüsterte Thea und merkte, wie erleichtert sie war.

»Du kannst morgen früh mit mir in die Stadt fahren. Paul muss einen Gast zum Waldorf-Astoria bringen, und ich muss der neuen Wirtschafterin vom Petit Château das Haushaltsbuch aushändigen. Du kannst dir jetzt gleich im Waschhaus ein schwarzes Kleid geben lassen.«

Thea nickte, trat unsicher einige Schritte zurück. Sie hatte soeben eine Stelle in New York angenommen. Wie betäubt verließ sie das Büro, doch eine Stimme ließ sie abermals anhalten.

»Marie.« Mrs. Blooms Blick war sanft, fast demütig. »Wie

ist es möglich, dass deine Kuchen so köstlich sind?« Sie strich mit einer Hand über die lila Wickenblüten.

»Ich habe schon als Kind gebacken.«

»Ja, das erklärt natürlich alles«, sagte Mrs. Bloom und nickte kurz. »Übung macht den Meister. Konzentration. Genauigkeit. Perfektion.«

»Nein.« Thea schloss die Augen. »Wenn ich backe, scheine ich alles um mich herum zu vergessen, ich vergesse mich sogar selbst, so, als ob ich verschwinde und etwas anderes an meine Stelle tritt, etwas in mir, über das ich keine Kontrolle habe, etwas, das warm und gut ist und das Ähnlichkeit hat mit …«

» … Liebe«, flüsterte Mrs. Bloom.

EPILOG

New York, Oktober 1916

Paul stand in seiner feschen Uniform draußen. Das Auto war blankgeputzt. Thea schaute verstohlen zu ihm hinüber, und für einen Moment sahen sie einander an. Auf der Treppe stand Mr. Lovegrove und wartete auf den Gast, der ins Waldorf-Astoria gebracht werden sollte. Ganz offensichtlich würde Thea als Letzte ins Auto steigen. Zuerst der Gast, dann Mrs. Bloom und endlich Thea.

Kaum hatte sie das gedacht, da öffnete Mr. Lovegrove die Tür und machte eine tiefe Verbeugung. Es war einer der jungen Männer aus dem Junggesellenflügel. Einer von denen, die den ganzen Sommer dort verbracht hatten, unterbrochen von häufigen Ausflügen nach New York. Mr. Jay, so hieß er wohl.

Paul öffnete die Wagentür, und Mr. Jay stieg vorn ein. Er hielt sich den Hut mit einer Hand fest, damit der nicht weggeweht würde. Dann wurde der Seiteneingang geöffnet, und Mrs. Bloom kam heraus. Sie ging mit energischen Schritten über den Vorplatz, mit dem Haushaltungsbuch unter dem Arm, und Paul öffnete abermals die Tür, und Mrs. Bloom stieg ein.

Als die Reihe an Thea kam und sie auf das Trittbrett steigen wollte, hörte sie, dass die Tür zum Seiteneingang ein weiteres Mal aufgeschlagen wurde und dass eine Stimme ihren Namen rief.

Tante Augusta stand mitten auf dem Vorplatz. Ihr geblümtes Küchenkleid wurde nach hinten geweht, die Haare peitschten um ihr Gesicht.

Thea fuhr herum.

Thea ließ Koffer und Schachtel los, rannte über den Platz und warf sich in ihre Arme.

»Das ist nicht das Ende«, sagte Tante Augusta und strich ihr über die Haare. »Jetzt fängt alles erst an.«

»Mrs Thonander«, rief Mrs. Bloom. »Was in aller Welt machen Sie hier draußen?«

»Du wirst mir fehlen.« Thea liefen Tränen über die Wangen.

»Es wird schon gut gehen, Liebes, und du weißt immer, wo du mich finden kannst, wenn etwas sein sollte.«

Der Wagen fuhr langsam durch die Allee. Thea schaute zum Fluss und den großen Bäumen hinab, die Schatten über die Ufer warfen, und sie sah die grünen gepflegten Rasenflächen, wo den ganzen Sommer lang Seidenschuhe zwischen Kanapees und Champagner, zwischen Lachen und sorglosem Lächeln hin und her getrippelt waren. Doch erst, als das große Tor hinter ihr zufiel, drehte sie sich um. Hinter ihr lag das fremde Land, das sie ein halbes Jahr zuvor betreten hatte. Jetzt wartete ein neues.

Mrs. Bloom saß in strenger Haltung neben ihr und hielt das Haushaltungsbuch auf dem Schoß. Thea schaute zu ihr hinüber und dachte an das Küchenmädchen, das in Mr. Lovegroves Büro gerannt war, um das wichtigste Arbeitsgerät des Butlers zu retten. Wie musste Mr. Lovegrove sich in all den Jahren seither geschämt haben. Und Mrs. Bloom, so tiefe Trauer. Thea schaute wieder nach vorn. Mrs. Bloom schien auf der ganzen Fahrt kein einziges Wort mit ihr wechseln zu wollen. Aber worüber hätten sie auch reden sollen? Mrs. Bloom hatte nur etwas über die Schachtel mit der Seidenschleife gesagt, und Thea hatte geantwortet, das sei ein Geschenk von Mrs. Goldberg, was ja auch stimmte.

Sie versuchte, sich auf die Stimmen vorn im Auto zu konzentrieren. Mr. Jay sprach über den Krieg. Er sagte, der Krieg werde weitergehen, nicht zu Weihnachten zu Ende sein, wie viele naiv geglaubt hatten. Paul nickte, und Thea hörte ihn antworten, dass Mr. Jay da sicher recht habe.

»Die alliierten Truppen versuchen, bei der Somme die deutsche Front zu durchbrechen«, sagte Mr. Jay. »Sie kämpfen dort jetzt seit über drei Monaten, um die deutschen Truppen von Versailles abzuziehen und den Druck auf das russische Zarenreich zu erleichtern. Aber die Schlacht an der Somme scheint noch blutiger zu verlaufen als die vor Verdun. Es gibt schon mehrere hunderttausend Tote.«

Thea ließ sich an die schwarze Lehne zurücksinken und sah den Bahnhof Oakdale in der vom Auto aufgewirbelten Staubwolke verschwinden; *the wedding station,* wie Mrs. Goldberg ihn genannt hatte, weil dort die unglückselige Hochzeitsreise ihren Anfang genommen hatte. Sie versuchte, sich vorzustellen, wie sie aus Mr. Vanderbilts privatem Eisenbahnwaggon stiegen, der seltsame kleine Herzog, der alles verachtete, was nicht britisch war, und die junge Herzogin mit den traurigen Augen und dem gebrochenen Herzen, und alle auf Idle Hour hatten sich in der Zeit geirrt, und niemand erwartete sie am Bahnhof, außer Presseleuten auf der Jagd nach einem Skandal.

Mr. Jays Stimme riss sie aus ihren Gedanken. Er war redselig und eifrig: »Haben Sie gehört, dass Mr. Vanderbilt jetzt Konkurrenz hat?«

Paul schaute zu Mr. Jay hinüber und schüttelte so heftig den Kopf, dass ihm die Mütze in die Stirn rutschte. Er schob sie mit zwei Fingern wieder zurück.

»Hast du nicht gehört, dass die Standard-Oil-Aktien gestiegen sind?«, fuhr Mr. Jay fort. »Und dass Mr. Rockefeller zu Amerikas erstem Milliardär geworden ist?«

»Ich widerspreche Ihnen ja nur ungern, Mr. Jay«, sagte Paul, »aber im ganzen Land ist niemand reicher als Mr. Henry Ford.«

Sie fuhren hinaus auf den Vanderbilt Parkway. Paul steigerte das Tempo. Es ging so schnell, dass es Thea fast schwindlig wurde. Sie schloss die Augen, und als sie sie wieder öffnete, entdeckte sie, dass die Bäume am Rand der Straße, die Willie K. vom Lake Ronkonkoma nach Queens hatte bauen lassen, Gold aufwiesen. Kein Gold wie im Goldsaal, sondern Gold, das für Geld nicht zu kaufen war. Und irgendwo oben zwischen den tanzenden Blättern entdeckte sie zwei kleine Mädchen, die Hand in Hand angelaufen kamen. Die Mädchen trugen gleiche Kleider, und ihr Vater wartete schon auf sie und schwenkte eine nach der anderen durch die Luft. Sie lachten einander an. Die Sonne färbte die Windschutzscheibe rot, während das Geräusch von Iversen, der von der Arbeit nach Hause kam und in seinen Stiefeln die Treppe hochpolterte, in ihren Ohren dröhnte. Die Luft war kalt und klar. Die Farbe der Bäume hatte Gold geähnelt. Sie hatte nicht verstehen können, wie etwas so schön sein konnte, wenn etwas so wehtat.

Die Landschaft änderte sich. Die Bäume verschwanden, und alles wurde karger. Am Straßenrand gab es Baustellen. Verdreckte Männer in Overalls gruben neue Straßen und breitere Eisenbahnlinien. Einmal hielt Paul an und sagte, sie hätten jetzt etwas erreicht, das Tankstelle genannt werde. Er bat um Benzin und Öl für den Wagen, und ein Mann in schwarzem Overall sorgte für alles und putzte noch dazu die Scheinwerfer. Es war wirklich sehr schwer, ihn nicht anzustarren.

Dann kamen sie an eine gewaltige Brücke aus Eisen und

Stahl, groß wie ein Ungeheuer, so lang, dass sie die andere Seite nicht sehen konnte. Sie packte den Sitz und hielt sich mit beiden Händen fest, während sie über den Rand schaute, hinab auf die schwarzen Wellen, und als sie wieder aufschaute, begegnete sie im Rückspiegel Pauls festem Blick.

Auf der anderen Seite der Brücke waren die Häuser höher, die Straßen enger und voller Menschen. Sie waren jetzt in New York City, und plötzlich hielt Paul vor einem großen weißen Steingebäude mit weißen Rüschenvorhängen hinter allen Fenstern. Türsteher, die an Mr. Lovegrove erinnerten, in Frack und mit hohen Zylindern, bewachten den Eingang.

»Das Waldorf-Astoria.«

Sie ließ Paul nicht aus den Augen, als er um das Auto herumlief und für Mr. Jay die Tür öffnete.

»Ach was, Mr. Henry Ford«, sagte Mr. Jay und setzte seinen Hut auf. »Autos sind die Zukunft, wenn ich das richtig verstanden habe.«

»Ja, ganz bestimmt, Mr. Jay«, sagte Paul und verbeugte sich.

Paul hupte und fuhr wieder hinaus auf die geschäftige Straße.

Thea wusste nicht, weshalb sie sich umdrehte und zum Hoteleingang zurückblickte, etwas am Rand ihres Blickfeldes musste ihre Aufmerksamkeit erregt haben. Aus dem Waldorf-Astoria kam, Arm in Arm mit einem gut angezogenen Mann, ein hellrotes Kleid, ein breitkrempiger Hut mit Federn.

»Marie!« Mrs. Bloom warf ihr einen strengen Blick zu.

Aber es war zu spät. Thea hockte bereits auf dem Sitz. Sie legte die Hand an das Heckfenster und klopfte. Und als sie gerade losfuhren, löste sich die Frau aus dem Arm des Mannes, hob die Hand und winkte.

Sie fuhren durch eine lange und schnurgerade Straße. Am Wasser standen goldgelbe Kastanienbäume, hohe Linden und Eichen, flammendrot und orange, und dahinter konnte sie eine Steinbrücke sehen, über die Menschen spazierten und Pferdewagen fuhren. Sicher hatte sie sich geirrt. Amanda ging nicht ins Waldorf-Astoria. Amanda war zusammen mit ihrer Schwester als Dienstmädchen in Nord-Dakota.

Auf der anderen Straßenseite stand eine lange Reihe von braunen Steinhäusern. Auf einem Straßenschild las Thea »Fifth Avenue«, und der Gedanke an Amanda verflog so schnell, wie er gekommen war.

»The Vanderbilt Row.« Paul drehte sich um und lächelte ihr zu.

Thea erwiderte sein Lächeln, und Mrs. Bloom räusperte sich.

Sie fuhren langsam weiter, kamen an einem herrschaftlichen Haus nach dem anderen vorbei und hielten schließlich vor dem größten der gesamten Zeile. Das Haus fiel in jeglicher Weise auf. Wo die anderen Villen hier aus braunem Stein errichtet waren, war diese als einzige hell, doch das war noch nicht alles; wo die anderen hart und viereckig waren, hatte diese sanfte Formen, mit Türmchen und Dachreitern, die sich in den klaren Himmel reckten und alle anderen Häuser klobig und alt wirken ließen.

»Das Petit Château.« Paul sprang aus dem Wagen, lief herum und öffnete die Tür. »Das größte Herrschaftshaus in der ganzen Stadt.«

Mrs. Bloom schritt mit dem Haushaltungsbuch unter dem Arm zur Hintertreppe.

Thea blieb einen Augenblick stehen. Dann ging sie hinterher.